U0143195

名家通识讲座书系

西方文学
十五讲（第三版）

□　徐葆耕　著

北京大学出版社
PEKING UNIVERSITY PRESS

图书在版编目（CIP）数据

西方文学十五讲 / 徐葆耕著. —3 版. —北京：北京大学出版社，2024. 2
（名家通识讲座书系）
ISBN 978-7-301-34854-3

Ⅰ. ①西… Ⅱ. ①徐… Ⅲ. ①外国文学—文学研究—高等学校—教材
Ⅳ. ①I109

中国国家版本馆 CIP 数据核字(2024)第 021539 号

书　　　　名	西方文学十五讲（第三版）
著作责任者	徐葆耕　著
责 任 编 辑	艾　英
标 准 书 号	ISBN 978-7-301-34854-3
出 版 发 行	北京大学出版社
地　　　　址	北京市海淀区成府路 205 号　100871
网　　　　址	http://www.pup.cn
电 子 邮 箱	编辑部 wsz@ pup.cn　总编室 zpup@ pup.cn
电　　　　话	邮购部 010－62752015　发行部 010－62750672
	编辑部 010－62756467
印 刷 者	三河市博文印刷有限公司
经 销 者	新华书店

650mm×980mm　16 开本　20.25 印张　348 千字
2003 年 1 月第 1 版
2012 年 7 月第 2 版
2024 年 2 月第 3 版　2024 年 2 月第 1 次印刷

定　　　　价　69.00 元

"名家通识讲座书系"总序

本书系编审委员会

"名家通识讲座书系"是由北京大学发起,全国十多所重点大学和一些科研单位协作编写的一套大型多学科普及读物。全套书系计划出版 100 种,涵盖文、史、哲、艺术、社会科学、自然科学等各个主要学科领域,第一、二批近 50 种将在 2004 年内出齐。北京大学校长许智宏院士出任这套书系的编审委员会主任,北大中文系主任温儒敏教授任执行主编,来自全国一大批各学科领域的权威专家主持各书的撰写。到目前为止,这是同类普及性读物和教材中学科覆盖面最广、规模最大、编撰阵容最强的丛书之一。

本书系的定位是"通识",是高品位的学科普及读物,能够满足社会上各类读者获取知识与提高素养的要求,同时也是配合高校推进素质教育而设计的讲座类书系,可以作为大学本科生通识课(通选课)的教材和课外读物。

素质教育正在成为当今大学教育和社会公民教育的趋势。为培养学生健全的人格,拓展与完善学生的知识结构,造就更多有创新潜能的复合型人才,目前全国许多大学都在调整课程,推行学分制改革,改变本科教学以往比较单纯的专业培养模式。多数大学的本科教学计划中,都已经规定和设计了通识课(通选课)的内容和学分比例,要求学生在完成本专业课程之外,选修一定比例的外专业课程,包括供全校选修的通识课(通选课)。但是,从调查的情况看,许多学校虽然在努力建设通识课,也还存在一些困难和问题:主要是缺少统一的规划,到底应当有哪些基本的通识课,可能通盘考虑不够;课程不正规,往往因人设课;课量不足,学生缺少选择的空间;更普遍的问题是,很少有真正适合通识课教学的教材,有时只好用专业课教材替代,影响了教学效果。一般来说,综合性大学这方面情况稍好,其他普通的大学,特别是理、工、医、农类学校因为相对缺少这方面的教学资源,加上很少有可供选择的教材,开设通识课的困难就更大。

这些年来,各地也陆续出版过一些面向素质教育的丛书或教材,但无论数量还是质量,都还远远不能满足需要。到底应当如何建设好通识课,使之能真正纳入正常的教学系统,并达到较好的教学效果?这是许多学校师生普遍关心的问题。从2000年开始,由北大中文系系主任温儒敏教授发起,联合了本校和一些兄弟院校的老师,经过广泛的调查,并征求许多院校通识课主讲教师的意见,提出要策划一套大型的多学科的青年普及读物,同时又是大学素质教育通识课系列教材。这项建议得到北京大学校长许智宏院士的支持,并由他牵头,组成了一个在学术界和教育界都有相当影响力的编审委员会,实际上也就是有效地联合了许多重点大学,协力同心来做成这套大型的书系。北京大学出版社历来以出版高质量的大学教科书闻名,由北大出版社承担这样一套多学科的大型书系的出版任务,也顺理成章。

编写出版这套书的目标是明确的,那就是:充分整合和利用全国各相关学科的教学资源,通过本书系的编写、出版和推广,将素质教育的理念贯彻到通识课知识体系和教学方式中,使这一类课程的学科搭配结构更合理,更正规,更具有系统性和开放性,从而也更方便全国各大学设计和安排这一类课程。

2001年年底,本书系的第一批课题确定。选题的确定,主要是考虑大学生素质教育和知识结构的需要,也参考了一些重点大学的相关课程安排。课题的酝酿和作者的聘请反复征求过各学科专家以及教育部各学科教学指导委员会的意见,并直接得到许多大学和科研机构的支持。第一批选题的作者当中,有一部分就是由各大学推荐的,他们已经在所属学校成功地开设过相关的通识课程。令人感动的是,虽然受聘的作者大都是各学科领域的顶尖学者,不少还是学科带头人,科研与教学工作本来就很忙,但多数作者还是非常乐于接受聘请,宁可先放下其他工作,也要挤时间保证这套书的完成。学者们如此关心和积极参与素质教育之大业,应当对他们表示崇高的敬意。

本书系的内容设计充分照顾到社会上一般青年读者的阅读选择,适合自学;同时又能满足大学通识课教学的需要。每一种书都有一定的知识系统,有相对独立的学科范围和专业性,但又不同于专业教科书,不是专业课的压缩或简化。重要的是能适合本专业之外的一般大学生和读者,深入浅出地传授相关学科的知识,扩展学术的胸襟和眼光,进而增进学生的人格素养。本书系每一种选题都在努力做到入乎其内,出乎其外,把学问真正做活了,并能加以普及,因此对这套书的作者要求很高。我们所邀请的大都是那些真正有学术建树,有良好的教学经验,又能将学问深入浅出地传达出来的重量级学者,是请"大家"来讲"通识",所以命名为"名家通识讲座书系"。其意图就是精选名校名牌课程,实现大学教学资源共享,让更多的学子能够通过这套书,亲炙名家名师课堂。

本书系由不同的作者撰写,这些作者有不同的治学风格,但又都有共同的追求,既注意知识的相对稳定性,重点突出,通俗易懂,又能适当接触学科前沿,引发跨学科的思考和学习的兴趣。

本书系大都采用学术讲座的风格,有意保留讲课的口气和生动的文风,有"讲"的现场感,比较亲切、有趣。

本书系的拟想读者主要是青年,适合社会上一般读者作为提高文化素养的普及性读物;如果用作大学通识课教材,教员上课时可以参照其框架和基本内容,再加补充发挥;或者预先指定学生阅读某些章节,上课时组织学生讨论;也可以把本书系作为参考教材。

本书系每一本都是"十五讲",主要是要求在较少的篇幅内讲清楚某一学科领域的通识,而选为教材,十五讲又正好讲一个学期,符合一般通识课的课时要求。同时这也有意形成一种系列出版物的鲜明特色,一个图书品牌。

我们希望这套书的出版既能满足社会上读者的需要,又能有效地促进全国各大学的素质教育和通识课的建设,从而联合更多学界同仁,一起来努力营造一项宏大的文化教育工程。

2002 年 9 月

目录

统的"精神快乐法"—原罪说提升了人又压抑了
人—阿伯拉与爱洛绮丝的悲剧—骑士浪漫主义：欧
洲骑士与中国侠客—中世纪的二元对抗反映了人类
的恒久矛盾—当代罪感的消亡

士德的生命里程—冯至认为《浮士德》的主题在于自强不息—浮士德的两难命题

前　言

　　在"西方文学十五讲"这门课开讲之前，我愿意先讲一些"题外话"，把自己开这门课、写这本教材的一些感想向大家交代一下。

　　龚自珍云："经济文章磨白昼，幽光狂慧复中宵。"从我懂事的时候起，老师和媒体就教导我怎么做人和怎么做事。我从中学习人生的规范，知道了许多应该怎么做和不该怎么做的道理，我的生命进入了一个被社会常规所限定的轨道。但是，每当夜晚，我孤独一个人眺望星斗或在夜半突然醒来时，常感到胸中有一股莫名的浪潮在涌动，它弥漫了我的整个身心，将我淹没在悲伤和痛苦的海洋之中，我甚至涕泪满襟，但又不知道为什么悲伤和痛苦。少年的我就被分成了两半：白天的我和黑夜的我。我为此感到恐惧，觉得自己是一个分裂的人，"很坏"的人。一直到我开始阅读西方的文学作品时，我方才领悟，我的属于黑夜的那一半，并不稀奇，在人类的历史上早已有许多人体验过并且艺术地表现在他们所写的作品当中。中国的传统文化经典，多数受儒家"文以载道"的影响，强调教诲，希图教给人该怎样做和不该怎样做，这无疑是有益的；但与之俱来的缺憾是表现人性的丰富性方面受到限制。冯友兰借助孔子的话说，中国文化是山，西方文化是水。在西方文学中我们更深切地感受到人生有如河流般的活泼性与易逝性。西方文学认为，裸露的灵魂是美丽的。它们告诉我们灵魂中有光明与黑暗，并把人类已经积累的痛苦的摸索展现给我们。中国的文化经典是宝贵的，它们给我们以做人的钢筋铁骨和丰富的人生体验。但是，这并不够。由于历史的原因，中国进入商品化时代较西方晚，有关商品时代人的心灵知识及艺术的展开相对贫乏。一个希望全面认识自己的人，不仅应该学习自己的文化，而且应该了解西方的文学。西方的文学，不仅是西方人心灵的历史，同样是我们灵魂的历史。西方的那些最优秀的作品，展现了远比宇宙更为广阔、更为深邃、更为神秘的心灵世界，那是另外一种美，另外一种境界。我们从中可以找到自己。它们能够负载着我们的生命之舟到达意欲到达的任何心灵的深渊或天堂。

中国儒家传统讲究"修辞立其诚"。这个"诚"是忠诚于天，忠诚于君，忠诚于自己的人生信条。西方人也讲"诚"，更多地是强调坦诚、真诚和诚实。基督教造就了西方的忏悔传统，这一传统表现在文学上就是无所畏惧地探求心灵的真实。中国儒家有一个与此相对立的教导，叫"讳"：为尊者讳，为贤者讳，为亲者讳。其间自然包含着倡导者的一番苦心，但是，至少在文学上，这种主张带来了一个副作用，即阻碍了向心灵底蕴的掘进。

人总是忍受不了太多的真实。人喜欢在自欺的玫瑰色氛围中生活。于是，在我们的周围就有了太多的怯懦者和两面派。他们在媒体和公众面前，大言不惭，而内心却掩藏着一片污浊。有人认为，污浊的东西不宜扩散，因此，说话、写文章都只说正面话。这是导致文学肤浅、虚饰的一个重要原因。这种状况，从鲁迅起有所改变，但是，鲁迅的传统并没有被广大的学者与作家接受，至今虚饰在中国的文学中依然占据着重要位置。这种状况使得学习西方文学更多了一层必要性。我们应该借助西方文学了解自己，认识自己，丰富自己，使自己不致拘囿在矫饰的框架之中，甚至沦为两面派和伪君子。

西方文学也有它的虚伪，特别是在它的流行文化和一部分后现代主义的文学作品中。媚俗正在成为西方文学日益泛滥的潮流，这是商业化大潮导致的不可避免的恶果。但是，在西方，总有一些有良心的学者不甘于媚俗，他们像推石上山的西西弗斯那样，做着徒然的、不懈的努力；他们生活在地狱之中，却总是在寻找着光亮，努力扩展非地狱的因素。

我坚信，追求真诚与完美是人类的天性。在是与非、美与丑的较量中，人们会经历无数的曲折和堕落，最终走向理想中的天堂。如果不让青年人充分了解这个世界，了解这个社会与人，他们就只会在贫乏中变得猥琐，在苍白中变得脆弱，终至沦为庸人。

我们生活在网络时代。网络的一个好处就是它能披露一切，使一切试图掩盖人类丑处的企图落空。唯有在此基础上，我们才有资格谈论什么是美和丑以及怎样欣赏美和摈弃丑，才有可能让青年一代从容思考和选择自己的生活方式及价值观念。

还有一些年轻人，他们拒绝一切有价值的文化，无论中国的还是外国的。他们在挣钱与花钱的轮回中消磨自己的宝贵生命，文化艺术只是他们花钱买乐儿的一部分。我们无权指责他们，这是一种选择的自由。但是，作为大学生，未来的知识精英，应该从这个轮回中跳出来，做一个真正的人，一个有思想、有文化的人。

进入 21 世纪以后，许多国家都在复兴自己民族的文化和传统，用以对抗西方(美国)的文化霸权主义。这是一个伟大的不可抵抗的潮流。但是，我们终究已经进入现代化的时代，自己的传统并不是万应灵药，其间有许多本来就是糟粕，还有的业已过时。20 世纪我们在对待本土文化和西方文化上走过的弯路不该被忘记。不考虑社会主义现代化的现实，不吸取西方文化的优秀成果，"民族文化的复兴"只是一句可笑的空话，或比空话还要糟。

我从 1982 年起，在清华大学为理工科学生开设西方文学选修课，至今凡 20 年，除出境教学以外，从未间断。清华有重视文化素质教育的传统，自 1992 年以来，这门课有 9 年被列为校级一类课，现在又是校级百门精品课之一。作为这门课的教材，我于 1990 年出版了《西方文学:心灵的历史》一书，清华大学出版社先后印行三版，除正版外，还有缩编本;河北教育出版社拟出图文本。此次应北京大学出版社之约撰写的《西方文学十五讲》，是根据近年讲课录音整理的口语化教材，其中有我在讲课中的一些最新的探索和研究心得，希望对渴望充实自己的大学生和一切青年文学爱好者有所助益。

《西方文学:心灵的历史》初版时，曾受到"对现实主义的解释不符合恩格斯的提法""不符合教材通例"等指责，但也有一些师长和同行对该书中的某些新意予以肯定，其中令我至今难以忘怀的是温儒敏教授在香港《大公报》上发表的文章。他不仅对该书给予了精彩的阐释，而且提出了一种极有远见的观点，即教材应该允许各种不同风格的存在，允许有教师的个性表现，允许有"各式各样"的。教材是必须体现确定的教学要求和规范的，这是它同学术专著之间的区别。但是，因此而把教材写得千篇一律、枯燥无味，已成为现今教材建设的通病和痼疾。这种通病和痼疾的病源在于，以为文科教学仅传授某种固定不变的知识和观点，而不是以启发学生的创造精神、提高他们的素质为依归。青年学生对新事物是最敏感的，那种千篇一律的教材对他们而言，仅是考试时争取分数的工具。真要获取知识时，他们所读的是另一些书。教材是给学生提供某种固定的知识框架，还是着力启迪智慧和增强素质? 这是一个至今没有解决的问题。令我感到万分高兴的是，温儒敏教授正在把他"各式各样"的教材的想法变成一个相当宏伟的现实。由他担任执行主编的"名家通识讲座书系"会在教材编写上实现重大突破，这是毫无疑义的。我本人有机会参与其中，也是深感荣幸的。我常对学生说，我不想做"导师"，只想做"导游"。历史是无情的，许多被视为经典的教材体系正在栋折榱崩，唯有经过深思获得的真知才会永存。

徐葆耕

2002 年 11 月 1 日于清华园

第一讲

西方文学的发展历程

【摘要】 古希腊神话艺术的突然兴起—中世纪基督教文学与骑士史诗—欧洲的启明星:文艺复兴—新古典主义与启蒙思想的闪电—浪漫运动编织的灿烂星空—名作如林的现实主义文学—现代主义与后现代主义的艺术奇观—小结:两大源头与六大思潮

一

荣获诺贝尔文学奖的著名哲学家罗素,在他的代表作《西方哲学史》第一章第一节第一句话就讲:

> 在全部的历史里,最使人感到惊异或难于解说的莫过于希腊文明的突然兴起了。①

当我们华夏民族已经进入了传说中的尧舜时代的时候,当埃及的金字塔也已经在尼罗河畔熠熠闪光的时候,欧洲还在用它褐色的乳房,喂养过着半人半兽生活的希腊人。但是历史发展到公元前15、前14世纪的时候,就像天空中忽然升起的彩虹一样,古希腊的文明崛起了。到了公元前6—前5世纪,希腊人同大河文明造就的埃及、印度、中国等已经并驾齐驱。在这一时段里,地球上完全没有关联的地区,相继诞生了三位伟大的哲人:中国的孔子(前551—前479)、印度的释迦牟尼(约前565—前485)和希腊的苏格拉底(前469—前399)。在大体相当的时间内,在西亚地区形成了《圣经·旧约》。三位伟人和一部经书像事先约定了似的,在同一时段里一起生长出来,有如四根挺立的石柱,撑起了古代世界精神文明的大厦。至今地球上的人们还有赖于这座大厦遮风避雨。

---

① 罗素:《西方哲学史》上卷,何兆武、李约瑟译,商务印书馆1963年版,第24页。

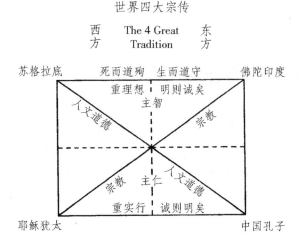

图1-1　世界四大宗传

吴宓先生用上面这个简明的图(图1-1)描述这四大古文明之间的相互关系。

文艺是新文明诞生的先导。在上述四种文明成形之前,人类在各地的祖先大都早已有了自己的神话、艺术或诗歌。而希腊的神话尤其表现出一种雄大活泼的绚丽色彩。马克思赞美说:古希腊的神话和艺术是人类童年时代的美丽的诗,具有永久性的魅力。

这是一个毫无掩饰的时代。人类的文明尚未筑起羞耻之墙。几乎所有的神祇都是要哭就哭,要笑就笑,要做爱就做爱,一切都是那么率真,七情六欲袒露无遗。对于情欲的追求犹如飞蛾扑火,明知灭亡仍执意向前。这就是希腊神话中洋溢着的悲喜剧精神。

我们也可以在其他民族、其他地区的神话里找到希腊神话的某一些影子,但却不能像它们那样完美,那样系统,那样充满了诗的魅力和深邃的哲理。马克思说:就某一方面而言,古希腊的神话是一种规范和高不可及的范本。

就文学而言,每个民族是不同的:有正常的儿童、早熟的儿童和永远长不大的儿童。希腊是正常的儿童,而中国像是早熟的儿童。伦理文化的过早成熟,使孩子穿上了长袍马褂。中华民族有五千年的悠久文化,有很多很美好的神话,但是我们必须承认,我们的神话艺术不像古希腊那样雄大活泼,那样富于诗意和哲理,这一点,不承认恐怕是不行的。也许我们的祖先曾经创造过像希腊神话一样完美的神话，但是它的的确确没有很好地保存下来。我们在屈原的一些作品中，还有远古时代的其他一些作品中，可以找到一些零零星星、闪着奇光异彩的神话故事。现在的一些中国作家也试图把这些神话加以演绎并使它们系统化，但是我们终究觉得，自己的远古艺术真正高超的是那些抒情诗，例如《诗经》《楚辞》。《诗经》里所表现的人性，对人的内心世界细腻的刻画和它高超的艺术手法，是欧洲当时的文艺所不及的。但是希腊神话那种雄大的粗犷的史诗般的建构，又是我们中国的古代文学中所缺乏的。

到了公元前 2 世纪的时候，希腊逐渐衰落而被罗马所灭亡。罗马人于公元前 10 世纪左右在意大利半岛形成自己的原始村落，通过不断的战争，于公元前 2 世纪取代希腊，在地中海建立了自己的霸权，欧洲的文学也从希腊时期转变到了罗马时期。古希腊是一个海洋民族，它非常富于浪漫的情调，具有充沛的想象力和灵性。而罗马是一个农耕民族，具有一种务实的精神，一种坚强的团结的民族力量，但是在文学方面，它的灵性和想象力都远不如希腊人。其结果怎么样呢？叫作"征服者被被征服者的文化所征服"，古罗马成了希腊文化的直接承袭者，例如，在古罗马的神话中也有很多的神，但是这些神的故事大部分都是从古希腊承袭下来的，只是神的名字不同，比如说爱神在古希腊叫阿佛洛狄忒，到了古罗马时代就叫维纳斯。我们仅仅这样说未免把罗马人贬得太低，罗马人也创造了他们自己的经典，特别要向各位提到的是三位作家：

一位是维吉尔。他的代表作是《伊尼德》（又译《埃涅阿斯记》）。在这部史诗里，诗人继承和发展了荷马史诗的艺术范式，极其浪漫地写出了罗马人建国的历史和他们的英雄气概：罗马人的祖先、特洛伊人的后裔伊尼亚斯为了实现建国的使命而忍痛舍弃了自己心爱的女人狄多，狄多因此而自杀。较之荷马史诗，这样的故事第一次提出了爱情与责任的冲突，在这一点上显示了罗马人和希腊人很大的不同——罗马人很重视自己对民族所承担的责任，这种责任远比他们个人的情感和爱情重要得多。

第二位经典作家就是贺拉斯。他写了很多的诗，包括讽刺当时社会时弊的诗，集中在《歌集》中。他更重要的贡献是一本关于诗歌理论的书，叫作《诗艺》，各位可以很容易地在书店买到中译本。

第三位经典作家是奥维德。奥维德的创作也很多，最具有代表性、对后世影响最大的作品是《变形记》。在《变形记》里，他以人兽互变、人神互变、人和植物互变等作为架构讲述了约 200 个小故事，其中有五十几个比较长，比较完整，这些故事体现了远古时代的"泛灵论"——认为人和兽甚至植物之间是可以灵魂相通、互相转化的。这种互变的故事我们很熟悉，因为在我国的《西游记》中，孙悟空就会七十二变，当然《变形记》要比我们的《西游记》的产生早得多。《变形记》的许多故事成了后来欧洲一些著名作家频繁使用的原始题材以及创作的灵感源泉。

二

　　欧洲的文学发展到公元四五世纪的时候，忽然产生了一个很大的转折。这个时期欧洲从原始社会、奴隶社会过渡到了中世纪的封建社会，基督教、基督文化取代古希腊罗马文化，在欧洲逐渐占据了统治地位，欧洲的文学进入了一个新的时期。这个时期叫作"欧洲文学的中世纪时期"——大概从公元 5 世纪到 15 世纪，长达 1000 年之久。这个时期的文化和希腊罗马文化迥然不同，请大家看一段法国著名作家法朗士在《泰绮思》中对中世纪生活的描述：

　　　　那个时候，沙漠里住着大队的隐士。……那种隐遁的修士们和修道者是非常节食的，每天到太阳落山之后，才吃他们的面包，夹着一点食盐和意沙泊（Hysope）的叶子，这便算他们一天的食料了。……

　　　　他们都谨守着禁欲的主义，穿戴惩戒自己的带子和罩满眼睛的肩挂。长夜的默想之后，便去睡在光秃秃的地上，祈祷、唱圣歌。总之，他们每天完成伟大的忏悔的苦行。为了思想到人类生来的罪孽，他们不仅拒绝了肉体的欢乐和满足，而且拒绝了那时候的人以为人生所必需的调养。他们以为四肢的疾病足以使我们的灵魂康健；又以为身体的溃烂和创伤正是肉体最光荣的装饰。①

这是一位 19 世纪作家的描述。各位看了以后有什么感觉呢？在古希腊、罗马那些神话中所表现的那种生活——恣情纵欲的、充满了欢乐痛苦悲伤、情

---

　　① 法朗士：《泰绮思》，傅辛译，江苏凤凰文艺出版社 2017 年版，第 3 页。

感得到充分释放的生活,一下子变成了上述这样一种生活。我们不是说中世纪的人都过着像这段话描绘的生活,但是这样的生活的的确确是在欧洲中世纪时最受尊敬的一种生活,这样的修士是当时最受尊敬的人。这是多么大的一个转折啊!文化上这样的转折在中国古代历史上是找不到的。我们说西方的文学像一条澎湃激荡的河流,而中国的文学像一座肃穆沉静的大山——中国的文学虽然也在变,但从宏观上讲,还是比较稳定、厚重,而西方文学却时有惊涛骇浪,每一朵浪花都闪耀着不同的虹彩。

为什么发生了这样巨大的转折?其中有很深刻的社会原因,今天不可能向同学们解释这个问题,我们把它留在以后。

中世纪的文学,占据统治地位——或者叫"主流地位"——的是什么呢?是以《圣经》故事为代表的"基督教文学"。这个时期,占有重要地位的文学作品大半都取材于《圣经》。各位知道《圣经》不是欧洲人的原创,而是生活在巴勒斯坦地区的犹太人的精神产物,但是从罗马时代它就逐渐地传到了欧洲,在欧洲进一步得到发展,并成为欧洲文学的一个重要的源泉。欧洲的文学之源不是单一的,是由希腊文明和基督文明两个相互对立而又互补的源头构成的。世界上,任何一种具有生命力的文化,往往都具有两个以上由冲突而构成互补的源头。单一性的文化恒定要灭亡或转手于其他文化。究其根本是因为人的精神世界至少存在着两极,单一性文化不可能同时满足两极甚至多极的要求。

基督教文学除了以《圣经》故事作为题材外,也还有一些根据个人体验写出的作品,如中世纪非常有影响的教父奥古斯丁所写的《忏悔录》。在这部《忏悔录》里,他袒露无遗地写出了据说是自己少年时代所做的荒唐事情、所犯的罪恶,并对其做了极其深刻的心理剖析。他借用这些故事阐扬了基督教原罪的思想、忏悔的思想和禁欲主义的思想。然而,禁欲主义与人的自然原欲之间是存在着不可调和的冲突的。在教会文学中也就不可避免地会看到这种冲突带来的灵魂的痛苦。在这方面,最集中的艺术表现就是神父阿伯拉与他的女学生爱洛绮丝恋爱的故事,这段悱恻缠绵、令人回肠荡气的爱情故事见于《阿伯拉与爱洛绮丝的情书》。

罗素认为,中世纪与古希腊时代在文化上的不同点是"二元对立"的普遍存在:"有僧侣与世俗人的二元对立,拉丁与条顿的二元对立,天国与地上王国的二元对立,灵魂与肉体的二元对立等等。"①在文学上,与宗教文学形成对立的是骑士文学、英雄史诗和市井文学。当然,这种对立并不是绝然的,互渗是不可避免的。

中世纪的骑士传奇和骑士抒情诗是对基督教禁欲主义的反抗。在自己所钟爱的已婚妇人面前表示谦卑并为其献身构成了"骑士风度"的重要内容。直到今天,我们在欧洲最有文化教养的男人身上,依然可以领略到这种遗风。

商业的发展、商人阶级的出现,是催生新思想的历史动力。因此,和基督教文化相对抗的新生的资产阶级文化首先出现在航海业非常发达的意大利,这是毫不奇怪的。14世纪初年,意大利人但丁写作的《神曲》,成了矗立在中世纪的黑夜终结和新的黎明诞生门槛处的里程碑——继"荷马史诗"之后的第二座西方文学的里程碑。

三

如果说,古希腊的文学是一个美丽活泼的孩子,那么,经过长达千年之久的中世纪的黑夜之后,欧洲的文化一下子长成了一位金发碧眼、亭亭玉立、光彩照人的少女。我们的航船来到了欧洲人最引以为荣的新时代——欧洲的文艺复兴时期。这是一个无论在科学还是在文化方面都产生了众多巨人的时代。

研究历史,最怕停留在已有的定义上。譬如,什么叫作"文艺复兴"?各位翻开目前常用的一些外国文学史教材,在介绍到文艺复兴的时候,时常可以看到一个大体上相同的定义:"文艺复兴"是代表新兴资产阶级的人文主义者,高举着复兴古希腊文化的旗帜所进行的一场反对封建、反对基督教教会的思想解放运动。在这场运动中,产生了数以百计的科学巨人和文化巨人。这个关于"文艺复兴"的定义,可以说是很经典的。但是如果我们自己对文艺复兴的了解就停留在这个水平上,那就糟糕了。你看一看《大不列颠百科全书》,就会发现它对文艺复兴的描述跟这个"定义"不完全一样。它特别强调文艺复兴中人们对于美和自由的追求。而像前面所说的那个定义,是源于较早的苏联教科书。我们再来看一下文艺复兴的发源地意大利,

---

① 罗素:《西方哲学史》上卷,何兆武、李约瑟译,商务印书馆1963年版,第377页。

它有一部堪称经典的著作叫《意大利文艺复兴时期的文化》，作者叫布克哈特。这部书描述的"文艺复兴"是怎么样呢？那是一幅相当混乱、物欲横流、道德沦丧的画面。你看，苏联的、中国的、英国的、意大利的学者，他们对文艺复兴的概括有多么大的差别！面对这么大的差异，我们怎么办？最好的办法就是"下海"。自己动手去阅读文艺复兴时期的那些作品，去观赏那个时期的绘画，去了解那个时期的科学发现。当你涉足这些作品、绘画和科学成果的海洋时，你就会发现自己陷入了一个更加错综迷离的世界：对人类的热情赞美与恶毒诅咒同在，近乎疯狂的欢乐与近乎疯狂的悲哀并存，对人间伊甸园的精心构建与对人间地狱的冷酷描绘交织，对教会神圣的亵渎与诚挚的忏悔融会，"战斗唯物主义的始祖"同时是狂热的基督教徒，猛烈抨击教会丑恶的战斗者临终大都接受涂油礼，"第一个近代人"把中世纪的教父引为知己，思想上的巨人是道德上的侏儒，文化上的智者是品德上的败类，有的悲观主义者被历史证明为时代的先知，而当时赫赫有名的大家却又被作弄似的成为浅薄之徒；高尚与卑鄙，文雅与粗俗，亮节与猥亵，深沉与浅陋，赤裸裸的人的本能世界与趋于成熟的观念世界，野蛮人强烈而持久的幻想与文明人尖锐而细致的求知欲，纵横交错在一起，展开了一幅七彩缤纷的社会与人的图画。这是在信仰断裂时期——旧的信仰在衰落，新的、建立在自然科学充分发展基础上的理性尚未成熟——人性的全景式展开。精力横溢是这一时代的特征。莎士比亚说："我就是我。"这个时期，很多新的东西都在孕育，都在萌发，包括现在大家称作现代主义的思想，在文艺复兴时代都已经崭露头角。很多在文艺复兴以后过了一二百年才被人们用哲学理论阐述出来的道理，在文艺复兴时期就已经被艺术家敏锐地感觉到并艺术地写进了自己的作品里，所以这的的确确是一个非常丰富、非常复杂、非常美妙的时代。这个时代，人们对外部自然界的发现和对内心世界的发现协调发展，对外部宇宙的认识和对内心宇宙的感悟交织在一起，人们惊喜地发现，人的内心，就像我们看到的外部宇宙一样广阔、一样深邃、一样神秘。

从文艺复兴的发源地意大利开始，从充满了奇情异想的爱情诗人彼特拉克到具有泼皮般战斗精神的薄伽丘，从名副其实的语言文化巨人拉伯雷到最伟大的小说家塞万提斯，而后我们将向文艺复兴的高峰进发。在那里站立着威廉·莎士比亚，他像高吻苍穹的雄鹰，在他站立的地方我们找不到第二个人和他比肩。莎士比亚的抒情诗、喜剧、历史剧和他的悲剧，展示了人无比深邃和广阔的内心宇宙。它们几乎包容了从他以后直到现在的那些现代主义文学中许许多多的命题和思想，当很多哲学家还没有意识到这些东西的时候，它们已经在莎士比亚的戏剧里得到了胚胎式的展现，这是一个令人惊叹不已的文学艺术史上的奇迹。因此，莎士比亚的作品，特别是他的悲剧被视为欧洲文学的第三座里程碑。

文艺复兴有三百年左右的辉煌时期，莎士比亚是它的高峰的标记，也是它走向衰落的前兆。莎氏死后，欧洲仿佛用完了它的全部力气而显得衰弱不堪。垂暮的梦境创造了被称为"巴洛克"的艺术时代。华丽、诡谲、颓唐和破碎的风格令人想到夜幕降临之前的黄昏和晚霞。

四

但是，到了17世纪，仿佛太阳重新升起，在法国，路易十四创造了一个被称为"太阳王"的时期——他创造了一个政治、经济和军事上富强与繁荣的法国，尽管是回光返照。路易十四非常重视文学艺术，成立了法兰西学术院，支持文学艺术的创作，同时他也对它施加了控制，于是这个时期的主流文学倡导复兴古罗马的艺术传统，称为"新古典主义"，种种据说是来自古代的规范成了当时剧作家和诗人必须遵守的法则。艺术家不能不"戴着镣铐跳舞"。"镣铐"对于舞蹈是一种约束，但约束有时会使人跳出更好的舞蹈。悲剧大师高乃依和拉辛创造了不朽的作品，喜剧大师莫里哀把新古典主义文学推向了高峰。莫里哀的喜剧是新古典主义时代最骄人的成果，同时，又是对这一神圣文学流派的亵渎。就像莎士比亚代表着文艺复兴的高峰与终结一样，莫里哀意味着新古典主义的高峰与终结。

真正把新古典主义推下统治宝座的是行将到来的资产阶级革命风暴。为这场伟大革命做精神准备的启蒙学者从思想上向新古典主义发起了冲击。他们的主力就是孟德斯鸠、狄德罗、伏尔泰和卢梭。恩格斯说，启蒙思想家们"本身都是非常革命的"，他们旗帜鲜明地提出推翻封建统治的革命任务，倡导建立"自由、平等、博爱"的理性王国。法国的启蒙思想家、艺术家不仅在思想上非常革命，而且在艺术上也有颇多贡献，如卢梭的《忏悔录》《新爱洛绮丝》，伏尔泰的哲理小说，博马舍的《费加罗的婚礼》。在英国，启蒙运动时期的重要作家作品有：笛福的《鲁滨逊漂流记》，斯威夫特的

《格列佛游记》，菲尔丁的《汤姆·琼斯》，奥斯汀的《傲慢与偏见》《理智与情感》，以及农民诗人彭斯等。德国在启蒙运动前，远较英法落后，但到17世纪70年代，陡然掀起"狂飙突进"运动，《少年维特之烦恼》的作者青年歌德和《阴谋与爱情》的作者席勒成为两只报春的燕子，高翔于欧洲上空，令人刮目相看。歌德的长篇诗剧《浮士德》被称为"近代人的《圣经》"，它继莎士比亚的作品之后，成为欧洲文学史上的第四座里程碑。

五

1789年爆发的法国资产阶级大革命，对整个欧洲各个方面的影响都是无与伦比的，它意味着欧洲历史的一个巨大转折。这场大革命给人们带来了极大的想象空间——金钱梦、美女梦、鲜花梦，甚至总统梦，一个乞丐可以想象自己在第二天早上成为富翁。过去，人们从来没有如此强烈地意识到作为一个个人，会有这么辉煌的前景和可能。但是，大革命经过多次反复之后，启蒙学者们许诺的"自由、平等、博爱"的社会并没有实现，人们看到的是一幅欲望横流、道德沉降的讽刺画面。于是，深沉的绝望、沮丧和颓唐同那些金钱梦、美女梦、鲜花梦混杂在一起，构成一股自我张扬、自我怜悯、自我钟爱的情感浪潮。一个诗人说："为什么我从白天到晚上总是想到疯狂呢？""疯狂"这两个字非常典型地代表了一个时代——一个鼓荡着狂想和绝望的时代。在这个时代，创造了一个短暂而辉煌的文学星空——浪漫主义运动。在这个运动中我们可以讲出一连串的名字，这些名字大体上可以分成"天使派"和"恶魔派"两个行列。"天使派"里应该提到的有拉马丁、夏多布里昂等；而"恶魔派"中有更多我们熟悉的名字，比如拜伦、雪莱、济慈、雨果、司汤达、梅里美等。这个运动像天空的一群流星，由于它过于炽热、过于明亮，延续的时间就不太长。运动中的中坚分子、那些最有才华的人大部分都是非常短命的，而一些活得比较长的人，到了中老年就转向其他流派，不再是浪漫主义运动的成员了。

六

历史发展到19世纪的中叶，由法国大革命引起的几十年反反复复的热流终于慢慢地冷却下来。面对大革命所带来的令人沮丧的社会现实，人们开始了冷静的思考。到了1848年革命以后，在冷静地考察社会现实的基础上，一个新的文学流派悄悄地登上了文学舞台，这就是直到现在依然有着强劲生命力的现实主义文学。关于浪漫主义与现实主义的区别，我们需要说许多话来加以辨析。但如果不怕失之粗略，也可以用一句简单的话概括：浪漫主义文学认为"生活应该如此"，现实主义文学则是"生活就是如此"。当你问雨果：《巴黎圣母院》中描写的乞丐王朝真的存在吗？雨果会回答说：我认为应该存在。如果你问巴尔扎克，你为什么在《人间喜剧》中把生活描写得那样黑暗污浊？巴尔扎克会回答你：因为生活就是如此黑暗、污浊。写《巴黎圣母院》时的雨果是浪漫派，而写《人间喜剧》的巴尔扎克是现实主义者。这样的说法未免过于简单，容易引起许多问题，但是比较详细的分析我们只能放在以后。

詹姆逊（又译杰姆逊、詹明信）认为，现实主义文学的产生与金钱的作用有着十分密切的关系："金钱是一种新的历史经验，一种新的社会形式，它产生了一种独特的压力和焦虑，引出了新的灾难和欢乐，在资本主义市场经济获得充分发展之前，还没有任何东西可以与它产生的作用相比。我希望大家不要把金钱作为文学的某种新的主题，而要把它作为一切新的故事、新的关系和新的叙述形式的来源，也就是我们所说的现实主义的来源。只有当金钱及其所表示的新的社会关系减弱时，现实主义才能逐渐减弱。"[1]

浪漫主义与现实主义之间的边界是一个"模糊边界"。把一个作家归类是一件困难而不必要的事情，但对这两种不同的创作原则和方法加以适当的分析还是必要的。现实主义文学，是对那种全然无视现实、任情感流荡的浪漫主义文学的反拨。在它们叙述的故事里，浪漫主义的幻想和温情常常是主人公不幸的主观根源，而金钱和权力是构成不幸的社会根源。如最典型的现实主义作品《包法利夫人》（福楼拜）中的爱玛是因为中了夏多布里昂和拉马丁作品的毒，为追求那种幽秘的爱情而跌入泥坑，死于债台高筑。但如果把现实主义文学说成"向社会举起的一面镜子"，那是不确切的。文学不仅是对现实消极的反映，而且是对社会现实的反抗。一个追逐

---

① 詹明信：《晚期资本主义的文化逻辑》，张旭东编，陈清侨等译，生活·读书·新知三联书店1997年版，第299页。

各种时髦思潮和表层热点的作家,不过是浅薄的鹦鹉,他们的学舌作品将随着潮流的东逝而消失得无影无踪。他们不是现实主义,而是伪现实主义。真正的艺术家必然不屈服于社会的庸俗的流行观念和被权威保护的现实。他们同这样的现实角力,殚精竭虑地探索社会表层之下那些最隐蔽因而也是最强有力的因素。这种力量是相对稳定、模糊不清的,它一旦被作家、艺术家揭示出来,就能在人的内心唤醒一股如雄狮般的力量,引起社会性的"轰动效应"。这种力量,在人的内心深处、深不可测的渊底躁动着,当天才的闪电照亮深渊的时候,它就会欢腾起来,使读者(或观众)感到一种淋漓酣畅、如瀑布宣泄般的快感。

现实主义文学在一个中心点上与浪漫派一脉相承,那就是它们所关注的依然是人的心灵自由的问题。现实主义文学比浪漫主义更重视人的心灵与外部世界的碰撞与和谐。现实主义作家像外科医生解剖人体那样,科学而细致地考察和剖析人的内心宇宙与外部环境、种族、历史、文化氛围的相互关系,理性、情感与意志的关系,个性、气质乃至深层意识的运行规律,其作品像人体解剖图那样描绘出完整而多样的内心世界体系。由于作家个人主体性的影响,每个人所描绘出的体系各有千秋,表现手法也迥然有异,统观起来,则是一幅极其广阔、丰富、深邃的内心图画——金钱时代人类心灵全景式、流动式的展开。

现实主义文学在19世纪中叶以后,逐渐在欧洲的主要国家,也包括美国,成为文学的主流。这里我们首先应该提到的就是英国维多利亚时代比较重要的一些作家,比如前面提到过的奥斯汀,她的《傲慢与偏见》《理智与情感》,也可以视为现实主义文学作品。英国还应该提到的就是勃朗特姐妹所写的《呼啸山庄》(艾米莉·勃朗特)和《简·爱》(夏绿蒂·勃朗特),特别是《简·爱》,直到现在还被我们中国的一些女孩子喜爱,它的女主人公成了少女们自强、自立的偶像。在英国,远比这两位女作家重要的是:哈代和他的威塞克斯乡村小说,特别是其中的《德伯家的苔丝》;狄更斯的小说有很多改编成电影——他的《匹克·威克先生外传》《大卫·科波菲尔》《老古玩店》和《双城记》在我们中国都不陌生。法国的现实主义文学取得的成就比英国要更高、更强。在法国现实主义文学的名作中,我们首先要提到的当然还是司汤达的《红与黑》,这部作品非常典型地反映了法国人的气质。有的文学史家把它归入了浪漫主义,我们从不同的视角看它可能会属于不同的流派。比起司汤达的《红与黑》,显得更重要的现实主义的文学大厦是由巴尔扎克建成的——他用四十几部长、中篇和部分短篇小说构建出一个举世无双的文学大厦(《人间喜剧》),令人叹为观止。他非常杰出地反映了在金钱取代上帝而成为社会的支配者以后,社会上人和人关系之间发生的各种各样的裂变,构建了金钱与买卖的讽刺史诗。巴尔扎克因此成为法国现实主义文学之父。自然,我们还应该讲到美国和俄罗斯的现实主义文学。美国建国时间短,使它无法与英法比论传统,但就现实主义文学潮流而言,美国拥有一批完全可以跻身一流行列的卓有特色的作家,如马克·吐温、杰克·伦敦、德莱塞等。至于俄国,它在 18 世纪时还默默无闻,但一进入 19 世纪就出现了一个群星灿烂的时代:从普希金、莱蒙托夫、果戈理到列夫·托尔斯泰、陀思妥耶夫斯基、契诃夫、高尔基。我们毫不夸张地说,代表19 世纪现实主义文学最高峰的是俄罗斯的两位作家:一位是列夫·托尔斯泰,他的长篇代表作品是《战争与和平》《安娜·卡列尼娜》和《复活》;另一位就是陀思妥耶夫斯基,他的《罪与罚》《被侮辱与被损害的》和《卡拉马佐夫兄弟》既是杰出的现实主义文学的优秀作品,同时也开辟了欧洲现代主义文学的先河。

七

到了 19 世纪末 20 世纪初,西方的资本主义社会进入了一个非常尴尬的境地,资本主义走向帝国主义阶段表现出来的社会脓疮开始溃烂、发臭,终于酿成了 20 世纪初的第一次世界大战——国与国之间残酷的战争。很多文化人非常吃惊地发现:人类从原始社会进化到现在,有了这么多先进的科学技术,结果竟然用这些技术来打仗,残杀的面更广、更为残忍。不少人对人生、对人类失去了信心。在现实主义文学中,我们还可以感到作者是站在社会生活之上,手举正义之鞭来鞭挞那些黑暗的社会现实;而在现代主义文学中,这样神圣的正义之鞭没有了,尼采说"上帝死了"。理性精神受到怀疑,以非理性主义为主要特征的现代主义文学开始发展。罗曼·罗兰在他荣获诺贝尔奖的巨著《约翰·克利斯朵夫》最末一卷的"初版序"中写道:

我写下了快要消灭的一代的悲剧。我毫无隐蔽地暴露了它的缺陷与德性，它的沉重的悲哀，它的混混沌沌的骄傲，它的英勇的努力，和为了缔造一个世界、一种道德、一种美学、一种信仰、一个新的人类而感到的沮丧。——这便是我们过去的历史。①

罗曼·罗兰对创造新世界感到的沮丧，是差不多整整一代文学家（转向无产阶级的作家除外）的普遍沮丧。它标志着支撑整个 19 世纪文学大厦的那种乐观的理性支柱崩塌了。高度发展的理性如果遭逢危机，会使人跌入更深的绝望。当人们自以为登上极乐仙境之时，却猛然发现眼前出现的是悬崖和深渊，那种悲哀是可以令人发疯的。20 世纪上半叶，发疯或自杀的作家特别多：斯特林堡的《鬼魂奏鸣曲》写于疯癫状态；杰克·伦敦像他的主人公马丁·伊登那样自己结果了自己，只是采用了服毒自杀的方式；意识流巨匠伍尔芙投了河；海明威用枪打碎了自己的脑袋；奥地利的茨威格则使用了煤气；"苏维埃最有才华"的诗人马雅可夫斯基也用的是手枪；叶赛宁步其后尘……他们的心灵如脆弱的芦苇，没有风时还颤抖不停，待寒风骤起，便一个个结束了自己的生命。更多的作家陷入悲观主义的深渊。以柏格森为代表的非理性主义思潮以滔滔之势席卷思想文化界。尽管罗曼·罗兰在隐遁 10 年之后仍在原来的基地上战斗，但 18 世纪的理性精神终究从主流地位上被推下来了。

　　20 世纪初欧美的文学形成三足鼎立：现代主义文学、现实主义文学与社会主义现实主义（无产阶级）文学。在无产阶级文学中，比较重要的是高尔基的《母亲》、马雅可夫斯基的诗以及肖洛霍夫的《静静的顿河》等；在现实主义文学作家中值得称道的是萧伯纳、罗曼·罗兰、巴比塞；在现代主义文学中将要讲到的就更多，比如 T. S. 艾略特的《荒原》、卡夫卡的现代神话小说、普鲁斯特的《追忆似水年华》和意识流巨匠乔伊斯的《尤利西斯》以及萨特、海明威的作品。

　　在商品化的时代，文学失去信仰的依托，就像一个垂暮的男人死去了常相依傍的妻子，因此而变得神情恍惚、精神萎靡，行将就木。高科技的迅猛发展，正在把人们从习惯性的语言思维中解放出来，用文字写成的"文学"

---

① 罗曼·罗兰：《约翰·克利斯朵夫》下卷，傅雷译，长江文艺出版社 2020 年版，第 1051 页。

不仅在"边缘化",而且日益衰颓。高科技影像技术及电子网络像一个妖媚十足的靓女诱惑着文学老人。他同她结合,而后即将死去。她将产下新的时代的宁馨儿——与过去的文学形态迥然有异的新的生命。

人类用自己的乳汁哺育了几千年的文学,已经长成了无与伦比的巨人,它是如此充满灵性,每一个细胞都会思想。但是,任何生命都不可能永恒。现有的文学形态将走向死亡,它将在博物馆里供人瞻仰和研究。同时,它在一种新的形态中延续了自己。

八

西方文学发展的历程可以简单地概括为"两大源头"和"六大思潮":

两大源头:古希腊、古罗马的神话艺术及文艺理论;中世纪的基督教文学及文化理论。

六大思潮:文艺复兴时期的人文主义文学思潮;18 世纪新古典主义文学思潮;法国大革命前后的启蒙主义文学思潮;19 世纪初的浪漫主义文学思潮;19 世纪和 20 世纪的现实主义文学思潮;20 世纪无产阶级文学思潮;20 世纪现代主义与后现代主义思潮。

六种思潮相互交错、彼此渗透,各有其独到而卓绝的特色。我们不可能一一详论,只能如《红楼梦》中的那句佛家签语:"弱水三千,我只取一瓢饮。"每一种思潮,摘取几种代表性作品略加剖析,以窥全貌,如此而已。

思考题

1. 说说西方文学的主要思潮和代表性作家及作品。

2. 就你读过的中国和西方的作品,谈谈你的不同印象和感受。

阅读书目

1. 杨周翰、吴达元、赵萝蕤主编:《欧洲文学史》,人民文学出版社 1979 年版。

2. 郑克鲁主编:《外国文学史》,高等教育出版社 1999 年版。

3. 徐葆耕:《西方文学:心灵的历史》,清华大学出版社 1990 年版。

第二讲

古希腊神话及其现代性

【摘要】 童年何以是美丽的—希腊神话的起源—十二主神—中国何以没有酒神与爱神—斯芬克斯之谜:认识你自己—俄狄浦斯:人和命运—美狄亚:女人和爱—荷马史诗—阿喀琉斯:西方文学史上的第一个"人"—阿喀琉斯的脚后跟:西方人的民族自省意识—返回神话

一

我想大概每一个同学手里都珍藏着一本照相簿——那里保存着你们从幼年到成年的各种各样的照片。这本照相簿的第一页,往往我们会看到一个光着屁股的孩子,他趴在床上,一个手指头含在嘴里,一双亮晶晶的眼睛看着这个对他来讲非常新奇的世界。如果你现在把这本照相簿给你的朋友看,他们的脸上会现出由衷的微笑,说:"哈,原来你小时候就是这个样子啊!"现在你长大了,成了一名大学生,或者已经成了一名工作人员,你每天背着很沉重的包,里面有很多没有完成的作业,有很多需要完成的工作,你的负担是很重的。你意识到自己对这个社会、对人们有很多的责任,需要做很多的事情,你在和人打交道的时候也知道了很多的规矩。你的的确确和那个光屁股的孩子很不一样了。这时候你可能骑在车上,满脑子的心事,穿过大操场准备到图书馆去,忽然在你的眼前,一个阿姨领着一些幼儿园的孩子挡住了你的去路,你看着这些孩子,他们的手牵在一根共同的绳子上,走路还不稳,歪歪斜斜,但是边走边用好奇的眼睛左顾右盼。你看着他们,有什么样的想法和心情呢? 你会不会想到自己的童年时代呢? 你会不会想到那个无忧无虑、想哭就哭、想笑就笑、想吃糖就伸手去抓的毫无顾忌的时代呢? 你会不会觉得自己的确长大了、成熟了,但是,你也失掉了一些东西——失掉了童真时代毫无掩饰、毫无顾忌的欢乐、悲伤和痛苦? 你长大了,也并不想退回到原来那个童年时代,但是你会有一种失落感。我们今天面对着古希腊神话的时候,就会感觉到、会想到我们人类童年时代的那样一种生活状态。

我请大家看几张图片。这张图片(图2-1)是大家很熟悉的爱神维纳斯。维纳斯是古罗马时代的称呼,在希腊时代爱神叫阿佛洛狄忒。这张图

图2-1　维纳斯

片大家已经司空见惯了，我们在街边的小摊上都可以买到石膏的复制品。在一些朋友的家里，他们愿意把这个断臂的女神摆放在窗台上或者自己的钢琴上。一个这么遥远的、几千年以前创作的雕像，人们为什么对她还那么有兴趣呢？我们不知道维纳斯的胳膊是什么时候断的，但是这个断了臂的维纳斯的确比那个没有断臂的美丽的阿佛洛狄忒更能够反映希腊神话的精神和本质。

我们再看第二张图片（图 2-2）。这是 18 世纪一位艺术家制作的玉雕，上面长了翅膀的是希腊神话中的小爱神厄洛斯，他搂抱着的是自己将要死去的情人普叙克。传说小爱神有两种神箭，如果被他的黄金制成的箭射中，爱情之火就会猛烈地燃烧，如果被他的铅做成的箭射中，那么爱情就会止息。这个玉雕还让我们想起莎士比亚所写的爱神维纳斯与阿多尼斯的故事：传说中的阿多尼斯是一个喜欢打猎的美少年，维纳斯疯狂地爱上了他。莎士比亚形容说，维纳斯亲吻自己的情人时，像一个"空腹的饿鹰在啄食她的猎物"。我们从这个玉雕上看到的就是这样一种心态———一对热恋中的男女。无论是有过还是没有过恋爱体验的同学都会从这个图里感受到一点东西，它对你们会有难以抵御的冲击力。

我们再看第三张图片（图 2-3）。这张图片里的两个人，男的是天神之父宙斯，女的是他的正妻赫拉。按照希腊神话的说法，宙斯是一个最强壮的，也是最富淫欲的神，而赫拉主要的特性就是嫉妒。在这对男女的目光中，我们既看到了他们相互之间燃烧着的那种强烈的爱，同时也看到了他们相互之间强烈如闪电般刺入对方的敌意，这种错综复杂的情感的表现，很典型地体现出希腊神话的意味。

图 2-2　小爱神厄洛斯与普叙克

图 2-3　宙斯与赫拉

看了这三张图片，我们不再能够随随便便地说："神话就是小孩子看的玩意儿。"事实上，希腊神话相当生动地反映了人的七情六欲，反映了一个毫无掩饰的时代和那个时代人的生活情态，我们应该从这样一个视角来看希腊神话。

二

神话艺术是上古时代社会、文化系统诸因素综合作用的产物。从社会学角度看，它是"人民的幻想用一种不自觉的艺术方式加工过的自然和社会形式本身"①。从人类文化学的角度看，它起源于巫术和宗教的祭祀、礼仪②；从哲学的角度看，它是人类最古老的认识论——泛灵论以及最古老的

---

① 《马克思恩格斯选集》第 2 卷，人民出版社 1995 年版，第 29 页。
② 参见詹·乔·弗雷泽:《金枝》，徐育新、汪培基、张泽石译，中国民间文艺出版社 1987 年版。

思维方法——比拟类推的产物①。心理学家认为它是人类最伟大的天赋——想象力开出的最绚丽的花朵;古希腊伟大的哲人柏拉图把这种想象力展开翅膀翱翔时的心态称为"迷狂",并认为只有处于"迷狂"的状态下,才能产生真正的诗。古希腊的神话与英雄传说是上述诸因素综合作用下所产生的最为绚丽多姿、雄大活泼的艺术品。

为了让大家对这段话有一个更具体的了解,我想弗洛伊德的弟子荣格的一段话对我们还是很有启发的,他说,当时人们不是在创作神话而是在体验神话。这句话非常深刻。那个时候人的知识几乎是等于零的,他对周围所处的自然界——对于头顶上奇妙的天空,对于身旁的山,对于眼前的河——都怀有一种好奇而恐惧的心理,因为他不了解,不知道它们什么时候就咆哮起来了,自己很容易就会被周围这些东西毁灭。比如说一天早上,一个家族的十几个人走出了山洞,看到外面风和日丽、鸟语花香,大家很高兴——今天可以出去打猎,可能会猎到一些动物,使自己饥饿了几天的肚子稍微有一点填充物。于是大家欢欢喜喜地出去了,走了没有多久,突然狂风大作,天空乌云密布,紧接着就是大雨倾盆,山洪暴发,眼前的树木、大石头随着洪流席卷而来,整个家族的十几个人就这么消失了。可能有一个人偶然爬到了一棵比较高的树上活了下来,他看着这个世界会怎么想?刚才还是风和日丽、鸟语花香,转眼一切都化为乌有了,眼前一片汪洋,自己的家人踪影皆无。在这个时候,他有多么恐惧!当然,人终究和动物不同,他会思索——这是怎么一回事?他没有什么知识,也不会作逻辑推理,只能按照维柯的《新科学》里讲的从单纯的共在关系当中考察事物的因果:何以从风和日丽一下子变得乌云漫卷了呢?从他自身的经验出发去蠡测,那一定是天上有一个力量比自己大几万倍、几十万倍的神发怒了。神当中最厉害的可能就是那个"雷电",因为只要天上一打雷,闪电划过天空的时候,整个世界就要勃然变色。他们想,一定有一个神管这个雷电,是最厉害的;山嘛,就有山神,河呢,就有河神;雷电之神比他们都要厉害些。

按照一些研究神话的专家考察,大概最早出现的就是这样一些"自然神"。在这些自然神中,我们看到人的思维中萌生了一点很重要的东

---

① 参见维柯:《新科学》,朱光潜译,商务印书馆 1989 年版。

西——就是觉得人和这些神是有一些共同点的。因为他们是根据自己的体验出发去想象那些神的，所以不可避免地认为人和神之间有某些共同的东西。这些东西是什么呢，就是后来人讲的"灵魂"。关于灵魂的认识也经过了一个过程，比如说，在比较早的时候，可能会有这样一些原始初民，出去打猎，打了一天一无所获。饿着肚子回到自己潮湿寒冷的山洞，倒下以后疲乏至极就睡着了。睡着了以后梦见自己射出一支箭，穿过了三头野猪，周围的人来向他庆贺，称他为英雄，把杀死的野猪的血涂在他身上，围着他跳舞，烧起了篝火，而且有漂亮的女孩子向他表示"爱情"，他和那个女孩子就在那个地方野合。正在欲火狂炽的时候，一个意外的原因使他醒过来了。醒来之后，发现自己依然在这个潮湿阴冷的山洞里面，肚子更饿了，全身冰冷。他就奇怪地想：这是怎么回事呢？我刚才不是一箭射死了三头野猪吗？我不是吃了很多野猪肉吗？我不是在和他们跳舞吗？我不是还和一个女人在一起吗？怎么现在一下我又在这个阴冷潮湿的山洞里了呢？想来想去只有一种解释，就是我睡着的时候我身体中的另外一部分从我身体里面出去了，它经历了那些非常愉快的事情。如果一个人因为流血死掉了，那么人们就会认为是那个叫作灵魂的东西随着他的血流走了，于是这个人死了。这种人把自身分成肉体和灵魂两部分的认识，在人类文明史上具有了不起的意义——它表明人已经能够把自己分为肉体和精神两部分，这是人类文明史、人类精神史的伟大开端。尽管我们现在听起来觉得这种想法很幼稚可笑、很不科学，但是人类的文明史的的确确就是这样开始的。有了灵魂的认识，而且认为所有的东西都是有灵魂的——上苍是有灵魂的，山是有灵魂的，树是有灵魂的，野兽是有灵魂的，而且这些灵魂是可以互通、互换的，这就叫作"泛灵论"，我们前面在讲希腊神话的起源时，提到过这一点。按照这样一种"泛灵论"的思想，那些原始人创造了自己的自然神和关于自然神的许多神话，而后大概就创造了关于"开天辟地"的神话、人类起源的神话，再往后就是对人和自然界斗争、人和社会的很多故事进行了艺术和幻想的加工所产生的神话。一个民族的神话发展至此便算形成了自己的体系。

在希腊神话里，比较早的是赫西俄德神谱（图2-4），讲的是人类比较早的一些神话故事。

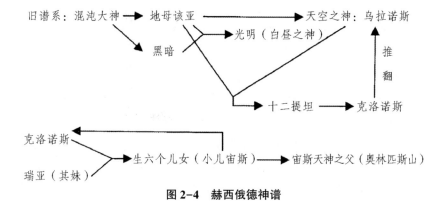

图2-4　赫西俄德神谱

从这个图表上各位可以看到,按照旧神谱的记载,最早宇宙间混沌一片,天地不分,只有一个神叫混沌大神,混沌大神最先生出了大地——就是地母该亚,接着在大地的底层出现了黑暗与黑夜,两者结合生出了光明与白昼。地母该亚又生出了天空,就是天神乌拉诺斯。地母该亚和她的儿子乌拉诺斯结合生出了六男六女,叫作十二巨灵神,又叫作十二提坦。这十二个巨神彼此结合生出了日月星辰。在提坦巨神中,普罗米修斯抟泥做人,创造了人类,并且把天火盗给了人类。乌拉诺斯是第一个统治宇宙的天神,后来被他和地母生的最小的儿子克洛诺斯推翻。为什么呢?因为乌拉诺斯想永远做天神,他担心他的孩子们取代他,就一个一个地把他们吃掉,在地母该亚的保护和支持下,小儿子克洛诺斯起来推翻了他的父亲。克洛诺斯和他的妹妹瑞亚结合,生下了六个儿女,这时候克洛诺斯担心自己的统治被自己的儿女推翻,又把自己的儿女一个一个地吞食。作为母亲的瑞亚把最小的儿子宙斯藏了起来,宙斯终于推翻了自己的父亲,成了宇宙的统治者。从这个旧神谱当中我们可以看到两点:第一,这个时代还处于人的蒙昧时期,还是一个杂婚制的时代——母亲可以和儿子结合,哥哥可以和妹妹结合。同时这个时代还有人吃人的野蛮风气。关于这个时代,有兴趣研究的同学可以看恩格斯所写的《家庭私有制和国家的起源》。第二,当时的原始初民们对天地的起源有一个很天才的猜想,就是天地在初始的阶段本来是混沌一片的,这样的猜想和我们中国神话里的记载是大体一致的。我们中国的古书也讲,最开始"宇宙如鸡子",老子也说"道生一,一生二,二生三,三生万物",这样的一种对于宇宙最初状态的看法跟我们现在科学的系统论的观点是吻合的。大家想想，在近代科学中，比如说在牛顿的科学著作中，对宇宙的起源不是这样看的。牛顿开辟了近代科学的新时代，功劳是极大的，但是他在某些方面，由于强调了机械的分析，反而不如原始初民的看法更接近于自然本身。这也是一个很值得我们深思的事情。类似的例子还有一个，希腊神话中说，普罗米修斯用泥土来做人，做了人形以后要由智慧女神雅典娜吹一口气给他智慧，然后这个泥人就可以变成一个活的人了。这样的说法作为神话是很有趣的，但是作为人类的起源我们从来都认为它是荒谬的。按照进化论的观点，我们人类最初的起源应该从蛋白质讲起，而泥土呢，属于矿物质，是无生命的。然而，有一位美国科学院的院士提出了一个报告，认为人类起源于泥土。这个报告所提出来的观点，不一定就是对的，但是我们也不能认为他就是在那儿无根据地胡说。至少有一个观念我们要质疑：把自然界分成有生命的和无生命的，并认为它们之间存在着一条截然不能逾越的鸿沟对还是不对？是否符合事物在一定条件下相互转化的辩证法？

旧神谱到了宙斯称王就结束了。宙斯做了天神之父以后，神谱进入了一个新的篇章，通常叫作奥林匹斯神谱，因为在这之后众神都居住在奥林匹斯山上。通常在奥林匹斯神谱中都有十二主神，各种神谱对于十二主神的说法是不同的，但是大体上可以说包括这样一些神：

第一，宙斯，是天神之父，地上万物的最高统治者。他控制着天气，雷电是他的信号，虹和鹰是他的使者。他强劲而淫荡，有七个妻子和无数个情人，经常利用权力和法术迫使美女委身于他，因此儿女也不可计数。在蒙昧时代生殖能力强旺是人们期待的。进入文明社会以后，淫荡才有了贬义。

第二，赫拉，就是宙斯的正妻。如果宙斯是代表男性，那么她就代表女性，掌管婚姻和生育。她的性格的主要特征是嫉妒。

第三，雅典娜，是从宙斯的头脑里生出来的，起初被视为女战神，后来逐渐变为智慧女神和雅典城的守护女神。她又被看作文学、艺术和科学中希腊天才的一个卓越代表。

第四，阿波罗，在诗与艺术中表现为光明、青春和音乐之神，又是太阳神。

第五，阿尔忒弥斯，是与阿波罗相对的月神，又是狩猎之神、妇女之神，女性纯洁的化身。

第六，狄奥尼索斯，在诗体神话中是酒神和狂饮欢乐之神，在古老的仪式和风习中又是被当成植物生长之神来崇拜的。

第七，阿佛洛狄忒，是爱情女神，传到罗马时代改称维纳斯。她的忠实的随从（一种说法是她的幼子）小爱神厄洛斯手持弓箭，被金箭射中者就会跌入情网。

第八，波塞冬，海神。

第九，哈台斯，冥王，就是"阎王爷"。

第十，赫菲斯托斯，火神。

第十一，阿瑞斯，战神，有时候是瘟疫之神，是爱神阿佛洛狄忒的配偶。

如此等等。

除了这些神以外，在神话中还有许多关于英雄的传说。所谓英雄是由神和人结合生下来的半人半神式的人物，他们有很多很重要的故事，比如荷马史诗中的主人公阿喀琉斯，率众英雄夺取金羊毛的伊阿宋，立十二大功被高尔基称为"人类最早的劳动模范"的大力神赫拉克利斯，等等，这些都属于"英雄"。

三

介绍希腊神话的特征，最好能与中国或其他国家的神话相比较来看。我们先从希腊神话里的两个神说起——一个是酒神，一个是爱神。看看中国或者其他国家的神话就会发现，希腊神话里很多神其实在其他民族的神话里也是有的，比如太阳神、月神、山神、风神、火神、海神等等，几乎每个民族的神话里都有这样一些神。可是有两个神在希腊神话里有，而在中国神话里没有，这就是酒神和爱神。那么各位可能问，张艺谋拍的《红高粱》里不是就有酒神吗？那个叫作职业神，只管制酒这个行业，不管其他。这种行业神的产生是手工业作坊产生以后的事情，跟远古神话没有多大关系。《红高粱》这部电影里渗透着西方的酒神精神，但电影里的酒神同希腊式的酒神毫无关系。希腊神话里的酒神狄奥尼索斯有一个职能是管植物生长，这一点，在中国的神话里可以找到相对应的神，就是大家很熟悉的神农氏。神农氏在我们中国的神话里是一个管植物生长的神，但是中国的神农氏和希腊的狄奥尼索斯之间的差别太大了。各位知道神农氏为了给人找到可以食用的食物，尝尽百草，把自己弄得死去活来，是一个为老百姓生计操心的很有奉献精神的神。但是希腊的酒神完全没有这样的品质。尼采说酒神象征着"人类情绪的总激发和总释放"，是一个恣情纵欲的欢乐之神。这样的神，中国神话里是没有的。

讲到爱神，按照闻一多先生的考证，在中国远古时代也是有的，她叫作高禖。古书上记载着高禖祀典"奔者不禁"，就是说在以高禖命名的这个节日里，人们是可以自由野合的，从这一点上来讲，高禖可以说是中国远古时代的爱神。但是闻一多先生讲，随着华夏民族的羞耻之心的萌生，人们开始为这样一个神感到羞耻，于是她的地位就越来越下降了。到了战国时代，宋玉写《高唐神女赋》的时候，高禖已经从一个女神下降为伺候楚襄王行云雨之事的"神女"了。中国的女爱神从女神降为神女，而西方却经历了一个相反的过程。一些传说中记载，维纳斯最早是在神殿里伺候过往客商的神妓，在满足了这些客商的要求之后，客商就会向神殿捐款。由于她所做的这件事情的神圣性，她由一个高级妓女逐渐升格为一个女神，升为爱神，甚至成了罗马人的"国母"。在罗马时代，维纳斯节的时候，所有的贵族妇女、平民妇女，包括妓女都是盛装艳服，到街上去游行，整个罗马城春色无边。从这个例子，我们看到远古时代中华民族和古希腊在文明上很奇特的不同走向。

希腊神话里的酒神和爱神实际上可以视作体现人的自然本性——食和色的两个神。孟夫子讲过"食色，性也"，我们在远古时代的圣人承认人的本性是"食"和"色"，但是在中国的神话里却没有体现人的两大主要情欲的象征性艺术符号，而在希腊神话里则用酒神和爱神来体现人的这两大情欲。

如果我们只讲到此，希腊神话也还是一个很肤浅的东西。它的深刻性在于揭示了人的两大情欲带给人们的悲剧性和喜剧性的人生体验。这两个神体现了希腊民族在远古时代对食、色两大情欲的崇拜，通过这两个神的故事激发和释放了人们的情欲。在希腊神话里面，男神大半都是嗜酒好色；而女神嫉妒成性、追求虚荣，她们为了自己想得到的东西往往是拼命地去追求，犹如飞蛾扑火，在追求过程中死掉也在所不惜，如果得到了就高兴得狂欢乱舞，如果失掉了就像小孩子一样号啕大哭。在这方面有一些很有代表性的故事，比如说"金苹果"的故事。这个故事讲的是人间的国王佩琉斯和爱琴海女神忒提斯结婚，这是人和神之间的结合，盛大的婚礼上聚集了天上的众神和地上的众英雄，但是男女主人忘记了邀请争吵女神埃里斯。争吵女神从天上看着婚宴上人们大吃大喝，气得七窍生烟，就从天上投下一个金苹果到宴席上。一个金苹果对于神来说虽然贵重，但是也没有到为它拼死拼活的地步——它不过是一块金子。问题是苹果上有这样几个字："给最美者。"谁是最美？这可是一个必须较真的问题。很多神都来争，争到最后剩下三个神相持不下，这就是天后赫拉和她的两个女儿——爱神阿佛洛狄忒和女战神雅典娜。三个神到宙斯面前，让他裁决谁是最美者。宙斯知道天机不可泄露，就让她们去找特洛伊城的王子帕里斯。三个神争争吵吵到了特洛伊城，找到了年轻的王子帕里斯。她们争相向帕里斯行贿，赫拉说："你把这个金苹果判给我，我给你人间最大的权力，因为我是天后。"雅典娜说："你把这个金苹果判给我，我让你在战场上战无不胜，因为我是女战神，而且是智慧女神。"爱神阿佛洛狄忒说："你把这个苹果判给我，我让人间最美的女子爱上你。"帕里斯最后把金苹果判给了阿佛洛狄忒，于是阿佛洛狄忒就用魔法让斯巴达王的妻子海伦爱上了帕里斯，而且跟着帕里斯私奔了。这下子可不得了，斯巴达是希腊联邦中间的一个，这件事震动了整个希腊联邦，人们觉得他们最美丽的一个女子让特洛伊人给勾引走了，不行！于是组成了希腊联军去攻打特洛伊城，要夺回海伦。这仗一打就是 10 年，死伤无数，起因只是为了一个女人。这样的故事我们可以说在中国远古时代的神话中是没有的，中国的祖先不可能为了一个女人去打 10 年的战争。这反映了希腊神话、希腊民族的一些特性。关于战争，在我们中国上古的神话里也有很多的记述，战争的原因都是比较明确也比较单一的。比如说炎黄大战，炎帝和黄帝打仗，为什么呢？是因为炎帝尚火，黄帝尚土。也就是说，两家的信仰和政见不同，打起来了。也有黄帝和蚩尤的大战，那是部落之间的一种争夺权力的战争。还有像"刑天舞干戚"这样的神话，讲的是下层人对上层统治者的一种反抗，也是一种战争。对于这些战争发生的原因的记述是明确的、单一的，因此也有它的局限性。而"金苹果"在人们长时间的传说中取得了一个形而上的位置，成了一个象征物——象征着一种贵重的物质财富和人们对于荣誉的追求。它从天上落到了人间，既给人们带来欢乐，也给人们带来灾祸，成了人们之间相互争夺的一种最根本的原因。这也就是恩格斯多次讲到的，人的"私有欲"是人们之间的战争最根本的起源，人类只有在消灭了私有制、私有欲之后，战争才会从根本上消失。

"金苹果"作为一个象征性的符号,已经脱离了它本来的意义,而上升到一个更高的哲学层次,变成了人的私有欲的一种象征,它不仅代表了色欲、财欲、物欲,而且代表了权力欲、追求荣誉的欲望等等。从这个意义上讲,"金苹果"的故事在漫长的历史上不断地被演绎着——很多大大小小战争的发生都是为了争夺悬在双方头顶上的一个"金苹果"。包括今天的某些战争,我们是不是也可以把它们看作争夺"金苹果"的故事呢?各位知道在一些大学或者单位,每年都要评职称、评工资,这时候常常会发生各种各样的矛盾,那么这时候的"职称""工资"是不是悬在人们头顶上的"金苹果"呢?在你们生活的周围——在你们的班上,在你们的宿舍里,是不是也常常发生着一些不大不小的争夺"金苹果"的故事呢?从这个例子,我们看到了希腊神话对于两大情欲带给人们的悲剧有着相当深刻的哲理层次的揭示。

我们再举一个例子,即关于伊阿宋的故事。伊阿宋是一个英雄,他要带领一批人到科尔喀斯国夺取那里的金羊毛。因为金羊毛是众所周知的无价之宝,而能从毒龙的守护下夺取到金羊毛的人,就是最了不起的英雄。如果伊阿宋拿到金羊毛,他就可以从叔父手中索回本来应该属于他的王位。为了这种对于荣誉的追求,伊阿宋乘着一艘叫作阿尔戈号的船,带领了一批英雄向着科尔喀斯进发。这样一个夺取金羊毛的故事很像我们中国后来产生的一部神话故事,就是大家都很熟悉的《西游记》。它们当然有一些不同:伊阿宋夺取金羊毛是为了显示自己的勇敢,夺取属于个人的王位;而唐僧呢,是为了求取真经,普度众生。两支队伍的目标是不同的,这种不同也显示了古代两大民族价值观念的不同;路线也不同——伊阿宋是乘船,主要是在海上踏浪行波,而唐僧众人主要是在陆地上翻山越岭,这反映了两个民族一个是海洋民族,一个是大陆民族。更加不同的是对待女色的态度:在《西游记》里大家可以看到,除了猪八戒有点好色以外,其他人都是不近女色的,猪八戒这点小毛病经常受到奚落和惩罚,使他成了一个饱受众人嘲笑的喜剧性角色;但是伊阿宋的队伍就不一样了,当他们乘着阿尔戈号经过楞诺斯岛——这是一个女人岛——的时候,那些女人看到这么一船男人,都是如此强壮、如此英俊,欢喜得不得了——女王带队到停船的地方迎接众英雄,伊阿宋带头与女王携手共度良宵,而其他英雄们也是一个个找到自己的女伴。到了第二天早上,太阳升得老高了,没有人回到船上来,幸亏船上还留了一个人——大力神赫拉克利斯,他没有跟随女人而去。全靠他把伊阿宋等人从女王和其他女人的温柔乡中一个一个找回来,这条船才能继续进发。从我们中国古代传统的眼光看来,伊阿宋们实在够不上英雄。当然,希腊神话也揭露了一些英雄的好色给他们带来的悲剧性结果。伊阿宋到了科尔喀斯,科尔喀斯王的女儿——公主美狄亚爱上了伊阿宋,帮助他夺取了金羊毛,二人胜利而返。可是伊阿宋和美狄亚生活了10年,看到美狄亚年老色衰了,就又喜欢上了另外一个女人,而这个女人是科任托斯国的公主,他其实是觊觎那个国王的权力。美狄亚悲愤至极,不仅杀死了伊阿宋的新欢,而且杀死了她自己和伊阿宋生的两个儿子。伊阿宋追悔莫及,一世英雄拔剑自刎。那个赫拉克利斯——就是使得这场远征免于夭折的大力神,终于也未能逃出美色的引诱,在后来的一场战争中,他喜欢上了一个在战场上俘虏到的女奴,悄悄地把她带回了自己的家,但被妻子发现,妻子在酒里给他下了毒。赫拉克利斯在中毒以后,临死之前非常痛苦,也深悔自己的罪过。希腊神话揭示了这样一个道理,使得希腊神话变得深刻:情欲毁灭英雄,情欲毁灭理智,明知毁灭仍执意追求,犹如飞蛾扑火,这就是希腊人的悲剧性的性格和悲剧性的命运。

四

希腊神话中表现得比较多的另外一个特色或者说是哲理,就是关于人和命运的冲突。

有一个很有名的大家都很熟悉的故事,叫作斯芬克斯之谜。讲的是狮身人面兽斯芬克斯,盘踞在忒拜城外的一个山头上,凡是从它眼前的路上走过的人,它都要出一个谜语给他,如果不能够把这个谜语猜破,那么对不起,就要被它吃掉。它所出的谜语中有一个很有名:有一个动物,早晨用四只脚走路,中午用两只脚走路,到了晚上要用三只脚走路。用脚最多的时候正是其力气最小的时候。我想各位都比希腊远古时代的人聪明,一下子就猜中了这个谜语,他的谜底就是"人"——人在小孩子的时候还不能站立,手脚并用,所以是四只脚走路;长大了,成了一个青壮年的时候,用两只脚走路;到了晚年,要加一根拐杖,所以是三只脚走路。用脚最多的时候,也就是小孩子的时候,他的力气是最小的。这个谜语后来是被一个叫作俄狄浦斯的人猜中了,猜中了以后,斯芬克斯既气且羞,就从悬崖上一个倒栽葱摔下去死了。黑格尔高度地评价了这个"斯芬克斯之谜"，在他的《美学》中讲过这样一段话：

> 这个象征性谜语的解释在于显示出一种自在自为的意义，在于向精神呼吁："认识你自己！"就像著名的希腊谚语向人们呼吁的那样。①

我们知道，人在他最初的时候是处在一个叫作"自在"的状态，那时候他和动物在一起，觉得自己就是一个动物，而且觉得自己是一个比较弱的动物——远不如那些豺狼虎豹。因此，产生了图腾崇拜——他所崇拜的都是比他强的，如果崇拜这个图腾，把这个图腾的血涂在自己身上，自己就可以变成和这个图腾一样强。比如变成一只鸟、一只狗、一只鸡，他都觉得比人要强。所以那时候人的生活状态按照闻一多先生的说法，真的是很可怜的。大概是从有了火以后，人开始有了一种想同自己的外部世界作斗争的欲望，并且开始具有某种征服外界的精神状态。所以，把天火偷到人间的普罗米修斯在神话里占有一个非常崇高的位置：他违反了上帝的意志，驾着太阳车把天火送到人间，宙斯察觉了，将他捆绑在高加索山上，白天让恶鹰去啄食他的五脏六腑，到了夜里再长出来，第二天恶鹰再继续啄食。为了人类的火，普罗米修斯忍受了巨大的苦难，所以马克思说普罗米修斯是哲学日历上第一个"圣者"和"殉道者"。这个神话告诉了我们火对于人类发展的历史何等重要，而普罗米修斯的作为事实上是人类第一次向最高的统治者宣布要取得自己想取得的东西，为此而不惜反抗、不惜牺牲、不惜献出自己的一切。这样的一种萌芽性的意识，给它一个现代的词语就叫作"自由"。人在有了火以后，开始能够打造一些更好的工具和武器，因此就有了很多关于人征服自然的故事，像关于大力神赫拉克利斯用双手扼死了猛狮，以及杀死三头狗的故事，都表示了人这时候开始把自己从动物当中提升出来，而且有了一种控制和征服自然的欲望，这是人类发展史上的一个新的阶段。但是人一旦面对自然，一旦产生了要征服自然的意识的时候，他就同时产生了另外的一种意识，就是在和自然作斗争的过程中，意识到自己还有另外一个敌人——就是他自己。人非常可悲地意识到，自己在想做一件事的时候不光是面对着自然界对自己的控制，而且有一种神秘的自己根本无法掌握的力

---

① 黑格尔：《美学》第 2 卷，朱光潜译，商务印书馆 1979 年版，第 77 页。

量在支配着自己,使自己在一条自认为平坦的大道上往前走的时候,却忽然跌入了陷阱,本来想向东,结果走到西边去了。这种神秘的、自己不可知的、令人感到恐怖的力量就叫作"命运"。

我们在希腊神话里看到了这样一些表现人被命运所控制而又不甘心被控制的悲剧性的故事,最具有代表性的就是关于俄狄浦斯王的故事:忒拜国的国王生下了一个儿子,先知警告国王说,你的孩子是要杀父娶母的。忒拜王很恐惧,就命令手下人把这个孩子扔到深山里让猛兽吃掉。他的手下人把孩子抱入深山之后出于怜悯,把他送给了一对牧羊人夫妇,这对夫妇就把孩子养大了,他就是俄狄浦斯。他长大以后懂事了,从先知那里知道了命运的安排——自己会杀父娶母。俄狄浦斯以为牧羊人夫妇就是自己的父母,他很爱他们,不愿意有这样的结果,想逃避命运的安排,就离开了这对夫妇。在深山里他带着一些人行走的时候,和另外一些人发生了冲突,他不知道对方是谁,在混战之中杀死了对方的首领,而这个首领就是忒拜王,也就是他的生身父亲。在他走到忒拜城城门口的时候,恰好遇到斯芬克斯狮身人面兽在那儿为祸作乱,忒拜国的王后出了一个告示,说谁能制服斯芬克斯,谁就可以做忒拜国的国王,她就愿意和他结婚。正像我们前面讲到的,俄狄浦斯猜破了斯芬克斯的谜语,制服了斯芬克斯,他因此就成了忒拜城的国王,也就因此娶了忒拜王的妻子,也就是和他的生身母亲结了婚。就在结婚之后,整个忒拜王的领地瘟疫流行,庄稼不再生长,女人神秘地失去了生育的能力,人们都惊骇地猜想:这是怎么回事?先知说,因为你们中间有个人犯了大罪,他杀父娶母,所以天降灾祸给你们。俄狄浦斯作为忒拜城新任的国王,觉得自己有责任拯救老百姓于水火之中,他下决心要追查这个杀父娶母的元凶。但是现实是这样地无情:追查元凶的俄狄浦斯恰恰就是元凶自己;这个全心全意要拯救忒拜城的人,恰恰就是将忒拜城置于毁灭边缘的人;高贵的就是卑鄙的,善良的就是邪恶的。这个故事相当深刻地揭示了远古时代人的一种矛盾心理状态,他们还处在一种"自在"的情境之中,对自己周围世界的规律性没有多少了解,常常会反过来被这些规律所控制。今天,我们比起远古时代的人对社会和自然的规律掌握得不知道多了多少,但是我们面对着的仍然是一个广大的未知世界,我们知道的东西有多少呢?我看不到外部世界全部奥秘的百分之一。所以今天依然发生着这样的事情,就像当年的俄狄浦斯一样——我们叫作"愿望与后果的悖谬"。同学们可以

回去问问你们的父母,如果他们经历过"文化大革命",有没有过这样"愿望
与后果悖谬"的体验呢?当初是抱着那样崇高的愿望去投身这场"革命",
但是最后却制造了一场灾难,这是不是一种"愿望与后果的悖谬"呢?这是
不是一个现代的俄狄浦斯的故事呢?在这些地方,希腊神话里的故事不仅
是很有特色的,而且它们的哲理的的确确具有一种永久性的魅力。今天我
们还在敷演着古希腊时代的那些神话故事,只是在不同的历史和社会条件
之下。

关于俄狄浦斯的故事,还有这样一种解释——认为这是一个"替罪羊"
的故事。在古代埃及,有这样一种风俗:如果今年发生了一场特别大的天
灾,庄稼颗粒无收,老百姓就想:一定是我们犯了什么罪,上天降祸于我们。
那么怎么办呢?他们就把一群羊赶到荒野里去,让这群羊代替自己,赎洗自
己的罪过,这些羊就叫作"替罪羊"。这是埃及远古时代的一种风俗。我们
中国也有类似的风习,比如大家都熟悉的"河伯娶妇"的故事——如果这条
河年年要发大水,造成很大的灾难,那么怎么办呢?每年扔一个女孩子给
它,平息它的愤怒,这个女孩子在某种程度上也是一个"替罪羊"的角色。
希腊神话中的俄狄浦斯的故事,也是"替罪羊"的神话原型之一。俄狄浦斯
本身并没有罪过,他是一个很善良的人,但是为什么要给他这样的命
运?——当他知道自己就是那个杀父娶母的元凶后,刺瞎了自己的双眼,到
处去行乞,以此来赎洗自己的罪过。但是事实上他是没有罪的,不过是一个
"替罪羊":当一个地方瘟疫流行,庄稼不生长,妇女生育能力下降时,大家
找出来的"替罪羊"。这样的角色在我们现在的人类生活中,还有没有呢?
对现代或者当代世界上的各种政治斗争比较有兴趣的同学,你们可能会在
一些险象环生的政治斗争中给我们举出些例子,说"谁谁谁"事实上就是某
一场政治斗争中的"替罪羊",他就是政治斗争中的"俄狄浦斯"。

五

关于女人的故事,在希腊神话里占着非常重要的地位。在旧神谱反映
的时段里,女性的地位是比较高的,因为那是母系社会,女性是中心,两次发
生儿子推翻父亲的事件都是在母亲的支持和保护之下。后来由于人适应自
然能力的增长、工具的改进,一些男人打猎或者做其他事情取得的收获,除

了维持生命的延续以外有了一些"剩余物资"。为了找到一个可靠的继承者,他就需要确切地知道谁是自己的孩子,这个时候开始,男人对女性开始提出忠贞的要求。从神话反映的时段看,大概是从宙斯做天神之父始,神话产生的社会背景已经是一个父系社会了。从旧神谱到新神谱,以宙斯作为界线,这是一个很重要的分水岭,用恩格斯的话来讲,母系社会的被推翻,是世界妇女的一次具有历史意义的失败。"失败"这一点,大家比较容易理解——女性开始沦为男性的奴隶和家庭总管,为什么说是"具有历史意义"呢? 因为它终究代表着人类的一种进化。在荷马史诗《奥德赛》中就特别描写了奥德赛的妻子在等待丈夫回来之前有很多男人向她求婚,她都一一加以拒绝,她是一个忠贞的典范。反过来,男人就无需承担这样的义务:宙斯有七个妻子,还有无数的情人,而且他对他的情人完全不负责任——他喜欢上了一个叫伊俄的女孩子,他就苦苦追求她,强迫这个女孩子欢好,正在这个时候,非常容易嫉妒的天后赫拉从天上赶来追踪宙斯,宙斯情急之中就把伊俄变成了一头牛,然后就走掉了。伊俄从此就成了一头小牛,她的父亲来看她,她口不能说话,只能用蹄子在地上划一些符号和她的父亲交谈。我们前面讲过,希腊神话中很多女神的天性都是嫉妒,这种嫉妒在那个时候有另外一种意义,我们不能把它看成一种低劣的品质,这是女人要求和男人平等的欲望。天后在嫉妒方面是一个表现非常突出的女人,她无时无刻不在追踪着宙斯,这恰恰也是女人的觉醒——在这种嫉妒中带有某些现代性爱的特点。黑格尔在论及现代爱情特征的时候说过这样一段话:

> 在这种情况下,对方就只在我身上活着,我也就只在对方身上活着;双方在这个充实的统一体里才实现各自的自为存在,双方都把各自的整个灵魂和世界纳入到这个同一里。①

也就是说,作为恋爱的双方,自己活在对方的身体里和对方的精神世界里,如果失去了对方,不说是最大的不幸,也得说是很大的不幸。这方面的论述大家可以看恩格斯的《家庭私有制和国家的起源》。而在我们讲到的古代,在父权制社会的时候不是这样的,从古代社会到现代社会在男女的关系上经历了一个从情欲升华为爱情、从人的自然关系升华为人的社会关系、从单

---

① 黑格尔:《美学》第 2 卷,朱光潜译,商务印书馆 1979 年版,第 326 页。

纯的欲望升华为美的情感的过程。但是,这并不等于说,在古代社会的神话里没有关于现代爱情的萌芽,譬如前面提到的美狄亚的故事。美狄亚是科尔喀斯国王的女儿,当伊阿宋到她的国家夺取金羊毛的时候,她爱上了伊阿宋,不仅帮助他从父亲那里盗取了金羊毛,而且当自己的兄弟跟踪追击要杀害伊阿宋的时候,她为了保护伊阿宋杀死了自己的弟弟。可以说,美狄亚作为女子,她爱上了一个男子以后,就把自己的全部都交付给了他。她这样做的同时,当然也希望这个男子同样把自己的一切交付给她,但是后来的事情就像前面讲到的:两个人在一起生活了差不多10年,生了两个孩子,这时候伊阿宋的感情转移了,他觉得美狄亚已经年老色衰了,看上了另外一个国王的女儿。他看上这个女人还有另外一个动机,就是他觊觎那个国王的权力。希腊的悲剧作家欧里庇得斯把这个题材写成了悲剧《美狄亚》。剧中美狄亚一登台的台词就是讲女人的不幸:

> 在一切有理智,有灵性的生物当中,我们女人算是最不幸的。首先,我们得用重金争购一个丈夫,他反会变成我们的主人……而最重要的后果还要看我们得到的,是一个好丈夫,还是一个坏家伙。因为离婚对于我们女人是不名誉的事……
>
> 一个男人同家里的人住得烦恼了,可以到外面去散散他心里的郁积……可是我们女人就只能靠着一个人。[1]

这番话反映了当时处在奴隶地位或者说实质上的奴隶地位的女人对自己任人摆布的地位的不平。美狄亚的这番台词,被一些文学史家称为"世界妇女的第一个争取平权的宣言"。既然一个女人把自己的全部都交给了这个男人,而她对这个男人的要求又得不到满足,甚至被抛弃,她的痛苦是非常强烈的。黑格尔讲过这样一段话:

> 爱情在女子身上显得最美,因为女子把全部精神生活和现实生活都集中在爱情里和推广成为爱情,她只有在爱情里才找到生命的支持力;如果她在爱情方面遭遇不幸,她就会像一道火焰被第一阵风吹熄掉。[2]

---

[1] 《欧里庇得斯悲剧集》(一),罗念生、周启明译,人民文学出版社1957年版,第69—70页。

[2] 黑格尔:《美学》第2卷,朱光潜译,商务印书馆1979年版,第327页。

正是因为爱情对于女人具有一种远比男人重要的意义，一种等同于她生命的意义，所以一旦她感到失去的时候，或者这个男人背叛了她的时候，她对这个男人的怨恨甚至于报复都远比男人更强烈。所以美狄亚这样讲：

> 女人总是什么都害怕，走上战场，看见刀兵，总是心惊胆战；可是受了丈夫欺负的时候，就没有别的心比她更毒辣！①

美狄亚确切地意识到伊阿宋已经背叛了她的时候，不仅施展魔法杀死了伊阿宋的新欢和新欢的父亲，而且为了让伊阿宋痛苦，还杀死了她和伊阿宋生的两个可爱的孩子。她达到目的了——伊阿宋得到两个孩子的死讯的时候，真正地意识到了自己的罪过，自惭形秽，一世英雄拔剑自刎。美狄亚的故事也构成了一个文学母题，这个文学母题后来不断地被一些文学家、艺术家敷演，叫作"痴心女子负心汉"，或者叫作"爱而不能终其所爱"。比如各位知道的中国的秦香莲和陈世美的故事，俄国的安娜·卡列尼娜和渥伦斯基的故事，我们还可以举出很多很多，它们事实上都是"痴心女子负心汉"这个母题的延续、发展、变化，而最早表现这个母题的就是希腊神话中美狄亚的故事。

六

我们下面要介绍集希腊神话之大成、成为西方文学第一座里程碑的"荷马史诗"。

关于荷马有各种各样的传说，有的人说确有其人，而另外一些人说实际上并不存在荷马这样一个人，他不过是一些行吟诗人的集体的代名词。有一点我想我们是可以肯定的：就是像这样规模巨大的史诗靠一个人是不可能完成的。这种经验在我们中国的文学史上也有，比如说《水浒传》，经过胡适先生和其他学者的考证，它是经过了一个很漫长的时期，一点一点积累，最后是由施耐庵来把它集大成的。同样，荷马史诗也是经过了几百年的积累，而后，可能有这样一个人把它集大成，形成了现在的史诗文本。这是西方文学史上不断在探讨的一个问题。关于荷马的史诗，传说中有很多部，

---

① 《欧里庇得斯悲剧集》（一），罗念生、周启明译，人民文学出版社1957年版，第70页。

被确认为荷马作品、最重要的有两部,一部叫作《伊利亚特》,中文也有翻译为《伊利昂纪》的,另外一部叫《奥德赛》,中文也有翻译为《奥德修纪》的。两部史诗都是24卷,《伊利亚特》是15693行,《奥德赛》是12105行。《伊利亚特》主要写的是长达10年的特洛伊战争的最后51天,以阿喀琉斯的两次愤怒作为主要的情节,用艺术幻想的方式,比较全面地展示了当时社会的政治、经济、军事、文化、社会风习等等各方面的状况,塑造了一批有血有肉、雄大活泼的人物。《奥德赛》写的是特洛伊战争结束后,奥德赛在返回自己故乡的路上经历了各种各样的艰难困苦,而他的妻子在故乡等待他的20年当中,拒绝了许许多多的求婚者,保持了自己对于丈夫的忠贞,而且派了自己的儿子去寻找丈夫。当奥德赛历尽了艰难险阻和儿子会合后,一起设计惩处了那些不断骚扰他妻子的求婚者。关于这两部史诗,可以从多方面加以介绍。文学艺术作品,最主要的价值要看它是否能够艺术地塑造人物、揭示人物的心理,艺术地表现人物的内心世界。荷马史诗最主要的成就,它之所以被称为西方文学的第一座里程碑,主要就在于它塑造了一批非常丰满的、具有重大的历史内涵和艺术价值的人物。我们下面就举出《伊利亚特》的主人公阿喀琉斯来作一简单介绍。

俄国著名的文学批评家别林斯基曾经讲过这样一段话:长篇史诗的人物应该是民族精神的充分的代表,但主人公主要应该以自己的个性表现民族力量的充沛、民族的根本精神的全部诗意。荷马的阿喀琉斯就是这样。

古希腊早期的神话,从塑造人物的角度来看,最早出现的自然神不过就是自然现象的单纯的符号,谈不上人物性格等等。后来出现的酒神、爱神等等,又成为人某一种情欲的符号,表现了人的情欲或者性格的某一个方面。这些人物开始有了性格,但是比较单一,比较苍白和简单。但是,我们看到《伊利亚特》的时候,感觉就不一样了。

阿喀琉斯是爱琴海女神忒提斯和人间的国王佩琉斯结合生下来的孩子,他有着太阳神般的鬈发、刚直的鼻子、坚强的下巴以及魁梧有力的身躯和非常高强的武艺;他有一种渴望战斗冒险的英雄性格,刚生下来的时候他的母亲得到了先知的警告:你的儿子要么默默无闻而长寿,要么在战场激战中早夭。作为母亲当然希望儿子活得长,所以当特洛伊战争爆发,希腊的男子都要到前线去打仗时,忒提斯就把阿喀琉斯化装成女孩子,让他混在女孩子中间,想用这种方法躲过这场战争。但是俄底修斯(奥德赛)是一个智者,到了女孩子群里一下子就把阿喀琉斯认出来了,这样阿喀琉斯就不得不上战场了。母亲很悲伤,但是阿喀琉斯很高兴,他义无反顾地跟着俄底修斯上了战场。他武艺高强,在战场上连连获胜,以至于特洛伊士兵一听到阿喀琉斯的名字,一看到阿喀琉斯的铠甲出现,就心惊胆战、魂飞魄散。可以说,阿喀琉斯是希腊联军中最重要的、出色的将领。

当他的朋友帕特洛克罗斯被特洛伊人杀死以后,阿喀琉斯愤怒至极,这时候他表现出来的不只是勇敢,而且带有一种残暴,他一路杀将过去,尸体堆积如山,把克珊托斯河的河道都给堵塞了。这时候河神站出来说,阿喀琉斯你不能这样乱杀人,阿喀琉斯不由分说,挺起长矛对着河神就刺过去,吓得河神惊慌逃窜。当杀死他朋友的特洛伊将领赫克托尔出来和他两阵对决的时候,赫克托尔说我们可不可以立一个约:如果谁杀死了对方,不要凌辱他的尸体,把他的尸体送还给他的家人。阿喀琉斯不由分说挺着长矛刺过去。他杀死了赫克托尔,赫克托尔在临死前再一次哀求阿喀琉斯不要凌辱他的尸体,阿喀琉斯根本不听,把赫克托尔的尸体拴在马后,绕着自己朋友的尸体跑了三圈,然后把他解下来,让周围的将领每个人上去戳一枪,戳得赫克托尔的尸体千疮百孔,而且下令暴尸三天。这里我们看到阿喀琉斯渴望战斗、渴望冒险,在他愤怒的时候甚至表现出一种很强烈的残忍。

但是这只是阿喀琉斯性格的一个侧面,他有的时候又表现得很天真、很温和、很善良。比如说他和他的朋友帕特洛克罗斯之间的友情就非常温馨,他把他的朋友从家里带出来的时候,向朋友的父亲保证说:我一定在战争结束后把你的儿子安全地给你带回来。他的温和善良特别表现在杀死赫克托尔以后,赫克托尔的父亲老王普里阿摩斯只身潜入了阿喀琉斯的军营,阿喀琉斯自己都很惊讶:一个老人怎么敢不带武器到我的军营里来?你不怕我的手下把你给杀掉吗?但是这个白发苍苍的老人跪在阿喀琉斯面前,吻着阿喀琉斯的手——就是这双手杀死了自己的儿子——对他说:想一想吧!你也是个有父亲的人。阿喀琉斯立刻想到了自己的生身父亲——年老的佩琉斯国王,心一下就软下来了。普里阿摩斯说:我一共有 50 个儿子,在这场战争中一个一个地被你们杀掉,赫克托尔是我最后一个儿子,被你杀掉了,我恳求你把他的尸体给我。这时候阿喀琉斯心里难过极了,对普里阿摩斯说,这场战争完全是宙斯一手制造的,他大骂天神之父,自己亲手捧起赫克托尔的尸体,放在一张床上,请普里阿摩斯带走,并且答应在 12 天之内休战，以便普里阿摩斯从容地安葬自己的孩子。这时，我们又感到阿喀琉斯真的是一个温和、善良、尊重老人、体贴老人的青年。

阿喀琉斯性格中还有第三个方面，也可以说是最重要的一方面，就是他对个人荣誉和尊严的极度敏感。所谓阿喀琉斯的愤怒是怎么开始的呢？就是因为希腊联军的总帅阿伽门农抢了祭司的女儿放在自己帐下，作为自己的女奴，祭司得到了太阳神阿波罗的支持，带了很贵重的礼物，来到阿伽门农的帐下，希望他把女儿交还给自己。联军里的主要将领都觉得，祭司是一个值得尊敬的人，阿伽门农应该把祭司的女儿还给他。阿喀琉斯代表大家的意思，去对阿伽门农说：你应该把祭司的女儿还给她父亲。阿伽门农作为希腊联军的统帅觉得自己的尊严受到了蔑视，愤怒地对阿喀琉斯说：你是总统帅还是我是总统帅？我要把你帐下最心爱的女奴布里塞伊斯带到我的帐下来。他真的就这样做了。阿喀琉斯不仅心疼他帐下的女奴，而且感到他的尊严受到了侮辱，不禁火冒三丈，七窍生烟。他说：我绝对不再为你们打仗，我不能被你们瞧不起。说了以后，他真的就不出战了。在任何情况下，不管特洛伊人怎么样攻打希腊联军，希腊联军死伤无数，阿喀琉斯就是按兵不动。这时候阿喀琉斯显露了他性格中很重要的一方面，就是对于个人尊严和荣誉非常敏感，不允许任何人在这方面对他有一点侵犯。

以上的插述简略地勾勒出阿喀琉斯性格的主要方面：忘我的残忍的战斗精神、天真温厚善良的情感，再加上对个人尊严和荣誉的敏感意识。这三点构成了阿喀琉斯性格的三角形，它的核心是个人本位。这个三角形像一个旋转的蛋白石，旋转到某一个侧面就突出了某一种性格，但是从整体上看，他又是一个完整的丰满的人。所以黑格尔讲了这样一段话：

> 关于阿喀琉斯，我们可以说："这是一个人！高贵的人格的多方面性在这个人身上显出了它的全部丰富性。"荷马所写的其他人物性格也是如此，例如俄底修斯，第阿默德，阿雅斯，阿伽门农、赫克忒，安竺罗玛克，每个人都是一个整体，本身就是一个世界，每个人都是一个完满的有生气的人，而不是某种孤立的性格特征的寓言式的抽象品。[①]

所以我们说，荷马史诗的创造者有理由骄傲地宣布，他们创造了西方文学史

---

① 黑格尔：《美学》第1卷，朱光潜译，商务印书馆1979年版，第303页。

上的第一个"人"。

下面,我们进一步考察一下这个人物身上所体现的思想、历史的内涵,即为什么说在阿喀琉斯身上体现了希腊的民族精神和民族性格。

冯友兰先生在讲到海洋国家和大陆国家的区别的时候,借用了一段孔子的话:

> 我们还可以套用孔子的话,说海洋国家的人是知者,大陆国家的人是仁者,然后照孔子的话说:"知者乐水,仁者乐山;知者动,仁者静;知者乐,仁者寿。"①

这段话对我们认识阿喀琉斯有什么意义呢？各位知道,希腊是一个海洋国家,而中国基本上是一个大陆国家。海洋国家崇尚大海,具有一种像大海一样的汹涌澎湃的性格;而大陆国家崇尚的是高山,有一种山似的稳健性格。希腊这样的民族,喜欢动,喜欢斗争,喜欢冒险;而中国的民族性格中,更多的是崇尚和谐、温柔、敦厚。希腊这样的海洋国家,喜欢享受作为现实的那些欢乐,尽管他们意识到了这样的享受可能会给他们带来灾难;而作为大陆国家的中国,我们的民族比较崇尚节制自己的欲望,由此来求得人生的长寿。按照冯友兰先生的意思我们可以对希腊的民族性格做这样一个粗略的概括:希腊人比较崇尚的是知识、是智慧,具有像大海一样汹涌澎湃的性格,比较重视斗争,喜欢冒险,喜欢享受现世的欢乐,哪怕会给自己带来灾难。如果承认这个概括,就会觉得,的的确确,在阿喀琉斯身上是体现了希腊民族性格的主要特点,而这种体现又是通过他的个性,他体现了这样一种民族性格的全部诗意。

七

还有一个细节,我很愿意跟各位来探讨一下,就是阿喀琉斯,他作为希腊民族的一个英雄,有着很健美的身躯、很高强的武艺,但是不晓得怎么回事,他有一个致命伤——就是他的脚后跟。阿喀琉斯的母亲——爱琴海女神忒提斯得到了先知的警告后,为了让自己的儿子上了战场后也不至于被

---

① 冯友兰:《中国哲学简史》,涂又光译,北京大学出版社 1985 年版,第 35 页。

敌人杀死，就在阿喀琉斯小的时候，把他倒提起来在冥河水里浸泡。按照通常的说法，如果一个人在冥河水里浸过，他可以刀枪不入。但是非常爱自己儿子的母亲也不知道是因为疏忽还是怎么回事，有一个地方没有浸到，就是她双手抓着的阿喀琉斯的脚后跟。结果，阿喀琉斯就是被特洛伊王子帕里斯用暗箭射中了他的脚后跟而死。这是一个很偶然的不值得讨论的细节，还是作者的一个精心的安排呢？一个非常完美的英雄的形象，神话史诗的创造者为什么一定要在他身上放置这样一个致命弱点呢？我们有没有理由来认为，这些史诗的作者意识到了作为希腊文化的一个完美的体现者，他是有一个致命伤的，而这个致命伤也是希腊民族的致命伤。我们这样来推断也不是没有道理，在《伊利亚特》的开篇，诗人就这样唱道：

> 歌唱吧！女神！歌唱佩琉斯之子阿喀琉斯致命的愤怒——他的暴怒招致了这场凶险的灾祸，给阿凯亚人带来无穷痛苦，把许多英雄的强健的运动魂魄抛向哀地斯（又译哈台斯），而把他们的躯体留作狗和飞禽的猎物。①

我们前面已经提过，在帐下的女奴被阿伽门农抢走以后，阿喀琉斯的愤怒是有理由的，但是他竟然愤怒到那种程度——完全不顾自己氏族的利益，听凭希腊联军众多将士被特洛伊人杀死而无动于衷。对这一点，荷马史诗的作者感到非常之痛心。我们知道在原始氏族社会，包括奴隶社会的早期，对于战利品或者狩猎物的分配，是一个很大的问题，那就是当时财产的分配，也包含着权力的分配。因为分配战利品、狩猎物，经常发生矛盾、冲突，甚至于在一个氏族内引起火并。所以阿喀琉斯的愤怒、阿喀琉斯和阿伽门农的冲突在当时的氏族社会历史上是屡见不鲜的。而这种冲突，世人已经意识到，它给一个氏族带来巨大的损害，特别是在战争中——一个氏族起了内讧，不可避免地就会失败，甚至于整个氏族灭亡。所以老将涅斯托尔非常痛心地走到阿喀琉斯帐下劝他说：你无论如何应该出战，你要想一想我们氏族整体的利益。反映在阿喀琉斯性格中的对个人尊严和荣誉的敏感，是历史进步阶梯里不可避免的一种思想、一种观念。

当人把自己从动物当中提升出来以后，就开始有了个人和群体之间的

---

① 荷马：《伊利亚特》，陈中梅译，花城出版社1994年版，第1页。

关系问题。对于个人的权力、个人的能力、个人的智慧的体悟是推动西方社会发展的一个很重要的杠杆。但是正像各位在荷马史诗以及以后的作品中经常会看到的，这种个人本位思想，长期影响着西方的社会，影响着人和人之间的关系。我们如果多看一些 20 世纪西方作家、思想家的作品，就不难理解这个问题。

我们说希腊民族精神的核心是个人本位。有人说我们华夏民族的民族精神的核心是义务本位：我们比较强调人对于自然、社会、他人——自己的父母、朋友、孩子——该尽的各种各样的义务，认为这是人生的真谛。各位只要想一想我们那些神话故事——愚公移山也好，神农尝百草也好，夸父追日也好，精卫填海也好，就会领会这一点。我们设想：那只名叫精卫的柔弱的小鸟，每天衔着一两根树枝飞跃百里千里，竟要填平整个大海，这是怎样的一种气概！怎样的一种博大的精神境界！正是我们华夏民族这种自古有之的民族精神和民族性格，培育了像屈原、岳飞、文天祥、史可法、孙中山这样一批又一批为我们民族献身的英雄，也培育了我们民族直到现在还很重视家庭，孝顺父母，注意培养自己的孩子，注意对朋友讲诚、讲信、讲义这样一些传统，这些传统直到今天还是我们社会的一个重要的稳定因素。当然，这并不是说，我们民族的精神和性格本身就没有弱点，事实上，正像各位所知道的，在很长的时间里，它们也构成了对人的个性的压抑。这种压抑也延缓了我们社会的历史发展。

一个真正的史诗作者，对自己民族负有高度责任感的作家，都应该对自己民族的精神作认真的思考。我十分佩服荷马，当我们瞻仰他的雕像，会觉得这位盲瞽之人，其实有一双锐利的眼睛，他不仅看穿了历史，而且看穿了未来——他在阿喀琉斯的脚后跟这样一个细节上所表现出来的民族自省精神是非常宝贵的，我们学习、研究西方文化，也应该具有像荷马这样的自省精神。一个民族，没有这样的自省精神，是迟早要灭亡的。

思考题

1. 神话是怎么产生的？希腊神话有哪些特点？

2. 试分析阿喀琉斯的性格特征。

3. 试论荷马史诗的语言艺术。

阅读书目

1. 斯威布:《希腊神话和传说》,楚图南译,人民文学出版社 1959 年版。

2. 荷马:《伊利亚特》,陈中梅译,花城出版社 1994 年版。

3. 荷马:《奥德修纪》,杨宪益译,上海译文出版社 1979 年版。

第三讲

中世纪的基督文化与骑士浪漫主义

【摘要】 十字架上的耶稣揭示了基督教的要义—《圣经》文化与希腊文化是既对立又互补的—谦卑的英雄摩西—参孙:民族意识与个人欲念的对立—罪感意识造就了欧洲文学的灿烂—原罪说与中国传统的"精神快乐法"—原罪说提升了人又压抑了人—阿伯拉与爱洛绮丝的悲剧—骑士浪漫主义:欧洲骑士与中国侠客—中世纪的二元对抗反映了人类的恒久矛盾—当代罪感的消亡

一

以《圣经》为代表的基督教文学和骑士文学是欧洲中世纪的两种最重要的文学现象。中世纪,按照一般的西方历史,指的是从 476 年哥特人攻克、攻陷罗马城,罗马大帝国崩溃开始算起,到 15 世纪土耳其人攻陷君士坦丁堡,算是中世纪的终结。但在文学史上略有不同,起点依然是一样的,即从 476 年哥特人攻克罗马城,罗马大帝国崩溃算起,但是中世纪文学的结尾,一般以但丁发表他的作品《神曲》为标志,也就是 14 世纪初。从 5 世纪到 14 世纪,有 1000 年左右的时间,是文学史上的中世纪。这个时期是封建主和基督教的教会联合统治的一个时期。这一时期,欧洲的封建专制制度经历了从发展到强壮到衰弱的过程。欧洲许多散乱的小公国在战争中逐渐合并,构成了一些近代意义上的比较大的国家,比如说,我们很熟悉的英格兰、法兰西、德意志,这些国家都是在中世纪,在不断的战争中形成的。这个时期也是资产阶级孕育、形成、开始发展的一个时期。在这个时期,欧洲形成了一些具有近代意义的城市。这些城市里主要的居民是手工业者和商人。这个时期的文化,一般来说,是基督教文化占统治地位。

什么是基督教文化呢?如果是一门宗教课或者哲学课,我们就要讲出很多基督教文化的特点。作为文学课,我想通过一张图片,作一简单介绍。

请各位看这张图片(图3-1)。

这是一张非常普通的,可以说几乎每个同学都看到过的图片,看到它,我们还会想起《圣经》上的一段话:"神爱世人,甚至将他的独生子赐给他们,叫一切信他的,不至灭亡,反得永生。"这段话在《约翰福音》第3章第16节里。图片中钉在十字架上的是耶稣,上帝的独生子,是圣母玛利亚无孕而生的。他是神的后代,但又是肉体凡胎。既然他是肉体凡胎,就注定要经历一个普通的具有肉身的人所必然要经历的苦难、诱惑。人所要经历的苦难,按《圣经》的说法,主要有三种:第一种苦难就是痛苦,耶稣经历了人生最大的痛苦,很多关

图3-1　十字架上的耶稣

于耶稣受刑的油画都很突出地强调他手背上和脚背上被钉子钉过的洞。一个人双手双脚被钉在十字架上,这显然是极大的肉体上的痛苦。第二种苦难就是人生的诱惑,特别是女色的诱惑,抵抗诱惑是更大的痛苦。这一点,耶稣也经历过,并且出色地经受住了这种考验。第三种苦难的考验就是死亡。耶稣被处死在十字架上,他经历了死亡,同时也战胜了死亡。耶稣作为神的后代,他的肉体,经历了人所必然要经历的一切。由于他能够战胜这些苦难,因此就回归了上帝。基督教试图用这样的一个形象向人们揭示,如果一个人能像耶稣一样经受住这些苦难,那么他也可以走向十字架,走向上帝。可以说,这张耶稣被钉在十字架上的图片,概括了基督教的主要教义。讲述基督教教义的经典文本就是《圣经》。《圣经》不是欧洲的原创,它是西亚的产物,是以色列犹太人的创造。但它是整个西方文学的一个重要的源泉,讲西方文学不讲《圣经》,我们对西方文学的了解就是不完整的。著名学者诺思洛普·弗莱在讲授英国文学的时候,发现必须同时讲授《圣经》,他说:

我很快就意识到,学习英国文学的人如果不了解圣经,就会对所学的作品在许多地方无法理解,其结果是勤于思索的学生就会不断地对作品的内在含义甚至意思产生误解。①

《圣经》是古代希伯来人(犹太人又叫希伯来人)在长期的苦难生活当中逐渐地积累和创造出来的。在公元前13世纪的时候,以色列犹太人或者说古代希伯来人开始把耶和华当作自己民族的保护神。在这之后他们经历了很多的苦难。其中特别是在公元前5世纪的时候,新巴比伦国王打到耶路撒冷,烧毁了以色列犹太人的神殿,把大部分犹太人俘虏到巴比伦,使他们沦为奴隶。这在西方历史上就是有名的"巴比伦之囚"事件。这样的奴隶生活持续了48年左右,新上任的国王允许他们回到耶路撒冷,重建他们的神殿,恢复他们自己的生活。在这48年的苦难中,他们蕴积了太多的民族屈辱和愤怒,同时又深感自己没有力量。他们相信上帝耶和华,认为他们能够走出苦难,回到耶路撒冷,都是上帝的赐予,即耶和华的赐予。在这之后,以色列犹太人又经历了很多的苦难,经常被异族的人欺压和凌辱。在罗马帝国时代,他们又成了罗马帝国统治下的一个被压迫民族。在这样的漫长的苦难岁月中,他们形成了自己的宗教律法,有了自己的神话,自己的寓言、警句、抒情诗、爱情诗等等。这些文化成果集合起来就成了《圣经》里的《旧约》部分。尔后又有了《新约》。所以,《圣经》并不是什么上帝的创造,也不是什么神的创造,它是一部苦难民族的心灵的记录。它记录了古代的希伯来人在长期的生活和斗争当中的自尊和自卑、自强和自慰。这是一个尚未得到科学思想武装的远古蒙昧民族的心灵的展示。《圣经》对于我们了解古代以色列犹太人的生活,了解西亚地区的思想、文化、经济、民俗是非常有价值的,同时它也是一部文学的总汇。我们说《圣经》(特别是《旧约》部分)是一部文学的经典,这是不为过的。但是,如果把文学经典当作人人都必须遵守的戒条,文学就走向了它的反面。

《圣经》的内容是在很长的历史时期里逐渐积累起来的,所以显得相当庞杂,也有一些重复和相互矛盾的地方。如果各位看过《圣经》的话,都会感觉到。里面有一些故事,人们完全可以得出两种不同的甚至相反的解释。

---

① 诺思洛普·弗莱:《伟大的代码——圣经与文学》,郝振益、樊振帼、何成洲译,北京大学出版社1998年版,第1页。

比如关于亚当、夏娃偷吃禁果的故事，既可以把它解释为人类的远祖犯下了罪恶，也可以把它解释为人类的祖先在远古时代就已经开始了对上帝的反抗。在《圣经》中有很多部分都可能产生这种阐释上的歧义。这种歧义，不仅会导致不同教派的形成，甚至可能导致流血的宗教战争。在欧洲的中世纪里，可以找到很多这样的流血的例子。这并不是说《圣经》没有它的相对稳定的倾向。《圣经》中相对稳定的总的倾向，恰恰与希腊的文化是相对立的。当然这种对立又构成一种互补。我在这里不可能逐条向各位罗列《圣经》的各种思想倾向和希腊文化是怎样对立和互补的。作为文学课，我想举出一些《圣经》中的文学形象，通过对这些文学形象的分析，看一看《圣经》的文化倾向以及它和希腊文化的异同。

前面介绍希腊神话的时候，引用过一段俄国批评家别林斯基的话，大意是说，任何一个民族在它的长篇史诗中应该能够充分显示这个民族的民族精神，而且是通过个性来显示的。别林斯基还说，比如阿喀琉斯，就是这样的。我现在向各位说，在《圣经》中，在基督文化里，我们也可以找到这样的英雄，在他的身上，显示着基督文化的基本精神，也可以说是以色列犹太民族在古代的民族精神和民族性格。在《圣经》的第二章《出埃及记》中有很多篇幅记述一个叫摩西的人，在《利未记》《申命记》中也都讲到摩西。据《出埃及记》，当以色列犹太人在埃及受到奴役，面临着种族灭绝的危险之时，一个叫作摩西的人，秉承上帝的旨意，凭着上帝授予他的魔法，带领着自己民族的兄弟姐妹走出了埃及，走向了"流着奶和蜜"的迦南。这是一次很了不起的长征，大概经过了 40 年的时间。作为一个传说中的历史事件，它的宏伟不下于我们前面讲到的希腊神话中的特洛伊战争。那场战争打了 10 年，产生了荷马史诗。《出埃及记》也是史诗性的题材，而它的主人公就是摩西。

但是，摩西和阿喀琉斯差别很大：阿喀琉斯是爱琴海女神忒提斯和人间国王佩琉斯结婚生下来的儿子，出身很高贵，母亲是神，父亲是人间最尊贵的国王，而且阿喀琉斯长得非常英俊，孔武有力，技艺高强。摩西却是一个普通的犹太人家庭的孩子。他父母都是很普通的犹太人，在他出生的时候，正赶上埃及人到处杀犹太人的孩子。在这种危急情况下，摩西的母亲把他装在一个箱子里，丢到河里，希望侥幸有人捡到他，使他获得一条生路。结果，摩西被一个埃及的法老捡去了。他在法老的家里过着很优裕的生活。

从出生看，摩西和阿喀琉斯相比，实在是一个很平凡的人。但是他有很不平凡的地方，就是在先知的启示之下，他知道了自己是个苦难的犹太人，和那些在埃及过着奴隶生活的人属于同一个种族。他从来不敢忘怀自己的那些苦难的兄弟姐妹，夜里躺在床上的时候，耳边常常响起他们的哭声。他觉得自己有责任去拯救自己的兄弟姐妹、自己的民族。在他 40 岁时，有一次看到埃及法老的监工在猛力地抽打着干活的奴隶，在极度愤怒的情况下，他杀死了那个监工。他由此开始了流浪的生活。那时候他 40 岁，在这之后 40 年的流浪生活中，他每天想到的只有一件事，就是怎么样把自己的民族从水深火热中拯救出来。当然，作为一个普通人，他没有任何能力来完成这样的事情。但是他并没有忘记，而且在千方百计地想办法。这样的一种精神，坚持了 40 年，终于感动了上帝耶和华。上帝耶和华选定摩西作为自己的代理人。他授予摩西三件魔法：第一，手中的手杖可以变成蛇，蛇又可以复归为手杖；第二，可以把水变成血；第三，可以传播麻风病，又可以治愈麻风病。摩西有了这三件魔法以后，就镇唬住那些埃及的统治者，使自己有可能选择一个机会带领以色列犹太人走出埃及。埃及统治者发现以后，带着重兵跟踪追击，追到了红海边上。前面是一望无际的大海，后面是追兵，在这个万分危急的时刻，摩西高举手杖，站在岸边向上帝耶和华求救，耶和华在红海当中分开了一条路，露出了一条平整的陆地，使得以色列犹太人可以通过这条陆地穿过红海。到后边追过来的埃及士兵也下了红海时，红海重新弥合，把那些埃及的士兵淹死在海里。在和埃及军队作战中，摩西"举手即胜"，他只要把他手里的神杖一举起来，以色列犹太人就打胜仗。当他们走到了荒无人烟的地方，找不到任何一点吃的东西的时候，摩西向上帝祷告，从天上像雨点一般降下来小圆面包。可以说，摩西是一个战无不胜的神一样的人物。但是，所有这些都是上帝赐予他的。一旦不听上帝的招呼，所有的神力马上全部失去。比如说，在远征的过程中，有一次，这些以色列犹太人干渴难耐，摩西就用自己的神杖敲击地面，使地面涌出了清泉。在做这件事之前，他忘记了向上帝禀报。上帝发现了以后，非常生气，马上剥夺了摩西所有神权、所有神术，摩西立刻就变成了没有任何能力的一个人。摩西非常惊恐，向上帝作了祈祷，请求上帝饶恕他的错误。于是，上帝重新赐予了他神力和神法，他才带领着以色列犹太人走到了"流着奶和蜜"的迦南。摩西看到自己的民族终于摆脱了苦难，有了幸福的平静的生活，感到自己完成了一件很大的事业。但是,他没有任何一点骄傲自满的情绪。为什么呢? 因为他很明白,所有这些事不过是代神施法,所有的荣誉都应该归于上帝。在他120 岁的时候,为了防止自己的民族产生新的分裂,他交出了神杖,自己一个人穿着那件褴褛的衣服,走上山顶,在那里孤独地死去。显然,摩西这个英雄和阿喀琉斯就很不一样。我们在阿喀琉斯身上看到的是他对自己的荣誉、尊严的极度重视和敏感。对于所做的事他绝对地认为是出于自己的能力,所以阿喀琉斯是很骄傲的。他很珍视自己的荣誉,为了自己的尊严,他不惜损害本民族的利益。摩西完全不是这样的,因为基督教文化关于人的价值观念和希腊人不同。在 4 世纪的时候,古罗马有一位非常有名的教父,叫奥古斯丁,他说过这样一段很有名的话:"把希望寄托于人是可诅咒的,严格说来,任何人都不会达到享用其自身的程度;因为他的责任不是为自身而自爱,而是为他应当享用的上帝而自爱。"也就是说,作为人,他不应该成为人自身享受的对象。大家应该共同膜拜的只有上帝,人本身是微不足道的。只有当上帝的光覆盖在你身上的时候,你才会变得神圣。在《圣经》中还有这样一段话:"我们所传的,有谁信呢? 耶和华的臂膀向谁显露呢? ……他(按,指弥赛亚)无佳形美容,我们看见他的时候,也无美貌使我们羡慕他。他被藐视,被人厌弃,多受痛苦,常经忧患。……耶和华使我们的罪孽都归在他身上……耶和华以他为赎罪祭……他将命倾倒,以至于死。"也就是说,人长了一个肉体凡胎,如果说他还有一丁点价值的话,就是他应该把别人的苦难集中在自己身上,耶稣就是这样的。至于你有没有佳形美容,有没有高强武艺,都不重要。一个人懂得受难,懂得用自己的身体来为别人做赎罪祭,那么这个人才算是活得有价值。所以我们看,通过摩西所显示的基督教文化的价值观念和希腊人是很不同的。吴宓先生讲,基督教的要旨在于谦卑。在摩西的性格中,谦卑是一个重要的特征。

二

　　基督教作为文化,不能回避的一个问题是怎样看待人的情欲。在这个问题上,基督教文化同希腊文化也形成了一种很鲜明的对比。我们也给各位举出一个《圣经》中的人物,作一点分析,以便了解《圣经》中阐扬的观念。这个人物叫参孙。

在《圣经》中，我们可以看到一些民间的很优美的爱情诗歌，这些爱情诗歌主要收在《圣经》中的《雅歌》部分，它们和我们看到的其他民族那些古代的爱情诗没有什么大的差别，也常表现男女青年非常热烈地向意中人投怀送抱的细致而优美的感情。但是，这样的表现个人爱情感受的作品，在《圣经》中是很小的一部分。总体来说，在《旧约》部分，比较多地劝人们要节制自己的情欲；在《新约》里，就更加极端一点，主张全面地禁欲。在《旧约》中讲到关于情欲的问题时还警告说，个人情欲的泛滥会导致一个民族的衰亡。

参孙，是犹太人当中的一支——利未人的一个士师（执政官）。在《圣经·旧约》的《士师记》中可以看到关于参孙的一些记载。当时利未人和非利士人住得很近，非利士是一个海洋民族，它所信仰的巴力神，很像希腊神话里的阿多尼斯。在讲希腊神话的时候我们说过维纳斯与阿多尼斯的故事。他是一个美少年，是女性追求的一种情欲的符号。非利士人所信仰的女神也和维纳斯比较近似。所以，非利士作为一个海洋民族，带有一些希腊人的性格，对于生活、对于情欲是比较放纵的。利未人信仰的是耶和华。这两个民族在一起就产生了一种信仰上的争夺，很多利未人觉得非利士这个民族信仰的神更可爱些，他们不再信仰耶和华转而信仰巴力神。这对于一个民族来讲是一个非常危险的信号，信仰的转移意味着一个民族有可能灭亡。而非利士人所信仰的神之所以能吸引利未人，关键是一个情欲的问题。参孙是一个大力士，曾经用双手撕碎一头猛狮，因此而做了利未人的"士师"。但是他的力气是上帝耶和华给的：他的头顶上有七缕神发，他的力量就深藏在这七缕神发里。参孙是一个极好的人，但是他有一个弱点，就是好色。因为好色，他曾经两次把自己置于生命的危险边缘。一次是他娶了一个非利士的美女为妻，这个非利士女人受自己本民族的指使，企图套出参孙的神力的秘密，参孙差一点上当。在这里，我们看到故事有意识地强调，参孙的错误不光在好色，而且在于娶的是一个异族女子。后来，参孙又爱上了美女大利拉，大利拉是一个非常恶毒的女人。她受了非利士人的指使，使用了女人所能使用的各种手段，终于让参孙说出了他的神力的来源。趁着参孙不备的时候，大利拉一剪刀就把他的七缕神发剪下来了。参孙马上就变成了一个没有力气的人，他被捆起来，被非利士人刺瞎了双眼，关在地牢里。每天他不停地在那儿推一个巨大的石磨，听任非利士人嘲弄和侮辱。他就这样过了十几年。有一次，非利士人举行一个狂欢活动，就把他拉出来做戏弄的对象。但是非利士人没有想到，参孙在苦难的生活里向上帝忏悔，上帝使他又悄悄地长出了那七绺神发。当他被非利士人牵到广场的时候，他用自己的神力推倒了巴力神庙，同许多非利士人同归于尽。故事以推倒对方的神庙作为终结，反映了犹太人对其他宗教的排斥，这种排斥构成了基督教的一个很重要的特征。如果讲它的社会原因，就要回溯到刚才我们谈到的非利士人和利未人在信仰上的尖锐斗争。在《旧约全书》的参孙的故事中，我们看到了民族意识和个人情欲的二元对立。在《新约全书》里，这种民族意识被大大地泯灭了，它把情欲当作一个个人的、一种内心世界里需要加以遏制的东西，并把它推到了一个比较极端的地步。比如我们在《新约》里就可以看到这样的话："你看了那女人一眼，你就与她犯了奸淫。"就是说，你随便看哪个女人一眼，你就已经犯了罪。这种禁欲主义，已经到了过于极端的地步。

在《圣经》的《旧约》里，讲到人是充满了各种罪恶感的，这种想法，其实源于远古的时代，大概在人有了意识以后，就开始有了罪恶感。它是怎么来的呢？我们大体上可以这样来设想：因为人很弱，经常受到自然界的袭击，本来活得好好的，突然天上闪电大作，雷声隆隆，接着暴雨倾盆，洪水暴发，人受到自然界这样的恐吓、侵袭，他就想，为什么上天要对我这样呢？第一个念头就是因为我犯了罪。远古时的人认为，万物有灵，不仅老虎有灵，就是普通的小老鼠也是有灵的，包括一棵树、一根草。人为了自己要活着，就不得不去打猎，不得不去把山间的野果拿来吃。既然万物都是有灵的，人把它们杀死了，吃掉了，于是上苍就对人进行报复。面对这种报复怎么办呢？我们在前面提到过在古埃及有一种替罪羊的仪式：我犯了罪了，上帝要报复我，我怎么办呢？我赶一群羊给上苍，给那些神，让它们来替我赎罪。基督教比古埃及人进了一步，直接面对自己、自己的罪恶，它提出来这种罪恶是源于自身，人靠自己的忏悔和赎罪拯救自己。罗素说，基督教认为人是有罪的，这在文明史上是一个很重要的进步。我们在《圣经·创世记》第一章看到，亚当和夏娃偷吃禁果，犯了罪过。这就是"原罪说"的源头。因为当时人经常互相仇杀和争斗，耶和华在创造人类以后，就后悔了，他想用洪水把整个人类消灭，除了挪亚一家以外。在《圣经》结尾有一部分叫《启示录》，讲到了世界末日，讲到了末日审判，这也是基督教文化当中的一种比较重要的思想,就是人不仅是有原罪的,而且任何人都要接受末日审判,没有人能够逃脱。《启示录》里对于末日审判有相当详细、很具体、很生动的描述。作为基督教徒,他是应该相信末日审判的。这样,人的罪感就在《圣经》里取得了一个思想上的基础,当然是虚幻的、非科学的。但是,人类能够构建这样一套符码来约束自己的原欲,是一种了不起的精神自觉。这种对于罪恶的自省,可以说是真正的基督教徒的基本品质。只有认识到自己是有罪的,你才有可能成为一个基督徒,同时也是因为你意识到了你是有罪的,这种意识使你在精神上高于其他人,高于那些浑浑噩噩的人。按照基督教的说法,你认识到自己有罪并且去赎罪,你就有可能达到或接近上帝,走向十字架。所以当一个基督徒有了这样一种罪感后,他就有了崇高感。因此这种罪恶感带有一种诗意,特别是在中世纪的时候,讲述自己的罪恶,在基督教徒里成了很时髦的事情。谁能讲得痛快淋漓,就表示他高尚,他就有可能达到一种诗意葱茏的高尚境界。这种观念虽然建立在一种虚幻的基础之上,但是它符合人内心的一种提升自己的需要。人一方面要肯定现实世界,因为他需要享受这个现实世界;另一方面,他又需要否定这个现实世界,向着一种非现实的方向前进。有一位德国学者叫卡西尔,写过一本《人论》,他把人的特征定义为:在现实基础上向非现实前进的动物。在这一点上,人与其他动物相区别,他总是追求一些非现实性的东西。这种追求的前提就是否定现实。基督教提出人有原罪,就是要否定自己,在否定自己当中追求新的理想的境界。这样的一种观念对于人的进化、对于人的进步是有意义的。我们前面曾经提到,在 4 世纪的时候,古罗马的教父奥古斯丁写了一本书,叫《忏悔录》。在这部书里,奥古斯丁非常坦诚地披露了他自己内心的污浊:他在年轻的时候也是一个放荡的人,和一个女人秘密交往,生了一个孩子。在他当了神父以后,他还常常想起这段罪恶。他对自己的私生子从各个方面加以照顾。书里还讲了他的各种罪恶。比如说,他生在一个很富裕的家庭里,家里不缺吃不缺穿,但是小的时候,他还要爬过墙去偷邻居家树上的梨。他反省道:我为什么要去偷梨呢?并不是我生理上需要,我家里有各种各样的水果,我可以随便吃,但是我居然还要去偷。这就反映了这个罪恶的欲念是天生的,本来就存在于自己的内心。这本书由于带有一种惊人的坦诚,就有了一种很特别的魅力。基督教认为,坦白地讲出自己的罪恶,向上帝坦白,是人得到救赎的最重要的方面。但同时还有另外一方面，就是人要有一种受苦的意识：人的肉体，并不是拿来自身享用的，而是把别人的苦难加在自己身上，用以救赎别人。耶稣就是这样的典范。所以那时候，真正的教徒都渴望受苦，渴望把苦难加在自己身上。

罪感，只是一种情感。对于改造社会现实而言，它的作用很有限。但对置身于不公正的现实中的思想家、艺术家来说，它意味着尚未泯灭的良知。艺术家们对于罪恶的自我忏悔促使他们的笔触突破表层而到达社会与人的心灵深处。没有罪感，很难想象欧洲文学会放射出如此灿烂的光华。

中华民族拥有众多的慷慨悲歌之士和卓有才华的诗人、作家，但是，却缺少足够深刻的社会批判型作品，原因何在？论者见仁见智，我总感到同中国文人的生活心态有关。中国历来讲"国家兴亡，匹夫有责"，但是，当一个文化人未能尽社会批判之责时，我们的老祖宗却又设计了太多的精神安慰之法，使我们在未尽责时，也不会认为自己有"罪"。

冯友兰先生的《中国哲学简史》中有一节，叫"处理情感的方法"[①]。文章引用庄子、王弼、程颢的论述说明：圣人的"心像一面镜子，可以照出任何东西。这种态度产生的结果是，只要对象消逝了，它所引起的情感也随之消逝了。这样，圣人虽然有情，而无累"[②]。也就是说，一个人做了错事、坏事，只要自认为是"廓然而大公"的，便可以问心无愧，不必感到歉疚和痛苦。这种思路很招人喜欢。中国有一句极深刻的话语："任何个人的历史行为，都有其深刻的社会历史根源。"这种说法的正确性是不容置疑的，但由此导出每个人都把个人的过失挂在"社会历史"这棵树上，从而求得情感上的"无累"，这是不是对历史、对民族负责？一个社区、一个企业把某件事情办砸了，亏损几千万，死伤上百人，往往找不到责任人。虽然有人"检讨"，但检讨的人也不特别难过，想必也是把自己看作"镜子"，自己的罪责并不是自己的，而是种种客观原因造成的。

三

但是，在欧洲中世纪基督教的一些教义和以《圣经》为题材的作品中，

---

① 冯友兰：《中国哲学简史》，涂又光译，北京大学出版社1985年版，第330—332页。
② 同上书，第331页。

视原欲为罪恶又走向了极端。有一部叫《阿列克西斯行传》的书,其中讲的阿列克西斯,生在一个很富裕的家庭里,但是他信仰皈依了基督。他想磨砺自己,就在新婚之夜,把漂亮的新娘子迎娶到自己房里的时候,很果断地逃出了家门,表明自己战胜了情欲。走出家门以后,他把身上所带的钱财散发给了穷人,自己过着乞丐般的生活,风餐露宿,如此 20 年后,他又返回了自己的家乡。苦难生活的磨砺,把他整个人都改变了形貌。为了要考验一下自己是否已经修炼到了炉火纯青的地步,他重新回到了自己的家门口。他的父母出来,看到门外的乞丐,一点也看不出、想不到是他们的儿子,就把他作为一个贫苦的人接到了自己家里,让他住在楼梯间里,每天给他一些食物。他住在这里,每天能听到父母思念儿子的长吁短叹,听到自己的妻子在闺房里偷偷哭泣。在父母的思念和妻子的思念中,他能够做到岿然不动于心,于是意识到自己已经成了一个真正的圣徒。他带着这种愉快的意念死去了。在这个故事里,我们总感觉到一些不自然的东西:人自己受苦,本来应该使别人得到幸福。但是,阿列克西斯是相反的,他为了达到自己修炼的目的,给别人造成了痛苦。人们会问:你何必要把一个年轻的无辜女子迎娶到家里来让她守一辈子活寡呢?你这不是给别人加上了很多痛苦,以显示自己的崇高吗?如此折磨父母两位老人,难道也可以成为圣徒吗?这种做法未免离人的自然观念太远。把世间一切自然的东西(物质的、情感的、伦理的)都当作自己的仇敌而加以割舍、抛弃、毁坏,并且认为割舍得越彻底,心灵就越崇高,结果只能导致个体与现实世界的悖谬。对肉体和自然人性、人情的无端摧残是不能构成审美愉悦的,由此而获得的沐神福祉的喜悦也是一种畸形的心理病态。

事实上,基督教徒,既然也是肉体凡胎,也有人的那些自然本性,就不可能做到像阿列克西斯这样。畸形的时尚造就虚伪。在中世纪有一位神父叫阿伯拉,他到 37 岁的时候,一直是一个非常合乎教会要求、很守教会规矩、受人崇仰的神父。他自己也相信自己可以一辈子做一个很好的神父。但是,就是在 37 岁这一年他接收了一个女弟子,即 19 岁的爱洛绮丝——一个纯洁的、美丽的、非常崇拜他的女孩子。阿伯拉意想不到地和他的女学生发生了热烈的恋爱。这种恋爱使阿伯拉又痛苦又甜蜜,他在给爱洛绮丝的情书里说:"你摧毁了我全部的信仰和哲学的基础。"他称这种爱情是一种甜蜜的罪恶。爱洛绮丝为他生了一个孩子,阿伯拉感到对不起爱洛绮丝,因为在那个时代，一个女人生了孩子而没有丈夫，是一件很不名誉的事情，他想脱下他的袈裟和爱洛绮丝结婚。但爱洛绮丝觉得这样就毁了阿伯拉的全部前程，她很情愿地养活着她和阿伯拉的私生子，而且继续做阿伯拉的秘密情人。这件事终于被爱洛绮丝的叔叔发现了。她的叔叔就雇用了两个杀手，深夜潜入阿伯拉的寝室，对他实行了阉割。被人阉割，在中世纪是一个奇耻大辱。阿伯拉被阉割以后自己隐身在一个修道院里，而爱洛绮丝就到离阿伯拉隐身处不远的修道院里做了修女。他们两个人依然时常有热烈的情书往来，这些情书充满了爱情，充满了哀怨，充满了感叹和绝望。阿伯拉长叹道："无情不比多情苦。"就是说一个人感情越多，痛苦越多。他说："没有爱过的人们啊，我羡慕你们。"这些情书大家可以在梁实秋先生的中文译本《阿伯拉与爱洛绮丝的情书》中找到。从中我们看到，作为一个神父，他接受了那么多神学的教育，也依然不能泯灭人的自然本性。这个故事使我们看到了在《圣经》里阐扬的，特别是《新约》里的那种绝对的禁欲主义，不可避免地要走向自己的反面。

四

在第一讲里，我曾向各位念过罗素的一段话，大意是讲中世纪是一个二元对抗时代，在和基督教文化相对抗而又相互渗透的文学中，值得我们各位了解和研究的，首先是骑士文学。骑士是在欧洲中世纪产生的一个特殊的社会阶层。当时，各个国家之间经常发生战争。多数国家的国王都有一支亲信部队，用中国的名词来说就是"御林军"。这支部队是由一些中小地主子弟组成，后来也有一些贵族青年参加。部队的成员不同于一般的平民，带有贵族化的倾向。他们比较有文化，过着很优裕的生活。每个人都有一匹漂亮的马，构成了所谓的骑士阶级。表现骑士生活的作品称为骑士文学。文学作品中的骑士把"忠君、护教、行侠、尚武"视为"骑士的信条"，把勇敢、冒险、在战斗当中取得胜利视为"骑士的荣誉"。骑士们还有一种"荣誉"是我们所不太理解，而在西方的骑士文学中常常加以表现的——骑士应该有一个女恩主，这个女恩主通常是贵族的已婚妇女。骑士同她约会，效忠于她，为她做各种事情，甚至为她牺牲。除了骑士的信条、骑士的荣誉外，还有"骑士的风度"：骑士们比较讲究礼仪，比如说，在西方，甚至在我们国家也快要成为一种规范的所谓"女士优先",就是骑士时代的遗风。一个骑士在给他所喜欢的女人写信的时候,落款往往是"你的忠实的仆人"。这样一种习惯,直到现在,在西方依然相当地流行。骑士在吻一个女人的手的时候,能不能保持优美的姿势,也是一个很重要的风度上的要求。哪怕在发生热烈的爱情的时候,也应该注意保持一种优美的姿势。骑士的信条、骑士的荣誉、骑士的风度加起来叫"骑士精神",即骑士文学的思想内涵。

骑士文学有两大类:一是骑士抒情诗,以普罗旺斯为最。还有一类是骑士传奇,有三个系统:古代系统、不列颠系统和拜占庭系统。在这三个系统里,比较流行、价值比较高的是不列颠系统,特别是《亚瑟王和他的"圆桌骑士"》。各位可以在书店里找到一些不同的中文版本。在这些骑士传奇中,我们可以看到一些和我们的剑侠小说相似的东西,例如,它们都是写一些很勇敢、武艺很高超的人,情节比较离奇,都有一些神秘的描写。但是,西方的骑士传奇和中国的剑侠小说也有一些不同(我说的剑侠小说是指明清到民国时期的作品,不包括当代的金庸、古龙、梁羽生等的小说),至少有以下两个区别:

第一就是关于忠君的问题。在我们中国的剑侠小说里比较多的还是强调忠君。这些小说的核心人物往往是一个清官,他们忠实地为皇帝效劳,比如说《三侠五义》《包公案》《彭公案》《丁公案》《施公案》《于公案》里的包、彭、丁、施、于都是清官。他们要为皇帝办事,要为民除害,要除暴安良,靠谁呢?靠手下的一批侠客。到了关键时刻、危急时刻,都要靠侠客们挺身而出,化险为夷,解决问题。这些侠客都是为清官服务的,像展昭一样,是一只"御猫"。在西方的骑士传奇里,骑士们的信条首先也是忠君,但是事实上看这些小说的时候会感觉到,他们更多地还是重视个人的荣誉。譬如说在《亚瑟王和他的"圆桌骑士"》里,有一张150人的大圆桌,哪一个骑士想在圆桌周围占一个席位,首先得讲述个人的英雄业绩,周围听的人,感到他够得上一个英雄,他才可以获得这种资格。个人的勇敢、个人的荣誉,还是第一位的。

第二就是对待女人的态度。在中国的剑侠小说里,剑客一般是不结婚的,即使没有妻室也是不恋女色的,绝不能贪恋女色。但是欧洲的骑士文学不同,如果从中国剑侠们的眼光来看,西方骑士传奇里的那些英雄,都有点像中国剑侠小说里的"采花淫贼"。我们举一个例子:在《亚瑟王和他的"圆桌骑士"》里有一位最有名的骑士叫兰斯洛特,这个人武艺非常高,非常受亚瑟王的重视。但是,他一方面和亚瑟王的妻子桂内维尔偷偷地约会,另一方面又接受一个叫阿斯特拉特的少女送给他的礼物。他为了王后桂内维尔,可以不骑马而坐小车,这对于一个骑士来讲是有伤荣誉的事情。但是为了自己的女恩主,他毅然这样做。为了桂内维尔,他曾经非常勇敢地从两座悬崖之间像剑刃一样薄的桥上爬过。在和别人比武的时候,完全按照桂内维尔的眼色行事,要进就进,要退就退。完全被一个女人的意愿左右,这样的人能算作一个英雄吗?当亚瑟王发现了自己的妻子和兰斯洛特之间的隐情,兰斯洛特非常果断地把亚瑟王的妻子掳到自己的房间里,然后站在门口要和亚瑟王决斗。这种事在我们的剑侠小说里,是不可能出现的,是有悖于伦理道德的,但是在西方的骑士传奇里蔚为时尚。骑士对待女人的态度很谦卑,但也包含着某种虚伪,因为他所重视的是骑士的个人荣誉,对待女人的态度是他个人荣誉的一个方面。对于"风度",他们所重视的是外表而不是内涵。

但是,也有一些骑士传奇表现了很有震撼力的真实情感。有一部在德国、法国很流行的骑士故事,叫《特利斯坦和绮瑟》。特利斯坦是一个年轻的骑士,他的叔叔马克是国王,特利斯坦受他叔叔马克的委托,到一个很远的地方去接准备嫁给马克国王的女人,叫绮瑟。绮瑟长着一头美丽的金发。两个人在船上,由于喝了一种魔汁,发生了热烈的爱情。马克国王发现以后,把两个人都赶出宫去,把特利斯坦发配到很远的地方。特利斯坦感到很对不起自己的叔叔,但又无法消除自己对金发绮瑟的恋情。过了不久,马克又把金发绮瑟接回自己的宫里。而特利斯坦在那遥远的地方又结识了一个女人,也叫绮瑟,但是她的头发不是金色的,她最吸引人的地方就是皮肤非常之白,特利斯坦管她叫玉手绮瑟。特利斯坦和玉手绮瑟结了婚。不幸,他被毒蛇咬伤,生命垂危。特利斯坦告诉玉手绮瑟说,现在只有金发绮瑟有办法治好我的伤。玉手绮瑟答应派人去接金发绮瑟。特利斯坦跟她说好,如果接到金发绮瑟,就在船上挂白帆;没有接到,就挂黑帆。过了不久,船回来了,玉手绮瑟到岸边去看,船上挂的是白帆,但是出于嫉妒,她告诉特利斯坦,船上挂的是黑帆。特利斯坦在绝望中死去。当金发绮瑟弃船登岸,来到自己的情人身边时,发现他已经死去,自己也绝望而死。这个故事,我们听起来很像中国的梁山伯与祝英台。一对忠贞不渝的恋人死了,但是爱情没有死亡。他们用自己的殉情,宣告了爱情是不可战胜的。

在骑士抒情诗中,特别是普罗旺斯的抒情诗中,有很多是描写骑士与女恩主的爱情,和与女恩主幽会时的情景及感受。我们前面讲到,骑士的女恩主常常是一些已婚的贵族妇女。恩格斯在评价普罗旺斯抒情诗时,说它是一种具有现代意义个人的爱情,破坏了封建主夫妇之间的忠诚,是对基督教禁欲主义的一种挑战。从反基督教禁欲主义这个角度来讲,普罗旺斯的这些抒情诗有其特别的意义。

以上是关于骑士文学的简单介绍。和基督文化相对立又相互融合的还有两种文学现象,一种就是民间英雄史诗,这些英雄史诗大半都记载了近代意义上的国家形成过程中的民族英雄。在基督教从天上寻找上帝的时候,这些英雄史诗的创造者在人间、在自己的民族里找到了自己的上帝。这些英雄往往也具有一些神力,但是他们无一例外地都是为自己的国家效忠,是受本民族敬仰的强者。英国的《贝奥武甫》、德国的《尼伯龙根之歌》、法国的《罗兰之歌》、俄国的《伊戈尔远征记》都是这一类史诗性的作品。

除了这些民族英雄史诗以外,还有一种是反映刚刚形成的城市生活观念的作品。这类作品中具有代表性的就是德国的故事诗《列那狐的故事》。主人公列那狐是中世纪富裕商人和上层市民的写照,作品第一次把狡黠作为审美的对象加以描写,反映了新兴的资产阶级的生活与价值观念。整个故事诗十万多行,富于生活气息,情节生动,所描写的各种动物均具有鲜活的个性,十分有趣。

五

欧洲中世纪基督文化与骑士文学、民族英雄史诗、市井文学之间的二元对抗反映了人类的一个恒久的矛盾:理性与原欲的二元对抗。人类在远古这对矛盾的旋涡之中,找不到出路。

去苦求乐是人的本能。背负着"罪感"生活实在是件痛苦不堪的事。到了 19 世纪末,西方日益进入现代化社会。随着"上帝已死"的告白和上帝、耶稣形象的转换,末日审判与地狱的构建越来越遭到人们的贬谪,自由成为新的上帝。为了过无罪感的快乐生活,这一切都是必要的。

但是,社会上,犯罪的事实依然在敷演而且有加无已。现代科技改善着人们的生活，但并没有改变不公正的社会现实。在地球的这一边按一下电钮，在地球的另一边就可能有大批的无辜平民惨死。一部分人过上了上帝也想象不到的奢华生活，另一部分人为每天的口粮而忧心忡忡。失业、贫困、饥饿、残杀触目皆是。尽管罪恶时时在发生，但是，"谁之罪？"的质询已经不再时髦，罪感已经走向消亡。现在的人们，只是在罪行发生后，向可怜的受难者发放一点救济物资，用以表现人类尚未泯灭的悲悯之情。

如果说，中世纪的罪感压抑了人的原欲，给西方人带来不幸的话，今天，罪感的消亡是否就是西方的幸福呢？

思考题

1. 试比较古希腊文化与基督文化的异同。
2. 谈谈你对原罪说及罪感的看法。
3. 欧洲骑士文学与中国的武侠小说有何异同？

阅读书目

亨德里克·房龙：《圣经的故事》，迮卫、靳翠微译，陕西师范大学出版社 2004 年版。

第四讲

但丁与《神曲》

【摘要】 但丁及《神曲》是两条文化河流相激相荡而产生的壮丽图景—但丁生活中的两个重要事件—"地狱":但丁的伟大偷换—炼狱的新观念:人如何达到至善至美—《神曲》与《红楼梦》的比较—但丁的"多义说",读者的神圣解释权

一

在上一讲里,向各位介绍了中世纪文学,特别讲到基督教文化和以《圣经》为题材的宗教文学作品,还介绍了骑士文学。基督教文学和骑士文学、英雄史诗和市井文学构成了欧洲中世纪的两条文学河流,这两条河流正像罗素所讲的,是二元对抗的,也有某种互渗,比如在骑士文学中可以看到基督教的影响,在基督教文学当中我们可以看到有一些世俗的因素。但是基本上,这两条文学河流是分流的,到了14世纪初,两大文学河流有雄伟的相激相荡、相融相汇,构成了一个非常壮丽的景观,即被称为西方文学第二座里程碑的《神曲》。

《神曲》的作者但丁是佛罗伦萨人,出生于1265年。他的家庭是一个小的贵族,父亲是医生。小的时候,但丁受到了很好的文化教育,学了拉丁文,特别是对西方流行的论辩术烂熟于心。但丁的一生里,有两件事情最为重要:一是他在9岁的时候遇见了一位美丽的小女孩,叫贝德丽采。有关但丁和贝德丽采的关系,我们采用但丁所写的一部诗集《新生》中的记述。关于这些记述的翔实性,没有人作过考证,其中难免有一些浪漫的、虚构的成分。我本人情愿相信这些浪漫的虚构成分是真实的。他在9岁遇到贝德丽采时,一下子就对她产生了很热烈的感情。在他生病发高烧的时候,嘴里不断念着的就是贝德丽采这个名字。这让我们联想到了贾宝玉。贾宝玉挨打,疼痛难忍的时候,嘴里不断喊着"林妹妹"。但丁和贾宝玉在性格上有某种

相似之处。据但丁讲,他在 18 岁的时候,第二次遇见贝德丽采。成熟的爱情汇聚在贝德丽采身上。他为她写了很多热烈的情诗,都收在诗集《新生》里。但是,这场爱情没有能够开花结果。贝德丽采嫁给了比但丁家族身份高得多的另一个贵族青年。但丁因此对贝德丽采的思念更甚,在思念的痛苦折磨中,贝德丽采的形象进一步升华了,升华成了像圣母、像天使一样的美丽仙体。她所给予但丁的不仅是一种爱情的感受,而且她升华了但丁本人的思想、情感和品质。非常不幸,贝德丽采在很年轻的时候就去世了,这对但丁是一个很大的打击。他曾经有 3 年左右时间闭门不出,沉浸在悲痛中。为了化解自己的悲痛,他强迫自己把全部的精力集中于哲学和其他方面的研究上。在这段时间里他依然在写思念贝德丽采的诗,诗中充满了对美好形象、美好未来的向往。在《新生》里有这样一段话:"当他看着那自己注视她的人时,这个人也获得了他的力量的全部结果,他赠与她的一切,也获得美德和幸福。他们使他变得谦卑,从而忘却了所有的恶念。上帝已经给予了他无比深厚的仁慈。与他谈话的人都不会获得可怕的结局。"按照基督教的说法,只有上帝、只有基督可以使人变得谦卑;也只有上帝、只有基督给人带来美德和幸福;只有上帝、只有基督使人消除所有的恶念。但是所有的一切,现在都被贝德丽采取代了,贝德丽采已经成了上帝、基督、圣母,成为一切美好理想集中的化身。有一位日本学者讲过这样的话:东方人在理解西方文化的时候有两条不可逾越的鸿沟,一条就是西方人对待上帝的态度,一条就是西方人对待女人的态度。他说这是理解西方文化的时候两条不可逾越的鸿沟,我想给他补充一句话:对于西方人特别是中世纪到近代的一些文化人,他们像崇拜上帝那样来崇拜自己所爱的女人,像热爱自己心爱的女人那样来热爱上帝。在他们的心目中,上帝和他们心爱的女人常常是合而为一的。这一点我们在但丁对待贝德丽采的态度上,得到了一个例证。这是但丁生活中第一件重要的事。

第二件重要的事是在贝德丽采去世 3 年后,但丁开始了自己的政治生涯。他一度成为佛罗伦萨的执政官之一。一般来讲,诗人从政没有好结果。诗人同时是一个优秀的政治家,几乎是没有的。当时的佛罗伦萨有两大党派,一派叫基伯林党,一派是归尔甫党,基伯林党代表中下层市民的利益,归尔甫党代表贵族利益。但由于一些下层市民对基伯林党不满,他们转过来拥护归尔甫党。但丁的家庭是属于归尔甫党。但丁从政以后不久,归尔甫党就打败了基伯林党,但丁自己参与了这场战役。在打败了基伯林党以后,归尔甫党取得了佛罗伦萨的统治权。但是,归尔甫党很快就分裂成一个白党和一个黑党。但丁对此感到极其痛心。这是教皇普尼腓斯八世插手佛罗伦萨的政治事务造成的恶果,他支持黑党。在党派的纷争之中,但丁显得缺乏政治智慧,结果成为党派斗争的牺牲品。在教会于背后的操纵下,他被诬以"贪赃枉法"判逐。

但丁在被迫离开佛罗伦萨以后,开始了他的流亡生涯。其间,他曾试图组织武装力量打回佛罗伦萨,但没有能够成功。在极度艰难困苦的条件下,他走遍了整个意大利。他意识到自己不仅属于佛罗伦萨,而且属于整个意大利。在 13 世纪末,他开始了《神曲》的创作。《神曲》最初的一些篇章被市民们看到的时候,他们的热烈反响使但丁意识到,他所能做的最有意义的事情,就是将这样一部史诗贡献给伟大的意大利民族。在生命旅途的最后几年,他的生活比较稳定。他住在拿温萨,家属也到了拿温萨。教皇和佛罗伦萨的统治者曾经表示,如果但丁愿意忏悔,也可以回到佛罗伦萨。这个"恩赐"被但丁坚决地拒绝了。他在拿温萨过着一种相对平静的生活,继续他的写作。有一次在执行公务的时候,但丁忽然生病,于 1321 年去世。

二

下面把《神曲》的概貌介绍一下。《神曲》一共是 14000 多行,分成地狱篇、炼狱篇、天堂篇。地狱篇 33 曲,炼狱篇 33 曲,天堂篇 33 曲,再加上序曲,一共是 100 曲,这 100 曲,都是按"三行连环体"的格律要求写成的。譬如第一段的三行,第一行和第三行是一个韵脚,而第二行又和第二段的第一行、第三行是一个韵脚。这样就形成了 ABA,BCB,CDC……一环套一环地写下去,直到一曲的最后,以一个孤立的句子作为结尾。整个《神曲》的 100曲、14000 多行诗,全部都是用这样的形式写成。各位可能注意到了:每一篇是 33 曲,而每一曲又用三行连环体写成。为什么但丁对"三"情有独钟呢?这是因为基督教所尊崇的是"三位一体",即圣父、圣子、圣灵。"三"在基督教里是一个很重要的带有哲学意味和神秘意味的数字。

《神曲》的开篇讲,在但丁 35 岁的时候,他在森林里迷了路。35 岁,按《圣经》的说法就是人生旅途的中点。迷路时,遇到三头猛兽——狮、豹、狼,挡住了他的去路。中世纪的文学中,非常流行使用隐喻,所以文学中出现的艺术形象常带有隐喻的意义。比如但丁所遇到的三头猛兽,狮代表强暴,豹代表淫邪,狼代表贪婪。但丁还特别写到,三头猛兽是由"嫉妒"这个妖魔放出来的。但丁35岁在森林里遭遇三头猛兽,隐喻他被四大情欲所困扰:强暴、淫邪、贪婪和嫉妒。这个开头,也反映了但丁对当时意大利社会的透视:阻拦意大利前进的是人的四大丑欲。在但丁遭到这样的危难时,天堂里的贝德丽采看到了,她就跪倒在圣母玛利亚面前,请求圣母玛利亚拯救但丁。圣母玛利亚看到贝德丽采的眼中闪着泪光。按照《圣经》的观念,贝德丽采这时不应该哭。因为人生是一个苦难的历程,但丁能够比较早地结束这个苦难,升到天堂来,她不应该感到难过。这时,贝德丽采表现出来的其实是一个凡人的肉体的爱。她所以感到痛苦,是担心她所爱的人的肉体遭到蹂躏。圣母玛利亚看到这个情景,慈心大发,派了一个指点迷津的人去拯救但丁。这个人是谁呢?就是我们前面所提到的古罗马的大诗人维吉尔。但丁的这个虚构显得很有趣:按照中世纪流行的观念,人有了苦难,谁能拯救他呢?是上帝或上帝在人间的代理者——教会或是神父、教皇。但是但丁不可能让教皇来引渡他。他非常仇视当时的教皇普尼腓斯八世,就是这个教皇使意大利陷入灾难。他也不相信那些神父。他让一个古罗马的诗人来当他的引路者,而这个诗人还不是一个基督教徒,这不是一件很有意思的事吗?他让一个非基督教徒的诗人来做他的导师,究竟是为什么呢?从但丁所写的作品里,读者看到他对古罗马的那些有知识的人非常崇拜。这一点还表现在他所描写的地狱的第一圈。在这一圈住的是什么人呢?都是古希腊、古罗马时代的诗人、思想家、科学家。他必须把他们安排在地狱里,为什么?因为他们不是基督教徒,基督教有很强的排他性,所有不信基督教的人都要下地狱的,但丁作为一个中世纪的诗人,不可能违反这个通例,他必须把他们安排在地狱里。但在第一圈没有任何的刑罚,是清清的流水、苍翠的草地和宏伟的城堡。荷马也好,亚里士多德也好,柏拉图也好,还有当时很有名的医学家、工程学家、数学家都在那里过着很舒适的生活。但丁把这一圈叫"候判所"。但丁辩解说,他们是异教徒,因为他们活着的时候耶稣还没有降生,没有人来引渡他们,情有可原。但丁对于智识者的态度反映了他对于知识的崇仰。这一点,他是继承了古希腊的传统,而不是基督教的传统。关于上帝的一切观念都是同科学对立的。在基督教的历史上,我们看到的是教会对于科学家的打击和迫害,常常有一些提出新观念的科学家被送进了宗教裁判所,甚至被送上了火刑架。这表明,在但丁的思想中有很多古希腊的传统。正是由于此,但丁成了一个承前启后的人,成了文艺复兴的曙光。

在维吉尔的引导下,但丁走过了地狱、炼狱,之后,维吉尔说,我不能再往前走了,我是不能进入天堂的。就在这时候,天上仙乐缭绕,鲜花纷飞,贝德丽采带领一些天使下来迎接但丁,并且带领但丁游历了天堂。贝德丽采隐喻什么呢? 她代表爱,代表男女之间、凡人之间的爱,也代表了天使、上帝对于凡人的爱。这样我们就得到了一个公式:天堂之路 = 人智+爱。

一个人怎么能够走向"天堂"呢? 怎么能够摆脱人间危难上升到"天堂"呢? 靠两个东西,一个是知识,以维吉尔为代表;一个就是爱,以贝德丽采为代表。这里的爱,并不只是男女的情爱,在但丁《神曲》的很多篇章里,这种爱是一种大爱,是一种对祖国、对人民、对世界的大爱。他的这种爱表现得非常之强烈。意大利人民生活的苦难,惨不忍睹,他在诗中诅咒这块热土早日消灭。从这种极端的语言中,我们感受到了诗人内心那种博大的爱。中国宋代的大学者朱熹曾经讲过:"仁者如水,有一杯水,有一溪水,有一江水。圣便是大海水。"如果你的爱局限于男欢女爱,它便是一杯水,如果你写的男女之爱不能升华为对人生的感悟,则这种情感波澜只是杯水风波。杯水风波也有价值,但是终究不能和大海的波浪相比。但丁的爱就是朱熹所说的大海的爱。鲁迅先生也曾批评那些肤浅渺小的学者说:"因为他们精细地研钻着一点有限的视野,便决不能和博大的诗人的感得全人间世,而同时又领会天国之极乐和地狱之大苦恼的精神相通。"[1]我们说但丁之爱正是这种足以领会人间、地狱、天堂之大爱。

但丁的这个公式:天堂之路 = 人智+爱,对于今天的我们有什么启示呢? 20世纪著名的哲学家罗素说的一句话对我们很有启发:"高尚的生活是受爱的激励并且由知识引导的生活。"这句话同但丁的公式何其相似! 距离但丁的时代,已经过去了600多年,但丁的公式没有过时。"高尚的生活 = 知识+爱",从这个意义上说,我们每个人都需要一个自己的

---

① 鲁迅:《诗歌之敌》,《鲁迅全集》第7卷,人民文学出版社2005年版,第246页。

"维吉尔"、一个自己的"贝德丽采",这是我们从但丁的《神曲》里得到的启示。

<h1 style="text-align:center">三</h1>

下面介绍《神曲》的地狱篇。在基督教里,"地狱"是一个很重要的观念。按《圣经》的说法,上帝在创造天堂之前,先造了地狱。中世纪的西方人老老实实地承认,如果没有"地狱"的预设,人不知道要坏到什么程度。地狱对于人具有极大的威慑性和规范性,使人不敢堕落。《圣经》说,世界有末日审判,每个人都是逃不掉的。这一点从中国人的角度似乎不好理解,比如说在中国四川丰城有一个"鬼都",好多同学可能去看过,那是一个旅游点。大家看了感觉怎么样呢?看看很新鲜,也就完了。大多数中国人的"地狱"观念是很淡薄的,很少有人相信地狱的真实存在。但是中世纪的西方人,甚至于现在的很多西方人,他们相信末日审判,而且自己在做什么事的时候,这一点使他们自觉地不做恶事,心灵变得高尚。但是,地狱的观念也是一座很沉重的大山,压得人不敢按自己的主体意志去行事。特别是中世纪时,许多人认为自己的主体意识的任何一个闪念都是有罪的。他们时时刻刻想着《圣经》上的规范、训诫,不敢越雷池一步,结果呢,按现在的语言来讲,就是失去了自己的主体意识。一个人不再是他自己,他只是一个按照《圣经》的规范畏畏缩缩地活着的羔羊。对于人来讲,他自然是不甘心的。人的自然的原欲是不可能用这样的办法把它压制住的。所以说地狱的观念本身有两重性,它一方面使人高尚,制止人们的犯罪意念;另外一方面它夺去了人的主体意识。我们对待地狱就可以有两种态度:一种就是接受这样一种地狱观念,老老实实做一个符合教义的人,这样的人是一个灰色的人;我们还可以有另外一种态度,就是敢于正视这个地狱,敢于穿越这个地狱,敢于摧毁这个地狱。按照欧洲的文明史来讲,但丁是后一种态度的第一人,虽然他还不是那么勇敢,但他终究是第一人。他是一个敢于下地狱的人。

在地狱之门上写着这样一段话:

> 由我进入愁苦之城,由我进入永劫之苦,由我进入万劫不复的人群

中。正义推动了崇高的造物主,神圣的力量,最高的智慧,本原的爱创造了我。在我以前,从未造物,除了永久存在的以外,而我也将永存。进来的人们,你们必须把怯懦抛开。①

他的导师维吉尔还讲了这样两句很有名的话:"在这里,必须丢掉一些游移。在这里,一些怯懦都无济于事。"如果有的同学读过马克思的《资本论》,就会看到马克思把这两句话写在了《资本论》的序言里。马克思也把自己看作一个敢于下地狱的人,一个敢于拆毁地狱的人。

在地狱之门的门口,但丁看到了一些畏畏缩缩的、灰色的、像软体动物一样的人。他就很奇怪地问他的导师维吉尔:"这是一些什么东西?"维吉尔告诉他,这是一些怯懦者:"这是那些一生既无恶名,又无美名的凄惨的灵魂。他们中间还混杂着一些卑劣天使,这些天使既不背叛,也不忠于上帝,而只顾自己,各层天都驱逐他们,以免自己的美为之逊色。而地狱的深层也不接受他们,因为他们和作恶者相比还有点自豪。"但丁说:"老师,什么使他们这样痛苦呢,使他们的哀鸣、叹息如此沉痛呢?"维吉尔说:"我简单地告诉你,他们没有死的希望。他们盲目地度过一生,如此微不足道,以至于对于任何别种命运,他们都嫉妒,世人不容许他们的名字留下来,慈悲和正义都鄙弃他们,我们不要讲他们,你看一看就走吧。"这些没有生活过的卑怯之徒,在地狱之门来回徘徊,被牛虻和黄蜂叮咬得鲜血直流,流下来的血只有蛆虫才肯去吸吮。这些人不可能上天堂,下地狱也没可能,连地狱也不要他们。他们比起那些作恶的人来讲都是微不足道的,那些作恶的人都有理由藐视他们。为什么呢? 他们是庸庸碌碌、无所作为的人,这种人他们虽然活过,但是叫作"没有生活过"的人。从这里我们可以看到但丁对那些无所作为、庸庸碌碌、怯懦的人是多么的鄙视。

维吉尔又带领但丁进入地狱之门,先走过第一圈,就是刚才说过的候判所,接着进入第二圈,那个情景与第一圈就大不相同了。这里面羁押的都是一些什么样的幽灵呢? 叫作好色之徒。但丁在这一圈里看到了一些我们很熟悉的人,比如说,《伊利亚特》中写到的阿喀琉斯,就是我们前面讲过的希腊民族精神的代表。他为什么也被关在这里呢? 就因为他是一个好色者。

---

① 但丁:《神曲·地狱篇》,田德望译,人民文学出版社 1997 年版,第 16 页。

他是因为和帕里斯的妹妹恋爱,结果中了人家的圈套,被人家射中脚后跟死去的。还有那个倾国倾城的海伦,由于她引起了希腊联军和特洛伊人的 10 年战争。此外,还有特洛伊王子帕里斯、埃及的风流皇后克丽奥佩特拉。这些人都因为好色,被关在地狱的第二圈,忍受着寒风和冰雹的袭击。这些幽灵哀号着在寒风当中飘来飘去。但丁在看到这些以后说:"心中不禁生出怜悯之情,而且觉得自己的心仿佛又疑惑起来。"按基督教圣方济教派的教义,这些人必须关在地狱里,必须忍受这样的痛苦。但丁作为一个基督教教徒,他知道这一点,但他老老实实招供说,他怜悯他们,而且对于他们是否应该关在这里,他感到迷惑。

就在迷惑之时,他看到了一对幽灵,一对男女,他们紧紧地抱在一起。但丁仔细地一看,发现这个女的叫弗兰采斯加,是自己生前认识的一个人。弗兰采斯加是一个很不幸的女人,她在年轻的时候,由父母做主嫁给了一个瘸子,叫祈安启托。这个男人不仅瘸,而且生性很暴虐,弗兰采斯加的生活很不幸福。就在这时候,她遇见了表兄保罗,两个人互相生出了好感。有一次,两人一起阅读骑士小说,读到骑士兰斯洛特和桂内维尔的恋情描写时,便情不自禁地模仿起来。由此就犯了奸淫罪,被罚进了地狱第二圈。但是,这一对恋爱的年轻人,他们的灵魂即使在血雨风沙的折磨中也拥抱在一起,不肯分开。但丁看到这一对幽灵,听到他们的倾诉,在《神曲》里写道:"我昏倒在地,如同死尸一样。"这反映了但丁内心的一种矛盾:作为一个基督徒,他觉得这些人都应该关在地狱里;但作为一个人,作为一个崇仰希腊文化的人,他又发自内心地同情他们,为他们的命运扼腕叹息,由于同情他们,甚至昏倒在地,"如同死尸一样"。

穿过了第二圈,就到了地狱的第三圈。第三圈主要是羁押和惩罚饕餮者。照中国人的观念看来,一个人有一点贪吃不是什么罪过,说不定还可以得到一个"美食家"的荣誉称号。但是基督教是比较崇尚节俭的。他们认为喝的红酒是基督的血,吃的面包是基督的肉。所以每个人吃饭前都应该祈祷,感谢主的赐予。过于贪吃的人(饕餮者)必然要受到惩罚。在这一圈里,因为这些幽灵生前吃了太多的东西,所以他们要被塞比罗鬣恶狗所吞吃。塞比罗鬣恶狗是一只三头狗,它们不断地吞吃这些生前饕餮者身体上的肉,把他们弄得血肉模糊。

第四圈关押的是一些吝啬者和浪费者。从基督教的观念来讲,吝啬的人和浪费的人同罪。他们都是处理财物不当,所以每个人抱着很多的财物,相互之间不断地撞击。这两个人撞在一起,然后分开了,分开了又和别人撞在一起,有点像我们物理上讲的"布朗运动"一样。

第五圈关押的是动辄发怒的人。在我们中国人看来,爱发怒是一种不好的性格,但要看为什么,岳飞"怒发冲冠"是正义之怒。笼统地将爱怒者罚下地狱,也似乎不必。但是基督教对这一点是不宽容的。在《圣经》里专门有这样的训诫,叫"不可发怒",认为发怒是人的一种恶欲念的发作,应该有节制,不能节制的要进入地狱的第五圈。

以上从第一圈到第五圈都设在狄斯城外,都是在地狱王的管辖以外。他们犯的罪,按亚里士多德的说法,叫"无节制罪"。在这前五圈里,受的刑罚还是比较轻的。

下面我们看第六圈:关押的是邪教徒和伊壁鸠鲁主义者。基督教是一个排他性很强的宗教,凡是不信基督教,信其他宗教者都要被投掷在第六圈,被烈火烧烤。伊壁鸠鲁是希腊时期的一位哲学家,他认为人死后没有灵魂,人应该懂得享受现实。这样的享乐主义者死后也要进入地狱。

接下来第七圈关押的是犯了暴虐罪的人。暴虐罪包括三种:一种是对他人犯了暴虐罪,就是杀害了他人,这个大家比较容易理解。第二种是对自己犯了暴虐罪,主要指的是自杀。按照基督教的教义,人是不能随便自杀的,自杀是一种罪,为什么呢?因为你来到世间,是上帝打发你来受苦的,你的苦还没受够,就自杀了,这是逃避苦难,要进入第七圈。还有第三种,就是对自然、对艺术犯罪。这部分人中包括男性同性恋者。

比较重要的是第八圈。第八圈里又分了十个层次。各位仔细看这幅图(见图4-1),里面都关了什么人呢?有欺诈者,有骗子,有诱奸者,有偷盗者,有阿谀奉承者,有贪污者,有伪善者,有诬告陷害者,有恶谋者,有买卖圣职者,等等。在这些人身上集中表现了但丁对于当时意大利社会上污浊丑恶势力的痛恨。我们来举一些例子。比如说,那些贪官污吏,他们在这里受到什么样的刑罚呢?他们统统被丢进一个沸腾的大锅,大锅里装满了滚热的沥青。贪污者竭力要把头伸出来,呼吸一些清凉的空气,但是旁边有小鬼监视,一旦露出头就拿叉子用力把他们摁进去,就像我们在街上看见炸油饼的,油饼火候没够,用筷子把它摁进去一样。还有一种伪善者,在《神曲》里他们要受到什么样的惩罚呢?他们穿着一件极其宽大的袍子,袍子里灌满

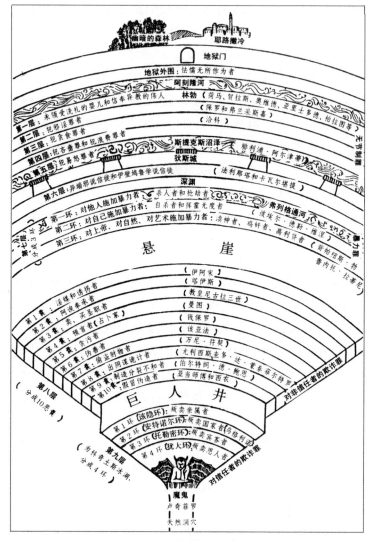

图4-1　地狱构造示意图

了铅，使他们沉重得走不动路。但是从外面看上去，他们仿佛都穿着宽大的袍子在逍遥地、慢慢地散步，脸上还带着笑容。当我看到当今社会上的伪善者活得很自在时，就恨不得但丁所描写的地狱真的存在。

在这一圈里，我们也看到了但丁所喜欢的人：一种是被认为犯了蔑视上帝罪的人，还有当时意大利一些政治领袖、反对党的领袖。如法利那太，是但丁的政敌,但是,但丁认为他对保全佛罗伦萨这个城市有功,所以对他有一分敬仰。他被关在地狱里看见但丁来的时候,把上半个身子挺直,俯视着眼前的一切,表现出一种对地狱的蔑视:

> 他把胸膛和脸孔昂起来,
> 似乎对地狱表示极大的轻蔑。

这一圈里,还有一个人,就是大家熟悉的尤利西斯,也就是《奥德修纪》描写的主人公奥德修。他被关在地狱里,是因为他是一个"恶谋士",他献了"特洛伊木马计",导致特洛伊城被希腊人攻破,而特洛伊人是古罗马人的祖先,也是意大利人的祖先。作为一个意大利人,但丁就应该把攻破自己城市的恶谋士放进地狱。但是,但丁又情不自禁流露出对他的智慧的崇拜。在《神曲》中,尤利西斯向但丁叙述,他怎么样带领一些人在大海航行,他想要看看"太阳的背后"是什么样子。结果大海的波浪把小船吞没了,他就这样葬身于海底。《神曲》里这些描写,再一次反映了但丁对于当时富有智慧的人,对于对人类历史有贡献的人或者对意大利有贡献的人,都表现出特别的崇仰。

他在这一圈里对于教皇的处置值得我们特别注意。各位知道,在中世纪,教皇享有和皇帝一样的威望,甚至于比皇帝的威望更高。什么人敢于拒绝他们?没有人敢。但丁在走到地狱的第八圈时,看到有一个幽灵:他的头嵌在石洞里,整个人被倒栽葱地竖立起来,脚底板上还点着火,火烫得脚底板不停地抖动。他仔细一看,是谁呢?是教皇尼古拉三世。教皇尼古拉三世看见但丁走过来,没有看清但丁是谁,便急急忙忙地说:"你已经站在那里了吗?你已经站在那里了吗?"他把但丁当作了教皇普尼腓斯八世,因为按照原来的安排,普尼腓斯八世要来接替尼古拉三世在这里受这样的酷刑。接替普尼腓斯八世的,是克莱门特五世。而但丁在写作《神曲》这一段的时候,普尼腓斯八世还健在,克莱门特五世也还健在。但丁对于这些趾高气扬的教皇势力是毫不畏惧的,是极端仇恨和蔑视的。这在当时非常了不起。

在地狱这部分,我们看到了但丁对待地狱的一种态度:一方面他对于不该关在地狱里的人,明确表现出自己的同情、怜悯、怀疑,甚至是旗帜鲜明地反对关押他们;另一方面,他又以一个上帝代理人的名义,对当时意大利社会的丑恶势力予以审判,把他们打入地狱。本来地狱是一个压抑人主体意识的设置，但是经过但丁的一个伟大的偷换，地狱变成了一个代表人民审判恶势力的审判庭。这是很值得我们注意和研究的。他审判贪官污吏、给人类带来灾难的伪善者、那些恶棍，包括教皇。人对地狱的恐惧感在但丁笔下转换成了地狱的崇高感。地狱成为一个人可以伸张正义的庄严法庭。当然我们也看到了但丁的软弱，他有些时候像一个跪着造反的奴隶。这在当时的情况下有着一定的不可避免性，人只能在一定限度上超越自己所处的环境，而不可能完全摆脱时代的拘囿。

走过了第八圈，就到了地狱的最后一圈。在这里我们看到了地狱之王琉西斐。这个身躯庞大无比的神，口中咬着三个"残害亲人者"，三个犯有最大罪孽的人：一个是暗害耶稣的犹大，另外两个是暗杀恺撒的凶手。为什么但丁安排暗杀恺撒的凶手在地狱的最底层，受如此严酷之极刑呢？那是因为意大利人把罗马人看成自己的祖先，而恺撒大帝是罗马最有成就的领袖，暗杀恺撒大帝的人罪大恶极，应该受到这样的酷刑。

四

维吉尔领着但丁从地狱之王琉西斐的胯下穿过去就进入了炼狱。

下面让我们看一下炼狱的图景（图4-2）。

炼狱主要是关一些虽有过失，但较轻，不够入地狱条件者，他们可以通过痛苦的修炼，洗去自己的罪恶，从而获得升上天堂的资格。完整的炼狱系统的构建产生于但丁。它共分成七层，第一层居住的是傲慢者（但丁本人的罪主要也是傲慢）。第一层的人怎样修炼自己呢？因为傲慢的人生前喜欢昂头仰视，瞧不起一切人，到了炼狱，他就要弓身，把嘴巴啃在地上，来忏悔自己的过错。第二层是一些嫉妒者。嫉妒，按但丁的说法就是表现为他们总是用眼睛盯着自己嫉妒的对象，漏出恶意的光芒，所以到了炼狱里头，要用铁丝把他们的整个眼睛网住。第三层是怠惰者，让他们怎么修炼呢？比如说，把一块石头推到山上，到达山顶后，石头滚下来，就再往上推，如此日夜劳作不息。还有的层面住着贪食的人，怎么修炼呢？就把他们绑在树干上，从树上垂下来非常美味的水果，距离他们嘴很近，但又啃不着……进入炼狱，每一个人脑门上有七个P字，走过一层，洗掉了罪恶，就去掉一个P字，到最后，七层都走完了，这个人就变成了一个完美的人。在炼狱是要忏

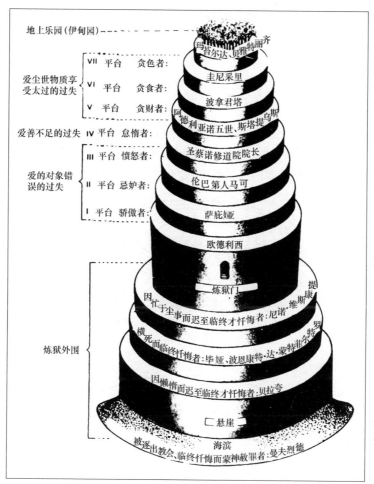

图4-2　炼狱构造示意图

悔、要受苦的,但是和基督教观念不同的是什么呢? 就是这种忏悔和受苦不是为了简单赎洗自己的罪恶,而是要使自己变成完美的人、至善至美的人。这是人为追求一个更高更美的境界而受苦。在这里,但丁提出:通过受苦,通过修炼,人可以达到一个完美的境界。

　　但丁的这个观念,后来在西欧没有获得发展,而在俄罗斯文学中得到了多姿多彩的艺术表现,只要读过陀思妥耶夫斯基、列夫·托尔斯泰和阿·托尔斯泰的作品,都会同意我的看法。中国当代文学作品中也有类似的影子,如张贤亮的《绿化树》、拍成电影的《牧马人》等。张贤亮的观念是源于中国的佛教,还是受俄罗斯文化的影响? 可能更多的是后者,后者比前者积极得多。

走完了炼狱的七层,到达了地上乐园耶路撒冷。乐园里有一个"忘川",在"忘川"里淌过去,你就忘掉了、洗掉了自己的一切过失,可以进入天堂了。

但丁关于天堂的描述,是根据托勒密的天文体系,将天分为九层,叫九重天。各位看一下这张图(图4-3),第一层叫月球天,住着正人君子;第二层是水星天,住着力行善事的人;第三层是金星天,住着博爱者;第四层是太阳

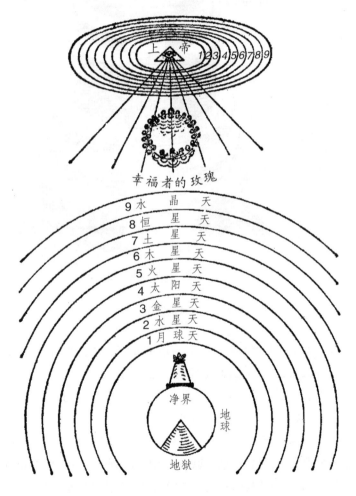

图4-3 天堂构造示意图

天,住的是先知;第五层是火星天,住的是一些殉道者;第六层是木星天,住的是一些英明君主;第七层是土星天(即水晶天),住的是修道士;第八层是恒星天,住的是耶稣和他的众弟子;第九层是原动天(即水晶天),住的是众天使。贝德丽采带领但丁走到原动天后,她本人回归到幸福者的玫瑰丛中。此时,天上电光一闪,圣父、圣子、圣灵三位一体的神显示了自己的形象,但是这个形象是不能言说的,所以《神曲》到此就结束了。

炼狱、天堂的部分给予我们的启示,就是人通过主动的坚忍不拔的修炼,可以使自己达到一个至善至美的境地。

这是关于《神曲》的大概情形和一些要点。下面想把《神曲》和我们中国的一部古典文学作品作一下比较。通过这个比较,我们可以对《神曲》的特征、它的各方面的成就有更进一步的认识。我们要提到的这部中国名著就是大家很熟悉的《红楼梦》。

五

在历史发展的重大转折时期,往往有优秀的、具有深刻历史内涵的巨著产生。但丁的《神曲》产生于中世纪的终结和新世纪的开端。所以恩格斯说:"封建的中世纪的终结和现代资本主义纪元的开端,是以一位大人物为标志的。这位人物就是意大利人但丁,他是中世纪的最后一位诗人,同时又是新时代的最初一位诗人。"[①]事实上《红楼梦》也是产生在中国封建社会走向衰落,资本主义开始萌芽的转折时期。这两部书都是产生在历史转折门槛上的作品,它们都是带有重大的历史意义的标志性建构。但是欧洲的历史和中国的历史不同,特别是封建社会的特点不同。在欧洲中世纪,封建社会的终结表现为封建贵族之间的纷争和教会的腐败。要表现这样一个历史的特点,不可避免要采取大结构,譬如像《神曲》下至地狱,上至天堂,纵横千百年这样大的文学框架,只有这样的框架能表现出历史巨变的广度和深度,尽管但丁也许并未意识到这一点。而中国封建主义的衰落,从文化角度来讲,很重要的是表现为文化伦理道德的矛盾和冲突。这种矛盾和冲突特别深刻地表现为家庭内部伦理关系上的矛盾。所以我们在《红楼梦》里看

---

① 《马克思恩格斯选集》第1卷,人民出版社1995年版,第269页。

到，它采取一种微观结构：主要写了贾、史、王、薛四个家族，重点写了荣、宁二府，通过对封建家庭衰落的描写揭示了一个封建社会解体的必然性，是以小见大的。欧洲的封建历史和中国的封建历史特点的不同决定了这两部史诗性的作品采取了不同的宏观或微观的结构。在中国封建末期的背景下，很难想象会产生《神曲》这样建构的史诗；而在西方，尽管也有描写封建大家族没落的深刻作品，但试图通过家族的没落反映中世纪基督教文化的没落，也是很困难的，因为基督教文化和近代文化的冲突焦点不是家庭范畴所能够包容的。

但丁《神曲》的整个结构是神秘主义：一会儿地狱，一会儿炼狱，一会儿天堂。这是因为在欧洲中世纪，基督教文化占统治地位。但是在神秘主义的框架里面有很多写实的因素，很细致地描述了意大利的历史和现实。它是在神秘主义的框架里面嵌入写实的因素。而《红楼梦》呢？框架是写实性的，它如实地描述了这些家庭里人和人之间的关系；但是在《红楼梦》写实的框架里面，又有很多神秘主义的因素，譬如大家很熟悉的贾宝玉的出生、警幻仙姑等等。

在但丁的《神曲》里，引路人是维吉尔和贝德丽采。在《红楼梦》里贾宝玉也有一个引路人，就是警幻仙姑。两者在文化上有一个很重要的不同点，即对待情欲的态度。人怎么样对待情欲？这实在是一个使人感到苦恼的大问题。基督教所以能发展的原因之一，就是因为在罗马时期人们不能很好地解决情欲问题，只好求助于基督教。基督教对待情欲采取的是什么办法？简单地说，是禁欲主义的办法，"压"的办法。如果纵容自己的情欲，就犯罪，就堕入地狱。在《神曲》里我们所看到的和基督教的不太相同，但丁的思想和他的全部作品表现出他试图用"升华"的办法，就是把情欲升华到一种对基督、对圣母、对上帝的爱上。这一点集中表现在我们前面讲的他对贝德丽采的态度。他使人间的情爱戴上宗教的金色光环，也使人对上帝的崇仰有了人性的血色。这是但丁的一个贡献。我们把它叫"升华"。基督教是压制，但丁是升华，那么《红楼梦》是什么呢？我们可以简单地用一个"化"字，它希望把人的情欲化掉。这就是贯穿在《红楼梦》中的关于色空的观念。以贾宝玉来说，他在入世前无限长的时间内是一块石头，一块无情无欲的石头，后来由空转色，由色生情，传情入色，最后由色悟空。《红楼梦》里讲过人在死后不过是一个"土馒头"。生前是一块石头，死后是个土馒头。两头的历史阶段里他都是无限的,人活着的时间同身前身后相比,不过是一个瞬间。既是一个转瞬即逝的瞬间,你的追求有什么意义?《红楼梦》很多的段落都讲到这一点:"失去幽灵真境界,幻来亲就臭皮囊","荣华富贵无限好,终须一个土馒头",因此"好便是了,了便是好","假作真来真亦假,无为有处有还无"。世上一切的情感和欲望都变得无所谓了。所以我们看到了三种对待情欲的态度,基督教简单地采取"压",但丁则用"升",《红楼梦》用"化"。压、升、化,这是中古时代人们对情欲采取的三种态度。这三种态度都有一定的虚幻性,这种虚幻性使人都不能真正地解决理智和情欲的矛盾,以至于直到今天,人们还为此而苦恼无尽。

讲到这里,我们可以对《神曲》作一个总结了。我们看到《神曲》中不仅仅有基督教文化(源于希伯来文化)的承袭,而且有古希腊文化的承袭,这"两希"(希伯来、希腊)文化在《神曲》中形成一种相融相汇、相激相荡的形态。具体说来可以归纳为以下五点:

第一,宗教之爱与人间智慧相结合(通往天国之路,靠爱来推动、知识来导引)。

第二,天国审判与人间审判相结合(依靠上帝权威,进行人间审判,以人间审判填充上帝观念的空虚)。

第三,禁欲意识与升华意识相结合(一抑一扬,相辅相成)。

第四,赎罪意识与追求完美人性相结合(赎罪是为了个人的完美,个人的完美必须靠忏悔)。

第五,神秘主义与写实主义结合(神秘主义为写实主义增加力度、厚度,写实主义为神秘主义提供血肉基础)。

正由于有了以上这五个方面的结合及其完美的艺术体现,但丁的《神曲》成了继荷马史诗之后西方文学的第二座里程碑。它预示着中世纪即将终结,而一个新的黎明马上就要到来了。

六

任何伟大的文学作品,它的内涵都是多层面的、不可穷尽的。但丁自己说,《神曲》有四重意义:字面的意义、寓言的意义、哲理的意义、神秘的意义。我们可以对这四重意义作一个简单的并不全面的揭示:

字面的意义：但丁游历地狱、炼狱、天堂的情景。

寓言的意义：善有善报，恶有恶报，不是不报，时候未到。

哲理的意义：人通过自觉地受苦，可以改善人性，达到至善至美的境界。

神秘的意义：神秘的层面具有不可言说性，但我们还是可以揣测一番。例如，但丁为什么看到弗兰采斯加和他的情人亲昵的情景就"昏死过去"？仅仅是出于同情他们的不幸吗？他是不是联想到了自己内心的隐痛，他那深藏在心底的对于贝德丽采肉体的罪恶渴望？这种渴望是否因他见到情爱至深的弗兰采斯加而更加强烈以至于使他昏倒呢？但丁没有说过，但是，我们有权利这样解读。

阅读文学作品，同各位学习物理、数学不同。理工科的课程，所有的答案都具有唯一性。对就是对，错就是错，没有商量。文学作品则不同，越是伟大的作品，它的解读越是多元的。每一个读者都有权利对阅读对象作出自己的阐释，别人（包括书的作者）不能剥夺这种阐释权。当然，不能胡说，总要言之有据，言之有理。

思考题

1. 简述《神曲》中地狱、炼狱、天堂的概貌。

2. 为什么说《神曲》是欧洲新世纪到来的启明星？

阅读书目

1. 但丁：《神曲》，朱维基译，上海译文出版社 1984 年版。

2. 但丁：《神曲》，田德望译，人民文学出版社 1997 年版。

第五讲

文艺复兴概说

【摘要】 蒙娜丽莎:文艺复兴的意象—意大利何以成为文艺复兴的发源地—彼特拉克及其奇喻—泼皮薄伽丘—巨人拉伯雷—唱低调的智者蒙田—塞万提斯和《堂吉诃德》—堂吉诃德与桑丘:过去与未来

一

上一节课我们讲到《神曲》,说它是中世纪整个文化的总结,同时又是新世纪的启明星,它所昭示的这个新的世纪在欧洲的文化史上叫作"文艺复兴"。

什么是"文艺复兴"?我想先给各位看一幅非常熟悉的油画,这幅画就是《蒙娜丽莎》(图5-1)。在这幅文艺复兴时期非常有名的代表作里,我们看到了什么呢?猛一看,这个贵妇人很像中世纪的圣母,很静穆,很端庄,安安静静地坐在那里,她的头发、她的所有的线条都是向下垂的,没有向上飞扬的,向下的线条给人一种非常端庄、静穆、驯顺的感觉,和古希腊的那些女神很不一样。古希腊那些女神,没有一个是坐着的,她们都在动,都是富有动感的,都在为实现自己的一个欲望做什么事情。在《蒙娜丽莎》的画里,我们看到了中世纪圣母的情调。但是,请大家注意蒙娜丽莎的微笑,掩藏在蒙娜丽莎的微笑里的是文艺复兴时期人们的那种欲望,这种微笑在中世纪的圣母像上是看不到的。我们很难找到一幅中世纪的圣母像是在微笑的,特别是像蒙娜丽莎这样的一种微笑。这种微笑在她的弯曲的嘴角上闪烁着,她的眼睛里强有力地放射出一种欲望。而这种欲望又被一种观念所压制,由于这种压制,欲望显得更加强烈。20世纪的精神分析大师弗洛伊德在论述《蒙娜丽莎》时,说了这样一段话:"冲突在于节制与诱惑之间,在于最诚挚的温情与最无情的贪婪的情欲之间。"弗洛伊德认为,这幅画的美丽全在于此。他还引用了意大利作家安格罗孔蒂的话说:"这位夫人在庄严

图 5-1　《蒙娜丽莎》

的宁静中微笑着；她的征服的本能、邪恶的本能、女性的种种遗传、诱惑和俘获其他人的意志、欺骗的魅力、隐藏着残酷目的的仁慈——所有这些依次隐现于微笑的面纱后面，埋藏在她的微笑的诗中……好的和坏的、残忍的和同情的、优秀的和奸诈的，她笑着……"蒙娜丽莎的微笑可以作为文艺复兴时期的典型的意象。她告诉我们什么是文艺复兴，并且透露出一个秘密：文艺复兴何以直到今天还葆有着它不朽的魅力。

"文艺复兴"大体上是从 14 世纪初到 17 世纪初，一共有 300 年左右的时间，在一些西方文学史上，也管它叫"文艺 300 年"。这 300 年的文学和科学的成果，是每一个西方人都引以为豪的，也非常值得我们来进一步研究。各位知道，在 14 世纪以前，我们可以毫不夸张地说，中国在文化、经济等各个方面都不落后于欧洲，甚至比欧洲还要强，但就是从 14 世纪以后，欧洲开始了文艺复兴，加快了经济、科技、文艺的发展步伐，而我们依然步履蹒跚。中国落后于欧洲，就是从这时候开始的。

　　文艺复兴运动发源于意大利。为什么意大利荣幸地承担这样的历史责任呢？首先，我们要讲到意大利这个民族的性格特征。也许是因为这个地方天气非常燥热，也许是因为这个地方的地震非常频繁，总之这个民族是一个躁动不安的民族，一个激情澎湃的民族，一个充满了各种欲望、永不休止地战斗着的民族。这个民族的性格和基督教所要求的那种静穆的、谦卑的、内省的性格非常不同。虽然基督教在这里有相当强的势力，但远不如在欧洲的其他地方深入人心，基督教对意大利的统治，相对其他地方较为薄弱。意大利人是罗马人的后裔，希腊、罗马的文化在这里没有断线。这个民族的封建势力的统治相对欧洲其他地方也是比较薄弱的。十二三世纪，在德国、英国、法国都已经形成相当强固的封建政权的时候，意大利这个地方还是分裂成很多小的公国。小的公国之间战争不断，不仅小的国家之间有战争，家族之间的仇杀也是很频繁的。薄伽丘在《但丁传》里有这样一段描写：两个大的家族相互仇杀了很长时间，终于愿意和解了。于是双方坐在一张长条桌子的两边，准备喝酒庆祝和解。就在这个时候，很偶然地，有一个人要站起来去上厕所，不小心碰了一下腰里悬挂的剑，桌对面几乎所有的人马上拔出了剑，不超过五秒钟，这边的所有的人也拔出了剑，于是一场厮杀重新开始，又是尸骨遍地，血流成河。在厮杀之后，人们搞不清楚这场厮杀发生的原因，也不乐于去追究这个原因。薄伽丘这段描写有一些艺术的夸张，但它的的确确、活灵活现地向我们揭示了意大利是一个什么样性格的民族。这样的民族特性直到现在也没有完全消失。如果你们了解意大利，到过意大利，就会对这一点有比较深刻的感受。

　　意大利是世界上第一个资本主义民族。它的航海事业非常发达，海上贸易非常发达，而海上贸易和海盗行径在当时是不可能分得很清楚的。位于亚得里亚海北岸的威尼斯，早在 9—10 世纪就在地中海进行商业活动，到 10 世纪末已成为一个富庶的商业共和国。15 世纪时，威尼斯拥有商船 3000 艘和大批军舰。它从东方购买珠宝、丝绸、胡椒、肉桂、丁香等运往西欧高价销售，又从罪恶的奴隶贸易中牟取暴利。佛罗伦萨是意大利北部最大的手工业中心，先后发展了呢绒工业和丝织工业，到 14 世纪已拥有 200 多家从事呢绒生产的工场,产额为 8 万匹左右。它的银钱业也很发达,一些贵族以 25% 的高息向外贷款,在欧洲货币市场上具有支配地位。商人贵族不仅在经济上纵横捭阖操纵一切,而且染指政权。早在 12 世纪威尼斯的政权已由商人贵族所把持,到 14 世纪,佛罗伦萨的政权也由工商业行会代表组成的长老会议所操纵,商人贵族成了"无冕之王"。意大利海上贸易的发达,有新的证据可以供各位研究,那就是 1999 年翻译出版的一本书:《光明之城》①。按照这本书的说法,在 13 世纪的时候,意大利人就已经到了我们浙江的温州。关于这本书所说的真伪,学术界还有不同的意见。但有一点我们是知道的,就是马可·波罗在文艺复兴时期到过中国。

对一个民族的文化来讲,最重要、最强大的动因是经济活动的方式和经济发展的水平。意大利海上贸易的发展促使其商人阶级显得特别强大。在 14 世纪的时候,意大利的一些城市比如佛罗伦萨的政权,既然事实上已经掌握在商人手里,就很难说它是纯粹的封建政权了。商人这个阶层,要是从中世纪的基督教观念来看,它是有罪的,因为基督教讲,人活在这个世界上,是来受苦的,是来忏悔的,是来赎罪的。任何享受的意念都是有罪的,但是商人凭着他们的勤劳、智慧、狡猾和残忍,不断地聚敛着财富。近代有的学者把商业的发展同清教徒的节俭联系起来,不能说没有一些道理,我们在讲《鲁滨逊漂流记》时会提到这一点。但是,商业原始积累的过程是一个血腥的过程,不可能用节俭解释商业的发生和发展。商人们在聚敛财富的同时就在享受这些财富。那些苦修士、"上帝的羔羊"们眼看着他们在恣情享受,而上帝却没有把惩罚降临到他们的头上。那些虔诚的基督教徒坚定地认为这些商人统统应该下地狱。但是事情好像也不完全如此,不管你怎么说他死后要受苦,但是他活得很惬意,这件事不能不让人眼红。特别是当时在教会里有这样一种看法和做法,极大地动摇了基督教徒的信念:克莱门特六世,发放"免罪券"——只要有钱,就可以拿钱来买这些免罪券。要是犯了罪呢,买了免罪券,罪就被免掉了。这件事意味着什么呢？意味着金钱和上帝的权力可以交换:你有了钱,哪怕你犯了罪,你把钱交给教会,教会拿去做基督教的公益事业,你的罪也就免掉了。还有的教皇发放"赎罪券",也同样是要拿金钱来买的。这说明,在当时的经济活动中正在悄悄地孕育着

---

① 雅各·德安科纳:《光明之城》,杨民等译,上海人民出版社 1999 年版。

一个可以同上帝互换的新的"上帝",这个"上帝"就叫作金钱。其结果势必刺激着人们去追求金钱,去追求利润。这样一种由经济活动支配所产生的欲望不可避免地要在文化上有所表现。于是人们就去寻找,寻找与这种经济状态和心态相适应的文化。在哪儿找到了呢?在古希腊的文明当中。当他们看到从地底下挖出来的那些古希腊、古罗马的雕像,譬如维纳斯、阿喀琉斯、太阳神、月神时会怎么想呢?与中世纪基督教所提倡的那种单调的、苦涩的、灰暗的生活对比,他们惊奇地发现古代原来是这样一个灿烂的美好的世界,原来古代人的生活远比现在要愉快、活泼得多。当他们阅读柏拉图、亚里士多德的作品,阅读托勒密的作品,阅读当时的一些科学发现的记载,又会有什么样的感觉呢?特别是1453年君士坦丁堡被攻陷、拜占庭帝国灭亡以后,一些研究希腊的学者流转到意大利这个地方,在意大利年轻人当中兴起了学习拉丁文、学习修辞学的热潮。当时在讲授拉丁文的课堂上,青年们激情洋溢。在他们中间流行着一个口号:"去!我们去把死人唤醒!"他们想把地底下的幽灵唤醒,用它们来改造自己的生活。

当然,古希腊文化无论多么生动、多彩多姿,终究是一段已经逝去的历史,它不可能完全满足新兴资产阶级的需要,也不可能满足社会的需要。当人们高举复兴古希腊文化的旗帜的同时,他们就在创造自己时代的新的文明。对古希腊文明的重新发现,极大地刺激了他们的好奇心,同时他们感到亚里士多德那个时代的物理学、力学、医学,已经完全不够用了。就在这个时候,哥伦布发现的新大陆、哥白尼发现的新的天文体系,极大地打开了人们的眼界。人们惊奇地看到外面的世界原来如此!广阔的自然宇宙完全不像基督教所说的那样,也并非完全像古希腊人所描绘的那样。人们以一种无边的好奇心和一种充分的信心,开始用实践的手段去探索外面的自然界。他们有信心,觉得自己能够发现一个新的世界,并且能够掌握这个世界。到了牛顿、莱布尼茨的时候,一个近代的自然科学体系开始建立。与此同时,人们的头脑里一个新的对于世界的认识、一个理性的标准开始形成,先进的人们就要求把所有一切东西,包括那些基督教不允许怀疑的东西,都拿到理性审判台前重新进行审视。这是文艺复兴时期很重要的一个精神特征:人们对外部世界的认识,极大地启迪了、推动了新的理念的形成。

在人们向外部世界扩展,逐渐形成关于自然界的认识体系的时候,又反过来探索人的内心。在基督教的观念里人都是很卑微的,不值得去探索,都是一些"有罪的羔羊"。但是在商业经济极大发展的情况下，在自然科学不断取得成果的时候，人对自身的信念也极大地加强了，于是很自然地就在思考自己。莎士比亚的剧本里有一句非常有名的话："谁能告诉我，我是谁?"作为对于人内心世界的探索，我下面将要介绍薄伽丘、拉伯雷、塞万提斯、莎士比亚等作家。我们可以说，在整个文艺复兴时期，人们的思想是朝着这样两个方向发展的:一个方向是对外部世界的探索;一个方向是对人内心世界的探索。在布克哈特所著的《意大利文艺复兴时期的文化》中有这样一段话:

> 在中世纪，人类意识的两方面——内心自省和外界观察都一样——一直是在一层共同的纱幕之下，处于睡眠或者半醒状态。这层纱幕是由信仰、幻想和幼稚的偏见织成的，透过它向外看，世界和历史都罩上了一层奇怪的色彩。人类只是作为一个种族、民族、党派、家族或社团的一员——只是通过某些一般的范畴，而意识到自己。在意大利，这层纱幕最先烟消云散;对于国家和这个世界上的一切事物做客观的处理和考虑成为可能的了。同时，主观方面也相应地强调表现了它自己;人成了精神的个体，并且也这样来认识自己。①

人一旦意识到了在精神上是一个独立自足的个体，那么就带来了很多的疑惑，原来很强固的对上帝的信仰开始动摇，出现了信仰上的断裂。如果人的信仰断裂了，而又有一种极大的欲望来发展自己，那么不可避免会造成物欲横流、道德下降的社会局面。文艺复兴时期的意大利实际上就是这样的。如果有的同学阅读过薄伽丘的《十日谈》，就会有一些感性的认识。那时候最流行的是两类故事:一类是通奸的故事，男人仿佛对已婚的女人特别感兴趣，兴趣大于对那些未结婚的姑娘们;而故事的作者往往自发地为这些通奸者辩护。另一类故事就是仇杀，作者也是本能地为那些谋杀者作辩护。这两类故事常常又结合在一起。为通奸与仇杀者辩护，往往集中于对教会的抨击。事实也是这样:一个社会的腐败，往往从它的核心组织开始，在中世纪，就是从教会开始。中世纪人们对于基督教的信念，是靠教会来支撑的。

---

① 雅各布·布克哈特:《意大利文艺复兴时期的文化》，何新译，商务印书馆1997年版，第125页。

由社会腐败导致的信仰断裂,也是从它的核心组织教会开始的。那个时候关于教会如何腐败、如何污秽的故事非常多。流传的故事一半是真实的,一半是夸张的,夸张的部分是那些传播者的欲望的一种投射。在他们用一种蔑视的口气去谈论那些教皇、教父如何腐败淫秽的时候,事实上他们自己也很想这样效仿,但是他们没有那样的权力、那样的资本、那样的条件、那样的地位。教会的腐败是事实,再加上周围人的欲望的投射,使那种故事特别多、特别生动、特别地骇人听闻,以至于我们会认为当时的社会、当时的文化特别糟糕。但这只是事情的一半。古希腊罗马文化的文化传统,譬如说,罗马人高贵的献身精神的传统、骑士文学建立的那种骑士的传统、但丁所奠定的那种关于爱情的圣洁观念,也依然在社会上存在。所以丹纳的《艺术哲学》中有这样一段对文艺复兴的概括:"感官的诱惑太强,幻想的波动太迅速;精神上先构成一个甜蜜的、销魂的、热情汹涌的梦境,至少先编好一个肉感又强又有变化的故事;一有机会,平时积累的浪潮便一涌而出,把一切由责任和法律筑成的堤岸全部冲倒。"[1]布克哈特也指出:"当我们更仔细地去研究文艺复兴时期的恋爱道德的时候,我们不能不为一个鲜明的对比而吃惊。小说家们和喜剧诗人们使我们了解到爱情只是在于肉欲的享受……但是,如果我们转向于那些最好的抒情诗人和对话体作家,我们在他们作品上又看到了一种最高贵的深挚纯洁的感情,它的最后的和最高的表现是人灵原来与神合一的这一古代信念的复活。两种感情都是真实的并且能够并存在同一个人的身上。"[2]这样的两种文化的交织构成了文艺复兴时期的主要特征。

以下几节,我们将分别介绍文艺复兴时期一些具有代表性的作家,从中可以看出人的个性的觉醒是经历了一个漫长而曲折的过程的。

二

首先讲讲意大利的桂冠诗人彼特拉克。就在但丁满怀激愤地写作自己

① 丹纳:《艺术哲学》,傅雷译,安徽文艺出版社 2016 年版,第 236—237 页。
② 雅各布·布克哈特:《意大利文艺复兴时期的文化》,何新译,商务印书馆 1997 年版,第 431—432 页。

跨时代的作品《神曲》的时候,在他的家乡悄悄地又诞生了一位诗人——彼特拉克。彼特拉克诞生于 1304 年,他的经历在某种程度上和但丁相似。比如我们前面介绍过,但丁生活中很重要的一件事就是,在他 9 岁的时候,遇见了美丽的小天使贝德丽采,彼特拉克也有他的"贝德丽采",只是比但丁邂逅得要晚。当他已经成长为一个风流倜傥的 24 岁青年时,非常偶然地在教堂外面遇见了美丽高贵的贵族妇女劳拉。彼特拉克对于劳拉的爱情与执着,跟但丁没有什么两样。他也为劳拉写了很多的诗,结集为《歌集》。诗中他把劳拉称作圣母劳拉。但是我们仔细阅读,对比一下但丁的诗集《新生》里面所写的贝德丽采的形象和彼特拉克在《歌集》里所写的劳拉的形象,就会发现这两个女人有很大的不同。我们前面讲到过,但丁写贝德丽采时,把她升华成了纯洁、美好、高不可攀的天使,甚至是一个圣母,在贝德丽采身上笼罩着一层美好的神秘的金色光环。而劳拉呢,彼特拉克也给了她很多圣洁的词句,但同时,彼特拉克用了很多篇幅描写劳拉的金色头发、美丽的眼睛、漂亮的躯体。还有一些章节写到他偷看劳拉在河里边裸体洗浴。彼特拉克对于劳拉的赞美,不只是把她当作一个圣母,而且把她当作凡人当中的一个美丽的女人。彼特拉克虚构了一篇和教父奥古斯丁之间的辩论,他对教父说,你无非是逼迫我说出奥维德所说的一句话:"我同时爱她的肉体和灵魂。"这是彼特拉克在赞美劳拉的过程中表现出来的和但丁很不同的一点。彼特拉克说:"我不想变成上帝……属于人的那种光荣对我就够了。这是我所祈求的一切,我自己是凡人,我只要求凡人的幸福。"由于这句话,彼特拉克被西方的一些文学思想史专家称为"第一个近代人"。但丁虽然也有许多人文主义的思想,也赞美人,但他总想要接近上帝,他把接近上帝看作自己的荣耀;而彼特拉克所向往的不是去做上帝的奴仆,而是做一个普通的、有血有肉的凡人。彼特拉克喜欢的是凡人的幸福,这种观点,标志着近代人观念的开始。

彼特拉克写的那些赞美劳拉的诗句和其他一些诗中,人们最感兴趣或者说对诗歌发展影响最大的是"彼特拉克奇喻"。什么叫"彼特拉克奇喻"?简单举一个例子:

> 我无法接受和平,又无力进行战争,

我害怕中有期盼,热得像火,冷得像冰①

这四句诗是描写他对劳拉的感情的。因为劳拉是一个已婚的妇人,他对劳拉的这种热烈的爱情是完全没有希望的。但是他又无法遏止住自己的爱情,这样的一种心态他用什么来描绘呢? 他用的是战争,是和平,是"火"和"冰",这四个词我们都可以看作他用来描绘他在爱情中那种既热烈又绝望的心态的比喻:他争夺劳拉的感情是一场"战争"——战争已经结束了,以没有任何结果的结果结束了。战争之后应该是和平,但是内心并没有获得和平。恰恰是战争的结束,使他的内心更加感到绝望、沮丧、焦虑。一方面,战争的结束是希望的结束。他在另一首诗中曾经比较详细地描绘了这种既害怕又希望的矛盾心态:他希望劳拉能够撩起她的面纱,让自己看一看她那美丽的眼睛,或者说能够让那双美丽的眼睛看到自己。但是当劳拉真正把面纱撩起,露出她那双美丽的眼睛,注视着他的时候,彼特拉克又恳求说:"不要,不要这样注视着我,我在你的眼光里,一千次地死亡,一千次地再生。"既害怕又充满希望,就像一个害了寒热病的病人一样,忽而心里像一堆燃烧的火,忽而又像生活在冰窟窿里,整个身体全部被冻僵了。他就这样被极度的高温和极度的严寒所夹击。一般的人在描写爱情的时候,喜欢用一些比如月光、太阳、金色的、银色的这样温和的、美好的词句,但是在彼特拉克描绘的他和劳拉的爱情中,我们看到的是表现冷酷、蛮横、残忍的一些词。当他把这些词用在自己所爱的人身上的时候,我们又感到很贴切,对读者很有冲击力,这就是所谓的"彼特拉克奇喻"。

任何诗歌的构成都有一个被别人比喻的主体叫被喻体,一个比喻别人的客体叫喻体。(图 5-2)第一个图,被喻体和喻体差不多重合,这种情况常常使我们感觉到这个比喻很贴切,很准确。但是它没有很大的冲击力,因为两者之间过分相似,我们可以称它是"低电压"。而彼特拉克奇喻是一种"高电压",如第二个图,被喻体和喻体之间只有一小部分相似,大部分是不相似、不可类比的,在这样的情况下它就构成了比喻的"高电压",这种高电压的刺激和冲击力显得更强。第三个图,被喻体和喻体完全分离,这个比喻就失败了。还有一种情况是喻体和被喻体多次地被连接在一起,这样的比

---

① 彼特拉克:《歌集》,李国庆、王行人译,花城出版社 2000 年版,第 200 页。

喻已经失效。俗话说得好:一个比喻,第一个人拿它来作比喻的时候,我们说他是一个天才,他的比喻给人一种新鲜的感觉,使我们对被喻体有了新的认识,揭示了新的内涵;但是如果第二个人重复使用这个比喻,我们就认为他很平庸;第三个人再使用这个比喻,他就是一个蠢材了。在比喻方面切忌滥用,莎士比亚曾经对这样的一种滥用情况作过讽刺:"我情妇的眼睛一点也不像太阳,因为人们喜欢用太阳来比喻一个美丽女人的眼睛。她的嘴唇虽红却不如珊瑚强;雪若算白,她的胸脯就暗褐无光;发若是算黑,她头上就是黑蛛网。"

喻体　被喻体　　　喻体　被喻体　　　喻体　被喻体

图 5-2　比喻

在彼特拉克的诗中所表现出来的近代人的思想是很鲜明的,但是他还有另外一面:他常常感到自己的这些思想是卑微和有罪的。在同奥古斯丁的对话里,他老老实实承认自己不如对方,奥古斯丁比他要高贵,自己是卑微的。这反映了彼特拉克作为文艺复兴初期的一位诗人,内心还充满了矛盾,依然被基督教的观念所束缚。在他的作品中,常常表现出这种胆怯,使我们感觉到好像一只老鼠,它在漆黑的洞里,看到外面阳光四射,禁不住偷偷地跑到洞边,伸出头来,小心地看一看,又感到很害怕,把头缩回来。彼特拉克有点像这样的一只小老鼠。跟他非常不同的是他的一位非常要好的朋友,就是薄伽丘,《十日谈》的作者。在薄伽丘身上我们看到有一种和彼特拉克很不相同的精神,可以叫作"泼皮精神"。这种泼皮精神源于对自己个人的一种自信和优越的意识。

三

从中世纪的基督教观念来看,薄伽丘是双重罪恶的产物:他的父亲是一个商人,他又是父亲的私生子。但是这位商人父亲对于自己的私生子还是爱护备至的,让他小的时候受到很好的教育,希望他能够继承父业,成为一个很好的商人，又让他接受宗教方面的教育。薄伽丘从小就具有叛逆性格，长大后竟然写出了像《十日谈》这样"大逆不道"的作品。

《十日谈》选择了一个佛罗伦萨流行黑死病、尸骨成山的年代作为故事缘起。7个女孩子和3个男孩子一起为了躲避黑死病逃到了佛罗伦萨的郊外，每人每天讲1个故事，一天讲10个故事，10天讲了100个故事。《十日谈》的基本框架就是这样的。因为面临着死亡的危险，面临着好像世界末日的危险情境，人们放松了自己的理性禁锢，无所不谈，所讲出来的故事各式各样，流光溢彩。给我们印象特别深刻的是故事中对当时的社会，特别是对基督教教会的猛烈抨击，十足地表现了作者的泼皮精神。他描绘了一幅圣徒不圣、修士不修、教父腐朽、教会昏庸的画面，直接把矛头指向了罗马的教皇和教廷。《十日谈》里有这样一段写教廷的话："从上到下，没有一个不是寡廉鲜耻，犯着'贪色'的罪恶，甚至违反人道，耽溺男风，连一点点顾及羞耻之心都不存了；因此竟至于妓女和娈童当道，有什么事要向教廷请求，反而要走他们的门路……"

这种对于教廷、教皇、教会的猛烈抨击，源于薄伽丘对人自身的一种优越意识，他坚信人的原欲是天然合理的，是不可抵抗的。第四天的故事开头讲到一个虔诚的基督教教徒叫腓力。他生了一个儿子，很担心自己的儿子受到当时社会上各种各样恶浊风气的污染，在儿子不到2岁的时候，就把他带到了一个山顶上。在那里没有别的人，只有他和他儿子，养了一些家禽，种了一些菜。每天早晚都要儿子面对上帝作忏悔，学习《圣经》，非常精心地用基督教的观念教育自己的儿子。日复一日，年复一年，一直到儿子长到了18岁，他觉得儿子的心性已经修炼好了，决定带他到山下去"考验考验"。于是有一天，他就带着儿子下山到佛罗伦萨的街道上去逛。这个儿子从懂事起没有见过这么多人，没有见过市面上五光十色的物品、五光十色的建筑。哎呀！那么眼花缭乱，什么东西都看不过来了。腓力突然发现他的儿子站住了，两只眼睛直勾勾地往前方看，原来前面走一群如花似玉的女人。腓力感到很不妙，马上对他儿子说：低下头去！那是"祸水"。但是儿子依然直勾勾地看着这些女人，用手指着问：这是什么？腓力说：你快低下头！她们叫"绿鹅"。他好不容易领着儿子离开了那些女人。后来他又带着儿子看了教堂、市面上卖的各种东西、衣服等等。然后，他问儿子：你想买点什么东西回去？儿子回答说：爸爸，我们牵一只绿鹅回去吧。写完这个小故事,薄伽丘就发挥了这样一段话:"谁要想阻挡人类的天性,那可得好好拿点本领出来呢。如果你非要跟它作对不可,那只怕不但枉费心机,到头来还要弄得头破血流。"

薄伽丘对于人类原欲天然合理的信念,表现在《十日谈》中很多的爱情故事上。一个女人如果坠入情网,她就把整个生命押上去。有些故事写得情真意切,动人心魄,比如在第四天讲的第一个故事:一个贵族的女子叫绮斯梦达,她爱上了她父亲手下的一个骑士叫纪斯卡多。这位骑士挖了一条地道直通绮斯梦达的闺房,两个人夜夜幽会。这件事被绮斯梦达父亲发现了,父亲就杀死了纪斯卡多,然后把他的心脏掏出来,放在金杯里,送给自己的女儿,让她绝了这个念头。绮斯梦达看到了自己心爱的人的心脏,她把毒液倒在这个装有心脏的金杯里,自己的眼泪也滴落在金杯里,接着她连同毒液和自己的眼泪一饮而尽,就这样死去了。她的父亲非常后悔。这样的故事在《十日谈》中很多,反映了人的天然原欲的追求是不可抵抗的。这一观念,对于反抗基督教的禁欲主义有很强的冲击作用,但它并无新意。我们回想一下在古希腊的时候就已演绎了这样的故事,而且具有哲学意义上的反思:人的原欲并不都是天然合理的,它常不可避免地给人带来悲剧的结局。所以用人的自然原欲作为武器来冲击基督教文化,有一定进步作用,但并不是一个先进的思想武器。到了什么时候,新的武器出现了呢?那是到了 16 世纪以后,由于自然科学的发展,哥伦布发现了新大陆,哥白尼发现了新的天文星系,牛顿建立了一个自然哲学体系。人们开始拥有了理性的武器,它把人们从基督教文化的禁锢当中解放出来。这种新的武器的使用者,在文学上最早的杰出代表人物就是法国的弗朗索瓦·拉伯雷。

四

拉伯雷是一个科学巨人,也是一个文化巨人。他通晓神学、医学、天文学、地理学、动植物学、文学、艺术等 11 门学科。大家知道在文艺复兴时期,各个学科的发展都还比较浅,东西也不多,所以那个时候的人讲究要精通百科。我们现在已经做不到了。拉伯雷不仅通晓 11 门学科,而且在他的作品里我们看到有 13 种语言。他不仅知识丰富,而且形成了自己的理性观念,敢于在基督教不容许怀疑的一些危险观念——谁怀疑，谁就会被关进宗教裁判所，送上火刑架——面前提出挑战。他为了自己的《巨人传》一书，四次受到教皇的迫害。《巨人传》两次被教皇下令禁止并且被焚毁。《巨人传》的出版商被送上了火刑架，烧死了。但是拉伯雷一直到死也没有向教会低头。死前，他一贫如洗，但是很自信、很乐观，他说："我一无所有，我的所有一切都给了穷人。"临终前他说的最后一句话是："戏演完了，幕可以拉上了。"

《巨人传》第一部写的是：乌托邦国的国王高朗古杰，是一个巨人，他的妻子从耳朵眼里给他生下了一个儿子，叫高康大。高康大很快长得非常庞大，能吃，能喝，能笑，能闹。他的食量大得惊人，要1.7万多头奶牛的奶供给他一个人喝。他做了一个坎肩，就用了1400米的缎子和1500多张狗皮。他不光是身躯庞大，能吃，能喝，能笑，能闹，而且很善于思考，对任何问题他都敢于怀疑，敢于提出为什么。比如说在5岁的时候，有一天他的父亲很吃惊地发现他在用宫女的帽子擦屁股，就问他怎么回事，高康大回答说：我已经尝试过用宫女的帽子、宫女的围巾，用床单、窗帘、桌布擦屁股，我还用过白菜、萝卜、牛蒡草、茴香擦屁股，我要试验一下哪一种东西擦屁股感觉更舒服。试验的结果，我发现，天堂之所以美好，是因为那些宫女们可以用带着绒毛的小天鹅擦屁股。这是《巨人传》第十三章中写的高康大5岁时候的事。我们听起来多多少少有点不舒服。为什么呢？因为把擦屁股这件事情作为一个专题来加以描写，缺少美感。但是这个故事的的确确表现出了一种新的精神和一种新的思维方式：不承认这个世界有什么现成的权威。所有的东西都是可以怀疑的，所有的东西都是可以通过实验找出新的结论的。这就是一种区别于基督教的新的科学理性，我们从这个小的情节当中可以看到拉伯雷的思想。拉伯雷自己讲：我写的东西常常给人的感觉是丑陋的，就像苏格拉底一样。据说，苏格拉底长得比较猥琐，没有女人喜欢他，但是苏格拉底有一个宽阔的前额，在宽阔的前额里有广博的知识和惊人的智慧。拉伯雷说他自己和他的作品就是如此。一些粗俗的东西，在某些情况下也可以构成审美的对象。当人们用这样一种所谓粗俗的东西去亵渎看上去是神圣的，实际上是虚伪、丑陋的事物时，粗俗可以变成超俗。比如像我们大家很熟悉的《三国演义》里，一个叫祢衡的人，他曾经当着曹操的面把自己所有的衣服脱光，露出自己的肉体。这说起来也是一件粗俗的事情，但做这件粗俗的事情的目的是要讽刺曹操内心的奸诈、残忍和虚伪。在这种情况下，粗俗就升格为超俗。我们在研究拉伯雷的《巨人传》中一些粗俗的情节的时候，也应该从这样一个视角去看。

高康大的父亲看到儿子如此地聪明，更加珍爱，就把他送到教会的经院书院里去学习。因为整天听教父讲经文，听来听去，高康大不会笑了，也不会闹了，甚至连话也不会说了。父亲高朗古杰一看大事不妙，赶紧把他从经院接出来，送到巴黎，学一些人文方面的知识。比如说在下棋的时候学习数学，在吃饭的时候学习动植物，把学习、实验和游戏都结合起来。高康大重新恢复了以前天真活泼的性格，智慧大为长进，武艺也有所增强，身体长得更强壮了。他好不容易找到可以承载自己身体的坐骑，可是马脖子上没有铃铛。他找来找去，找不到合适的铃铛，就把巴黎圣母院的大钟摘下来，挂在马脖子上，作为马的铃铛。巴黎圣母院里的那些修士急急忙忙跟来要大钟，用三段论法试图说服高康大，高康大三下五除二，几句话就把他们闷回去了。这时候，他得到了一个消息，邻国的国王毕可罗寿以乌托邦国抢了他的三车烧饼为借口，进犯乌托邦国。高朗古杰紧急召自己的儿子回去御敌。高康大骑着坐骑回到了自己的国家。他在阵前抱着息事宁人的态度，对毕可罗寿国王说：你不就是为了三车烧饼吗，为了和平，我加倍地还给你，我们两军罢战。毕可罗寿把高康大的话看作软弱可欺，继续催动军队向前。高康大怒向胆边生，火从心头起，拔起一棵千年古树一路横扫过去，把炮台、塔楼都扫塌了，毕可罗寿的士兵被压死在里面。这下子把毕可罗寿和他的士兵都吓呆了。就在他们呆若木鸡的时候，高康大的坐骑撒了一泡尿，这泡尿形成滚滚洪流，把毕可罗寿的士兵冲出好几十里远。高康大得胜而归，为了表彰各种人的功绩，他建议建一座修道院，叫作"特来美修道院"。这个修道院很特别，跟中世纪的完全不同：它没有围墙，里面的人可以随便玩乐，自由进出，可以恋爱，可以结婚。只有讼棍、伪善者不许进入。这个修道院只有一条院规，就是"你愿意干什么就干什么"。各位可以意识到，这完全不是一个中世纪的修道院，而是新兴资产阶级的理想国。"你愿意干什么就干什么"这句话，经过了若干年之后，启蒙学者把它理论化，写在了法国资产阶级大革命的旗帜上，叫作"自由"。

在《巨人传》第二、三、四部中描写了高康大的儿子庞大固埃和他的朋友们去寻找神壶，历经了各种艰险。在这艰难的旅途中，他们目睹了当时法国社会丑恶、黑暗的现实。在他们找到神壶的时候，神壶预示他们说"要畅饮"。这个畅饮，用法朗士的话来归纳叫"畅饮知识，畅饮真理，畅饮爱情"。这三个畅饮被称作"庞大固埃主义"。在《巨人传》里，我们可以看到当时文艺复兴时期人们高昂的乐观主义。这种乐观主义精神在拉伯雷的《巨人传》里达到了极致，在这种极致当中，我们也看到了幼稚。所谓"你愿意干什么就干什么"，看起来很美好，大家都很自由，但历史已经告诉我们，人心中还有恶存在。"你愿意干什么就干什么"最后导致的是"人与人的战争"。在以"自由、平等、博爱"为旗帜的法国资产阶级革命以后，给我们留下的就是这样一幅讽刺画。从这幅讽刺画里我们看到不仅有"人与人的战争"，而后还发展成为"国与国的战争"。

拉伯雷唱的高调子显示了文艺复兴时期人的幼稚。相形之下，和他同时代的另一个叫蒙田的法国人，调子比他唱得低，却深刻得多。蒙田认为，人是低能的。他特别指出人心中有恶的存在，这是人不能拯救自己的一个很重要的原因。蒙田的散文随笔具有很高的思想和艺术价值。

五

到了16世纪末17世纪初，文艺复兴的浪潮在西班牙结出硕果。提到西班牙，各位很容易想到的是斗牛士。确实，斗牛在某种程度上反映了西班牙这个民族的性格特点：像斗牛士那样勇敢、富于冒险精神，像斗牛士手里那块红布一样热情如火。西班牙国家的形成是在十二三世纪的时候，当时的文学描写了建国过程中的民族英雄，具有代表性的是《熙德之歌》。它的成就可以同英国的《贝奥武甫》、法国的《罗兰之歌》、德国的《尼伯龙根之歌》并列，它们都是欧洲中世纪民族文化的瑰宝。15世纪是西班牙重要的转折点，它曾经强盛一时，征服了意大利，但在文学艺术上却反过来被意大利所征服。一些著名作家模仿但丁的《神曲》，创作了有名的诗歌。到了16世纪中下叶、17世纪初，西班牙文学出现了黄金世纪。这个时期，它在军事上非常强大，称霸欧洲，在文学艺术上出现了不少灿烂的作品。特别需要向各位介绍的就是《堂吉诃德》和它的作者塞万提斯。

塞万提斯是一个伟大而倒霉的作家。他出生在一个穷医生的家里，小的时候没有受到很好的教育，却有机会读了很多骑士小说，头脑里形成了非常狂热的为国献身的理想。他参加了无敌舰队，投入了抗击土耳其侵略的战争。在战争中，他表现出足够的勇敢，但是，他的身体不够强壮，武艺也不太高明。一个有十足的勇敢而又没有高强武艺的人，就比较容易倒霉。在和土耳其两军对阵的时候，他迫不及待地首先跳上了敌人的军舰，而后继者没有跟上来，他被土耳其士兵包围，身负重伤，左手残废。这是他第一次英勇作战。接着他又跨海参加了占领突尼斯的战役和其他一些著名的海战。在这些战役中，他屡立战功，得到元帅的嘉奖。可是当他拿着元帅的保荐书，做着即将成为将军的美梦时，在归国途中遇到海盗，被俘后被卖到阿尔及利亚，在那里做了 5 年的苦工。一个做着将军梦的人沦为了奴隶。他两次谋逃没有成功，后来还是一个神父募集了一些钱，把这个年轻人赎了回来。当他回到自己国家的时候，很不幸，他的国家已经忘记了这位英雄。他连一个很普通的工作都找不到，好不容易在无敌舰队里找到了一个军需职位。一次，他下乡催征谷物，被乡绅诬陷，锒铛入狱。从监狱里出来以后，他改做税吏。他把收上来的税存在银行里，偏偏这个银行倒闭了，塞万提斯因此第二次入狱。从监狱里出来以后，他穷困潦倒，一文不名。他住的地方，环境非常恶劣，楼下是酒馆，楼上是妓院。在这样一个很恶劣的环境里，他开始了他里程碑式的作品《堂吉诃德》的写作。有一天，天气很冷，他打开门，发现有一个人躺在门前气息奄奄。出于一种怜悯之心，他把这个人背到自己的家里，没想到，这个人死在了塞万提斯家里。他因此涉嫌谋杀，第三次被捕入狱。在这之后，他又因为女儿的事情，被法庭传讯。接连不断的打击铸造了伟大的作家。到了 1613 年，他写完了《堂吉诃德》的第一卷，名声大噪。当时在西班牙一些城市的街头，碰见一个人拿着书，一边走一边看一边笑，如果他不是疯子，就一定是在读《堂吉诃德》。《堂吉诃德》在很短的时间里再版了六次，但是由于塞万提斯不懂如何和出版商打交道，所有的钱几乎都落入了出版商的口袋里，他依然一贫如洗，过着潦倒的日子。这时候，又有人伪造了《堂吉诃德》的第二部。在极度愤慨的情绪推动下，塞万提斯加紧写作《堂吉诃德》的第二部。完成之后，他患了水肿病。各位知道，水肿病一般都是由于劳累和营养不良所致。1616 年塞万提斯病死在自己的故乡。死后，连墓碑都没有立一个。西班牙就这样潦草地埋葬了自己最伟大的文学上的儿子。以后，西班牙再也没有出现过一个作家的世界性声誉可以和塞万提斯媲美。

《堂吉诃德》这部书的原名叫《奇情异想的绅士堂吉诃德·德·拉·曼却》,也有人把它翻译为《拉·曼却的瘦脸爵爷》。塞万提斯自己讲,写这部小说是要打击骑士小说,因为他觉得自己深受骑士小说之害,满脑子奇情异想。他要把骑士小说完全摧毁,以免贻害后人。事实确乎如此,《堂吉诃德》出来以后,西班牙的骑士小说一蹶不振。但是,《堂吉诃德》的意义远不止于此。这是一部伟大的现实主义名著。这部将近100万字的作品,描绘了西班牙在16世纪和17世纪初的整个社会,共有公爵、公爵夫人、封建地主、僧侣、牧师、士兵、手工艺工人、牧羊人、农民,不同阶级的男男女女约700个人物。它尖锐地、全面地批判了这一时期西班牙的封建政治、法律、道德、宗教、文学、艺术以及私有财产制度,成为一部"行将灭亡的骑士阶级的史诗"。

小说的主人公堂吉诃德,本来是一个善良的声誉很好的绅士。但因酷爱阅读骑士小说,读到40岁的时候,突然"大彻大悟",认为自己肩负着神圣的使命:除暴安良,为老百姓打抱不平,锄强扶弱。可是这时候,他已经人到中年,身体不是太好,武艺平平,但他毅然决定去游侠,家人怎么劝也劝不住他。他找到了一匹跟他一样瘦的老马,叫洛稽南提(又译驽骍难得),作为他的坐骑。这匹老马驮着它的主人,哪怕下一个很小的台阶都要颠簸一下,把堂吉诃德摔到地上,但是堂吉诃德不认为是他的马太老了,而认为台阶里有妖魔捣蛋,要阻拦他去游侠,为此他更要去游侠。他在自己的后院里找到一根生了锈的长矛。头盔也在后院里找到了,也生了锈,他想试一试,用剑一劈,就碎了,费了很大劲也没有修好。后来他打跑了一个理发师(因为他认为理发师是魔鬼),缴获了理发师给顾客洗头用的铜盆。他认为这个铜盆是有名的"曼布里诺"头盔,一直顶着它行游各地。按照骑士的风习,他应该有一个女恩主。于是堂吉诃德就找到了一个农家的小姑娘,是托波索的达辛尼亚。他认为这个农家女实际上是一个贵族,她乔装成农家女住在托波索。他把她当作自己的女恩主,而达辛尼亚一点都不知情。按照当时的规矩,如果要成为一个骑士,必须有一个贵族来授封。他走到一个乡村的小店,认为那是一个贵族的城堡,店主是个贵族。他千方百计地苦苦哀求,让店主人给他授封。店主人面对着这样一个疯子,乐得假戏真做,先让他到马棚里住了一宿,闻了一夜马尿味,又拿着马料账冒充《圣经》,让堂吉诃德跪在自己身边,嘴里面念念有词,然后叫一个鞋匠的女儿给他挂了腰刀,这位店主人用刀背拍了一下堂吉诃德的后背,堂吉诃德飞身上马,他认为自己已经是一个真正的骑士了。游侠伊始，他碰见了风车，便把风车看成巨人，同风车展开了大战，结果大家可想而知。而后，又遇到一群羊，他认为这群羊是施了魔法的敌人的士兵，于是勇敢地冲进了羊群，结果被牧羊的孩子用石头子打掉了门牙。在这之后，他又遇到了一个小孩子被主人用鞭子痛打，他非常愤怒，上去就把打孩子的男人打翻在地，解救了这个小孩。被救的小孩说：恩主，要么你留下来，要么把我带走，否则我的主人会加倍地痛打我。堂吉诃德说：不会的，他已经向我保证过，你会受到很好的对待。后来，这个小孩受到主人很残酷的报复。孩子认为生活中最可恨的人就是堂吉诃德，因为堂吉诃德使他沦入了一个更无法忍受的境地。堂吉诃德又遇到一些罪犯，被衙役押解，他认为他们是受迫害的绅士。这些罪犯也编出一些假话来骗堂吉诃德，堂吉诃德听了之后非常同情他们。他打跑了押解的差人，把他们解放了，并让他们去找达辛尼亚，向自己的女恩主谢恩。这些罪犯听了感到非常快乐，纷纷拿起石块向堂吉诃德扔去，打得堂吉诃德遍体鳞伤。因为这些人本来就是罪犯、恶人。堂吉诃德被打得气息奄奄，侍从桑丘把他抬回到家里。病体有所恢复后，他还要出来游侠，任何人劝都没有用，没有办法，他的侄子化装成另外一个骑士和他比武，对他说：你如果失败了，就要停止游侠。结果，就像原本所预料的，他打不过他的侄子，只好回家。后来，堂吉诃德重病卧床，突然醒悟，意识到自己的行动非常之可笑。在他临终的时候，除了自己必要、基本的开销以外，他把自己的财产一部分给了他忠实的仆人桑丘，大部分留给了他侄女。遗嘱中有一条就是他的侄女不准嫁给读骑士小说的人。如果他的遗嘱执行人发现他的侄女嫁给了读骑士小说的人，就可以把全部财产收回。

堂吉诃德的性格具有两重性：一方面，他沉入一种漫无边际的幻想，使他的许多行为非常可笑。我们现在常把一些不顾实际可能、胡闯蛮干的人叫作堂吉诃德式的人物。但是这只是堂吉诃德性格的一个方面。另一方面，堂吉诃德荒谬行为背后的动机都是高尚的、善良的、美好的。他所做的事情只有一个目的，就是解救那些受苦受难的人，除尽世界上的妖魔鬼怪，消灭暴行。除此之外，他没有自己个人的自私自利的目的。他实现目的的欲望越强烈，做出来的事情就越荒唐；但他做出来的事情越荒唐，我们就越感觉到他内心动机的善良。他的知识是很广博的，有时候他坐在屋里和桑丘谈天的时候，可以讲出许多历史、人文知识。但是只要涉及骑士，他马上就变得疯疯癫癫。他对爱情非常地忠诚,对他的达辛尼亚非常忠诚。他在游侠的过程中解救了一位妖艳的妇女,这位妇女看他的样子很可笑就向他调情,堂吉诃德毅然拒绝了这个女人。在堂吉诃德身上有一种纯洁的罕见的东西,令人感动不已。

小说还着力描写了堂吉诃德的侍从桑丘。作者用桑丘来反衬堂吉诃德的性格特征:堂吉诃德是一个满脑子漫无边际幻想的人,而桑丘是普通的农民,他想的任何东西都是实际的。在堂吉诃德邀请他去游侠的时候,他问:"主人,你给我多少工钱?"堂吉诃德每次奋不顾身冲过去和那些在桑丘看起来根本不是敌人的敌人作战的时候,桑丘都很注意保护自己的安全。后来他逐渐理解了堂吉诃德,看到主人做事都是出于高尚的理想。但是桑丘呢,做事很务实,有一段时间他做了一个"海岛"的总督,所谓的海岛是一个小村子。他做得比过去的任何一任长官都好,处理事情清楚、公正,当他被赶出来的时候,也不生气,说:"我赤条条地来,赤条条地走,既没有吃亏,也没有占便宜,这是我和别的总督不同的地方。"堂吉诃德的形象是瘦而高,而桑丘是胖而矮。堂吉诃德骑的马很瘦,而桑丘骑的小毛驴很肥胖。对这样的一对人物,朱光潜先生作了一段很绝妙的描写和评价:"一个是满脑子虚幻理想,持长矛来和风车搏斗,以显出骑士威风的堂吉诃德本人,另一个是要从美酒嘉肴和高官厚禄中享受人生滋味的桑丘·潘沙,堂吉诃德的随从。他们一个是可笑的理想主义者,一个是可笑的实用主义者,但是堂吉诃德属于过去,桑丘·潘沙却属于未来,随着资产阶级势力的日渐上升,理想的人就不是堂吉诃德而是桑丘·潘沙了。"①朱光潜先生说得完全没错。《堂吉诃德》表明,骑士主义已经属于过去,已经衰落。人们转向了实用主义,也就是资产阶级时代的到来。

《堂吉诃德》这部小说,在艺术方面的成就是非常高的。它是现实主义小说的典范。我们引用几位著名作家、批评家的话,看看他们是如何评价《堂吉诃德》的。

德国著名诗人歌德说:"我感到塞万提斯的小说,真是一个令人愉快又使人深受教益的宝库。"

英国浪漫主义诗歌的恶魔派领袖拜伦说:"《堂吉诃德》是一个令人伤

---

① 朱光潜:《朱光潜全集》第 5 卷,安徽文艺出版社 1989 年版,第 500 页。

感的故事,它越是令人发笑,则越使人感到难过。这位英雄是主持正义的,制服坏人是他的惟一宗旨。正是那些美德使他发了疯。"

德国著名诗人海涅说:"塞万提斯、莎士比亚、歌德成了三头统治,在叙事、戏剧、抒情这三类创作里分别达到了登峰造极的地步。"

法国著名作家雨果说:"塞万提斯的创作是如此地巧妙,可谓天衣无缝。主角与桑丘,骑着各自的牲口,浑然一体,可笑又可悲,感人至极……"

俄国著名的批评家别林斯基说:"在欧洲所有一切著名的文学作品中,把严肃和滑稽、悲剧性和喜剧性、生活中的琐屑和庸俗与伟大和美丽如此水乳交融……这样的范例仅见于塞万提斯的《堂吉诃德》。"①

思考题

1. 你曾经阅读过哪些欧洲文艺复兴时期的作品?结合这些作品谈谈对欧洲文艺复兴的印象。
2. 谈谈你对堂吉诃德这个形象及其现实意义的理解。

阅读书目

1. 薄伽丘:《十日谈》,方平、王科一译,上海译文出版社 1980 年版。
2. 拉伯雷:《巨人传》,成钰亭译,上海译文出版社 1981 年版。
3. 塞万提斯:《堂吉诃德》,杨绛译,人民文学出版社 1978—1979 年版。

———————

① 转引自《中国大百科全书·外国文学 2》,中国大百科全书出版社 1982 年版,第890 页。

第六讲

莎士比亚与《哈姆雷特》

【摘要】 莎士比亚的生平和创作分期—近代伊甸园和爱情树—人类的高峰体验:《罗密欧与朱丽叶》的月夜幽会—莎氏的四大悲剧—哈姆雷特的第一段独白:脆弱啊,你的名字是女人! —哈姆雷特命题:生存还是毁灭—"莎士比亚化"的现代意义—假如没有莎士比亚

一

在文学史上只有很少的作家可以被人说,如果没有他,文学史将是另外一个样子。威廉·莎士比亚就是这样极少的作家之一。我们可以说,欧洲的文艺复兴如果没有莎士比亚,文艺复兴的历史地位将是另外一个样子。莎士比亚是雄踞在文艺复兴峰巅上的高吻苍穹的鹰。在他站立的地方,没有第二个人同他比肩。

莎士比亚活着的时候,没有想到自己会不朽,也没有想到自己的名字直到今天还如日中天,没有给我们留下一部传记。后人在研究莎士比亚的生平时,可靠的资料非常少。现在我们所知道的是,威廉·莎士比亚在1564年出生于伦敦附近的小镇斯特拉特福,现在这个小镇已因莎士比亚而成为旅游胜地,莎士比亚的寓所也成了人们瞻仰和观光的地方。他的父亲是经营羊毛、谷物的商人。莎士比亚童年时家境比较富裕,他受过相当好的教育。但是到了14岁时,父亲做生意赔了钱,家道中落,莎士比亚不得不中途辍学,帮父亲打点生意。他18岁左右结了婚,很快就有了一个孩子,接着又有了两个孩子,家境变得比较困难。大约在20岁时,他离开了小镇,到伦敦去谋生。在那里他从事过各种各样的职业,包括一些很卑贱的职业,比如说在戏院门口替那些看戏的贵族看守马匹,这样的工作我们可以想象。莎士比亚还做过三流演员,演些小丑。当时的戏里都需要有小丑,插科打诨,提供笑料,是观众发泄情绪的对象。小丑出场,观众开怀大笑,情不自禁地把

各自乱七八糟的东西朝小丑的身上丢。如果小丑演得不好，惹恼了哪位观众，观众走下看台来到他的面前，割下他一只耳朵，也不会惹出太大的麻烦。小丑的地位就是如此卑微。我们在莎士比亚后来写的诗、戏剧里，常常可以感觉到莎士比亚在青年时代自尊心所受到的无情践踏，这对他后来的创作产生了深刻影响。

大约是在 1590 年年初，莎士比亚开始进入戏剧和诗歌的创作。莎士比亚的创作分期，有各种不同的分法。我们采取一位德国学者的分法，大致上是这样：莎士比亚的作品分为三个时期，第一个时期，1590—1600 年；第二个时期，1601—1607 年；第三个时期，1608—1613 年。莎士比亚于 1616 年，与塞万提斯同一年，在自己的家乡去世。

我们先向各位介绍第一个时期，也就是 1590—1600 年。这 10 年左右的时间里，莎士比亚的创作极其丰富，丰富到让人难以相信：一个人可以写出这么多的风格迥异的优秀作品。这个时期，他写了一部《十四行诗集》，包括 100 多首诗，其中有一半左右是献给一个青年贵族的，这个人是莎士比亚的一个非常要好的朋友；另外差不多有一半是献给一个深肤色的女子的，是一些爱情诗。在莎士比亚的十四行诗里，诗的最后两行常常出现一些哲理性警句，这是莎士比亚十四行诗的特点和突出成就。在这个时期，他还写过两部长诗，一部就是我们在前面提到过的《维纳斯与阿多尼斯》，一部叫作《鲁克丽丝受辱记》。《维纳斯与阿多尼斯》是讲爱神维纳斯如何苦苦地追求阿多尼斯。诗中说，维纳斯"像一只空腹的饿鹰啄食自己的猎物一样"，在追求这个喜欢打猎的美少年。在《鲁克丽丝受辱记》中我们感受到的是另外一种情调：鲁克丽丝是一个贵族的妻子。当她的丈夫出征的时候，国王塔昆的儿子借机强奸了她，她把自己的丈夫从战场上召回来，嘱咐丈夫要替自己报仇，然后拔剑自刎了。这是一个冰清玉洁、为丈夫守护忠贞的女人。她和维纳斯，一个如冰，一个如火；一个如月亮般纯洁，一个如太阳般燃烧。可见莎士比亚在青年时代就有同时拥抱事物两极的艺术能力。

这个时期，莎士比亚写了 10 部喜剧和 9 部历史剧。最初的 3 部带有一点模仿性质，成就不是太高，我指的是《错误的喜剧》《驯悍记》和《爱的徒劳》。到了 1594 年，莎士比亚写出了《仲夏夜之梦》。这部喜剧标志着莎士比亚在艺术上的成熟，标志着他已经摆脱了模仿的水平，有了自己的风格。这部喜剧洋溢着春天的生命气息,把天上美景和人间森林水乳交融地写在了一起,人和神相处得非常融洽和谐。它妙趣横生,直到现在还是一部非常受欢迎、经常演出的戏剧。在这之后所写的《第十二夜》和《皆大欢喜》也都是如此。《威尼斯商人》是这一时期喜剧中有突出成就的创作。它塑造了一个聪明、美丽、善良、勇敢,而且在智慧方面远远超过男人的女主人公鲍西娅。她的爱情观是超俗的:在金、银、铅三个匣子里,她有意识地把能够得到她爱情的帖子放在铅匣里。对那些追求金银的求婚者她一概鄙视。同时她又很仁慈:在机智地战胜了犹太商人夏洛克,击败他要在安东尼奥身体上割一磅肉的阴谋诡计之后,并没有对夏洛克施行报复,依然给夏洛克留下了一半的财产。她说:仁慈是人间的上帝。这个时期,莎士比亚还有一些比较重要的作品,比如说《温莎的风流娘儿们》。恩格斯评价说:这部《温莎的风流娘儿们》的前两幕就抵得上当时德国戏剧的全部。这是指它的现实主义因素。此外,还有一部很重要的作品,就是《罗密欧与朱丽叶》。它已成为爱情的世界性典范,人们习惯于把那种最美好的爱情称为"罗密欧与朱丽叶式"的。这部戏虽然是一部悲剧,但是死亡是有代价的,它换来了世代相仇的两个贵族家族之间的和好。因此,也可以说它的结局带有某些喜剧意味。莎士比亚通过他的10部喜剧,还有他的长诗,以及后来的某些关于爱情的作品,系统地探索了关于爱情的情感感受的各个方面。我在这里,把莎士比亚所构建的爱情的近代伊甸园,画成一棵树的样子(图6-1)。

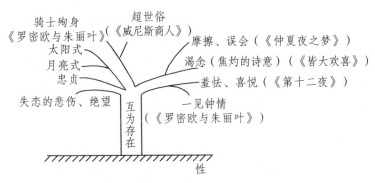

图6-1 莎士比亚喜剧和诗中的"爱情树"

这棵爱情树是扎根于性的土壤上的,莎士比亚并不否认性是爱情生长的土壤。在这一点上他和但丁是有区别的。主干的部分，是讲男女之间互为存在，就是我们曾经提到的黑格尔的那段话。① 莎士比亚的"爱情树"枝繁叶茂，至少如图上所画的：第一枝是"一见钟情"，即一见钟情时，男女之间的那种闪电般的感觉，可以参看《罗密欧与朱丽叶》；第二枝就是男女之情中那种喜悦和羞怯，各位可以在《第十二夜》中女扮男装的薇奥拉身上感受到这种非常细腻的情感；第三枝就是男女之间的渴念，那种焦灼的诗意，《皆大欢喜》中的奥兰多，为了寻找自己的情人在森林里辗转，每走过一棵树，就贴上一首情诗，他就这样不断地寻找，不断地贴情诗，而罗瑟琳正是读着他贴的诗，走过一棵树又一棵树，寻找奥兰多，两个人终于在森林里相会；第四枝就是爱情中的摩擦、误会，这方面最让人感到有兴味的就是《仲夏夜之梦》，人物之间的阴错阳差，让人捧腹大笑，笑时也感到其中有一些哲理意味；第五枝就是爱情观上的超世俗，鄙视金钱，反对封建，这方面请看《威尼斯商人》《仲夏夜之梦》；第六枝是骑士风度，骑士为自己的情人殉身，关于这种观念和思想的描绘，各位可以看《罗密欧与朱丽叶》的安东尼奥和《威尼斯商人》中的巴萨尼奥；在莎士比亚的作品里还探索了一种太阳式的爱情，这种爱情的特点就是猛烈、炽热、非理性，恋爱的双方在激烈的纠缠和冲撞中热烈拥抱，以至于共同下沉，以死殉情，如《维纳斯与阿多尼斯》和《安东尼与克丽奥佩特拉》；还有月亮式的爱情，即如月光一样温柔而纯洁的爱情和妇女的形象，譬如我们刚才讲的鲍西娅以及悲剧《哈姆雷特》中的奥菲莉娅和《奥赛罗》里的苔丝德蒙娜；莎士比亚对于失恋的那种感伤、绝望也有非常诗意的多方面的表现。可以说莎士比亚在他的诗、喜剧和一部分悲剧中对于这个时期的爱情已经有了一个非常全面的表现，几乎没有哪个方面莎士比亚没有触及。马克思说，人们对于爱情的态度是衡量社会整个文明程度的一个标志。我们看了莎士比亚的这些作品后感觉到，远古时代人们把男女之间的关系看作一种性欲，而到了莎士比亚，他已经把性欲升华成了一种美的情感。这种美的情感在多方面的表现构成了近代社会生活中在精神上编织出来的一个伊甸园。在喜剧里，我们看到了一个总的主题，就是"爱可以征服一切"，它的结局一般可以用莎士比亚的一部喜剧的名字来概括，叫作"各随所愿"或者"有情人终成眷属"。他相信爱可以征服一

---

① 见第二讲中的美狄亚部分。

切,可以融化一切,可以解决一切。即使作恶的人,像犹太商人夏洛克,莎士比亚都对他采取一种相当仁慈的态度,这反映了莎士比亚对人所怀有的信心,对爱的拯救作用的信心。

二

在这个伊甸园里各种各样的爱情探索中,我们要特别提出一点来跟各位讨论,那就是爱情的高峰体验。按照著名心理学家马斯洛的观点,人生的幸福在于人有各个方面情感上的高峰体验。什么叫作情感的高峰体验呢?可以这样简单地说,就是人在处理人和自然、人和社会、人和人、人和自身这四个关系中能达到高度和谐一致的时候,人就出现了情感的高峰体验。这是人的一种幸福态,比如说人和自然的关系:到了春暖花开时,你心情非常舒畅,没有任何的精神负担,骑着自行车,来到一个鲜花盛开的山谷里,在青青的草地上,你躺在那儿,感觉到来自大地深处的温热正在从你的身体下面缓缓升起,你的头顶上是一片湛蓝的天空。你感到温暖的大地正在载着你上升,湛蓝的天空正在下降。你作为一个人融化在这广阔无垠的大自然中,感到一种非常惬意的舒适。我们说,这就是一种"天人合一"的感觉。这种感觉是在人和自然高度和谐的状态下产生的,不是任何时候都可以达到的。人和社会的关系也是这样:你做了一件对社会很有益的事,在这件事里你表现出你的聪明智慧,付出了劳动,甚至在某种程度上你遭遇到生命的危险,社会给予了你回报,给予了你充分的肯定和尊重,你从周围的人中感觉到这一点,感到你和这个社会是高度和谐的。在这种情况下,你觉得快乐,这种快乐也是一种高峰体验。如果说得再宏大一点:我们有一颗雄心,要为事业而奋斗。这个事业是正义的、进步的、为人民的。你付出了自己的一切,甚至付出自己的生命的时候,也会感到一种和谐与幸福。比如耶稣,当他走向十字架时,是不是幸福呢?按照《圣经》的说法,他是幸福的,因为他完成了上帝交给他的使命,以自己的苦难拯救了许许多多的人。他走向十字架的时候,表明他正在接近上帝,要返回自己的父亲那里去了。按照《圣经》的说法,耶稣也处在一种幸福感情的高峰体验中。一个革命者,他在从事革命的过程中,可能会被捕入狱,被押赴刑场。他相信自己的事业是正义的,意识到自己完成了自己应该完成的历史使命,唱起了悲壮的歌。我们说,这时

候这位战士也是幸福的。在人和人的关系上高峰体验就更多：比如，你离开
了你的父母，到了另一个地方去读书，非常艰苦，你非常想念亲人，想回到家
乡。终于有个机会，你回到了家乡。正值春节，全家人在一起吃饭。所有的
亲人团聚在一起，你的父亲、母亲的一言一笑、一举一动都会让你感到非常
地温暖。你感到家庭像一艘不沉的船，可以载着你度过一生。这种天伦之
乐到了极致，也是一种幸福的高峰体验。

人与人的这种高峰体验，最大量、最经常、几乎每个人都有权利感受到的
就是爱情的高峰体验。这种爱情的高峰体验，在莎士比亚的戏剧里有非常优
美、充满了诗意的表现。下面就《罗密欧与朱丽叶》作一些简单的分析。

"爱情是盲目的"，有谁能够把那种如闪电撞击心灵般的"一见钟情"分
析清楚呢？在你的幻觉中也许早已有了他（她）了，他（她）已经成为你对人
生的美好憧憬中的月亮，然而你在现实生活中却不知道他（她）在何方。于
是你寻找，在大街上川流不息的人群中寻找，在校园里来来往往的男女中寻
找，在五彩缤纷的舞会上寻找……仿佛完全在无意之中，在没有任何思想准
备的情况下，那美妙的一瞬间突然降临了，他（她）在你的面前出现了，你的
内心狂喜地反复呼唤着一句话："就是他（她）！"在这一瞬间，你感觉到的不
是具体的美，你甚至说不清他（她）的眼睛、鼻子、嘴唇及脸庞的样子，而只
记得一些光线和色彩组成的幻影。罗密欧说：

> 啊！火炬远不及她的明亮；
> 她皎然悬在暮天的颊上，
> 像黑奴耳边璀璨的珠环；
> 她是天上明珠降落人间！
> 瞧她随着女伴进退周旋，
> 像鸦群中一头白鸽翩跹。①

这使我们想起俄国诗人普希金初遇凯恩时的爱情绝唱：

> 我记得那美妙的一瞬：
> 在我的面前出现了你，

---

① 《罗密欧与朱丽叶》，《莎士比亚全集》第 4 卷，朱生豪等译，人民文学出版社 1994 年
版，第 627 页。以下凡引《罗密欧与朱丽叶》皆出自此版本，不另注。

有如昙花一现的幻影，

有如纯洁之美的天仙。①

"一见钟情"是爱情生活中的神秘体验，但并不是"高峰体验"，甚至可能不是通向高峰的入口，随着"一见钟情"而来的有时会是某种失望。然而在另外一些情况下，它却可以使两颗心迅速敞开门扉，以常人难以想象的速度接近、融合，于是那种爱情的"高峰体验"出现了。

"高峰体验"是一种痴迷状态。那个把情书挂满整座森林的奥兰多（《皆大欢喜》）、那个为了爱人而女扮男装的薇奥拉（《第十二夜》）、那个为了寻找爱情而只身渡海的巴萨尼奥（《威尼斯商人》）都是陷入了痴迷。罗密欧忘记了朱丽叶的父亲正是时刻准备杀死自己的凯普莱特，说"冒着生命危险"跳进围墙去幽会是不确切的，而应该说"忘记"，"忘记生命危险"，只求见到恋人一面。当他看到月光下朱丽叶的那双眼睛时，叹道：

> 天上两颗最灿烂的星，因为有事他去，请求她的眼睛替代它们在空中闪耀。要是她的眼睛变成了天上的星，天上的星变成了她的眼睛，那便怎样呢？……在天上的她的眼睛，会在太空中大放光明，使鸟儿误认为黑夜已经过去而唱出它们的歌声。

朱丽叶并不比罗密欧冷静些。她在暗夜中的爱情表白被罗密欧听到，与其说自责轻狂，不如说恰遂心愿；与其说羞怯，不如说狂喜。当罗密欧要对着皎洁的月光起誓时，朱丽叶说：

> 啊，不要指着月亮起誓，它是变化无常的，每个月都有盈亏圆缺……

> 不用起誓吧；或者要是你愿意的话，就凭着你优美的自身起誓，那是我所崇拜的偶像，我一定会相信你的。

《圣经》曾告诫说"不要起誓"，那是说不要亵渎神明。对热恋中的情人来说，上帝是不存在的，自然界的万物（包括月亮）也是不可靠的，值得信赖的只是对方自身。冷静的逻辑学家会说，自身凭着自身起誓，这是一个可笑的

---

① 《普希金作品鉴赏辞典》，上海辞书出版社 2014 年版，第 34—35 页。

悖论。这种说法恰好证明：世界上有逻辑学家管不着的地方，那就是热恋中的情人，他们讲的话常常是无逻辑的、颠三倒四的。情感的高峰从来是不容理性和逻辑插足的。

两个人从肉体到灵魂融合为一的感觉在离别时变得更加强烈。当朱丽叶的奶妈频频呼唤，朱丽叶不得不催促罗密欧离去时，又禁不住呼唤着这可爱的名字。罗密欧听到朱丽叶的呼唤，惊喜若狂：

> 那是我的灵魂在叫喊着我的名字。

但当罗密欧回转来时，朱丽叶说：

> 我记不起为什么要叫你回来了。

罗密欧说：

> 让我站在这儿，等你记起了告诉我。

朱丽叶回答说：

> 你这样站在我的面前，我一心想着多么爱跟你在一块儿，一定永远记不起来了。

罗密欧说：

> 那么我就永远等在这儿，让你永远记不起来……

朱丽叶不由得又担心恋人死在自己的爱抚里，她说：

> 天快要亮了；我希望你快去；可是我就好比一个淘气的女孩子，像放松一个囚犯似的让她心爱的鸟儿暂时跳出她的掌心，又用一根丝线把它拉了回来，爱的私心使她不愿意给它自由。

罗密欧狂喜地回答：

> 我但愿我是你的鸟儿。

处于情感高峰上的恋人都心甘情愿地失去自我，把自己完全地融入对方。这种融会不是自由的丧失，而是获得最大的自由。朱丽叶表示要把自己的一切奉献给罗密欧时说：

> 我的慷慨像海一样浩渺，我的爱情也像海一样深沉；我给你的越

多，我自己也越是富有，因为这两者都是没有穷尽的。

又一个数学上的真理在情感领域失效：1加1不再等于2，而是趋向∞（无穷）。

这种"高峰体验"不仅寄寓着莎士比亚的爱情理想，从更广泛的意义上说，也是他对人与人之间的一种和谐亲密关系的追求，它是莎士比亚的人间伊甸园的象征性符号。

需要提醒各位的是在莎士比亚的喜剧里还有伊甸园的另一面，这一面就叫作粗鄙与冷诮。比如像《罗密欧与朱丽叶》这样优美的爱情戏剧，它的主人公总是在讲着非常美好的像诗一样的语言；但在这个剧本里又有一些粗鄙下流的语言，比如说，朱丽叶的奶妈就经常讲。当罗密欧在花园里和朱丽叶幽会的时候，他的好朋友在花园外等候的时候就说着一些粗俗的话。有一位研究者说，如果把莎士比亚戏剧中所有的语词加以综合分析的话，未免叫人难堪。有人说这是莎士比亚戏剧中的糟粕。因为莎士比亚要考虑市场的需要，迎合观众的低级趣味。这个说法有一定的道理。但是如果你试图把莎士比亚剧本当中所有粗鄙的下流的东西都删掉，那么莎士比亚的剧本是不是就会变得更加纯净、层次更高了呢？不是的。《红楼梦》里也有一些粗鄙的性关系的描写，也有人认为这是《红楼梦》中的糟粕。但是当你尝试把这些所谓的"糟粕"统统扔掉后，这部作品是变得更伟大、更纯洁了呢，还是水平降低了呢？我看是后者。莎士比亚作品中的粗鄙和冷诮在许多情况下（当然不是全部）是作品中不可分割的部分，正是因为有了它们的存在，作品才显得更丰满、更深刻。我们在读莎氏的喜剧时，常有这样一种感觉：在作者用生花妙笔描绘的玫瑰色图画的深处隐藏着一双眼睛，闪现出对这种陷于痴迷的男女的善意嘲讽和对生活的冷峻态度。他仿佛并不希望观众随着他的主人公陶醉于玫瑰梦里，反而时时警告着他们。这双冷峻和嘲讽的眼睛才是莎士比亚自己，才使他高于他同时代的抒写爱情的圣手，甚至高于他的时代。

他在第一时期所写的9部历史剧，系统地探讨了英国二三百年间的历史。波兰评论家扬·柯特认为："这是一部帝王们争相爬上历史的阶梯，又互相把别人推下去的演义史。"①推动历史的是贪婪，是"恶"。在《亨利四

---

① 转引自朱雯、张君川主编《莎士比亚辞典》，安徽文艺出版社1992年版，第650页。

世》中有这样一句台词："戴王冠的头是不能安于他的枕席的。"①

威廉·席勒格在《莎士比亚研究》中写道：

> 尽管诗人的力量激起了最热烈的感情，在他自身里面却具有某种冷静的淡漠，这是属于最卓越心灵的淡漠，它贯穿在人类生活和残存感情的全部领域之内。②

莎士比亚第一时期的历史剧与喜剧总的倾向是乐观向上的。但是到了1601年，好像天空突然一下子乌云密布，狂风大作，整个世界风云变色，莎士比亚进入了创作的第二时期——1601—1607年。这个时期主要的作品是悲剧，特别是"四大悲剧"，即《哈姆雷特》《李尔王》《奥赛罗》《麦克白》。

三

《李尔王》是一个杰出统治者的悲剧。关于他的青年时代，作者没有回叙，但从他所统治的偌大国土、显赫自信的气概以及直到年迈仍然稳居王位来看，他曾经是杰出的。但一到晚年，成功者就几乎无法逃避一种居功自傲的偏执。这种偏执使一个人只愿听颂歌，不喜欢微词。大女儿和二女儿那种关于爱父情感的过分表达，从常人的眼睛看上去，全然带有虚夸的性质，而三女儿也不过只是讲了一句实话——在她结婚之后将拿出一半的爱去爱父亲，另一半给她的丈夫——竟然惹起李尔王的勃然大怒，将她逐出宫门。这种骄矜使李尔王失去了常人的理智，把爱当作恨，把恨当作爱。当他为此遭到无情的报复——被大女儿与二女儿逼出宫门，流落荒原后，他疯了。然而，人们在这个疯子身上却看到了理智，看到了常人的理智的复归。这就揭示出一个令人深思的真理：权力不等于智慧，权力不是智慧的源泉；如果你以为智慧是随着权力而增长的，结果却恰恰相反，愚蠢是随着权力而增长的。权力可以使你在失去智慧的同时失去爱，权力越高，失去的爱越多——如果你把权力等同于智慧的话。从这个意义上说，李尔王的悲剧并没有结束，它还在不同的现实条件下重演。

---

① 《亨利四世》，《莎士比亚全集》第3卷，朱生豪译，人民文学出版社1994年版，第273页。
② 《莎士比亚研究》，张可译，上海译文出版社1982年版，第60页。

《奥赛罗》的悲剧是另一种类型。有人说这种悲剧是男主人公的"嫉妒";有人说是女主人公的大意,提醒女人不要丢掉自己的手绢。但更深刻的意义却是揭示人类一个重要的弱点:轻信。奥赛罗是一个战功显赫的英雄,在战场上是一个杀人魔王,但在战友中间却天真得像个孩子。他丝毫没有想到过伊埃古竟然要把他置于死地,特别是苔丝德蒙娜———一个白皮肤的美丽女子毫无保留地献身于他这个黑皮肤的摩尔人,使他更加确信世界上人和人的关系是美好的。苔丝德蒙娜这个温柔、善良的美丽女子,在对人的态度上显得比奥赛罗更加轻信。纯洁遇上罪恶,就像羊遇上狼外婆一样,道义上的优势在这里毫无用处。就在奥赛罗已经怀疑她同凯西奥之间有暧昧感情时,她还浑然不觉,不顾一切地为凯西奥说好话,使观众恨不得从座位上站起来大喊一声:"小心你脚下的陷阱!"奥赛罗把他同苔丝德蒙娜的爱情视为人类的本体象征。奥赛罗全部的信念、关于人生的赌注都押在这个美丽、温柔的少女身上了。他说:"可爱的女人! 要是我不爱你,愿我的灵魂永堕地狱! 当我不爱你的时候,世界也要复归于混沌了。"①越是轻信的人,在轻信破灭之后的报复往往更强烈。他杀死苔丝德蒙娜不是由于生性冷酷,恰是因为爱得太深。他把这件事看作"出于荣誉的观念,不是出于猜嫌的私恨"。苔丝德蒙娜的毁灭,就是爱的毁灭、世界的毁灭。

　　《雅典的泰门》是"四大悲剧"之外的另一部重要作品。它在某种意义上可以说是轻信的悲剧,但它更深刻的意义是金钱对人性的异化。金钱支配一切、取代一切的魔力把泰门逼疯了。他变成野人而又意外掘出黄金时的那一段"黄金咒",被马克思赞誉为对资本主义条件下货币作用的最杰出的描绘。莎士比亚是资本主义发展初期最早发现金钱秘密并予以形象揭示的诗人。

　　哈姆雷特、奥赛罗和李尔王、泰门在遇到罪恶的侵袭时,采取的态度都是憎恶和反抗,只有一个英雄例外,这就是麦克白。当女巫预言他将成为君主时,当麦克白夫人怂恿他杀害邓肯王时,他开始去适应恶的环境,雄心变成了野心。悲剧《麦克白》相当细致地揭示了一个人是怎样从善良变为嗜恶的。然而麦克白的悲剧在于他终于没有变成彻底的恶棍,如伊埃古。尚

---

① 《奥赛罗》,《莎士比亚全集》第 5 卷,朱生豪等译,人民文学出版社 1994 年版,第 612 页。以下几引《奥赛罗》皆出自此版本,不另注。

未泯灭的良心仍然顽强地抵抗,善与恶的搏斗在他内心的交织扼杀了他的睡眠,使他眼前不断出现死去的邓肯与班柯的形象,使他觉得眼前的每一个人都窥透了他内心的罪恶的秘密,这种恐惧使得他继续地、不停地杀人,直到他自己被杀。在这个滑向深渊的痛苦过程中他痛切地感到生命的无意义:

> 我们所有的昨天,不过替傻子们照亮了到死亡的土壤中去的路。熄灭了吧,熄灭了吧,短促的烛光! 人生不过是一个行走的影子,一个在舞台上指手划脚的拙劣的伶人,登场片刻,就在无声无臭中悄然退下;它是一个愚人所讲的故事,充满着喧哗和骚动,却找不到一点意义。

生命"充满着喧哗与骚动,却找不到一点意义",这也成为西方现代派颇为重视的一句名言。意识流小说的代表作家、诺贝尔文学奖获得者福克纳的代表作题名《喧哗与骚动》就是由此而来。

还有一部悲剧值得一提,就是《安东尼与克丽奥佩特拉》。这部戏我们在前面曾经说到过,它叙述的是罗马执政官安东尼与埃及的风流艳后克丽奥佩特拉两个人的爱情故事。一个是罗马的狼,一个是埃及的蛇。两个人如此恶毒地咒骂和撕咬,同时又极其热烈地恋爱。在这种完全丧失了理性的爱情的烈火当中,安东尼不仅焚烧了自己,而且焚烧了自己的事业,焚烧了罗马的事业,使得自己身败名裂。最后罗马的狼和埃及的蛇热烈地拥抱着,在热烈的爱情中下沉。

四

下面我想通过《哈姆雷特》对莎氏的悲剧作品作一些更深入的分析,帮助各位来了解莎士比亚的价值。

《哈姆雷特》这出戏剧在戏剧史上是一个奇观。莎士比亚活着的时候,人们就已经很注意这部戏,但是没有人估计到它究竟有多么高的价值。莎士比亚去世以后,随着时间的流逝,跟《哈姆雷特》享有同等荣誉的一些同代人的作品逐渐地都像泡沫被历史的潮流吞没了,消失了,而它却始终如日中天,被人重视。它像一口涌流不尽的深井,不断显现出一些新的东西,让人们惊讶,让人们深思。有人作了这样一个统计,从1877年开始,平均每12

天就有一篇研究《哈姆雷特》的论文或者专著问世，一直延伸到现在。这可不可以算是一个奇迹？像这样的奇迹，我们中国也有一个，那就是《红楼梦》。说不完的《红楼梦》，就像是说不完的《哈姆雷特》一样。

《哈姆雷特》是从丹麦1200年的历史中提取出的一段故事，是一个比较典型的复仇故事。在莎士比亚以前，已经有好几位作家对这个历史题材有兴趣，把它改编成剧本。所以莎士比亚并不是第一个使用这个题材，但是在莎士比亚写出《哈姆雷特》后，就再也没有人尝试着重新去改编或加工这段历史，因为他们觉得不可能超过莎士比亚。

故事大概是这样的：丹麦的国王哈姆雷特有一个美丽的、贤惠的妻子，叫乔特鲁德。他们有一个非常心爱的儿子小哈姆雷特。在自己的儿子长大以后，他们把他送到人文中心威登堡大学去读书。年轻的王子哈姆雷特在那里过着一种非常愉快的生活，他有自己的好朋友——像霍拉旭这样的很有骑士风度的年轻人；他有那么关爱他的父亲和母亲，特别是老哈姆雷特，在年轻王子的眼里，父亲是人伦的典范、时流的明镜，自己愿意将来做一个像父亲这样伟大高尚的人；哈姆雷特还有一个美丽的情人，就是奥菲莉娅。这样的一个年轻人，可以说他的生活是完美无缺的。他有一个充满玫瑰色的关于未来的理想。这理想不仅是关于他个人的生活，而且是关于丹麦国的，因为将来他要做这个国家的国王。可是就在这个时候，突然传来了他的父王猝死的消息。他急急忙忙赶回了自己的国家，遇到的第一件事情，就是在他的父亲死了还不到两个月的时候，他的母亲，他那么钟爱的母亲，要跟他的叔叔，也就是他父亲的弟弟结婚了。这在当时算作一种乱伦的行为。而且这个行为带来了一个直接的后果，就是本来属于年轻的王子哈姆雷特的王位被他叔叔夺走了。父王的惨死、母亲的速嫁和王位的丢失，这是三道冲击波，一道强似一道，冲击着这个没有多少生活经验的年轻人。这时，他父亲的鬼魂向他显现，并且告诉他说：我是被你的叔叔克劳狄斯用毒药灌进耳朵毒死的，你应该为我复仇。作为一个年轻的骑士，哈姆雷特当然应该为自己的父亲复仇。但是考虑到当时的宫廷里边，几乎所有的人都是克劳狄斯的耳目和帮凶，他必须非常谨慎地来做这件事。他决定装疯。在他装疯的过程中，我们发现这个王子虽有一点疯癫的样子，好像不能控制自己，不断地在说一些疯疯癫癫的话，但这些疯疯癫癫的话又带有某些真情的流露。他的母亲乔特鲁德很担心，克劳狄斯也非常地疑心，就让他的母亲乔特鲁德把自己的儿子叫去,好好教育教育、规劝规劝。就在母亲的卧房里,年轻的哈姆雷特痛斥他的母亲,认为她很"无耻"。母亲这时候心里头也感到惭愧。就在母子俩谈话的时候,哈姆雷特觉得窗帘后面好像有人在偷听,便一剑捅过去。因为他当时认为这个人一定是克劳狄斯。没想到剑捅过去,倒下来的不是克劳狄斯,而是克劳狄斯手下的一个亲信,叫波洛涅斯。这个人说起来也是一个帮凶,是一个罪有应得的家伙。但是,他是青年王子哈姆雷特的恋人奥菲莉娅的父亲。奥菲莉娅是一个年轻的、纯洁的、不谙世事的女孩子,父亲的死对她的打击很大,而且,竟然是自己倾心所爱的人杀死了自己的父亲。因此,脆弱的奥菲莉娅疯了。她的疯是真疯:她全身戴满了花环,爬到小河边的树上,然后从树上跌下来,跌到河心。开始时,她浮在河面上,漂流而下,她唱着歌,逐渐地下沉,就这样死去了。由于哈姆雷特对波洛涅斯行凶,使得克劳狄斯察觉了哈姆雷特的内心,就准备要对哈姆雷特下毒手。但是克劳狄斯是一个老奸巨猾的人,他知道如果用自己的手杀掉哈姆雷特,那么丹麦的臣民就会起来反对自己,因为他们很喜爱自己老王的后代。于是他就想借刀杀人,把哈姆雷特送到英国去,用英王的手来结果他的性命。在半路上,哈姆雷特察觉了这个奸计。他使了一个调包计,让送他去的两个人当了自己的替死鬼,而他自己悄悄地返回了丹麦,想继续实行他的复仇计划。在他回来的时候,在郊外,他看到有人在埋葬一个女孩子。这个女孩子就是奥菲莉娅。哈姆雷特的出现使奥菲莉娅的哥哥,也就是波洛涅斯的儿子雷欧提斯大为愤怒,因为自己的父亲和妹妹都因哈姆雷特而死。作为一个骑士,他要复仇。他向哈姆雷特提出了挑战,要和哈姆雷特比武。哈姆雷特出于内心的愧悔,同意和他比武,并且决定让雷欧提斯赢。奸王克劳狄斯觉得这是一个可乘之机,设下了毒剑和毒酒的计谋,让雷欧提斯的剑不仅开了刃,而且抹了毒,另外准备了一杯毒酒。结果毒酒毒死了乔特鲁德,毒剑分别刺死了哈姆雷特和雷欧提斯。哈姆雷特死前拼着自己最后的一点力气刺死了奸王克劳狄斯。戏剧以所有的主要人物——老哈姆雷特、青年王子哈姆雷特、乔特鲁德、波洛涅斯、雷欧提斯、奥菲莉娅、克劳狄斯——的死亡而结束。这是一个大悲剧。

下边进一步来分析在这部悲剧中,莎士比亚是怎样揭示人物的内心世界,特别是剧中主要人物哈姆雷特的内心世界是怎样一步一步被揭示出来的。

五

　　大幕一拉开,我们看到的是:在漆黑的夜晚,天上没有星星,在一个城堡里,阴风惨惨。突然出现了一个鬼魂:全身铠甲,满面怒容,腰佩利剑,站在那里一言不发。在天色将曙,雄鸡鸣叫的时候,他消失了。紧接着是第二场,和第一场形成了很鲜明的对比,是在王宫里,克劳狄斯宣布他要和乔特鲁德结婚。这是一个熙熙攘攘、表面上看起来欢欢喜喜的场面,和第一场的那个漆黑的夜晚、阴风惨惨的城堡、鬼魂形成了极强烈的对比。我们用一个电影上的名词来指称它,叫作"蒙太奇效果"。这个蒙太奇包含我们前面所说到的三道冲击波——父王的惨死、母亲的速嫁和王位的丢失,一道强似一道,一下子就冲开了年轻的王子内心世界的大门。于是这时候出现了很有名的哈姆雷特的第一段独白:

　　　　啊,但愿这一个太坚实的肉体会融解、消散,化成一堆露水! 或者那永生的真神未曾制定禁止自杀的律法! 上帝啊! 上帝啊! 人世间的一切在我看来是多么可厌、陈腐、乏味而无聊! 哼! 哼! 那是一个荒芜不治的花园,长满了恶毒的莠草。想不到居然会有这种事情! 刚死了两个月! 不,两个月还不满! 这么好的一个国王,比起当前这个来,简直是天神和丑怪;这样爱我的母亲,甚至于不愿让天风吹痛了她的脸。天地呀! 我必须记着吗? 嘿,她会偎倚在他的身旁,好像吃了美味的食物,格外促进了食欲一般;可是,只有一个月的时间,我不能再想下去了! 脆弱啊,你的名字就是女人! 短短的一个月以前,她哭得像个泪人儿似的,送我那可怜的父亲下葬;她在送葬的时候所穿的那双鞋子还没有破旧,她就,她就——上帝啊! 一头没有理性的畜生也要悲伤得长久一些——她就嫁给我的叔父,我的父亲的弟弟,可是他一点不像我的父亲,正像我一点不像赫剌克勒斯一样。只有一个月的时间,她那流着虚伪之泪的眼睛还没有消去红肿,她就嫁了人了。啊,罪恶的匆促,这样迫不及待地钻进了乱伦的衾被! 那不是好事,也不会有好结果;可是碎了吧,我的心,因为我必须噤住我的嘴!①

独白一开始,我们发现这个年轻人受的刺激太深重了,他想自杀。我们前面讲过,基督教是禁止自杀的。自杀的人是有罪的,是要下地狱的,所以哈姆雷特不能自杀。更重要的是,他的这种沉重的悲观不仅是因为失去了一位父亲,也不仅是因为母亲这样快地嫁了人,还因为这件事情导致他对整个世界的看法改变了。在此之前,他觉得所有一切好像都是玫瑰色的,但在这一系列突发事件之后,他感觉整个世界都变得陈腐而无聊,是一个到处都长满了恶毒的莠草的荒芜不治的花园。在剧本后边的情节中有他和他的同学的谈话,其中还讲到世界是一个大监狱,而丹麦是最坏的一间牢房。由此,我们看到哈姆雷特性格上的一个很重要的特点:他很敏感,喜欢从个别导向一般,父亲猝死这件事导致他对整个世界看法的改变。

我们讲到的三个打击,哪个对他打击最大?是母亲这么快出嫁而且嫁给了他叔叔。这件事比他父亲的死、王位的丢失对他的刺激更大。为什么呢?我们当然可以从一般的人之常情去理解。一个人,他的父亲刚死,不到两个月母亲就嫁人,作为儿子当然不高兴,这叫人之常情。但光这样理解不够。我们注意到哈姆雷特特别讲到,他父亲是天使,而他的叔叔克劳狄斯是丑八怪,说他非常丑,使得他更加无法接受。后面还有台词,讲到他的叔叔克劳狄斯是一个"腐烂的禾穗",是一只"妖头羊"。这些地方都是讲他的叔叔如何如何地丑。那么我们就觉得可以理解哈姆雷特当时为什么这么痛苦了。我们设想一下,如果在路上看到一个非常美丽的女孩子,她挎着的男人长得极丑,我们心里都会觉得不舒服。即使我们不认识这个女孩子,都会为这件事感到遗憾:这样美丽的少女怎么居然和这么丑陋的男人结合呢?这是讲一个路人,更何况哈姆雷特现在面对的是他的母亲。这样解释对不对?这是一个不正确的理解。我觉得荣获奥斯卡奖的电影《王子复仇记》的导演比较理解莎士比亚。在电影里,奸王克劳狄斯并不是很丑的。那么,这是怎么一回事?在剧本后面还有一些很矛盾的东西,比如说在第二幕、第三幕,哈姆雷特在指责他的母亲的时候,说他的母亲屈服于情焰。那么如果说他的叔叔这么丑,他的美丽的母亲,为什么又会屈服于自己的情焰,委身给

---

① 《哈姆雷特》,《莎士比亚全集》第 5 卷,朱生豪等译,人民文学出版社 1994 年版,第 292—293 页。以下凡引《哈姆雷特》皆出自此版本,不另注。

一个丑八怪呢？他这样指责他母亲的时候，母亲并没有反驳，反而说：儿子，你说出了我内心的污浊。从剧本后面的情节，我们看到了在这个地方有疑问。下面我们提出罗素的一段话来探讨这个问题：情感的联结很少能够和外界的秩序相符合，它使我们用自身状态做镜子去看宇宙，忽而光明，忽而黑暗，全视心态而定。所以我们说一个人在看外部世界的时候，并不完全能够准确地反映外部世界的形象，他内心世界的心态对外部世界的观察有很大的影响。由于心态不同，对外部世界的观察时而光明，时而黑暗。这样的体验，各位有没有呢？如果说你面对的这个人，你听别人讲，他非常坏，非常阴险、狡猾，而且还暗算过你，这时候你看到的这个人的每一道目光都是邪恶的，他的嘴角的笑都是冷笑。但是如果你后来发现对这个人误解了，他是一个很善良的人，从来都对你很关心、很好，那时候你觉得他的目光其实是很柔和的。这样的经历各位有没有呢？事实上，哈姆雷特诅咒他的叔叔像一个丑八怪、妖头羊、腐烂的禾穗，那是由于他内心的激愤把克劳狄斯的外部形象给扭曲了。所以，仅仅说是因为他的叔叔长得很丑陋，他的母亲和他结婚，他就特别地愤怒，这是不准确的。那么哈姆雷特对这件事为什么特别地在意，甚至比他父亲的猝死、比他王位的丢失，更感到痛苦呢？当然我们可以有这样的一种理解：是因为叔叔夺了他的王位。这是一种解释。我们现在要提出来的是另外一种解释，那就是20世纪的心理分析专家弗洛伊德的看法。他提出这样一个观点：世界上所有的男孩子都有杀父娶母的情结，而女孩子都有杀母嫁父的情结。所谓杀父娶母的情结，叫作"俄狄浦斯情结"。我们在开始讲希腊神话的时候曾经谈到过俄狄浦斯，他杀死父亲，同母亲结婚，但俄狄浦斯杀父娶母，是被命运驱使，并不是他内心所欲。但弗洛伊德把它解释为人普遍存在的内在趋向。这种观点我们能不能接受呢？我们不能接受。因为很简单，我们自己、我们内心没有这样的情结，我们不觉得内心有这样的意识或潜在的意识。我们怎么能接受弗洛伊德的观点？但是他用这种观点来分析哈姆雷特，从剧本里找出很多的台词作为他的依据，认为哈姆雷特所以那么仇恨克劳狄斯，是因为克劳狄斯所做的事正是他想做的，他没有来得及做，让他叔叔抢了先，所以他特别地恨克劳狄斯。为什么后来哈姆雷特一再拖延他的复仇呢？他的内心对复仇充满了矛盾。他觉得自己和叔叔其实是同样的人，充满了罪恶的意念的人。这是弗洛伊德的一种解释。他找到了很多根据，让你没办法推翻。但是，我们也不能接受,只能把它放在一边,当作可以研究的一个对象。我们也不妨从另外一个角度,来考虑一下弗洛伊德的结论:一个孩子,他和父母的关系是不同的。父亲往往成为他人生的第一个榜样。在懂事以后,他最了解、最信赖的是他的父亲。母亲对他有一种爱,这种爱是一种血缘上的爱。在母亲十月怀胎的时候,他和母亲有脐带联系,这种脐带联系在生下来之后,看来是断掉了,但作为一种血缘关系,它一直存在着,存在于孩子的内心,甚至到相当大了以后。孩子和母亲的这种血缘关系是同和父亲的关系很不一样的。母亲和父亲同床共枕,这是天然的一件事情。但是如果换了另外一个男人,对孩子的心理就构成一种特殊的刺激。我们听到一个儿子反对他的母亲改嫁时,容易想到的是这个孩子有封建观念。现在需要补充的是还有一些内心的、心理上的深层原因,就是孩子和母亲之间的这种脐带联系。我们可不可以这样来考虑这个问题,我们并不是说这样的脐带联系是不可更移的,只是说有这样一种心理现象。

在讲了他对母亲速嫁感到的极度痛苦之后,在独白里出现了非常有名的警句:"脆弱啊,你的名字是女人!"关于这句话,几百年来很多人做了很多的文章。我们知道在文艺复兴时代对待女人的态度是一个很重要的问题。我们在前面讲到远古时代古希腊的时候,讲到骑士文学的时候,都讲到了西方对待女人的态度和我们东方很不相同。但是不管怎么不同,女人依然只是男人非常珍爱的一件玩物,并没有取得和男人平等的社会地位。到了文艺复兴时代,女性的解放才真正开始,才真正在观念上取得一种和男人平等的地位。在莎士比亚第一个时期的戏剧中,我们看到那些剧中女性不仅非常美丽、温柔,而且很聪明、很勇敢,在智慧方面常常要超过男人。莎士比亚在第一个时期对待女人的这种看法反映了他对整个世界的一种信心,相信整个世界是美好的。到了第二时期,就是我们现在讲到的这个悲剧时代,他对女性的看法有了改变。在这个时期他所塑造的女性形象大概有三类。第一类就是那些依然很美丽、很温柔、很聪明的女性,但她们都没有好下场,比如《奥赛罗》中的苔丝德蒙娜、《哈姆雷特》中的奥菲莉娅、《李尔王》里的考狄丽亚。第二类就是那些心地狠毒的女人。这类女人在第一时期基本上是看不到的,比如《麦克白》里的麦克白夫人,麦克白从一个有良心的大将变成野心勃勃的篡位者,麦克白夫人起了很大的教唆作用。这个女人是什么样的呢? 有一句台词鲜明地勾勒出她的性格:"我曾经哺乳过婴孩……可是我会在它看着我的脸微笑的时候,从它的柔软的嫩嘴里摘下我的乳头,把它的脑袋砸碎……"①这就是麦克白夫人。第三类就是那些所谓脆弱的女人,譬如《哈姆雷特》里的乔特鲁德。她屈服于外面的邪恶势力,因为奸王克劳狄斯控制了整个王宫,到处都是他的耳目和帮凶。作为一个女人,她软弱,屈服于这样一个邪恶的环境,屈从于克劳狄斯。但是又不完全如此,她还屈从于自身的情欲。所以,这个脆弱是含有双重意思的。女性的这种脆弱,我觉得它有一个长期的历史积淀过程。从母系社会过渡到父系社会,恩格斯讲,是世界妇女的具有历史意义的失败。从那以后女性沦为男性的奴隶,在心理上不断积淀着一种卑微意识,它积淀在女性心灵的深处。所以,莎士比亚的这句话"脆弱啊,你的名字是女人!"提醒我们,女性的解放不仅仅需要政治上的解放、经济上的解放、法律上的解放,还需要心灵上的解放。而这个解放显然更艰巨,所需要的时间也更长。在没有实现以前,所谓的男女平等事实上是不可能做到的。这里还要提醒各位的是,不能把女性的柔韧理解为脆弱。女性的柔韧恰恰是她高于男性的地方。女性往往能用一种温柔的态度来很坚决地坚持自己的主张,迫使男性接受自己的意见。

在第一段独白之后,很快地哈姆雷特就和自己父亲的鬼魂见了面,父亲向他道出了真情。哈姆雷特意识到了自己有为父亲复仇的义务,其中有这样一句台词很值得我们注意:"这是一个颠倒混乱的时代,唉,倒霉的我却要负起重整乾坤的责任。"这句台词告诉我们什么呢? 就是哈姆雷特对他的任务并不是简单地理解为给父亲复仇,而是要把这个颠倒混乱的时代重新加以整理。所以他的任务是重整乾坤。在这里,再一次显现了哈姆雷特敏感的性格特点。他意识到这不是个人的复仇,而是一个国家、一个民族、一个时代的事情。也正因为如此,他感到自己身单力薄,感到自己无法承担这样的任务,有了"倒霉的我"这样的感叹。在这个感叹里,我们又看到了这个年轻人的脆弱。这种脆弱也可以说不是天生的,而是他对他的历史任务理解过于沉重而产生的一种畏怯。

在第一幕里,我们从揭示人物内心的艺术手法里得到两点启示:

① 《麦克白》,《莎士比亚全集》第 5 卷,朱生豪等译,人民文学出版社 1994 年版,第212 页。

第一点,写戏要开门见山。这出戏一开始,就有一个非常鲜明的蒙太奇:第一场、第二场,三道冲击波一道强似一道,造成一个悬念,打开了哈姆雷特内心世界的大门。我们也可以尝试另外一种写法,比如我们从青年王子哈姆雷特在威登堡大学的读书学习生活写起,写他和朋友们的关系、他的恋爱、和父母的关系,然后再写他的父亲突然死掉。这样写可不可以呢?我们没有理由说完全不可以。但一般来说,截至父王惨死之前,没有冲突,也就没有戏剧,人们看的时候会感到比较平淡。我们常常在讲一件事情的时候,比较喜欢讲其来龙去脉,开始怎么样,中间怎么样,后来怎么样。这叫叙事的办法。而戏剧本质上是排斥叙事的。戏剧要开门见山地展开戏剧冲突,否则这个开头就会变成失败的开头。

第二点,在戏剧冲突展开以后,要善于紧紧围绕着揭示人物的命运、性格和思想来设置情节,情节的展开要服从对人物的命运、性格、内心世界的揭示。这一点比前一点更难做到。有的同学讲,这出戏开头出现哈姆雷特父亲的鬼魂是一个很强的悬念,很遗憾第一幕一结束就把这个悬念给解开了:年轻的王子哈姆雷特见到了自己的父亲,父亲告诉他自己是怎么被害的。如果不解开好不好呢? 老哈姆雷特鬼魂始终是个巨大的悬念,一直贯穿下去,这出戏是不是会显得更有看头呢? 事实上可能会是这样,如果我们不解开老哈姆雷特鬼魂之谜,始终把这个悬念攥在手里,那么观众会怎么样? 观众就会老在那儿想,这个鬼魂是谁呢? 他是不是老哈姆雷特? 他到底是怎么死的? 观众处于一种猜测当中,戏就变成了智力测验,人们反而会把戏的主人公——年轻的王子哈姆雷特忘在一边了。现在的情形则完全不是这样。第一幕结束的时候,鬼魂之谜一解开,马上一个很艰巨的任务就落在了这个年轻人的身上,观众关心的就是这个年轻人能不能复仇,他究竟怎么样复仇。作者让观众的视线、注意力都集中在哈姆雷特这个主要人物身上,便于下一步来揭示哈姆雷特的性格。我们也看到有一些作家,他们很善于把一个悬念贯穿到底,比如像我们所熟悉的惊险小说作家克里斯蒂娜的《尼罗河上的惨案》《东方列车谋杀案》等等。但更多的是我们常常看到一个作家想把一个悬念一抓到底,但事实上他又做不到,就变成了愚弄观众,事实上不能起到进一步揭示人物内心的作用。莎士比亚从来不愿向观众保密,他从来是让这种悬念服从于人物性格的揭示。在《奥赛罗》中,伊埃古所提出的每一个阴谋,他打算怎样陷害苔丝德蒙娜和奥赛罗,作者都先让他把阴谋用独白的方法公之于众,这样观众就让注意力集中在苔丝德蒙娜和奥赛罗的身上,看看这对单纯的不知情的人能不能识破伊埃古的阴谋。观众的感情完全和剧中的主要人物纠缠在一起。这是莎士比亚非常值得我们注意和学习的一点。

<h1 style="text-align:center">六</h1>

在第一幕结束的时候,他决定要装疯,以便能够寻找复仇的机会。第二幕开始以后,我们就想看看这个年轻的王子怎样寻找复仇的机会,完成复仇的使命,但是情形不是这样,我们看到的是一个疯疯癫癫哈姆雷特。装疯不是件很容易的事情。比如说,一个正常的人接受一个刺激信号"甲",他就反应一个"乙"的行动。想装疯呢,他马上要把反应这个"乙"的行为遏制住,反应一个"丙",人家才会看着他说:"噢,这个人不正常,他疯了。"可是,我们在哈姆雷特身上看不到这个过程。我们看到的是一个被沉重的石头压垮的人的那种恍惚状态:他完全控制不了自己。比如说第二幕一开始,他遇到了波洛涅斯,波洛涅斯是他父亲时代的一个老臣,既是一个长者,又是一个帮凶,又将是自己岳父,具备这样三重身份的老人,哈姆雷特如果处在装疯的状态,他应该怎么样来对待?我们说不管怎么样,他应该设法隐藏自己内心复仇的意图而让这个老人感到迷惑。可是我们看到的不是这样,他见到波洛涅斯就痛骂起来,用的语言可以说是非常下流的,骂他像一块"臭肉","要是太阳能在一条死狗尸体上孵育蛆虫,因为它是一块可亲吻的臭肉"。他说这些话的时候,我们可以感觉到哈姆雷特面对这个可以说是杀死自己父亲的头号帮凶,他内心的那种仇恨,毫不遮掩地暴露出来了,观众不由得替哈姆雷特担心。后来他和两个同学相遇,这两个同学本来也是他的好朋友,现在被奸王收买,来刺探哈姆雷特是不是真疯。哈姆雷特洞悉了这一点,他应该把自己的内心世界闭锁起来,不让他们得逞。但哈姆雷特大谈他对丹麦的看法:整个世界是"一所很大的牢狱……丹麦是其中最坏的一间"。我们觉得对哈姆雷特来讲,他跟他的同学说这样的话很不明智。特别让我们不能理解,甚至感到很不高兴的是他对善良的奥菲莉娅的态度。虽然,这时候奥菲莉娅也接受了克劳狄斯的指使,但是奥菲莉娅是无辜的,她完全是出于对哈姆雷特的爱来看望哈姆雷特的。哈姆雷特连起码的判断

也失去了,说了一些相当下流的话。他说,奥菲莉娅,你进尼姑庵去吧,没有哪个傻瓜会和你结婚,因为和你结婚不知会生下什么有罪的人。还说:"美丽可以使贞洁变成淫荡","要是你既贞洁又美丽,那么你的贞洁应该断绝跟你的美丽来往"。这个时候哈姆雷特为什么这样对待奥菲莉娅?有一种解释说,他是想把过去的美好的记忆都从自己的头脑里驱逐掉,把美好的东西驱逐掉,以便把自己的精力完全集中在复仇上。这种解释来自俄国的著名批评家别林斯基,有一定的道理,比如说你以前有一个很好的朋友,现在你意识到她不属于你了,你有些割舍不掉,这时,你很可能会产生恶语相向的欲望,快刀斩乱麻地把关系了结。总之,当时哈姆雷特就像暴风当中的一扇破门,随着狂风一开一合。他不能自主,被感情的风暴所翻转,就像大海上的一叶小船,没有被狂涛吞没,没有沉下去,是因为还有一丝理智的细线,把他束在岸边。这种状态,我们用心理学上的一个词来说就叫"情感杀害理智",一个人的情感处在非常激动的状态时,往往很难思考,很难认真地做什么事情。这样的体会,我不知道你们是否也有?几个同学在一起,争论什么事,后来大家都激动起来了,这时,一个同学对你讲了很多非常没有道理的话,你被气得脸发白,嘴唇哆嗦,他的每一句话都是错的,但你想不出一句话来批驳他,气得不得了。晚上躺在床上,心情平静下来了,一串一串非常有力的凌厉的驳斥涌上脑际。这时候,你就想:啊!那时我为什么想不起来呢?这是因为激情压制了理智,或者说激情杀害了理智。哈姆雷特是一个情感非常丰富的人,丰富的情感在复仇的关键时刻,变成了理智的敌人。

我们在前面讲到,他是一个很善于思考的人,善于把个别推广到一般。但这是两种不同的思考。哈姆雷特长于形而上的思考。这种思考,在复仇的关键时刻常常帮不了忙,反而产生不利的影响。比如说,有一次,他的叔叔奸王克劳狄斯在神像面前忏悔,周围什么人都没有,这时候哈姆雷特可以一剑刺过去,一下子把他的复仇任务完成。但哈姆雷特想,他现在在忏悔,按照基督教的说法,一个人忏悔时,你把他杀了,他就会进入天堂。他的这种基督教的观点控制了他,他犹犹豫豫没有下手,痛失了一次复仇的机会。他常常在思考各种各样的跟复仇没有直接关联的事情,譬如,有一段很有名的独白:

生存还是毁灭，这是一个值得考虑的问题；默然忍受命运的暴虐的毒箭，或是挺身反抗人世的无涯的苦难，通过斗争把它们扫清，这两种行为，哪一种更高贵？死了；睡着了；什么都完了；要是在这一种睡眠之中，我们心头的创痛，以及其他无数血肉之躯所不能避免的打击，都可以从此消失，那正是我们求之不得的结局。死了；睡着了；睡着了也许还会做梦；嗯，阻碍就在这儿；因为当我们摆脱了这一具朽腐的皮囊以后，在那死的睡眠里，究竟将要做些什么梦，那不能不使我们踌躇顾虑。人们甘心久困于患难之中，也就是为了这个缘故；谁愿意忍受人世的鞭挞和讥嘲、压迫者的凌辱、傲慢者的冷眼、被轻蔑的爱情的惨痛、法律的迁延、官吏的横暴和费尽辛勤所换来的小人的鄙视，要是他只要用一柄小小的刀子，就可以清算他自己的一生？谁愿意负着这样的重担，在烦劳的生命的压迫下呻吟流汗，倘不是因为惧怕不可知的死后，惧怕那从来不曾有一个旅人回来过的神秘之国，是它迷惑了我们的意志，使我们宁愿忍受目前的磨折，不敢向我们所不知道的痛苦飞去？这样，重重的顾虑使我们全变成了懦夫，决心的赤热的光彩，被审慎的思维盖上了一层灰色，伟大的事业在这一种考虑之下，也会逆流而退，失去了行动的意义。

"To be, or not to be, that is a question."（"生活还是毁灭，这是一个值得考虑的问题。"）这样一句话，何以就成了一个很有名的命题？从中国传统文化的眼光来看，我们不太重视这个问题。从孔夫子的时候起，不语怪力乱神，我们不谈来世，而是谈人应该怎么活着，怎么活得有意义，活得有价值，这是儒家给我们提出来的关于人生最重要的课题。如果你们哪一位同学在日记本上写"生活还是毁灭，这是一个值得考虑的问题"，被你的老师看到了，他一定会让你周围的同学留神你是不是要自杀，不会觉得你在思考一个哲学问题。但是在西方，这个问题是哲学的核心问题。从基督教的观点看，人活着是一个自赎的过程，而死后要根据你的表现，或去天堂，或去炼狱，或去地狱，而且还有末日审判，任何人都逃不掉的。所以哈姆雷特就在考虑能不能用一把小刀把人世间的苦难统统割掉。如果能就太好了。但是，他有很多的踌躇和顾虑，其一就是他死后要去的那个世界没有一个人回来过，所以他不知道那儿是否比人世间还痛苦。关于生存还是毁灭的考虑使得他在复仇上总是在犹豫和迁延,审慎的思维使他的炽热的光彩蒙上了一层灰色。我们设想,如果是堂吉诃德,就会很不一样。哈姆雷特总是在不断地思考;堂吉诃德则恰恰相反,他会骑在瘦弱的老马上,挺起生锈的长矛,冲进宫里,也可能在门口和石头狮子大战起来。屠格涅夫说,堂吉诃德和哈姆雷特这两个典型代表着人类天性赖以旋转的两极。所有的人都或多或少地属于这两个典型中的一个。堂吉诃德是一个战斗的理想主义者,而哈姆雷特是一个灰色的悲观主义者;堂吉诃德迫不及待地去行动,而哈姆雷特却总是在思考;堂吉诃德代表过去,哈姆雷特代表未来。在相当长的一段时间里,哈姆雷特具有更强的现实意义和价值。

哈姆雷特在复仇上的不断迁延,被外界的刺激改变了——来了一班戏子,他们排练戏剧的时候那样认真,尽管是在演戏,但各人激情洋溢、涕泪横流。哈姆雷特对比自己,深感惭愧,觉得还不如戏子们对自己的事业认真。于是他就想出了一个计谋:用一个"戏中戏"的办法,试探克劳狄斯是不是真的凶手。

在这之前又发生了一件事情,就是克劳狄斯指使乔特鲁德找自己的儿子谈话。母子谈话的时候,哈姆雷特感到窗帘背后有人,就觉得是奸王克劳狄斯在偷听,一剑刺过去,结果刺死的是波洛涅斯。这件事对奥菲莉娅的刺激很大,这个善良、脆弱的少女疯了,死了。哈姆雷特似乎非常谨慎,但是,审慎的人的另外一面就是鲁莽。有这样的人,平时我们看他也不太说话,表现得畏畏缩缩,但是会突然在某一个场合,他的行为让大家感到很吃惊。哈姆雷特前一段时间太审慎了,拖延转换成了迫不及待,懦夫一下子变成了莽撞的人。

"戏中戏"上演了。结果,诚如哈姆雷特所料,当戏演到弟弟把毒药灌进在花园里沉睡的哥哥耳朵里的时候,奸王克劳狄斯坐不住了,一下子就从座位上站起来,说:"点起火把回宫!"这时候哈姆雷特在旁边,一切都看得很清楚,他哈哈一笑,我们知道,哈姆雷特是下了决心要杀掉克劳狄斯了。克劳狄斯也意识到了,他想把哈姆雷特送到英国去,借英王之手来杀死哈姆雷特,这是戏的第二幕。

在第二、第三幕中展示的哈姆雷特的内心世界,可以归纳成下列模型图(图6-2)。第四、第五幕,主要讲两件事情,一是送葬,一是比武。通过这两件事情,我们看看作者是怎么样把外部冲突和内心冲突交织起来的。

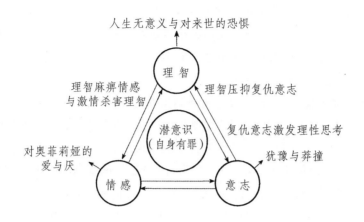

图 6-2 哈姆雷特的内心世界

哈姆雷特用了一个调包计把他的两个同学，就是充当奸王克劳狄斯奸细的那两个人，送到英王那里去受死，自己悄悄地返回了丹麦。照我们想，返回后他应该去执行复仇任务了，但是我们看到的依然是一个情绪沮丧、悲观、无精打采的哈姆雷特。第五幕出场的时候，他在一片墓地里，看到人们在埋葬奥菲莉娅，挖坑挖出了很多骷髅骨。他拿起一个骷髅骨，认出了这个骷髅骨是宫里的弄人郁利克。哈姆雷特拿着这个骷髅骨说：小时候你曾经抱着我出去玩，我也非常喜欢亲吻你那鲜红的嘴唇，亲吻过的地方现在不过是一个漆黑的大窟窿。他捧起一把黄土说，恺撒大帝的尸骨也许就化成了这么一把泥土，我们用来封酒坛子的泥也许就是恺撒大帝。这些段落使我们感觉到哈姆雷特与第二幕的时候不同，那时候他更多地考虑死了以后要去的那个地方，感到恐惧；而现在这种恐惧感没有了，是一种更加强烈的对于人的绝对的虚无。一个绝对的黑色的悲观主义者，用他自己的话来讲，他当时就像一把竖琴的弦一样听任命运的拨弄。

我们现在讲讲《哈姆雷特》第五幕中比武这一段。说到戏剧、电影当中的比武，很多同学都是喜欢看的：紧张、兴奋，手心都攥出汗来了。但是，文学是人学，比武的情节应该服从于刻画人物，成为展现性格和内心活动的一部分。我们现在看到的戏剧和电影中的比武情节常常是只见刀光剑影、飞檐走壁，血流成河、尸骨成山、翻白眼、蹬大腿、翻桌子、飞椅子，而人物的内心世界却停止了活动，性格也不见踪影。看完以后，除了高超的特技以外，对人物的性格、对人物的内心世界没有新的认识,这样的武打看多了,往往会互相搞混,产生厌烦之感。我们还是回到人物上来。外部的冲突要服务于内心的揭示,我们来看看莎士比亚在《哈姆雷特》这段比武的尖锐的外部冲突中,是怎样展开人物的内心活动的。

在比武开始之前,奸王克劳狄斯和雷欧提斯两人准备了毒剑和毒酒。比武一开始,哈姆雷特就非常真诚地向雷欧提斯道了歉,作为一个骑士,雷欧提斯显得有一些犹豫,觉得在对方道歉的情况下,自己依然使用毒剑,有失骑士风度,但是他又欲罢不能。犹豫间他连输了两场,哈姆雷特不清楚这是怎么一回事,而克劳狄斯看清楚了,他意识到雷欧提斯的犹豫。一计不成,又施一计,克劳狄斯以向哈姆雷特庆功为名,举起酒杯,酒是毒酒,但是没有想到这杯毒酒毒死了不应该毒死的人。母亲乔特鲁德,由于前一段时间受到儿子的谴责,内心就格外疼爱儿子,看到他气喘吁吁、汗流浃背,喝酒不太合适,就说:亲爱的儿子,我替你把这杯酒喝掉。这杯酒就让乔特鲁德喝掉了。在场的哈姆雷特没觉得这有什么问题,但是奸王克劳狄斯和雷欧提斯两个人明白,他们已经毒死了一个不应该毒死的人。这时候,哈姆雷特仿佛是无意当中说了一句话,使局面来了个突转:雷欧提斯,怎么搞的,会用剑吗？雷欧提斯是一个心胸很狭窄、自尊心很强的人,听到这句话以后,感觉受到羞辱,恼羞成怒,在哈姆雷特没有任何准备的情况下一剑刺过去,哈姆雷特发现自己的左臂受了伤,鲜血流下来了。一般来说,比武用的剑是不开刃的,但哈姆雷特发现这是一把开了刃的剑。哈姆雷特也是一个年轻人,他觉得雷欧提斯怎么能不遵守规则,把剑私自开了刃？于是哈姆雷特也恼怒了,两个人认真地格斗起来。在格斗中两个人的剑都落在了地上,哈姆雷特捡起来的是雷欧提斯的剑,也就是开了刃的毒剑,他用这把剑也刺伤了雷欧提斯。雷欧提斯被自己的毒剑刺中了以后,心中明白,哈姆雷特要死了,他也要死了。临死前他意识到自己也中了克劳狄斯的计,说他"像一只自投罗网的山鹬,我用诡计害人反而害了自己"。接着他把奸王克劳狄斯的全部阴谋和盘托出,哈姆雷特拼着自己最后一点力气刺向克劳狄斯。在这之前,由于毒酒的发作,乔特鲁德倒下死了。结局是,戏中六个主要人物——哈姆雷特、乔特鲁德、奥菲莉娅、波洛涅斯、雷欧提斯、奸王克劳狄斯,全部都死了,完成了一个大悲剧。

请看短短的一场"比武",几个主人公的内心发生了多么激烈的冲突:

雷欧提斯:恨不得一剑刺死哈——→犹豫——→被哈激怒刺杀哈——→
后悔——→揭出真情

哈姆雷特:出于真心向雷道歉——→反激雷想让雷赢——→发现雷用
毒剑后怒伤雷——→了解阴谋力杀奸王——→立下遗嘱

乔特鲁德:爱子之情——→误饮毒酒——→死前的忏悔和痛苦

克劳狄斯:表面倾向哈,暗中想谋杀——→一计不成再施毒计——→阴
谋揭出后的恐慌

各人有各人的心灵轨迹,相互之间的心灵联系与冲突非常明确。

莎士比亚在揭示人物内心世界方面另一个杰出的艺术特点是语言的生
动性和丰富性。莎士比亚是一位修辞学大师。根据计算机统计,与莎氏同
时代的作家作品中一般有 4000—5000 个词汇,而莎氏有 15000 多个词汇。
他善于运用比喻(明喻、暗喻)、替代和矛盾的拼合、错位、夸张、突降等方法
以求达到新鲜的艺术效果。有时候他用一句话就能勾出一个人物的性格轮
廓,如写麦克白夫人的恶毒:"我曾经哺乳过婴孩……可是我会在它看着我
的脸微笑的时候,从它的柔软的嫩嘴里摘下我的乳头,把它的脑袋砸
碎……"又如《哈姆雷特》中写侍臣奥斯里克的谄媚:"他在母亲怀抱里的时
候,也要先把他母亲的奶头恭维几句,然后吮吸。"

人物内心世界的生动性和丰富性、戏剧情节的生动性和丰富性、语言的
生动性和丰富性构成了莎士比亚戏剧的主要艺术特点。马克思和恩格斯提
倡戏剧的"莎士比亚化",就其根本意义上说,就是保卫艺术本身形象思维
的特点,不要使艺术变为思想的传声筒。所有这些,对今天无疑仍具有重要
的意义。

七

关于莎士比亚我们介绍了这么多,最后,想用一段话来总结一下,这段
话告诉我们,任何一个文艺运动,只有出现了代表巅峰的一两个人才能够完
成一个很高水平的运动,缺少了这一两个人,整个运动的水平就下降了一大
块。文学运动中这样的情形很多。如果没有莎士比亚,文艺复兴运动的水
平就下降了一大块,它在文学史上的地位就不会和今天一样。这段话是俄

国著名的文学批评家杜勃罗留波夫说的：

> ……但是，在文学，到现在却出现了几个这样的活动家，他们在宣
> 传中站得这样高，不论〔致力人类幸福〕实际活动家，不论从事纯科学
> 的人，都不能超越过他们。这些作家是得天独厚的，他们能够凭着天性
> 去接近他们同时代的哲学家要靠严格的科学之助才能找到的自然的见
> 解和追求。更有甚者，哲学家还只是在理论中预料到的真理，那些天才
> 作家却能够从生活中把它把握住，动手把它描写出来。因此，正因为他
> 们是某一时代人类认识最高阶段底最充分代表，从这一高处来观察人
> 们和自然的生活，把这种生活描写给我们看，他们就能够高出于文学底
> 服务作用之上，而跻身在一群能够促进人类彻底认识自己的活跃的力
> 量和自然倾向的历史活动家的队伍。莎士比亚就是这样的。他的剧本
> 中有很多东西，可以叫作人类心灵方面的新发现；他的文学活动把共同
> 的认识推进了好几个阶段，在他之前没有一个人达到过这种阶段，而且
> 只有几个哲学家能够从老远地方把它指出来。这就是莎士比亚所以拥
> 有全世界的原因……但丁、歌德、拜伦的名字常常和他的名字结合在一
> 起，可是很难说，他们每个人都是象莎士比亚似的这样充分地标示全人
> 类发展的新阶段。①

思考题

1. 简述莎士比亚的生平和代表作品。说说"四大悲剧"的故事梗概。
2. 试对哈姆雷特和堂吉诃德两个人物进行比较。
3. 在你身边的人中，有没有人具有哈姆雷特式的性格？

阅读书目

《莎士比亚全集》，朱生豪等译，人民文学出版社1994年版。（阅读重
点：《哈姆雷特》《罗密欧与朱丽叶》《十四行诗》）

---

① 杜勃罗留波夫：《黑暗王国的一线光明》，《杜勃罗留波夫选集》第2卷，辛未艾译，新文
艺出版社1959年版，第360—361页。

第七讲

从新古典主义到启蒙文学

【摘要】 太阳王路易十四和新古典主义—带着锁链跳舞的艺术—高乃依和《熙德》—启蒙思想的诞生及其文学表现—狄德罗：诗和善良的分离—卢梭《忏悔录》—卢梭的现代意义

一

在上一节课我们讲到了莎士比亚的悲剧性作品的代表作《哈姆雷特》，说它是文艺复兴的最高峰，同时也是终点。在文艺复兴以后有一个短暂的文学时代，叫"巴洛克"时代。其作品的内涵是和当时的社会混乱程度相适应的，情调显得沮丧、阴暗和绝望。这一点，我们在《哈姆雷特》《李尔王》里已经依稀感觉到了。在形式方面，"巴洛克"时代比较讲究华丽、诡谲、破碎。我们阅读其作品，有点像在阅读20世纪的小说。它是20世纪文学的一个早产儿，20世纪现代主义文学的很多特点，在"巴洛克"时代就已经出现了。但没过很长时间，欧洲出现了一个更为强大的文学潮流，就是现在要讲的新古典主义。

新古典主义文学的诞生，或者说它的最辉煌的表现，是在法国路易十四时代。路易十四又称为"太阳王"，他创造了一个稳定、繁荣、强大的法国，当然为时不是太长。他能够创造辉煌，并不意味着欧洲的封建政治势力依然强大，相反，这是回光返照。路易十四之所以能够创造强盛的法兰西，是因为他利用了资产阶级这个龙头拐杖。当时法国的资产阶级已经发展到了相当的规模，具有相当的实力，但是还没有到足以推翻封建王朝的程度，因此，就形成了一个封建势力和资产阶级妥协的时期。在这两大阶级妥协的时期，老态龙钟的封建君主依靠资产阶级这个拐杖，创造了暂时的繁荣。在这个时期，在文学上的表现，也是一种封建专政思想、宗教思想和资产阶级新思想的混合物。路易十四非常重视艺术，特别重视戏剧，他创立了法兰西学士院，对当时有才华的思想家、艺术家给予比较高的礼遇、比较优裕的生活。这就给了艺术家们一个比较好的艺术创造的环境。当然，既然寄寓在宫廷的恩施之下，就很难突破宫廷的限制，从这个角度来讲对文艺又是一种束缚。这个时期形成的文学主潮，自称是承袭古罗马时代的文学传统和艺术传统。各位可能还记得，文艺复兴时代也强调"复古"，但是它强调恢复古希腊的艺术传统。而新古典主义的理论家强调的是恢复古罗马的艺术传统。前面讲过，希腊的传统和罗马的传统是有区别的。大体上可以说，新古典主义文学具有以下三个特点：

第一个特点，拥护王权，赞美开明君主，抨击和嘲讽腐朽、愚昧的封建主和宗教势力。也就是说，新古典主义的作品，大都是表示拥护王权的，但赞美的是开明的君主。什么是开明的君主？说得本质一点就是带有一定资产阶级思想倾向的君王。作品抨击的对象是那些腐朽、愚昧、反动的专制势力，还有就是教会的邪恶势力。

第二个特点，标榜崇尚理性，这个理性是带有很强的封建色彩的理性，和后来资产阶级启蒙的理性是不同的。它强调人的情感要服从于理性，特别是爱情要服从政治的调节，就是说个人的情感生活要顾及国家，顾及政权的需要。

第三个特点，在形式上、语言上强调严整、典雅，对戏剧来讲，要恪守"三一律"。什么叫戏剧的"三一律"呢？它要求一部戏的故事发生在一个地点，长度不超过一昼夜，而且只有一条线索，这就是三个"一"。对典雅的要求，体现在人物上，主人公都应该是贵族和有文化教养的人。小市民、社会底层的人，不能够充当戏剧的主角，甚至不能登上高贵的舞台。语言方面的纯正要求，对法兰西的语言纯洁和规范化是有贡献的，但于文学而言，也是一种束缚。然而话说回来，对文学的形式、语言提出某些规范化的要求，是否就一定妨碍艺术的发展呢？不能简单地这么认为。有些人把新古典主义文学叫作"戴着锁链跳舞的艺术"。是不是带着锁链跳舞就不好呢？有这样一个故事：一个死刑犯从监狱里跑出来，手上和脚上都戴着镣铐，他打不开这些镣铐。为了求生，他投靠一个马戏团，马戏团收留了他，但是不能白养活他，要求他表演节目。一个戴着手铐和脚镣的人能表演什么节目呢？他努力地在铁链的羁绊下学习跳舞，慢慢地，他戴着手铐和脚镣把舞跳得很精彩，很有特色，成为马戏团的一个受欢迎的节目。晚上，他躺在床上想，如果没有这手铐和脚镣的限制,我的舞一定会跳得更好。这一天终于盼来了,国王大赦,他的手铐和脚镣被打开了。但是,他非常惊讶地发现,他根本就不会跳舞了。他上台跳的舞没有人高兴看,一点都不精彩。这个故事说明一个什么道理呢?如果把它借用在文学艺术上,就是如果你提出来的那些限制,在某种程度上反映了一定的规律,它们有可能会推动艺术的发展。我们再举个例子:各位知道中国传统的格律诗,也是有很严格的形式方面的要求、音韵方面的要求。在"五四"新文化运动中,很多文化人强烈呼吁打破这种格律的束缚,于是就有了胡适先生的《尝试集》,以及许许多多诗人创造的新诗。一个世纪差不多过去了,现在我们回过头去反思20世纪的新诗运动,很多批评家都感到不满意,觉得我们新诗运动打破了旧的锁链,解放了思想,但是我们写出了多少像古代传统的格律诗那样的作品呢?我曾去观看过一个唐诗朗诵会,开场时,有100个小孩子集体地、不间断地朗诵了将近100首唐诗,非常流畅。我想,如果让这100个小孩子不间断地朗诵100首新诗,大概很难,恐怕连10首都做不到。我们的新诗在形式上得到了彻底的解放,是否就意味着繁荣呢?我这样讲,并不是说我们应该回到过去的格律诗,重新戴上手铐和脚镣。我们已经到了一个新的时代,旧的那些格律确实有束缚的作用。在新的时代、新的思想条件下,我们是否也应该创造新的格律呢?法国的新古典主义时期的这些要求并不是完完全全地束缚艺术发展的。当然,并不是说它对形式的要求完全是金科玉律、不可打破的,完全不是这样的。事实上,艺术本身绝对要求多样化,你如果用一个框框要求所有的作品,那样的框框是不可能永远存在下去的。

我们刚才提到了三个特点:拥护王权,赞美开明君主,抨击和嘲讽腐朽的、愚昧的势力;崇尚理性,强调情感要服从于理性;形式上和语言上强调严整、典雅,要恪守戏剧的"三一律"。如果把中国古代的诗歌与法国新古典主义作一个对比,就会发现有相当大的近似。陈寅恪先生说中国文学与法国文学近似,主要指的是新古典主义,而不是后来的浪漫主义和批判现实主义。

为了对新古典主义的特点有更加具体的了解,我们举一个例子。在这个时期有两位戏剧大师是相提并论的,他们是高乃依和拉辛。我们以高乃依的代表作《熙德》①作为例子，来分析一下新古典主义的作品的内涵。剧中男主人公叫罗狄克，女的叫施曼娜，两个人热恋。但是，这时候发生了一件不愉快的事情：施曼娜的父亲是宫廷里的大臣，罗狄克的父亲也是宫廷里的大臣，两个人发生了口角。在口角当中，施曼娜的父亲啐了罗狄克的父亲一口唾沫，啐在他的脸上。罗狄克的父亲是个体面的贵族，很有声望的人，怎么能忍受这种侮辱呢？一生气，就死了。罗狄克作为儿子，他应该给父亲报仇，但是他复仇的对象恰恰是自己所热恋的情人施曼娜的父亲。罗狄克心中产生了激烈的斗争，他意识到个人的情感应该置于次要的位置，家族的荣誉是更重要的。因此，他和施曼娜的父亲决斗，并且杀死了他。这件事情对施曼娜打击非常大：自己的父亲被杀死，而杀死父亲的是自己热恋的青年。怎么办呢？在激烈的思想斗争中，施曼娜意识到，家族的荣誉高于自己的私情，于是到宫廷里去要求国王处死罗狄克。一个巨大的难题摆在国王的面前。恰好这时，摩尔人进攻这个国家，国王就让罗狄克戴罪立功，去迎敌。罗狄克英勇杀敌，获得了"熙德"这样一个民族英雄的称号。他凯旋以后，施曼娜依然要求国王处死他，但是国王说罗狄克已经获得"熙德"的荣誉称号，成为国家威力的象征，如果处死，于国不利，因此赦免了他的死罪，并且命令施曼娜和罗狄克结婚。国王的这个命令恰中两个年轻人的心怀。在这部戏里，我们看到了新古典主义的要求。有一首诗大家都很熟悉："生命诚可贵，爱情价更高，若为自由故，两者皆可抛。"我们模仿这首诗的句式，把高乃依这部戏的主题概括为："爱情诚可贵，爸爸价更高，若为国家故，两者皆可抛。"剧中人的选择分三个层次：第一个是爱情；第二个是家族，就是爸爸；第三个是比爸爸更高的国家的利益。在这部戏里还表现了国王的英明。如果没有国王的英明，矛盾就没办法解决了。总起来说，这部戏歌颂了王权，歌颂了开明君主；它也强调了理性；它的主人公都是贵族，结构也符合"三一律"。可以说它是新古典主义的典范型作品。但是在当时它也受到指责。什么地方受到指责呢？在我看来是剧中最精彩的部分，就是施曼娜是为爸爸报仇呢，还是保护罗狄克呢？在这两者之间选择的时候，有一段非常富有感情色彩的诗句，演出时被某些人指责为"淫荡"。从这个事例，我们也看到新古典主义的局限，它不可能不被人们打破，因为它无法容

---

① 高乃依：《熙德》，齐放译，作家出版社1956年版。

纳人们的自由情感。

二

　　新古典主义文学思潮成就最高的代表性作家是莫里哀。当时路易十四国王问新古典主义的理论家布瓦洛："你认为谁是当代最好的剧作家？"布瓦洛回答说："陛下，是莫里哀。"

　　莫里哀的父亲是宫廷的一个供应商，专门负责宫廷采买，是很肥的一个差使。他用自己的钱买了一个贵族称号，希望自己的儿子能承继自己的财产和贵族称号，继续做宫廷供应商。莫里哀也曾经充满兴趣，按照父亲的要求参与一些工作。但是到了21岁的时候，他的命运被他自己改变了，他迷上了当时流行的戏剧和一位漂亮的女演员。他跟随一个剧团，离开了自己的家，过起了流浪式的生活。他就这样离开了他的贵族家庭。在以后的几十年生活中，可以说他经历了各式各样的痛苦，被侮辱，被损害。但是莫里哀终身无悔，他不仅是一个好演员、好导演，更是一个卓有才华的编剧。他终于被当时的法兰西学士院发现，被宫廷的贵族所赏识，成了当时最走红的戏剧艺术家。他的代表性作品，首先应该提到的是《可笑的女才子》。在这部喜剧里，他向当时流行的矫饰世风进行了猛烈的进攻，而他的进攻武器就是讽刺。戏里的女才子，做任何事情都要讲求规矩，甚至交友、恋爱、订婚到结婚，要经历多少个步骤，每个步骤要怎么做，都一板一眼地制定出来，一步一步照章去做，结果自然笑话百出。在路易十四时期的法国，宫廷里有各种各样的礼仪，我们也不能简单说这些礼仪都是不好的，但是礼仪一旦流于一种徒有形式的东西，就会培植人的虚伪性格。从《可笑的女才子》起，莫里哀开始了对社会的虚伪风习的进攻。

　　在《可笑的女才子》之后，莫里哀又创作了《太太学堂》《丈夫学堂》《悭吝人》《伪君子》，还有《恨世者》。其中特别值得介绍的是《伪君子》。这部戏的原名叫《达尔杜弗》。达尔杜弗是戏里的主人公——一个骗子的名字。这部喜剧讲的是一个由外省流落到巴黎来、自称是最虔诚的基督徒的骗子。他来的时候穷得一文不名，那件破烂不堪的衣服恰恰使他扮演了一个苦修士的角色，他在教堂不停地虔诚祈祷。这个骗子盯上了富商奥尔恭。他在奥尔恭面前作各种表演，比如说他不小心捏死了一个虱子，便极其痛苦地长时间忏悔。这个富商奥尔恭是一个虔诚的基督徒，他感到世间的人实在是太坏了，渴望寻找真正的圣徒。当达尔杜弗在他身边为捏死个把虱子而痛苦地进行忏悔的时候，奥尔恭大为感动，觉得自己发现了一个真正的圣徒。他极虔诚地把达尔杜弗请到了自己家里，奉为座上宾。《伪君子》一共有五幕：前面两幕，达尔杜弗都没有出场，而是奥尔恭的妻子、儿子、女儿以及仆人桃丽娜亮相。从他们的言谈中，观众已经感觉到富商家里由于来了陌生人，引起了很大的震荡，议论纷纷。特别大的一个问题就是奥尔恭要强迫自己的女儿嫁给达尔杜弗，而他的女儿早已有了心上人，所以坚决拒绝，但是奥尔恭固执坚持。到了第三幕开始，达尔杜弗出场了，出场的第一句话："你暂时把我的鞭子和修炼的背心收好，我要把我手里惟一的钱散发给穷人。"①一出场他就非常地做作，但是这种做作又是"发自内心"。这个骗子最大的特点就是他在骗人的时候，先把自己也骗了。他心里也相信他的虚伪是真实的，自己从来没有做过的事情，在他说的时候，就像他自己真正做了一样。这种虚伪是深入骨髓的。他出场时看见女仆桃丽娜，马上转过脸去，拿出一块手巾，说："你赶紧把你的胸脯盖上，那是有罪的部分。"桃丽娜是一个没有文化的女人，却一下子就戳穿了他的伪善："我没有想到，一个像这样修炼了这么久的教徒，居然还这么害怕诱惑，你即使把你的衣服脱光了，也不会让我动心的。"这个骗子一步一步露出自己穷凶极恶的本相。他极其好色，本来他已经可以得到奥尔恭的女儿，但他还要调戏奥尔恭年轻的妻子，把奥尔恭的妻子逼得真是没有办法。作为一个贤良的妻子，她对这样一个自己丈夫非常尊重的客人，真不知道该怎么办，很窘迫。奥尔恭的儿子达密斯看到了母亲的这种处境，很愤怒，当着达尔杜弗的面向自己的父亲揭露了这个骗子的卑劣。他对奥尔恭说：他调戏我的母亲，你的妻子，并把调戏的情景一五一十很详细地向自己的父亲说明。各位想一想，作为父亲，不管他对达尔杜弗已经痴迷到了如何极端的程度，当他听到儿子如此细致地向自己描述，而自己的妻子在儿子讲述的时候没有否认，他心里总要想一想这是怎么回事吧，不管他对达尔杜弗怎样地崇拜。戏演到此，观众感到达尔杜弗处境已经很糟糕：这个骗子要完蛋了。达尔杜弗是怎么为自己辩白

① 《莫里哀喜剧六种》，李健吾译，上海译文出版社1978年版。以下凡引莫里哀剧作皆出自此版本，不另注。

的呢？我们想，达尔杜弗应该矢口否认，利用奥尔恭对他的信任，把所有的事情推掉，说那是栽赃，是诬陷，要求奥尔恭信任自己。可是我们在舞台上看到的达尔杜弗令人颇感意外。奥尔恭听完儿子的叙述后，有点生疑："我刚才听到的话是真的吗？"他用这样的话来质问达尔杜弗，达尔杜弗怎样回答呢？"是的，道友，我是一个坏人，一个罪人，一个可恨的败类，无法无天，自古以来最大的无赖。我的生命只是一堆罪行和粪污，没有一分一秒不是肮脏的。我看上天有意惩罚我，才借这个机会考验我一番。别人加给我的罪，罪名即使再大，我也不敢高傲自大，有所申辩。相信人家告诉你的话吧，大发雷霆吧！把我当做罪犯，赶出你的家门吧！我应当受到更多的羞辱。这一点点，根本算不了什么。"各位听听！当人家说他调戏了一个女人的时候，他没有辩白，反而说他是一个坏人，他的坏远比这厉害得多。这叫作以退为进：他给自己戴了许多大帽子，让人家觉得自己是一个每天都在忏悔罪行的人。而下面呢，他却讲，达密斯说的这些事情是没有的，是因为要惩罚他才把这个罪名加给他的。他对奥尔恭说"把我当做罪犯"，即"当"成个罪犯来惩罚他，而不是自己承认是一个真正的罪犯。当奥尔恭联想到他捏死一个虱子都极其痛苦时，会怎样来理解这段话呢？他觉得自己的儿子实在可恨，这样来欺负一个极好的、每天都在忏悔的圣徒。达尔杜弗以守为攻，最后奥尔恭大发其火，剥夺了自己儿子的全部继承权，把它给了达尔杜弗。

奥尔恭的儿子跟妻子觉得奥尔恭已经痴迷到了极端荒唐的地步，怎么办呢？只好用骗术来对付骗术。他们设计了一个计谋：奥尔恭的妻子假意答应达尔杜弗的约会要求，把他约到自己的卧房，让奥尔恭在床底下偷听。这次达尔杜弗真是失策了。达尔杜弗如约来了以后，奥尔恭的妻子假装扭扭捏捏地说：我想答应你的要求，但是我感到对不起我的丈夫，我在上帝面前感到有罪。达尔杜弗说：上帝如果妨碍我们的感情，我们就把它扔掉。你的丈夫已经变成了地地道道的傻瓜，我说什么他就信什么，现实发生什么他就不信什么。在这种情况下，奥尔恭终于看清了达尔杜弗的真实面貌，他从床底下钻出来，愤怒地斥责这个卑劣的家伙。这时戏剧突起波澜，达尔杜弗说：我要到国王那儿去告你。奥尔恭马上脸色变得苍白，为什么呢？奥尔恭有一位非常要好的朋友，因为反对国王而获罪，他有一些东西存在奥尔恭家里。奥尔恭出于对达尔杜弗的信任，竟把朋友的箱子交给了达尔杜弗，并把这件事的原委一五一十地告诉了他。达尔杜弗说：我要到国王那儿去告你，说明你和叛臣有密切来往，你的家里还窝藏他的东西。达尔杜弗说完便抱着那个箱子走了。家里人非常紧张，觉得大祸临头了。但是，还是国王英明：国王的使臣莅临，代表国王赦免了奥尔恭，抓走了达尔杜弗。

在这部戏里，莫里哀使用的主要的喜剧手法是讽刺。莫里哀自己说，恶习变成人人的笑柄，就是致命的打击。人往往能忍受痛苦，却受不了揶揄。也就是说，人有恶习，有坏毛病，你正面地说他，骂他，他可能受得了，但是你讽刺他，揶揄他，你给他鼻子上抹一块白，他可能受不了。这就是讽刺的特殊的力量。

别林斯基说过，击中伪善这条毒蛇的人是伟大的。《伪君子》给了伪善以致命一击。莫里哀是伟大的。

伪善同没落联在一起，而真实同生命的自信联在一起。《伪君子》的面世标志着封建与教会势力的衰落。教会尽管利用它的权力对莫里哀进行疯狂的迫害，但它无法阻止一个历史巨人的脚步，一场新的巨大的历史变动正在到来。在莫里哀的剧作中，我们听到了滚滚雷声。

莫里哀的成就，标志着法国政治舞台上的一个重要转换：封建势力与新兴资产阶级妥协调和的状态已经无法维持，资产阶级开始了对封建和教会势力的冲击。资产阶级已经把夺取政权、掌握权力这样一个历史任务提上了日程。夺取权力的斗争需要文学与思想的帮助，这种帮助就叫作"启蒙"。

三

启蒙主义在文学上的表现，我们如果把它和新古典主义作一个对比的话，大概有这样几个特点：

第一个特点，最鲜明地、毫不掩饰地、尖锐地、彻底地批判封建政治势力和教会。我们讲新古典主义的时候说，它虽然对封建势力和宗教教会的腐朽和黑暗有所揭露、批判和嘲讽，但是它有个前提是拥护王权，赞美开明君主。那些激进的启蒙主义者（特别是在新古典主义盛行的法国）不仅尖锐地揭露封建王朝和教会的腐朽、黑暗，而且明确地提出推翻封建王朝的历史性号召。

第二个特点，也强调理性，但是这个理性和新古典主义所讲的理性是不同的，新古典主义时代提倡的理性带有浓厚的封建色彩，而启蒙主义明确提出了资产阶级思想理论的纲领，即自由、平等、博爱的社会理想。它严正地要求把所有世间存在的事物都提到资产阶级理性的审判台上，来判别它们是否有存在的理由，对于和资产阶级理性相对应的情感，不是束缚而是解放，即解放个人的情感。它尊重个人自由、个人尊严。

第三个特点，启蒙主义文学，它的主人公和新古典主义文学的不同：新古典主义文学的主人公大半是贵族，或者是皇帝，或者是宫廷里的大臣；但是启蒙主义文学的主人公大半变成了资产阶级，变成了平民。有一些启蒙主义学者，虽然本身是属于资产阶级这个范畴，但是他们能够突破自身的拘囿，表现出对贫苦的城市平民和农民的深切同情。

第四个特点，启蒙主义文学在形式上和新古典主义不太相同。有一些启蒙主义学者依然遵守新古典主义的艺术法则，但是相当多的启蒙主义学者突破了这些法则，在艺术形式、语言方面形成了自己的创造。比如说启蒙主义文学有新古典主义文学所不允许或不曾有过的一些形式，像书信体小说、对话体小说、哲理小说等等。他们在语言方面的创造也是很丰富的。

从启蒙主义文学的几个比较主要的特点看，它反映了资产阶级的利益和要求。资产阶级的革命是从英国开始的，各位知道，17世纪后期，英国就发生了所谓的"光荣革命"。这次资产阶级性质的革命带有很大的妥协性，没有完成推翻封建政权的任务。英国的启蒙文学产生于资产阶级革命之后，是在18世纪英国工业革命的强力推动下兴起并继续执行批判封建主义的任务，对当时社会存在的各种各样黑暗的不合理现象提出了批评。但是正像这个国家的革命一样，它的启蒙文学带有太多的柔和的玫瑰色。我们首先应该提到的就是《鲁滨逊漂流记》。这部小说产生于18世纪初，它的作者叫笛福。写的是一个到海上冒险的故事，但是很不同于我们在讲古希腊时提到的那个伊阿宋跨海去夺取金羊毛，也不同于但丁《神曲》中的奥德修航海去了解太阳落下的地方，当然也不同于哥伦布去发现新大陆。鲁滨逊出航的目的很简单：他要买回一些奴隶来，安置在自己巴西的种植园里，发展自己的产业。很不幸的是他在海上遇到了风暴，漂流到一个根本没有人的小孤岛上。鲁滨逊在这个孤岛上的生活没有任何传奇性：他一上岸，就捡点自己的货物，看见货物都还很完整，包括整整一袋钱，都很完整，他很高兴。尽管这些钱在荒岛上没有任何用处，但是他依然很重视，把它们安置在一个很妥当的地方。他在这个小岛上,每天除了念《圣经》,祈求上帝帮助,解脱他目前的困境以外,其他的时间都用来开垦荒地,经营那些维持生存所必需的事情。在一次战争中他俘虏了一个人,给他取名叫礼拜五,实际上他就是鲁滨逊的一个奴隶。后来鲁滨逊终于回到了自己的家乡,听说自己的种植园不仅没有受到伤害,而且有很大的发展,他已成为一个富翁,乐得差点昏死过去。对于鲁滨逊来说,生活里没有什么传奇,没有那些爱情的浪漫故事。他也娶妻,也生了三个孩子,但这对他来讲,都是很平常的事。他也念《圣经》,也向上帝祈祷,主要是希望上帝来帮助他,使他发财致富。在他的生命中,用最少的劳动来获取最大的财富,通过合理的经营、通过自己的勤劳使自己致富,就是他最主要的愿望。在鲁滨逊身上,我们看到了新兴的资产阶级精神。所以恩格斯说,鲁滨逊是世界上的第一个资产者。

英国的启蒙文学还有一些很重要的作家,比如菲尔丁,他的代表作是《汤姆·琼斯》。作品通过弃儿汤姆·琼斯和乡绅女儿苏菲的恋爱,以及他们游历社会的经历,全面揭露了当时英国社会的黑暗、不合理的状况。除了菲尔丁以外,还有一位作家是同学们所熟悉的,那就是女作家简·奥斯汀。她所写的《傲慢与偏见》因拍成了电影和电视剧而广为人知。它描写了一个中等偏下的乡绅家庭。家里有父亲、母亲和四个女儿。四个女儿的婚嫁是生活的中心。四个女儿里最中心的人物是二女儿伊丽莎白——一个漂亮、聪明、重视个人尊严和自由的新女性。她的母亲想把她嫁给一个愚蠢、自私、贪图家财的牧师,伊丽莎白坚决地拒绝了这桩婚姻。名门望族的后代达西,人品优秀,但很高傲,他爱上了伊丽莎白。这件事情令伊丽莎白的母亲和她的姊妹惊喜万分,她们没有想到达西会爱上一个低等家庭里的女孩子,很希望伊丽莎白能够迎合达西,把婚事促成。但是伊丽莎白在达西面前越发要表现自己的高傲。两个人经过了很多的摩擦、误会,克服了一些偏见,理解了对方,终于相爱。《傲慢与偏见》用一种幽默、讽刺的轻松笔调揭露了当时英国社会的虚伪和愚蠢,赞美了像伊丽莎白这样重视个性自由的女性。小说里对于贵族的态度值得注意,她写到达西和大女儿的丈夫都是贵族,都是品德教养很好的人。对待贵族的这种调和色彩在英国的文学里很有代表性,与法国文学有较大不同。另外,在英国启蒙文学中,农民诗人彭斯的诗也很突出,值得阅读。

启蒙文学流行于17世纪下半叶到18世纪。其间,西欧的几个比较大的国家里,德国是比较落后的。在 1789 年法国发生资产阶级大革命的时候,德国还分为许多小公国,被封建势力所统治,看起来似乎没有什么启蒙的社会条件。但是,在那里发生了一场由青年人掀起来的"狂飙突进运动"。这个运动的中心口号就是一个字:"不!"即对当时德国的现实说"不"。这是一个带有爆发性的、时间短促但力度很强的运动。运动的领导人叫赫尔德尔。真正影响比较深远的是两个人,一个是席勒,另一个是和席勒同时代的歌德。席勒是诗人和剧作家,代表性的剧作是《强盗》《阴谋与爱情》。在《强盗》的扉页上明确地写着:"打倒暴君!"恩格斯说,席勒的话剧是带有政治性倾向的戏剧。无论《强盗》也好,《阴谋与爱情》也好,政治倾向性都特别鲜明。这是德国"狂飙突进运动"的重要特色,也是德国启蒙文学的很大特色,它和英国的文学形成了鲜明的对比。当然,对政治倾向的直露追求常会削弱作品的艺术水准,恩格斯说,席勒的戏剧是"时代的传声筒"。关于歌德,我们下面还有专门一讲介绍。

四

法国是启蒙主义文学的中心,也是成就最高的地方。法国的资产阶级大革命,尽管现在有不同评价,但它对文学的发展远比英国的所谓"光荣革命"来得重要。恩格斯在谈到法国的启蒙学者的时候说:"在法国为行将到来的革命启发过人们头脑的那些伟大的人物,本身都是非常革命的。"[①]

大概是从 18 世纪初开始,古典主义文学走向衰落,启蒙思想的闪电划破夜空。当时有所谓"四大启蒙学者":第一位是孟德斯鸠,他所写的《波斯人信札》对于当时法国社会上封建政权和基督教教会的黑暗统治造成的社会病态有深刻的揭露与鞭挞。他讲,当时的法国已经是一个百病丛生的身体,需要彻底的治疗,这个治疗的药方是什么呢?革命。第二位启蒙学者是伏尔泰。伏尔泰这个名字在 18 世纪的法国占有极其重要的位置,他的影响要比孟德斯鸠大得多。他是一个很博学、机智、富有思想的学者,在文学方面的代表作品是哲理小说《查第格》(又名《命运》)、《老实人》(又名《乐观主义》)。他还受到中国的《赵氏孤儿》的启示,写成悲剧《中国孤儿》。第三

---

① 《马克思恩格斯选集》第 3 卷,人民出版社 1995 年版,第 355 页。

位启蒙学者是狄德罗,恩格斯说他是一个战斗的无神论者。在狄德罗之前,孟德斯鸠也好,伏尔泰也好,对上帝的存在都提出过某些怀疑,但是没有明确地张扬起无神论的旗帜。狄德罗比他们更富有战斗性,他在文学艺术上比较明确地提出反对新古典主义的主张,说新古典主义所提倡的美是一种奴隶的美。他认为诗和道德、美和善是有区别的。他说的这样一段话非常有名:

> ……自然在什么时候为艺术提供范本呢？是在这样一些时候:当孩子们在临死的父亲的榻侧撕发哀号;当母亲敞开胸怀,用喂养过他的乳头向儿子哀告;……当女人死了丈夫,披头散发用指甲抓破自己的脸皮;……当人们看到一个人头缠布条跪在祭坛前,一个女巫把双手在他头上伸开,向天起誓,举行着赎罪和受洗的仪式;当那些被魔鬼附体,受着魔鬼折磨的女预言者口吐白沫,目光迷乱,坐在三足凳上,呼号着预言性的咒语,从魔窟的阴森森的底里发出悲鸣;当神祇渴欲一饮人类的血,必待这血流畅了才安定下来;当淫乱的女巫手持魔杖在森林里徜徉,引起了在路上所遇到的异教徒的恐怖;当别的一些淫妇毫不害臊地剥光了衣服,看到随便哪个男人走来,就伸开两臂把他抱住,满足淫欲,等等。
>
> 我不说这些是善良的风尚,可是我认为这是富有诗意的。
>
> 诗人需要的是什么？是未经雕琢的自然,还是加过工的自然;是平静的自然,还是动荡的自然？他喜欢晴明宁静的白昼的美呢,还是狂风阵阵呼啸,远方传来低沉而连续的雷声,电光闪亮了头顶的天空的黑夜的恐怖？他喜欢波平如镜的海景,还是汹涌的波涛？他喜欢面对一座冷落无声的宫殿,还是在废墟中作一回散步？一幢人工建筑的大厦和一块人手栽种的园地,还是一座深密的古森林和在一座没有生物的岩石间的无名洞穴？一湾流水,几片池塘和数股清泉,还是一挂在下泻时通过岩石折成数段,发出直达远处的咆哮,使正在山上放牧的童子闻而惊骇的奔腾澎湃的瀑布？
>
> 诗需要一些壮大的、野蛮的、粗犷的气魄。[1]

---

[1]　狄德罗:《论戏剧艺术》,见任典甫主编《西方文论选》上卷,上海译文出版社 1980 年版,第376—377 页。

狄德罗虽然是一个理性主义者,但是他很重视感觉。在艺术的范畴里,他很重视非理性的东西,他认为这些非理性的东西带有一些自然的、真实的生命力,而这种生命力恰恰是突破封建主义理性道德和新古典主义框框最强大的破坏性的力量,所以他强调说:"我不说这些是善良的风尚,可是我认为这是富有诗意的。"他用"善良"与诗意的对立,把艺术从新古典主义道德劝善的框架当中解放出来。狄德罗是在启蒙时代,用最鲜明的语言提出艺术应当与当时的封建理性、道德和古典主义所谓的美学观念决裂的思想家。

特别应该向各位介绍的是第四位启蒙学者,即雅克·卢梭。卢梭出生在一个贫苦的家庭里,他的父亲是钟表匠。很小的时候,父亲被捕入狱,母亲不幸去世,他过着一种很艰难困苦的生活。他做过店员、仆人和很多卑贱的工作,饱尝了人间辛酸,养成了对当时社会上层的极强的憎恨。他的天资极高,自己阅读了许许多多的作品,非常爱好音乐。他的第一篇论文《科学与艺术》是一篇征文。后来又发表了《论人类不平等的起源》,认为私有制是人类不平等的根源。他写作的《社会契约论》,在法国资产阶级大革命当中成为激进的雅各宾党人的"圣经"、《人权宣言》的理论基础。说卢梭是法国大革命的头脑是不为过的。他的思想,对于西方世界形成一整套人权观念起了奠基性作用。他在文学艺术方面的主要成果,一部是教育性小说《爱弥儿》,这部小说在当时一出版就遭到了查禁;还有一部叫《新爱洛绮丝》。我们在讲中世纪的时候曾经提到,有一本书叫《阿伯拉与爱洛绮丝的情书》。卢梭想写一个新的爱洛绮丝,和那个中世纪的悲剧性人物不同的新的女性和她的爱情故事。这部小说也具有很大的冲击力。但是我特别想向各位介绍的是卢梭的《忏悔录》。

卢梭由于思想上的激进,也由于他个人生活中某些比较奇怪、不易让人理解的做法,遭到各方面的攻击:来自当权者;来自封建的和宗教的势力;还有的来自友军阵营,比如说伏尔泰对他的讥嘲。各种各样的、造谣诽谤的传言如乱箭纷至沓来。在这种情况下,一个人如果想要为自己辩驳,对来自各方的明枪暗箭予以抵挡,最好的办法是什么呢?按通常人的想法,要保护自己,当然应当义正词严地去反驳那些流言,澄清一些事实,使自己的形象变得纯洁。这可以说是通常人都要采取的自我防御的做法。而卢梭很不同,在他这部《忏悔录》里,他写了很多别人并不知道的他自己的弱点、一些肮脏的事情。这些事用平常人的眼光看就很难堪:你说有谁愿意坦白地承认自己从小的时候就有一种偷窃别人东西的习惯，到别人家里看到一些自己觉得很可爱的小东西就顺手摸过来装在自己的口袋里？有一次他因为偷了东西，主人家查的时候他还诬陷了一个女仆，使那个女仆因此丢掉了工作。有谁愿意把这些事情都写在自己的书里？他坦白地承认自己在少年时代就有手淫的习惯，这在当时是男人羞于启齿的"恶习"。各位想想这是 18 世纪，有谁愿意坦白地承认自己这样一些贻笑大方的毛病呢？在这部《忏悔录》里，他还如实地描写了私生活中的很多事情：他和华伦夫人之间又像对待母亲又像对待情人的那种很紊乱的感情生活。他把这些东西统统写在自己的书里，把它公之于众，这不是授人以柄吗？！休谟说过："他好像这样一个人，这人不仅被剥掉了衣服，而且被剥掉了皮肤，在这情况下被赶出去和猛烈的狂风暴雨进行搏斗。"①当然，在这部书里，他也如实地描写了自己幼年、少年时代的苦难的生活。他从小的时候就喜欢读书，让他父亲给他念书，有时候要一直念到第二天早晨太阳已经升起，燕子已经在窗外的树上呢喃，他还不肯睡去。他在书里也描绘了自己的《社会契约论》思想形成的过程，关于人类不平等的根源的探索过程。他在书的开头，写了这样一段非常有名的话：

> 不管末日审判的号角什么时候吹响，我都敢拿着这本书走到至高无上的审判者面前，果敢地大声说："请看！这就是我所做过的，这就是我所想过的，我当时就是那样的人。不论善和恶，我都同样坦率地写了出来。我既没有隐瞒丝毫坏事，也没有增添任何好事，假如在某些方面作了一些无关紧要的修饰，那也只是用来填补我记性不好而留下的空白。其中可能把自己以为是真的东西当真的说了，但绝没有把明知是假的硬说成真的。当时我是什么样的人，我就写成什么样的人；当时我是卑鄙龌龊的，就写我的卑鄙龌龊；当时我是善良忠厚、道德高尚的，就写我的善良忠厚和道德高尚。万能的上帝啊！我的内心完全暴露出来了，和您亲自看到的完全一样，请您把那无数的众生叫到我跟前来！让他们听听我的忏悔，让他们为我的种种堕落而叹息，让他们为我的种种恶行而羞愧。然后，让他们每一个人在您的宝座前面，同样真诚地披

---

① 转引自罗素：《西方哲学史》下卷，马元德译，商务印书馆 1982 年版，第 232 页。

露自己的心灵,看看有谁敢于对您说:"我比这个人好!"①

我们联想一下奥古斯丁的《忏悔录》。这两部《忏悔录》是不一样的,虽然都是在暴露。奥古斯丁的暴露是要说明人是微不足道的,这世界唯一配得上让众人膜拜的只有上帝;人都是卑劣的,即使是像他那样的一个教父。而卢梭的《忏悔录》让人坚信人的本性是善良的,人的恶习是由于社会本身存在的弊病造成的;人应该珍爱自己,珍爱自己这样一个独立自足的生灵。正像德国的一位思想家所讲的一样:"人应当重新认识自己,他是为自身而存在的,他应当能体会到对所有每一个能思维的人来说,整体是为每个个体而存在,就如同每个个人是为整体而存在一样,永远不应该把个体的人仅仅当成一个有用的生物,而应当把他当作有特殊价值、崇高的一个生灵,人的精神就是一个自足自在的整体。"独立自足并不是天生完美。卢梭就不完美,无论思想还是行为,卢梭都有许多荒唐的、不值得效法的东西。但是,也正是在卢梭的身上体现了知识分子对于历史和社会的最高价值。当今的时代不是革命的疾风暴雨时代,专业化已成为知识分子发展的主要潮流。但是,社会仍然存在和不断地提出一些超越"专业"的难题,对这些问题熟视无睹或不屑一顾,正在使当代知识分子群体萎缩为某种专业的"工具"。与卢梭相比,他是巨人,而我们不过是侏儒。

思考题

1. 简述新古典主义的特征。你是否赞成陈寅恪关于中国古代文学同法国文学有某些相同之处的看法?

2. 简述启蒙时代的主要作家及学者。从卢梭出发谈谈现代知识分子的社会作用问题。

阅读书目

1. 《莫里哀喜剧六种》,李健吾译,上海译文出版社 1978 年版。

2. 《伏尔泰小说选》,傅雷译,人民文学出版社 1980 年版。

3. 卢梭:《忏悔录》,黎星、范希衡译,人民文学出版社 1992 年版。

---

① 卢梭:《忏悔录》,黎星、范希衡译,人民文学出版社 1992 年版,第 3—4 页。

第八讲

歌德与《浮士德》

【摘要】　西方文学的第四座里程碑—歌德的伟大与怯懦—《少年维特之烦恼》—宗白华论《浮士德》—浮士德：渴望获得生命最高限值的痛苦—浮士德的生命里程—冯至认为《浮士德》的主题在于自强不息—浮士德的两难命题

一

我们在讲到文艺复兴时曾说,在文艺复兴的 300 年中间,也就是从 14 世纪初到 17 世纪初,出现了很多重要的作家和作品,很多思想家和艺术家堪称巨人。但是,如果没有莎士比亚,那么我们对文艺复兴的评价可能就会和现在不同。这说明莎士比亚在文艺复兴中具有特别重要的意义,他代表了那个时期的高峰。我们同样可以说,从文艺复兴终结的 17 世纪初到 19 世纪初这 200 年里,西方的文学如果没有歌德和《浮士德》,那么我们对这 200 年文学的评价也会有所不同。从这个意义上讲,歌德和莎士比亚具有同等重要的意义。截至 19 世纪初,西方文学有四大里程碑:古希腊的"荷马史诗",但丁的《神曲》,莎士比亚和他的悲剧,而第四座里程碑就是我们现在要讲的歌德的《浮士德》。它代表了从 17 世纪初到 19 世纪初这 200 年间,特别是新古典主义文学、启蒙文学以及 19 世纪初兴起的浪漫主义文学这样三种文学主潮的一个汇聚,是三种文学思潮凝聚而成的结晶。

　　歌德出生于 1749 年,去世于 1832 年,活了 83 岁,是欧洲近代三大长寿作家之一。另外两位就是雨果(83 岁)和列夫·托尔斯泰(82 岁)。歌德在这三位长寿的作家中,又是写作时间最长的一位。关于歌德本人的经历,各位可以在各种西方文学史的著作中找到,很容易,我们不详细说它。他的代表作首先是抒情诗,有些诗脍炙人口,流传很广,比如《五月之歌》《欢会与离别》《迷娘曲》。流传很广一方面是因为诗好,另一方面是因为著名的音乐家为它们谱了曲,至今唱起来仍然令人神魂飘荡。他的小说作品主要是《威廉·麦斯特的漫游时代》和《威廉·麦斯特的学习时代》。他还写了一部自传《诗与真》、中篇小说《少年维特之烦恼》等。他花的精力最多、写作时间最长的是诗剧《浮士德》。

我想特别讲一点关于歌德的性格特点。他在自己的《格言与随想》中写过这样一句话,对于我们理解歌德和其他伟大人物很重要。这句话是:"最伟大的人物永远通过一个弱点与他的世纪相联系。"[①]伟大的人物通过他的伟大之处、他的优点来显示他高于时代之处,而通过他的弱点来和这个世纪相联系,反映这个世纪的特点。伟大的人物都是有很突出的优点,为常人所不及,这些优点造就了他们的伟大。但是伟大的人物又常常有比平常人更多的弱点,他通过这些弱点和他们所在的世纪相联系,反映时代的特征。那么造就了歌德的伟大的优点是什么呢? 我们可以用他的《自述》的开头一段话来说明:"永远努力的、向内又向外不断活动着的、诗的修养冲动形成他生存的中心与基础。"[②]这段话有三个要点:第一,就是永远努力着。歌德这个人是永远不停地在努力,在工作,在思索,在奋斗,他活了83岁,而他写《浮士德》一直写到82岁。一个82岁的老人居然还在写作,而且还完成了这样一部史诗性的作品,这是非常了不起的。他是一个永远努力着、不断思索、不断改进、不断出成果的人。第二,他既是内向的又是外向的。作家常常都是内向的,比较重视对精神世界的思考和研究,而歌德不同的是,他内向也外向。他致力于各种各样的社会实践活动,积极地参加政治活动,曾经做过魏玛公国的大臣,在官场上走动;他还喜欢自然界,对自然界的动植物作过非常仔细的观察和研究,所以在自然科学方面也有成就;他既注重精神方面的思索,又注重外界的实践活动,比那些和他同时代的作家更重视生活本身,他对于精神世界的思索往往是和现实生活联系在一起,这也构成了歌德比他同时代的人伟大的地方。第三,他有天生的悟性,有很高的资质、诗性的修养和冲动,他的气质更接近诗性。他往往凭着直觉,从感觉上的敏锐发现切入,把它上升为理性。这一点也是他和他同时代的很多人不同或者说高于他们的地方。这三点构成了歌德的伟大。

---

① 转引自《冯至全集》第8卷,河北教育出版社2001年版,第3页。
② 同上书,第7页。

但是歌德也有他的弱点,他用这些弱点和他所属的世纪相联系。歌德的弱点是什么呢? 照我看,主要的就是怯懦。这种怯懦表现在很多方面。在挪威的一家博物馆里,保存着一幅不知名画家绘制的油画,叫《贝多芬与歌德》。在画面上我们看到当时挪威皇后的背影,她带着仆从向画面深处走去;在画面另一侧,是歌德摘下自己的帽子,弯着腰,毕恭毕敬地在送这位皇后走过去;而贝多芬占据了油画的主要部分,他是一个正面图像,背对皇后,一副桀骜不驯的神态。这幅画是根据一个真实的记载,用艺术的方式加以渲染和夸张画出来的。贝多芬确实对歌德这一点很不满,虽然他和歌德是朋友。当时很多人都觉得,歌德是那么有思想,他的思想可以说超越他的那个时代,可是在现实生活中,他对王公贵族卑躬屈膝,表现出一种市民的平庸。他精力最旺盛的时候,正是法国发生翻天覆地的资产阶级大革命的时候,歌德对这场革命的态度是反对的。事实上他从法国大革命中吸收了很多东西,但是那是些思想上的因素。在政治上,他始终回避革命这个词。即使在《浮士德》这样一部伟大的作品里,我们也看到了这个弱点。他政治上的怯懦和他生活上的怯懦也是联系在一起的。歌德至少谈过七次恋爱,每次恋爱都留下了很多献给他所爱女人的优美的热情澎湃的诗歌。但是,一旦到了谈及婚娶的时候,他马上转身逃走。他特别害怕结婚,所以在爱情这个在生命中占有很重要地位的事情上,往往有始无终。还有,他很喜欢观察自然界,这是受当时社会风气的影响。18 世纪时,欧洲受工业革命的刺激,各门科学空前繁荣和发展,所以很多人都对当时的科学发现有浓厚的兴趣,歌德也不例外,甚至比别人更甚。他自己就从事很多研究:对动物的研究,对植物的研究,尤其是关于色彩的研究,有很多独到的发现。他为此花了很多时间,别人认为他花了这么多时间去研究动植物,不如去写悲剧。他说:我用来研究自然界的时间哪怕可以写六部悲剧,我也依然认为用在对自然界的研究上更值得。他是这么重视对于自然界的研究,但是就在他这么重视的事情上也表现了他的怯懦。他说过这样一段话,大概的意思是:我渴望由自然科学给我们带来光明,我期待着这种光明的到来,但是在这个刺眼的光明面前,我不得不把我的目光移开。这也是一种我们感到难以理解的怯懦。

歌德表现出的怯懦,是同当时的德国社会现实相联系的。我们曾提到过,法国发动了激情澎湃的大革命之后,在德国虽然也有像"狂飙突进运动"这样很激烈的年轻人的运动,但这些运动由于没有根,很快转入了低潮。至于整个德国社会,是一个被封建势力所控制、弥漫着小市民平庸气息的社会。在这个社会里一个很特别的表现就是知识分子从外界,特别是从法国大革命中,吸收了很多的营养。他们有很多形而上学的思想是非常高超的,譬如康德和黑格尔,这两位哲学家,在哲学上的贡献是非常大的,特别是黑格尔的辩证法。按照黑格尔的辩证法,任何现存的东西都是要消亡的,没有任何永存的东西,这是辩证法的核心。但是黑格尔居然在大学的讲堂上讲,普鲁士王朝是永恒的。我们能用什么来解释呢?他的思想上的这样一种矛盾,也是一种怯懦。这种怯懦,是当时德国知识分子中相当普遍的现象。

《歌德传》的作者艾米尔·路德维希曾这样概括歌德青年时代的性格:

> 既感情丰富又十分理智,既疯狂又智慧超群,既凶恶阴险又幼稚天真,既过于自信又逆来顺受。在他身上有着多么错综复杂而又不可遏止的情感![1]

在同自己的青春时代告别时,歌德对于包括《少年维特之烦恼》等在内的创作、科学研究与个人生活作了如下反思:

> 我安详地审视着过去的生活,审视着那骚动、纷扰和对知识的渴望,审视着自己那个到处营营逐逐,好使自己的欲望得到满足的青春。一些秘密状况给我带来一种特殊的、不明确的、想象中的满足。我是怎样皮相地接触一些科学上的问题,然后又扔掉它们!那段时期我所写的一切又是渗透着一种什么样的卑下的自我满足!在所有神的和人的事业中我表现得有多么目光短浅!多少时光被我虚掷!——这时光不是用于有益的思考和创作,而是用于情感和那只能劫夺韶光的虚幻的热情。[2]

这是歌德同自己的青年时代告别,走向成熟的标志。但这种成熟并不意味着灵魂的净化,而是在本来就很复杂的性格中间又添加进新的因素,诚如恩

---

[1] 艾米尔·路德维希:《歌德传》,甘木、翁本泽、仝茂莱译,天津人民出版社 1982 年版,第 15 页。

[2] 同上书,第 169 页。

格斯所指出的：在他心中经常进行着天才诗人和法兰克福市议员的谨慎的儿子、可敬的魏玛的枢密顾问之间的斗争；前者厌恶周围环境的鄙俗气，而后者却不得不对这种鄙俗气妥协、迁就。因此，歌德有时非常伟大，有时极为渺小；有时是叛逆的、爱嘲笑的、鄙视世界的天才，有时则是谨小慎微、事事知足、胸襟狭隘的庸人。透过这个诗人的内心世界，我们几乎可以看到当时的整个德国，各种相互对立的因素集中在一个人的身上，它们相互角逐，彼此照映，形成了一个错综缤纷的内心宇宙。

二

《少年维特之烦恼》是歌德在极短时间内完成的，是一个即兴章，但是影响极大。小说的主人公是一个聪明、善良、充满了美好理想的年轻人，叫维特。他相信这个世界能给努力的年轻人一个美好的前途，通过自己的努力可以得到鲜花，得到爱情，得到尊敬。但是他没有意识到，他的非贵族出身，在这样的一个社会里会给他带来什么样的障碍。他爱上了一个贵族的女子绿蒂，绿蒂也喜欢他，两情相悦。但是，绿蒂已经由父亲做主许配给了另一个贵族青年阿尔伯特。绿蒂是一个循规蹈矩的女孩子，她不敢违抗父亲的意愿，这就造成了她和维特感情上难以逾越的阻隔。维特没有意识到这一点，他依然苦苦地追求绿蒂。他的追求得不到他想要得到的结果，他就非常苦恼，但是依然在顽强地追求，寻找各种机会和绿蒂见面。一旦有了见面的机会，他从头一天晚上就开始兴奋、激动，彻夜无眠，以至于到了第二天早上可以去见绿蒂的时候，已经疲惫不堪。他见到自己心爱的女人，立即感到心慌意乱，不知道说什么，坐在那儿，两眼发黑，完全听不见绿蒂在跟他说什么，看不清绿蒂的面容。他就在这样一种极其痛苦的状态下追求着，最后终于意识到没有什么希望了。于是他强迫自己离开绿蒂，希望把精力投入其他方面来转移自己感情上的不堪重负。他试图在官场上发展，做了一个小职员。但是没想到，尽管他很努力，很尽职，也很有能力，但依然受到周围一些人的嘲笑。他生性非常敏感，人家的一个目光、一句无关紧要的谈吐都会对他形成极大的刺激，他以为周围的人都瞧不起他，因为自己出身贫寒。他意识到，自己不光在爱情上彻底失败，在事业上也已经彻底失败。他这时候才明白，自己在懂事以后就向往的那个理想的世界，只不过是画在墙上的一幅画。当他向着自己的理想走过去，就会在墙上撞得头破血流。意识到这一点后，他就用一颗子弹解脱了自己。这个故事很典型地反映了当时处在封建政治势力控制之下的德国的一些平民青年的苦闷，他们对于前途的失望，甚至于绝望。这本书一下风行起来，不仅在德国有很多读者，在法国，在英国，在很多地方，人们都喜欢读这本书，喜欢这个带有感伤色彩的德国青年。甚至于书中描写的维特穿的服装也流行起来，人们喜欢像维特那样，穿他那种青衫黄裤。甚至于还兴起了一股自杀风，有些苦闷的找不到出路的年轻人，他们自杀时模仿维特的姿势，死的时候，旁边要放一本《少年维特之烦恼》。歌德为此曾经专门写了一首诗来劝告年轻人不要像维特那样去自杀，因为《少年维特之烦恼》里大部分写的是歌德自己的经历，歌德在苦闷的时候，也曾经想过自杀，他枕头下藏着一柄精致的小宝剑，夜里也曾在自己的胸前比画了好几次，最后还是决定活下去。如果他不活下去，就没有了《浮士德》。当时的青年在封建制度面前感到找不到出路，而又不知道怎么去反抗，只有用自杀来了结自己的一生。这样的一种风气反映了德国人的软弱，跟当时德国的资产阶级还不够强大有很重要的关系。如果这部小说晚写 60 年，到 1848 年欧洲革命风暴兴起的时候，主人公维特大概就不会自杀，他很可能要拿起枪，参加到革命的行列里去，成为街垒战中的一名士兵。

三

下面我们介绍一下《浮士德》这部书。关于这部书在文化史上的地位，我们不说很多的话，只给各位介绍著名的美学家和德国文化研究专家宗白华先生对《浮士德》的一段评价：

> 近代人失去了希腊文化中人与宇宙的谐和，又失去了基督教对一超越上帝虔诚的信仰，人类精神上，获得了解放，得着了自由，但也就同时失所依傍、彷徨、摸索、苦闷、追求，欲在生活本身的努力中寻得人生的意义与价值。歌德是这时代精神伟大的代表。他的主著《浮士德》，是人生全部的反映与其他问题的解决（现代哲学家斯宾格勒 Spengler 在他的名著《西土沉沦论》中，名近代文化为浮士德文化。）歌德与其替

身浮士德一生生活的内容,就是尽量体验这近代人生特殊的精神意义,
了解其悲剧而努力,以解决其问题,指出解救之道。所以,有人称他的
《浮士德》是近代人的圣经。①

我想这段话已经把《浮士德》这部书在文化史上的意义讲得很清楚了。我
们还需要说明的一点,就是歌德在《浮士德》里所力求解决的是欧洲近代人
所碰到的人生的全部问题。它并没有能够解决欧洲现代人的问题,就像古
代人的圣经解决不了现代人生活中所碰到的种种困惑和问题一样。《浮士
德》作为欧洲近代人的圣经,也不可能解决现代西方人所碰到的种种问题,
它是一个历史阶段的产物。

这部书就体裁而言,是一部诗剧。其实要按戏剧的法则来讲,它是一部
比较坏的戏剧,因为它既不遵守新古典主义的"三一律",也不像莎士比亚
的戏剧那样具备戏剧的必要条件。这部戏比较难演,也很少有人演。我们
把它看成一本艺术化的人生教科书,可能更好。

《浮士德》是一本相当难读的书,但是,浮士德并不是不可理解的神秘
人物。当你在晚上准备进入梦乡的时候,突然从内心中涌出一股感伤:这一
天过得是那么贫乏、单调而无聊,没有激动人心的欢乐,也没有刺痛肺腑的
哀伤,想不出一点有价值的成绩和温暖心房的享受,一天就这么过去了;更
可怕的是明天还会如此,日日月月,岁岁年年,似乎都笼罩着一种灰色。你
望着灰暗模糊的屋顶,望着无边的黑夜,会提出一个问题:人活着有什么意
思? 一种强烈的要改变你的生命的欲望猛烈地撞击着你的心房,眼泪被欲
火烧干了,一种没有明确目的的决心在你的内心凝固下来,你几乎抱着"如
果这样活毋宁死"的想法准备重新生活……当你这样想的时候,我就可以
说:"你已经接近浮士德了。"

长期困守在书斋里的浮士德有着同你类似的感受,不过是在早晨醒来
之时:

> 我早晨蓦然惊醒,
> 禁不住泣下沾襟,
> 白白度过一日的时光,

---

① 宗白华:《美学与意境》,人民出版社 1987 年版,第 66 页。

不让我实现任何希望，

　　连每种欢乐的预感

　　也被顽固的批评损伤。

　　而且用千百种丑恶的人生现实，

　　阻碍我活泼心胸的创造兴致。

　　到了黑夜降临，

　　我们不得不忧心忡忡地就寝；

　　这时我还是不得安宁，

　　常常被噩梦相侵。

　　……

　　所以我觉得生存是种累赘，

　　宁愿死而不愿生。①

这种对于生命的不满足，是人区别于动物的一种本能，是人的创造力与破坏
欲的源泉。对于这种不满足而引起的追求欲，历来有各种不同的态度。我
们随便举一首李白的《古风》第十八看一看：

　　……

　　香风引赵舞，清管随齐讴，

　　七十紫鸳鸯，双双戏庭幽。

　　行乐争昼夜，自信度千秋，

　　功成身不退，自古多怨忧。

　　黄犬空叹息，绿珠成衅仇，

　　何如鸱夷子，散发棹扁舟。

这首《古风》的意思很明显：欢乐和功名后面隐伏着灾祸。人的追求欲不可
无节制，莫学石崇与李斯，要像范蠡那样功成之后急流勇退，才可避祸消灾。

　　近代西方文化的主流是反对这样消解情欲的。它追求欲望与理性的和
谐发展，并且认为这种追求应该是无限的、无止境的。浮士德精神的出发点
就在于寻求生命的最高限值和全部奥秘。即使明知"有限永远不能成为无

---

①　歌德：《浮士德》，董问樵译，复旦大学出版社 1982 年版，第 80—81 页。以下凡引《浮
士德》皆出自此版本，不另注。

限的伙伴,也依然要走向生命毁灭的终点"①。

《浮士德》的第一部,开始就是主人公深夜在书斋中抒发自己的苦闷:

> 唉! 我到而今已把哲学,
>
> 医学和法律,
>
> 可惜还有神学,
>
> 都彻底地发奋攻读。
>
> 到头来还是个可怜的愚人!
>
> 不见得比从前聪明进步;
>
> 夸称什么硕士,更叫什么博士,
>
> 差不多已经有了十年,
>
> 我牵着学生们的鼻子,
>
> 横冲直闯地团团转——
>
> 其实看来,我并不知道什么事情!
>
> ……
>
> 别妄想有什么真知灼见,
>
> 别妄想有什么可以教人,
>
> 使人们幡然改邪归正。
>
> 我既无财产和金钱,
>
> 又无尘世盛名和威权;
>
> 就是狗也不愿意这样苟延残喘!

开头讲的哲学、医学、法律、神学是中世纪的所谓"四大学科"。浮士德为什么厌倦这些东西? 是因为它脱离了生命本原。文明的创造,本意在于生命的升华,但升华的结果往往造成对生命的压抑,这是文明的悲剧。不仅中世纪文明如此,启蒙学者的思想中也有压抑生命本原的东西。浮士德的强烈欲望是"观察一切活力和种源",他认为离开生命本原的学术研究"连狗都不如"。书斋对心灵的禁锢使他身心分裂,他渴望沐浴在月光之下,走出犹如监牢般的幽墙暗穴,"涤除一切知识的浊雾浓烟,沐浴在你的清露中而身

---

① 阿克尼斯特:《歌德与浮士德》,晨曦译,生活·读书·新知三联书店 1986 年版,第 136 页。

心康健!"这是一种生命力渴望获得释放而不得的苦痛。为此他乞灵于"灵学(魔术)",但"宇宙符记"所给他的是一片虚无,一片幻景,倒是地灵使他"饮新酒而觉振奋"(地灵在这里象征着生生不息、充满活跃力量的大地)。浮士德自诩与地灵亲近,但又嫌它丑陋。地灵向他揭示自己的奥秘:

> 在生命的浪潮中,在行动的风暴里,
>
> 上涨复下落,
>
> 倏来又忽去!
>
> 生生和死死,
>
> 永恒的潮汐,
>
> 经纬的交织,
>
> 火热的生机:
>
> 我转动呼啸的时辰机杼,
>
> 给神性编织生动之衣。

可浮士德并不理解,因此受到地灵的轻蔑,离他而去。他的弟子瓦格纳进来了,浮士德继续发挥他的思想,即枯竭的书本不能激发人的灵魂,只有"从心灵深处迸发出强烈的乐趣"才能震荡听众的心胸。这里的从心灵深处迸发出的强烈乐趣,近似于后来荣格提出的"无意识领域"。荣格认为,文学作品只有深触到人们千万年积淀下来的无意识领域,人们才会感到"淋漓酣畅"。18世纪末,歌德已经感到在表层情感之下潜流着一种更加强烈的生命力量,只有这股力量才能"打动一切听众的肺腑"。被地灵申斥的浮士德,反过来训责他的弟子瓦格纳。庸人瓦格纳把古代哲人的书典当作历史的精神,浮士德告诉他:过去的时代对我们是"七重封印",而典籍不过是"一箱臭垃圾,一堆破烂品"。瓦格纳总是像土拨鼠一样在故纸堆里寻找,即使挖出一条蚯蚓,也沾沾自喜。浮士德说:

> 难道说,羊皮古书
>
> 是喝了一口便永远止渴的圣泉?
>
> 醍醐若不从你自己的胸中涌现,
>
> 你便不会自得悠然。

启蒙学者认为,把《圣经》上所说的古老的羊皮书当作人生之谜的最后解答是一种愚昧,人生的快乐之源不在羊皮书里,而在你自己的心里。然而浮士德也不满足于在主观幻境中翱翔,或如维特那样的浪漫派,一旦幻想绝望即转入消沉。他说:

> 如果幻想在平时以勇敢的飞翔,
> 满怀希望地直到永恒的境界,
> 但等到幸福在时代的漩涡中相继破灭,
> 它就满足于窄小的天地。
> 忧愁立即潜伏在心底,
> 引起了种种隐痛无比。

他痛苦地感到自己过的是一种猥琐的、爬虫式的生活:

> 我不象神! 这使我感受至深!
> 我象虫蚁在尘土中钻营,
> 以尘土为粮而苟延生命,
> ……

意识到自己:

> 曾经迷惘地寻找光明而陷入模糊的困境,
> 快活地追求真理而悲惨地迷误自身。

当他在迷惘中找不到生命的意义时,便转而歌颂死亡,歌颂那使他摆脱困境的毒药。他是那么迫不及待地要走向死亡:

> 快向那条通路毅然前趋,
> 尽管全地狱的火焰在那窄口施威;
> 撒手一笑便踏上征途,
> 哪怕是冒危险坠入虚无。

"如果寻找不到生命的意义,就应该去寻找死亡",这反映了启蒙时代人们对生命价值的强烈追求。

复活节的钟声复活了他内心的生命欲望。魔鬼的到来点燃了他近似于疯狂的热情。明知追随魔鬼有堕入地狱的危险,他依然是那么兴奋:

> 思想线索已经断裂,

我久已厌恶一切知识。

让我在感观世界的深处沉浸，

好平息我燃烧般的热情！

在不可透视的魔术掩护之下，

即将有种种奇迹发生！

我要投入时代的激流！

我要追逐事变的旋转！

让苦痛与欢乐

失败与成功，

尽量互相轮换；

只有自强不息，才算得个堂堂男子汉。

…………

你听着，值不得再把快乐提起。

我要委身于最痛苦的享受，委身于陶醉沉迷，

委身于恋爱的憎恨，委身于爽心的厌弃。

我的胸中已解脱了对知识的渴望，

将来再不把任何苦痛斥出门墙，

凡是赋与整个人类的一切，

我都要在我内心中体味参详，

我的精神抓着至高和至深的东西不放，

将全人类的苦乐堆积在我心上，

于是小我便扩展成全人类的大我，

最后我也和全人类一起消亡。

他那颗在书斋中被麻木了的心与其说追求欢乐，不如说追求一种强烈的苦痛，因为没有苦痛的欢乐是肤浅的欢乐，是转瞬即逝的昙花。浮士德所追求的还是"全人类的苦乐"。那个时代的人认为自己是一颗微不足道的"原子"，但在这颗原子中又可以囊括宇宙的一切。在歌德看来，"将全人类的苦乐堆积在我心上"便获得了人生的最高限值。

浮士德较之哈姆雷特，没有那么多的孤独、软弱和犹豫。他确信整个奥林匹斯山上的众神都在自己胸中。因为牛顿等人的科学成就使当时的学者

有一种普遍的信心，即人能够掌握这个世界并且依人的意志去改造它。在这一点上，启蒙学者把人的力量提到了应有的高度，但对于实现它的艰辛却远远认识不足。

浮士德与魔鬼打的赌，在中国人看来，是颇为奇怪的。靡菲斯特充当浮士德的仆人，引诱他去历览人生，一旦浮士德感到欣然自满，对某一瞬间说："请停留一下，你真美呀！"浮士德便把自己的灵魂输给了魔鬼，变成了魔鬼的奴仆。

马洛的《浮士德博士的悲剧》中，浮士德与魔鬼订约的内容不同：魔鬼引导浮士德享受24年酒色逸乐、荣华富贵的现世生活，而后浮士德把灵魂交给魔鬼。马洛的浮士德是一个蔑视天堂生活的现世主义者，他反映了文艺复兴时期的人生追求。从马洛到歌德，历史又走过了200多年。这段时间西欧最大的变化是生产力的飞跃与科学的突进。人们从精神奴役状态下摆脱出来，确信人有无限的潜力可以重建这个世界。作为个体，人不过是浩渺宇宙中的一粒尘埃，但由于这粒尘埃会思想，于是它便可以囊括整个宇宙。书中瓦格纳在烧瓶里创造世人的生命，使人想到现代的试管婴儿。这类细节都反映出当时启蒙学者对于创造世界（包括创造人）的无限信心。这种信心把人的主体意识提到了历史上前所未有的水平。就歌德而言，他的浮士德早已不满足于人世的酒色享乐，而是要寻找一个远比马洛的浮士德更为广阔的生命价值。一种"整个宇宙都在我的掌握之中"的饱满信念使歌德确信宇宙是无限的，人的发展也是无限的。人生的美酒犹如奔腾不息的莱茵河，啜饮不尽；人生的追求好似哈尔茨山的宝藏，取之不竭。停滞在人生旅程的某一瞬间，就意味着幸福的终止、毁灭的到来。

四

在打赌之后，浮士德就跟着靡菲斯特，先在魔女那儿饮了一杯魔汁——浮士德返老还童了。返回青春之后，浮士德就拼命去追求一个贫穷的女孩子玛格丽特。这个女孩美丽、善良，虔信基督，看到这样一个翩翩少年如此殷勤地追求自己，芳心飘荡，很快就把自己连同自己的身体都交给了浮士德。交给他之前，自己也很害怕，一再地追问浮士德：你是不是一个基督徒？她期望遇到的这个年轻人是一个基督徒，真正善待自己。当她表示很有顾虑,怕两人的私情被母亲知道的时候,浮士德就说:我给你一杯药酒,你母亲喝下去,她就睡着了,就不会管我们的事情了。玛格丽特说:这药酒喝了会不会死?浮士德说不会的。但是事实上她母亲喝了以后就死掉了。玛格丽特和浮士德的私情导致玛格丽特有了孩子,周围邻里、各种各样的人尽情嘲笑这个可怜的姑娘。玛格丽特羞愧难当,就把孩子淹死了,因此而入狱。玛格丽特的哥哥瓦伦迪是一个士兵,知道了这件事后,要和浮士德决斗,决斗时被浮士德杀死。杀死瓦伦迪之后,浮士德心里还惦念着玛格丽特。魔鬼靡菲斯特很想借这个机会让浮士德继续在酒色中沉沦,能够满足于这样的一种生活,浮士德就输了。他把浮士德带进所谓"瓦尔普吉斯之夜"。在这个地方,各种各样裸体半裸体的女人举行各种各样的疯狂淫荡的活动。魔鬼期待着浮士德在这里沉醉。但浮士德身在这里,心里还惦念着玛格丽特,玛格丽特的幻影追随着他。他坚持要回去找玛格丽特。当他发现玛格丽特在监狱里的时候,就坚持要玛格丽特跟他走。但是玛格丽特说:我对上帝犯了罪,我不能走,我要在这儿接受审判。这时候,天使把玛格丽特的灵魂带走,靡菲斯特说她去接受审判了,但是天上的声音说,她被拯救了。浮士德内心中充满了对自己的谴责,他想自己再不能过这样的生活。在第一幕中靡菲斯特失败了。

第二幕开始,靡菲斯特又把浮士德带到了官场,希望他满足于官场的生活。浮士德开始也很想讨好皇帝,在发生经济危机的时候提出发行纸币的办法。纸币如果没有足够的金银作为抵押,势必要造成国家通货膨胀和经济上更深的危机。浮士德出的主意完全不是一个好办法。他想要取悦于皇帝,但皇帝并没有看得起他,依然把他看作一个魔术师,强迫他一定要让古希腊最美的美女海伦的幻影出现,以满足自己感官上的追求。浮士德这时候也意识到在官场上不能实现自己的志愿。

在变出海伦的幻影之后,浮士德被海伦的美所惊倒,突然意识到自己应该去美的王国里追寻,也就是返回到古希腊的艺术王国。他借助于他的学生瓦格纳的"人造人"的指引,重新返回了古希腊的美的王国,在那里见到了古希腊各种各样的人物,欣赏了古希腊时代的古典主义的美。他沉迷于对美的追求。靡菲斯特在酒色和官场上还可以引诱浮士德,但进入美的王国之后,他就无计可施,只能跟着浮士德。浮士德在这里不仅见到了海伦,而且和海伦结婚生下一个非常漂亮的小孩,叫欧菲良。欧菲良是美的结晶,他酷爱自由,时而上天,时而入地,结果摔死了。歌德自己讲,欧菲良就是拜伦。通过这段悲剧,歌德富有象征性地揭示了:无限制地追逐自由的美,最后也是要失败的。歌德在浮士德身上体现的不断追求,已与卢梭时代不同。他的追求不是一任主观欲望驰骋,还包括对先验灵境——人的道德本体的追求,自然欲望与道德本体的和谐,是人与社会、人与人自由和谐发展的前提。浮士德的追求,既是对维特式浪漫主义追求的否定,又是它的继承和发展。

由于欧菲良摔死了,海伦非常悲伤,返回了古希腊。浮士德又回到了现实,他对古典美的追求也幻灭了。这时浮士德又有了新的想法,他感到生活在幻想的美的世界里是不行的,要做一些实实在在的事情,他决心要移山填海,为老百姓造一片可以开拓的田地。这件事他做得很顺利,也很努力,魔鬼想阻止他都阻止不了。他发现有个高处可以做眺望台,而这个地方住着一对老年夫妇,他就叫靡菲斯特带人去把这一对老年夫妇迁移到另一个地方,靡菲斯特觉得这是一个机会,他就把这对老年夫妇杀掉,并烧了农舍。浮士德一看到浓烟起来,得知靡菲斯特把老夫妇杀掉,就意识到自己为人民造福的过程中,实际上又造了孽,他内心感到忧愁。这时,忧愁的魔鬼乘机对浮士德的眼睛吹了一口气,使浮士德双目失明。浮士德说:我眼前一片黑暗,但心里依然光明。他继续进行移山填海的事业,但事实上,魔鬼已经让那些移山填海的人给浮士德挖掘坟墓。浮士德只听到铁锹的声音,以为他的事业还在进行,不禁感到心花怒放。他说:好美呀!我们就在这里停留一下吧!话语一出,浮士德就失败了。魔鬼靡菲斯特感到非常兴奋,他终于胜利了,浮士德的灵魂就要属于自己了。这时候上帝派天使下来,和魔鬼争夺浮士德的灵魂,把浮士德带到了天上。带走时,天使讲:"凡自强不息者,终将得到拯救。"就是说,虽然浮士德犯了很多错误,但他始终在自强不息,所以他得到了上帝的拯救。西南联大时代的老学长冯至先生是一位研究德国文学的大学者,他说:《浮士德》的主题是什么呢?"天行健,君子以自强不息。"也就是说,《浮士德》的主题就在我们《易经》的这句话里。"自强不息"是我们民族优良传统的重要组成部分。当然,如果我们仔细去分析,就会发现,《浮士德》这样一个西方文本的主旨和中国传统文化主张的自强不息还是有很大的区别的。这种区别,我不讲了,留给大家去研究。

再谈谈所谓"浮士德难题"。大家可能注意到歌德在《浮士德》中提出的两方面要求，经常是对立的，这使得浮士德的内心经常处于两难境地。这种两难境地是瓦格纳式的冬烘们所不能理解的：

> 在我的心中啊，盘据着两种精神，
>
> 这一个想和那一个离分！
>
> 一个沉溺在强烈的爱欲当中，
>
> 以固执的官能贴紧凡尘；
>
> 一个则强要脱离尘世，
>
> 飞向崇高的先人的灵境。
>
> 哦，如果空中真有精灵，
>
> 上天入地纵横飞行，
>
> 就请从祥云瑞霭中降临，
>
> 引我向那新鲜而绚烂的生命！

这就是西方文学中有名的"浮士德难题"：怎样使个人欲望的自由发展同接受社会和个人道德所必需的控制和约束协调一致起来——怎样谋取个人幸福而不出卖个人的灵魂；从哲学上讲，就是康德所探讨的自然欲求与道德律令之间的矛盾。法国百科全书派把道德视为协调个人幸福和他人幸福之关系的产物；卢梭把道德看作良知；而康德认为，这些道德没有脱离人的动物本能（去苦求乐），因而不是道德本身，道德必须诉诸超人性的纯粹理性。在康德看来，道德的崇高是在扼制人的情欲中实现的，道德与情欲的冲突是绝对的。歌德的浮士德面临的正是这种两难心态，即"紧贴凡尘的爱欲"与"先人的灵境"之矛盾，他的追求就是实现两者结合的"新鲜而绚烂的生命"。

在法国大革命前夕，康德发表的《从世界公民角度看的普遍历史理念》中有如下一段话：

> ……人有一种社会化的倾向，因为在这种状态中他感到自己不仅仅是人，即比发展他的自然才能要更多一点什么。但是，他又有一种个体化自身的强烈倾向，因为他同时有要求事物都按自己的心愿摆布的非社会的本性，于是这在所有方面都发现对抗。……正是这种对抗唤醒他的全部能力，驱使他去克服他的懒惰，使他通过渴望荣誉、权力和

财富,去追求地位……从野蛮到文明的第一步就这样开始了。……没有这种产生对抗的不可爱的非社会性的本性(人在其自私要求中便可发现这一特征),所有才能均将在一种和谐、安逸、满足和彼此友爱的阿迦底亚的牧歌式的生活中,一开始就被埋没掉。人们如果像他们所畜牧的羊群那样脾气好,就不能达到比他们的畜类有更高价值的存在……这种无情的名利争逐,这种渴望占有和权力的贪婪欲望,没有它们,人类的一切优秀的自然才能将永远沉睡,得不到发展。人希望和谐,自然知道什么对种族更有利,它发展不谐和……①

这种两难境地,预示着探索的结局可能是一无所获。

靡菲斯特在同浮士德打赌时就曾预言:

> 你是什么,到头来还是什么。
> 即使你穿上几尺高的靴子,
> 即使你戴的假发卷起千百层绉波,
> 还是什么,永远还是什么。

浮士德承认魔鬼说得对:

> 我也感到,只是徒然,
> 把人类精神的瑰宝搜集在身边,
> 等到我最后坐下来的时候,
> 仍无新的力量从内心涌现;
> 我没有增高丝毫,
> 而对无垠的存在未曾接近半点。

这是歌德较其他启蒙学者的高明之处,他意识到把握无限的宇宙并不容易。《浮士德》的结局是:他尚未实现自己的理想就已双目失明,并说出了那句"真美呀!"就倒在地上,险被魔鬼劫走。这个结局不像中国古代的"愚公移山"那样乐观。这种悲剧意识反映了歌德的深刻性,反映了不断进取的奋斗者们共同的历史命运。

---

① 转引自李泽厚《批判哲学的批判——康德述评》,生活·读书·新知三联书店 2007 年版,第 349 页。

前面提到,浮士德驳斥他那平庸弟子瓦格纳时说过,"古老的羊皮书不是永远止渴的圣泉",他决心抛掉羊皮书,走向新世界。从那时候起,过了一个半世纪,一位拉丁美洲作家马尔克斯写出了一部《百年孤独》。这部书以魔幻现实主义手法写一个家族六代人所走过的百年经历,到了第六代人才发现他们家族所有的经历都写在那本看不懂的古老的羊皮书上。这部小说写的是封闭落后的哥伦比亚,但今日先进的欧洲就已经走出了古老的羊皮书吗?冥冥之中的不可知的命运不是依然在捉弄被先进科学武装着的人们吗?

浮士德意识到了这个悲剧性的结局,然而,他依然头也不回地追随魔鬼而去,就像那个明知巨石还要从山上滚下来,却决不停息,毅然把它推上山,如此往复,终日不息的西西弗斯。西西弗斯和浮士德属于同一家族,代表同一种精神。浮士德显得乐观些,西西弗斯则更深沉些。

思考题

1. 什么是浮士德精神?试举例说明。
2. 浮士德精神与中国经典《周易》提出的"自强不息"有何联系和差别?

阅读书目

1. 歌德:《浮士德》,董问樵译,复旦大学出版社 1982 年版。
2. 歌德:《浮士德》,绿原译,人民文学出版社 1997 年版。

第九讲

19 世纪的浪漫运动

【摘要】　浪漫运动的缘起—浪漫运动和古典主义的对抗—浪漫运动在德国—浪漫运动在英国—湖畔派与恶魔派——恶的自由批判精神与恶魔派坛主拜伦—曼弗雷德：自己成为自己的地狱—浪漫派在法国—青年雨果的美丑对照原则及《巴黎圣母院》—波德莱尔：在欲海中沉自己的船

今天给各位介绍欧洲 19 世纪的浪漫运动和其中三位具有代表性的作家：拜伦、青年雨果和波德莱尔。

一

我们在上两堂课讲到了启蒙文学作为一种舆论准备,直接地催生了法国资产阶级大革命及人的思想解放。这场大革命,可以说是翻天覆地,经过了三个回合的复辟与反复辟的斗争,推动欧洲从封建时代转向资本主义时代。这样的一场翻天覆地的政治大革命,不可避免地要产生同它相适应的文学思潮。事实上正是这样。作为法国大革命的回声,特别是在复辟与反复辟斗争白热化的 19 世纪 20—30 年代,在欧洲出现一股燥热的文学浪潮,这就是我们现在要讲的 19 世纪上半叶的欧洲浪漫运动。我们说这场浪漫运动是法国大革命的回声,也可以说它同黑格尔和康德的唯心主义哲学有密切的联系。康德和黑格尔的唯心主义哲学强调主观精神的作用,在很大程度上催动了人们思想的解放。大革命当中发表的《人权宣言》使得当时很多人意识到作为人应该把自己从宗教的封建桎梏中解放出来,认识到人是一个独立自主的个体,有自己的权利、自己的尊严、自己的情感自由。大革命的动乱年代给人创造了无限的机会:有的人在一夜之间从乞丐变成了富翁,从一个没有任何权利的卑贱的平民登上了权力的宝座,在完全没有料到的情况下得到了鲜花和美女。于是金钱梦、权力梦、鲜花梦、美女梦……

各式各样,五彩缤纷,好像天上的彩霞。但是正像大家知道的,这场大革命并不是所有这些梦想的实现,而是恰恰相反,恩格斯说,这场大革命之后,人们得到的不是那些资产阶级思想家所许诺的自由、平等、博爱,而是一幅人欲横流、道德沦丧的社会讽刺画。一些人升上去了,实现了自己的梦想,而更多的人受到了打击。于是不少人感到沮丧,感到悲哀,感到绝望。有些人在大革命的风暴里折伤了自己的翅膀,吓得丢魂丧魄,发现革命原来是如此残酷,特别是雅各宾党人的残暴行为使很多人成了革命的对立面、革命的逃遁者,他们也有很多自己的感伤。所有这些,汇成了一股自我崇拜、自我怜悯、自我感伤的情感热流。人们对上帝的信仰、对未来的期待、对现实的诅咒,统统汇成了一股情感的热流。情感把一切合而为一,而把这种情感表现得最有力量的武器就是诗歌,所以这个时期诗歌有了很大的发展(当然也还有一些很重要的小说和戏剧),它展开了一片让人们自己看了都很惊异的关于人的精神世界的灿烂星空。这场浪漫运动的最大的特点就是炽热,因为人的感情积累得太浓重,过于炽热,所以它维持不了很久。德国的一位小说家说:"为什么我们在这个时候,不管是白天还是晚上,不管是醒着还是睡着,都想到疯狂呢?"就是说这时候,那些浪漫运动中的先驱者,他们中很大一部分人好像是发着高热的病态的孩子,眼睛里闪着一种奇异的热光。这就导致了这场运动不大可能持久。这场运动当中的一些先锋分子,大都很短命,比如拜伦、雪莱、济慈,都是三十几岁甚至不到 30 岁就逝世了,还有像法国的缪塞,去世时年纪也不大。有一些先锋分子,活得比较长,但在过了 40 岁之后,他们就转向了另一个流派——脱离浪漫主义营垒而转向现实主义。比如雨果、歌德,他们在青年时代是浪漫主义者,但是进入中年后大都转了向。可以说 19 世纪的浪漫运动是一个属于年轻人的运动。

　　这个运动中的浪漫派在艺术思想上的主张是什么呢?我想,最好把它和古典主义对比着来说,因为浪漫派是反对古典主义的,就是我们上节课讲到的新古典主义,他们是在反对古典主义的斗争中登上历史舞台的。我们把它和古典主义对比一下,可以比较清楚地看到浪漫主义在艺术上和思想上的主张。下面请各位看一个表(表 9-1):

表9-1　浪漫主义与古典主义对比

	历史动力	对理性	目的	人物	形式	语言
古典主义	一元，向心	崇尚理性、道德	道德劝善	主要人物高大、崇高，贵族	严整，典雅	规范化
浪漫主义	多元，离心	鼓吹非理性、非道德，强调唯美	不及物	主要人物畸形、特殊	多变，破碎，诡谲	反规范化

第一，对历史动力的认识：古典主义是一元的，它强调在整个宇宙中，有一个太阳作为中心，所有的星球都是围绕太阳旋转的，所以它是一元的。自然界是如此，社会也是如此，比如法国的路易十四王朝，路易十四就是"太阳王"——相当于整个社会的太阳。大家都应该围绕这个中心，拥戴这个中心。而浪漫派不这样看，他们认为历史动力应该是多元的，每个人都是独立的个体，每一个人都是一个发光的小太阳，不能说谁围绕谁来旋转。

第二，对待理性的态度：我们在前面提到过，古典主义是崇尚理性、崇尚道德的；但是浪漫派鼓吹非理性，鼓吹反抗传统道德，强调唯美。

第三，文学艺术的目的：古典主义强调文学要起到道德劝善的作用，而浪漫派认为文学应该是不及物的，不应该强调文学有服务于客观世界的目的；在人物方面，古典主义强调文学作品的主要人物应该是高贵的、近乎完美的，一般来说应该是君主、大臣，或者至少是贵族——一个有教养的人，而浪漫派在主要人物的塑造上喜欢一些畸形的、特殊的、有传奇色彩的人物；在艺术形式上，古典主义强调严整、典雅，而浪漫派比较强调多样、出新，特别对诡谲、华丽的形式情有独钟；在文学语言方面，古典主义强调语言要规范化，而浪漫主义恰恰反对古典主义的所谓规范化，强调出新。

二

这场浪漫运动最早是从一个非常落后的国家开始的，这就是德国。德国是个很奇怪的国家：它当时在政治上可以说是很落后的，但是在精神上接受法国大革命和启蒙运动的影响，在理论创造方面超过法国，居于欧洲的最高峰。它产生了康德、黑格尔、费希特。浪漫运动从这个地方开始,也不是很奇怪的。法国有一位研究德国文学的女作家,叫斯达尔夫人,她说,德国的艺术家喜欢把一些很明明白白的事情送到黑暗里,把它们讲得很晦涩。我们说,这是从法国人的视角去看德国人。法国是一个比较爽朗的民族,作为高卢人的后裔,他们的性格比较爽朗,喜欢一些热情澎湃的很明澈的叙述方式,所以说,作为一个法国人,斯达尔夫人看德国人觉得他们是把一些明明白白的事情,有意识地送到黑夜里,把它们表现得很晦涩。比如德国浪漫运动中较早有两位作家,一位叫霍夫曼,各位可以在图书馆里很容易地找到霍夫曼的小说选集。在他写的小说里,我们常常看到一种非常奇特的构思,看到人是怎么样分裂成两半,一个人的精神世界分成两部分,互相之间产生戏剧性冲突,看到人的自我怎么转向了非我。我们读的时候,觉得这些小说很怪。这种"怪"中潜藏着某些启示和恐怖感。这些小说看起来有些晦涩,但相当有深度。另一位是比较著名的诗人诺瓦利斯。他出于一种对生命的强烈渴望而非常惧怕死亡。越是惧怕死亡,他就越接近和研究死亡、思考死亡和歌唱死亡,愿意和死亡结婚。但在这样一种情绪的背后,人们又感到他那种特别强烈的生的渴望。人们把他叫作"死亡诗人"。

当然,当时的德国并不是只有这样风格的诗人和小说家。浪漫运动作为法国大革命的回声,它最积极的影响表现为德国青年人所掀起的"狂飙突进运动"。这个运动的青年领袖是赫尔德尔,运动的纲领可以用一个字来概括,就叫"不"。它强烈地否定当时德国的政治现实,的的确确是一场"狂飙突进运动"。和这场运动有着非常重要关系的两位作家,一位是青年歌德,关于他的《少年维特之烦恼》,我们已经在前面谈到过,这部小说是欧洲浪漫主义报春的燕子,它预告了浪漫主义春天的到来,具有非常重要的意义;另一位是席勒,他在"狂飙突进运动"中发表了重要剧作《强盗》,而他的《阴谋与爱情》可以作为整个"狂飙突进运动"成熟的标志。在《强盗》这部剧本的扉页上写着"打倒暴君"。由于《强盗》的演出没有得到正式的批准,在演出后,席勒被禁闭了两个礼拜,这部戏也被禁演了。这部戏具有非常强烈的政治倾向,恩格斯说席勒的戏剧是"时代精神的传声筒"。我们从贬义来讲,它的政治倾向过于直露,但是在当时的历史条件下,这是特别需要的。《阴谋与爱情》是一部市民悲剧,很多中国人都熟悉它,因为在中国曾多次上演。席勒在这个时期还写了诗《欢乐颂》,它构成了贝多芬第九交响曲的最后一个乐章的灵魂。席勒的诗成了贝多芬灵感风暴的重要源泉。

浪漫主义运动得到较大发展，不是在德国，德国在政治上落后，无法提供这一运动充分发展的土壤。那么它在哪儿获得了长足的发展呢？英国和法国。

三

英国是资产阶级革命发生最早的国家，早在 17 世纪它已经进行了所谓的"光荣革命"。但是这场革命非常不彻底。革命以后，看起来它戴上了一些资产阶级的装饰物，但是整个 3000 万人口的英国，只有 100 万人有选举权，这 100 万人都是所谓有身份的老的贵族、新的贵族和新兴的资产阶级。国家的权力掌握在 4000 人的手里，这 4000 人支配英国。这种状况，不是按照资产阶级革命理想所应该实现的政治局面，而他们还是喜欢强调英国是一个实现了资本主义的国家，非常忌讳别人戳破英国社会的种种脓疮。英国绅士的双手沾着殖民地人民的血，但他们都要戴上一副白手套，喜欢谈论所谓的 gentleman 的风度。所以这是一个看起来很有教养的国家，但实际上有很多虚伪的东西。

法国大革命势必对英国有很大的冲击。首先感到了这种冲击的是一些生性敏感的诗人。他们也曾有过拥护和支持法国大革命的表示，但当这场革命深入发展，特别是雅各宾党人登上历史舞台的时候，他们中的很多人都转了向，觉得革命太恐怖了。革命后所实现的工业化社会，对于人的感情是一个巨大的破坏，所以他们隐遁山林，徜徉湖畔，远离城市。其中最有名的就是所谓的"湖畔三诗人"：华兹华斯、柯尔律治和骚塞。华兹华斯可以说是英国浪漫主义运动的先驱、开拓者。他对英国的诗歌，特别是英国诗歌的语言有重大的贡献，各位可以在我们的图书馆找到华兹华斯的抒情诗选集，他和柯尔律治合写的序，可以看作英国浪漫主义的宣言[①]。华兹华斯和其他湖畔派诗人诗作的最大特点，是歌唱自然，崇拜自然神。各位知道在西方文学中对自然的领悟是一个弱项，特别是和中国的诗歌传统相比较。在华兹华斯之前的西方文学作品中，只有很少的描写自然的优秀之作。我们看

---

①　参见伍蠡甫主编：《西方文论选》下卷，上海译文出版社 1979 年版，第 5—29 页。

荷马史诗,看欧洲中古时代的作品,其中很少有对自然的卓越描写,这和中国的情况很不同。中国从上古时代的《诗经》《楚辞》始,到魏晋南北朝、唐宋,我们的山水诗、田园诗非常成熟。西方在那个时候和我们比是相形见绌的。造成这种情况,有很深的文化和民族性格方面的因素,我们现在不讨论这个问题。在华兹华斯之前只有卢梭在他的《漫步遐想录》中有一些关于人和天地合一的圆满的幸福感受的描写,那是很独到的。在此之外,如果还想找到很多就比较困难。到了华兹华斯等人登上诗坛,情况有了很大的变化:我们看到了很多对于自然界的非常独特而优美的艺术描绘。比如说,华兹华斯有一首《致杜鹃》,全诗并没有描写杜鹃的形体,而是描写它飘忽的声音和这种飘忽的声音给人带来的心灵的震荡。但是,即使对华兹华斯来讲,他的诗也常常让人感觉到天人之间还是有某种距离,还没有达到天人合一的至高境界。而中国的很多田园诗已经达到了天人合一、了无痕迹的地步。

湖畔派诗人对法国大革命的反应是逃遁。这种逃遁并不就是落后、倒退。因为各位知道,工业化的资产阶级革命确实给社会带来了负面影响。今天看得越发清楚了。所以对当时的逃遁派,不能笼统地否定。在他们的诗歌里,在他们对资产阶级城市的厌恶中,有一些很深刻的社会隐忧。今天看来,它们就显得更加具有预言性。

对于法国资产阶级大革命导致的巨大社会变动,在英国有一些诗人采取积极的态度。他们认为,当时的英国社会绝对需要一场大的破坏、大的冲击。谁来担当这个破坏的角色呢?就是我们要提到的拜伦,还有雪莱、济慈、农民诗人彭斯。我们不可能介绍这么多,只能介绍一下拜伦。

在拜伦死的时候,雨果有一篇纪念文章里讲到,欧洲的诗人分成两类:

> 一个好象以马内利(按,"救世主")温存而强壮,坐在一轮霹雳和光明的车上周游他的王国;另一个则象倨傲的撒旦,当他从天国被贬谪的时候,拖带了一大群星星坠落而去。[1]

"救世主"把人们拖向他们向往的天堂;而另外一些人采取的是撒旦的态度,就是恶魔的态度,他们不是在建构,而是在拆毁"天堂"。对于当时的英

---

[1] 雨果:《论拜伦》,见《外国文学评论选》上册,湖南人民出版社 1982 年版,第 267 页。

国或欧洲来说,对于整个历史来讲,"恶"是历史的推动力量。拜伦在他的
长诗《该隐》里面有这样一段:

> 谁会为了恶本身带来的悲苦而一心去追求恶呢?
> 没有一个人——决不会这样。之所以追求恶,
> 那是因为恶乃一切生物与非生物借以产生之酵母!①

拜伦对于恶的历史作用的认识,同恩格斯关于历史发展的动力的论述有
相当接近的地方。恩格斯这样说过,我们与其说善推动历史,不如说恶推
动历史显得更深刻。事实上,截至社会主义以前,历史都是靠贪婪这样一
个恶来推动的。当然,对于"恶"的理解,不是纯粹道德上的,相对于不同
的社会条件,它具有不同的内涵。在拜伦活着的时候,桂冠诗人骚塞(就
是前面提到的"湖畔三诗人"之一)很受英国上层的赏识,不仅得到一个
桂冠,还有很高的年薪。他嘲讽和抨击拜伦,称拜伦是一个"魔鬼"。在
当时英国的贵族社会,的确有很多人这样来看待拜伦。据说在一次贵族
的聚会上,当仆役从外面走进来报"拜伦勋爵到"时,一位老太太当场就
吓晕了过去。

　　拜伦是一个什么样的人呢? 我不知道怎么去形容这个人比较好。他出
生在一个贵族家里,长得非常英俊迷人;但他是一个瘸子,这使他从小产生
了很强的自卑心理。他在十五六岁时,喜欢上一个女孩子,而这个女孩子对
另外一个男孩子说:"你放心,我怎么会喜欢一个瘸子呢?"他无意中听到这
话,当时就想自杀。身体上的缺陷造成了他很严重的自卑心理。这种自卑
心理又逆向为强烈自尊的敏感的病态。所以我们读拜伦的诗,常常感到拜
伦这人非常狂妄。狂妄之后,又非常地颓丧,常常想到自杀,想到活着没有
意义。因为自己钟爱的狗被人杀死了,他就写诗咒骂整个人类。事实上,他
又是一个非常关心人的人,特别是关心下层受压迫的人。他写诗为那些罢
工、破坏机器的工人呼吁,强烈反对议会通过法律来处罚这些工人。正像各
位所知道的,他不仅在诗歌里同情那些被压迫的民族,而且最后把他的生命
献给了争取自由解放的希腊人民。他年轻的时候就喜欢用一个人的头骨做

---

　　①　转引自勃兰兑斯《十九世纪文学主流》第四分册,徐式谷、江枫、张自谋译,人民文学出
版社 1984 年版,第 390—391 页。

的酒杯来饮酒。他号称一生有一百多个情人,在诗里讲,天下女人一张嘴,从南吻到北。在传统的中国人看来,这家伙纯粹是个才子加流氓。如果我们仅仅这样来理解拜伦真的很不够。在他的成名作《恰尔德·哈洛尔德游记》的第一章和第二章里,表现出大海般的胸怀,他对于被压迫的西班牙人的深切同情,对争取西班牙自由解放的女英雄发自内心的激情洋溢的赞美,以及在《哀希腊》中对于希腊人民的情同手足的关切,这些都是无与伦比的。《恰尔德·哈洛尔德游记》给拜伦带来了巨大的声誉,使他成了当时英国一些贵族妇女崇拜的对象。但是拜伦并没有陶醉在她们的崇拜中,他继续抨击英国贵族社会的丑陋。那些贵族终于发现在自己的内部有人出来揭露自己,把这样的人置于死地是完全必要的,但是办法必须高明。他们不是直接地同他正面战斗,而是散布各种各样的关于拜伦生活的流言蜚语,把他描绘得污秽不堪。在流言中,最具有毁灭性的是性。例如,他们说拜伦和他姐姐之间有性关系,等等。这些流言迫使拜伦在英国没法再待下去了。他说,如果所有这些流言都是真的,那就证明我不配在英国居住;而如果所有这些流言都是假的,那就证明英国不配我居住。

他离开了自己的国家,长期的流浪生活大大打开了他的眼界,为他诗歌的创作提供了更多的灵感和素材,催生了视域非常广阔的像《唐璜》这样的巨著。他从来没有向英国的那些卑劣的统治者屈服过。他为了自由牺牲了一切,就像他在诗中所写的那样:

> 我没有爱过这世界,它对我也一样;
> 我没有阿谀过它腐臭的呼吸,也不曾
> 忍从地屈膝,膜拜它的各种偶像;
> 我没有在脸上堆着笑,更没有高声
> 叫嚷着,崇拜一种回音;纷纭的世人
> 不能把我看作他们一伙;我站在人群中,
> 却不属于他们;也没有把头脑放进
> 那并非而又算作他们的思想的尸衣中,
> 一齐列队行进,因此才被压抑而致温顺。
>
> 我没有爱过这世界,它对我也一样——

> 但是,尽管彼此敌视,让我们方方便便
>
> 分手吧;虽然我自己不曾看到,在这世上
>
> 我相信或许有不骗人的希望,真实的语言,
>
> 也许还有些美德,它们的确怀有仁心,
>
> 并不给失败的人安排陷阱;我还这样想:
>
> 当人们伤心的时候,有些人真的在伤心,
>
> 有那么一两个,几乎就是所表现的那样——
>
> 我还认为:善不只是空话,幸福并不只是梦想。①

他还说自己宁愿永远孤独,也不愿用自由思想去换一个国王的宝座。

1823 年,希腊争取自由的斗争呼唤拜伦,拜伦中断了《唐璜》的写作,投入了希腊反对土耳其压迫的正义战争。他成了这场战争希腊方面的军事领袖之一。他是一个诗人,在指挥作战方面成果如何并不重要,重要的是他存在于希腊的军队中,这对整个希腊争取自由解放的斗争是一个极大的鼓舞。很不幸,他患了感冒,不得不躺在行军床上,让士兵抬着他指挥作战。最后他就死在行军床上。死之前,他要求把他的尸体运回英国,而把心脏埋在希腊,和希腊人民永远在一起。

拜伦的死成了当时欧洲文化界的大事件,甚至比他的诗歌所引起的震荡更大。除了英国以外,其他很多国家,包括法国,都在街头设了拜伦的灵堂。每天人们川流不息地去献花,更有一些年轻人,他们效仿拜伦,投身于被压迫人民的解放斗争,形成了一个所谓的"拜伦热"。

拜伦一生鼓吹自由,而他自己也常常为自由所困惑。这种困惑表现在《曼弗雷德》这部长诗里。曼弗雷德是一个像歌德笔下的浮士德一样的超人,很有学问,而且会魔法,能够召集大小诸神。他一生积累的知识太多,以至于感到自己的头脑里充满了各种甩不掉的东西,使他无法继续活下去,但是他又不能够遗忘。这就构成了他的一个巨大的痛苦。他召来诸神,让他们告诉他怎么才能够遗忘,但是这些神说:"你只有一个办法,就是去死。"但是他又死不了,这就造成了他极大的痛苦。神说了一句话:你使自己变成了自己的地狱。这句话具有很深的哲理性,在追求自由的过程中,如果狂妄

---

① 拜伦:《我没有爱过这世界》,《拜伦诗选》,查良铮译,上海译文出版社 1982 年版,第148—149 页。

无羁,那么最后你不是被别人所束缚,就是被你自己所束缚,你自己成了自己的地狱。这句话很值得一些极端的自由主义者认真地加以思考。

四

浪漫主义运动从德国开始,在英国获得了较大的发展,但是它的高峰是在法国。法国人作为高卢人的后裔,具有激昂澎湃的热情。这种热情是浪漫主义文学发展的沃土,浪漫运动在法国发展到很高的水平,是不奇怪的;更何况法国还是资产阶级大革命的发源地,文学受到革命的冲击自然更强烈。我们讲到德国文学时,说它有两极,在英国也有两极,同样在法国也是分成两极的。它的浪漫运动的开拓者、对整个法国的浪漫运动有很深刻影响的是夏多布里昂。这个人曾经做过反动的波旁王朝的部长,政治上是一个很反动的家伙。但是他自己讲:"我一生唯一认真的事情是宗教。"在宗教方面他的主要著作是《基督教真谛》,其中有两部中篇小说,就是《阿达拉》和《勒内》。

《阿达拉》写的是一个在城市里生活得厌倦了、对工业化社会反感的贵族青年,叫夏克达斯。他独自一个人来到美洲的一个蛮荒之地。他深入到原始森林里,希望在这儿找到一种原始的自然的生活。很不幸,他落入了当地一个酋长的手里。但是就在那个夜晚,那些野蛮人点起篝火,准备把他抛到火里烧死的时候,意想不到的幸福降临了:酋长的女儿阿达拉爱上了这个青年人,把他从捆绑着他的树上放了下来,并且和他一起私逃。两个人很自然地发生了浓烈的爱情。但是阿达拉是笃信宗教的。在她小的时候,母亲临死前曾经要求她把自己的童贞献给上帝,也就是说不要结婚。阿拉达答应了她的母亲,一直守身如玉。但是现在,她爱上了夏克达斯。强烈的爱情和对于上帝的许诺发生了冲突。她在夏克达斯向她求婚,并且确定了要结婚的那个晚上,吞食了毒药,死在了她心爱的情人夏克达斯的怀抱里。这样,她保住了自己的童贞,实现了向上帝许下的诺言。她死前把这事告诉了夏克达斯,夏克达斯非常感动。在自己心爱的女人死后,他也皈依了基督教,皈依了上帝。小说特别动人之处是在阿达拉被她强烈的感情所支配,要和她所爱的男人夏克达斯接吻的时候,天空突然响起一声炸雷。阿达拉全身震颤,她意识到这是上帝的警告,她想起了自己的誓言。这样一种对于存在于自然之中的神秘力量的描写，带有一种特别震撼人心的力量。各位想一想，如果你们看过曹禺的《雷雨》，就不会忘记这样一个场面：四凤跪在母亲的面前，母亲厉声责问：你要跟我说实话，你和萍儿什么关系？！这时候天上真的又响起了一阵闷雷。四凤一下子就跪倒在自己的母亲面前讲了实话。这也是表现了外界的、支配人的那样一种神秘的力量。《雷雨》呈现出这样一种观念：某种神秘力量对人的支配是不可抵抗的，因为它既存在于外界，又存在于内心，包括像四凤这样心地纯洁的女孩。事实上这是一种宗教迷狂。在夏多布里昂之后，还有一位很重要的、跟夏多布里昂相似的作家叫拉马丁，他承袭了这种迷狂，编织了许多田园色彩的圣洁之梦。他的诗飘逸、轻灵，像一缕微风，夹带着一声纯洁的叹息。

与这些天使派相对立的则是法国的"恶魔派"。它的代表人物是青年雨果、乔治·桑和梅里美。

雨果的父亲本来是一个贫民，后来跟着拿破仑打仗，当上了将军。但是在雨果开始懂事的时候，父亲已经变得相当保守。他的母亲是反动的波旁王朝的热烈拥护者。母亲的影响对少年雨果是很深的。雨果在开始写作的时候，效仿夏多布里昂，带有很浓厚的保守倾向。但是很快，青年雨果接受社会革命思潮的影响，转向了另外一个方面，成了积极浪漫主义运动的领袖。他写了一部戏剧叫《克伦威尔》。这部戏剧不是很重要，但是它的序言非常重要，是法国浪漫派对当时在法国文坛占统治地位的古典派的一个挑战式宣言。在《克伦威尔》序言中，雨果从艺术上激烈地批判了古典主义，特别是批判了我们前面提到的"三一律"。

为了张扬自己的叛逆性理论，雨果写了一部引起很大争议的戏剧叫《欧那尼》。它讲的是贵族青年欧那尼，父亲为国王所杀，为了给父亲报仇，他落草为寇，成了山大王。他的情人莎尔被一个老公爵掳进了深宅大院。一个夜晚，他深入老公爵的府邸与情人幽会，被老公爵发现了。恰恰在这时，国王的军队到处在搜捕欧那尼，而且跟踪到老公爵的府邸。此时，老公爵可以很容易地把欧那尼抓起来，交给国王的军队，但是老公爵没有这么做，他掩护了欧那尼，支走了国王的军队。欧那尼为此向老公爵表示感谢，没想到老公爵不接受这份感谢，他说：我保护你，是因为我认为在这样的场合把你交出去不符合一个骑士的道德。我要和你决斗，以便决定莎尔归谁。欧那尼想：这样一个老迈的公爵，我要和他决斗，可以很容易地把他杀死，这对我来讲,也是不符合骑士道德的。所以他不接受这个决斗。在和老公爵分手的时候,欧那尼交给老公爵一个号角,说:你救了我的命,你有权在任何时候索回我的命。你只要吹起号角,我就自杀。后来,国王赦免了欧那尼,并且准许欧那尼和莎尔结婚。就在这时,公爵吹起了号角,欧那尼按照原来的许诺,拔剑自刎。莎尔看到心爱的情人死去,也自杀死去。这出戏为什么会引起争议呢?因为它触动了古典派的神经:第一,古典派认为,戏剧的主人公应该是高贵的贵族和君主,而欧那尼是一个绿林好汉,并且与国王为敌;第二,古典派主张服从理性、节制情感,而《欧那尼》以爱情为主线,充满感情奔放的对话,主人公不惜为爱情牺牲生命;第三,剧本完全无视"三一律",并充满毒药、毒酒、密室和诸多"反自然"的离奇情节。古典派亟欲把《欧那尼》扼杀在摇篮里是不足为奇的。他们采取了一个很不光明磊落的做法:把首场《欧那尼》演出的入场券大部分购到手而又不准备去看,以造成首演冷落、难以为继的尴尬局面。

古典派的反对大大刺激了青年浪漫派的热情。他们早就渴望着一场战斗了。首演那天,维克多·雨果的拥护者们把"维克多·雨果万岁"的口号写满了剧场两边的墙,他们蓄着长发和小胡子,穿着古代的羊毛紧身上衣、西班牙斗篷、罗伯斯庇尔式背心,戴上法王亨利三世式的帽子……各种奇装异服,五光十色。他们狂放不羁,占领了剧场的多半座位。

剧场里形成了两派观众对垒的紧张气氛。古典主义的信徒们还在剧院顶上的天窗附近堆了很多垃圾,准备在剧场演出的适当时候把这些垃圾往剧场里面推,造成一片混乱。在这样一种紧张气氛下,《欧那尼》开始演出了。在场的雨果真是提着一颗心,不晓得这场演出会落得个什么样的结局。可是事情的发展完全出乎所有人的预料,由于剧情本身的紧张曲折,所有看戏的人都被剧情所吸引。他们强烈地关心着莎尔的命运,关心着欧那尼的命运,关心着老公爵在各种情况下会怎么做。层出不穷、出人意料的突转使得在场的人们忘记他们是来干什么的了。在剧场的屋顶上承担着往下推垃圾任务的人,舍不得把垃圾推下去,他们希望把戏看到底。戏演到第四幕时,一个出版商把雨果叫到门外,说他要买这部戏。雨果说:戏还没演完,你不必着急嘛。这个出版商说:看完第一幕时我想出的价钱,到了第二幕我自己就翻了一倍;如果整部戏演完之后,我不知道你会要什么样的价钱,我们还是现在就签了字吧。这场演出以浪漫派对古典派的胜利而告终。在这之后,古典主义的戏剧一蹶不振,浪漫派得到了巨大的发展。

　　作为浪漫派领袖的雨果,他最有影响、最成熟的浪漫风格作品是《巴黎圣母院》。小说一开篇,叙述人讲,自己去参观巴黎圣母院的时候,发现在一面不为人注意的墙上用希腊文写着一个词,这个词是"命运"。这个刻在墙上的希腊文字是 15 世纪的,小说由此而引出了一个关于中世纪的巴黎圣母院的故事。故事里的主要人物是三个:一个是巴黎圣母院的副主教弗罗洛,一个是吉卜赛女郎爱斯梅拉达,还有一个就是在巴黎圣母院敲钟的奇丑无比的怪人卡西莫多。小说第一章描绘了爱斯梅拉达迷人的美丽,她那只小山羊会用自己的动作表示出巴黎圣母院上大钟指示的是几点钟。人们认为这是一只有巫术的小山羊和一个会巫术的女人。站在人群中用阴郁的眼光看着爱斯梅拉达的是副主教弗罗洛,他道貌岸然,实际上内心充满了要占领这个女人肉体的强烈欲望。因为他有恩于卡西莫多,卡西莫多对他从来是言听计从。弗罗洛让卡西莫多去把爱斯梅拉达掳到巴黎圣母院里来。但是卡西莫多在抓到爱斯梅拉达的时候,被一个军官碰到,这个军官叫菲比斯,他救了爱斯梅拉达。爱斯梅拉达因此而爱上了他。这个军官其实也是一个轻浮的花花公子。就在他们所谓新婚之夜的时候,副主教弗罗洛出于强烈的嫉恨刺伤了菲比斯,而且把刺伤的罪责转嫁给了爱斯梅拉达。爱斯梅拉达就被抓住,判了死刑,准备要上绞刑架。在旁边看到这一切的卡西莫多忍无可忍,他把爱斯梅拉达抢回了巴黎圣母院。这时候也是为了要救爱斯梅拉达,巴黎的"乞丐王朝"掀起了攻打巴黎圣母院的强大攻势。在这种情况下,副主教又把爱斯梅拉达骗出巴黎圣母院,要求爱斯梅拉达满足自己的兽欲,被爱斯梅拉达断然拒绝。于是,副主教把爱斯梅拉达交给了军队,军队便处死了这个美丽纯洁的少女。卡西莫多已经非常谦卑地爱上了这个美丽迷人的女子,也看穿了副主教的蛇蝎心肠,毅然把副主教也就是他过去的恩人从巴黎圣母院的墙上丢到墙下摔死了,然后跑到安放爱斯梅拉达尸体的阴山,抱着爱斯梅拉达的尸体死去了。当人们发现这一对拥抱在一起的男女尸体,试图把他们分开的时候,两具尸体都化成了灰烬。在这个故事里,我们可以很清楚地看到作者的政治倾向和思想倾向,他把弗罗洛看作基督教中黑暗势力的一个象征,加以猛烈的抨击,歌颂了美和爱。小说在艺术上的特色,我们可以用他在《克伦威尔》序言里所讲的这样一段话来加以概括:

丑就在美的旁边,畸形靠近着优美,粗俗藏在崇高的背后,恶与善并存,黑暗与光明相共。①

雨果还说,取一个形体上畸形得最可厌、最可怕、最完全的人物,把他安置在最突出的地位,在社会组织的最地下的底层、最被人轻蔑的一极上;用阴森的对照光线从各方面照射这个可怜的东西,然后给他一颗灵魂,并且在这灵魂中赋予男人所具有的一种最纯洁的感情,结果,这种高尚的感情根据不同条件而炽热化,在你眼前使这卑下的造物变换了形状,渺小变成了伟大,畸形变成了美的。相反,取一个道德上最畸形的人物加以体态的美和雍容华贵的风度,使其罪过更加突出。从这两段话,我们可以了解《巴黎圣母院》这部作品的美学思想,即关于美丑对照的原则:外形的美和内在的丑的对照原则、外形的丑和内在的美的对照原则。青年雨果就是按照他的这样一些美学思想和艺术观念塑造了《巴黎圣母院》里的副主教,还有那个钟楼怪人卡西莫多。

　　讲到19世纪的浪漫主义,还有一位诗人是不能不提到的,这就是法国的波德莱尔。19世纪的诗人大都染有孤独、忧郁、厌世的思想,这是19世纪末的"世纪病"。波德莱尔是这种世纪病的一个不治者。兰波尊他为"最初的洞察者,诗人中的王者,真正的神(上帝)"。他"洞察"到了什么呢?整个世界是一具腐尸,而自己不过是寄生在腐尸上的蛆虫。但丁以降的大诗人(从莎士比亚、拜伦到雨果)在鞭挞和诅咒人类的污浊时,都是以居高临下的姿态傲讽这个世界,并且毫不怀疑人类会有一个美好的彼岸。而波德莱尔不同:他如实地把自己看作一条蛆虫,坦率地承认自己恋着世界的腐恶。他喜爱女人的红唇和肉体,迷恋死亡的恐怖,迷恋忧郁的黄昏,迷恋跳舞的骷髅,迷恋吸食鸦片造成的幻觉。纯真的坦率与邪恶的放荡结合在一起,使他的诗具有一种令人战栗的特色。

　　从高空中俯瞰世界同把自己沉入世界的底层去体察,结果是不同的。波德莱尔是一艘把自己沉入欲海中的船。因此,他比在天空的观察者对心灵的浊流看得真切。他津津有味、细致入微地抒写丑恶,在丑恶和病态的土壤中培植艺术花朵。这些总名曰《恶之花》的诗,揭开理性的帷幕,戳穿"人

----

① 伍蠡甫主编:《西方文论选》下卷,上海译文出版社1979年版,第183页。

类高贵"的谎言,给文艺复兴时代鼓吹的人的尊严感以沉重的打击。人们从波德莱尔的作品里仿佛第一次看到在自己的心灵深处存在着一个各种欲望翻腾的海洋,即使自命为最高贵的人也不免脸红。这就是《恶之花》使法国人心灵战栗的根本原因。我在看西方表现艾滋病患者的影片《疯狂夜》(法国,1992)时,从那对行将死亡的青年男女病态的、充满生命渴望的眼睛里再次看到了波德莱尔。

1867 年,在极度纵欲和极度痛苦中耗尽了自己全部生命的波德莱尔像孩子一样蜷缩在母亲的怀抱里,安详地闭上了那双睿智的眼睛。那一年,他46 岁。

浪漫运动辉耀文坛的时间很短,其中很重要的一个原因是,它是一个情感上的运动,一个完全不顾周围的现实环境的运动。这样的一个运动,不可避免地在和现实的撞击中消退,就像歌德在《浮士德》中所描写的欧菲良那样,终究要从高空中跌落,像一颗流星。流星消失了,但它划破天空的刹那,被永远地驻留于心灵的历史中间,并且辉耀万代。浪漫运动被现实主义所取代应该说是不可避免的。但它并不是消亡,它依然在不同的形态下不断地复活。套用一句俗话,我们可以说,浪漫运动死了,浪漫运动万岁。

思考题

1. 简述欧洲 19 世纪浪漫运动的缘起和概貌。

2. 浪漫主义和古典主义的区别是什么?

3. 试阅读和分析拜伦的一首诗。

阅读书目

1.《拜伦诗选》,查良铮译,上海译文出版社 1982 年版。

2. 雨果:《巴黎圣母院》,陈敬容译,贵州人民出版社 1980 年版。

第十讲

19 世纪的现实主义与《简·爱》

【摘要】 现实主义的崛起是悄然的—现实主义同浪漫主义的边界是模糊的—现实主义作家的三大矛盾心态—讲现实主义应该从英国说起—勃朗特姐妹的性格和命运—幼年的简:金钱与尊严的对抗—简和罗切斯特的爱情:依赖尊严而结合—理想的生活是尊严加爱,当然还要加上金钱—《简·爱》细腻的心理描写

一

19 世纪初,浪漫派取代古典派登上王位时,是经过了一番大喊大叫的;而浪漫派自己被取代时,却是悄无声响的。这个悄悄地登上文坛之王位的新流派叫作现实主义。它没有大喊大叫,但它充当霸主的时间远比浪漫派长久,直至今日,虽已从主流位子上跌落下来,也还葆有强大的生命力。它业绩辉煌,名家如林,名作如海。现代派作家是反对现实主义创作原则的,却不敢小觑现实主义的成就。意识流派作家伍尔夫说,同《安娜·卡列尼娜》相比,我们的作品不过是一些小册子。

浪漫主义与现实主义之间的边界是一个"模糊边界"。把一个作家归类是一件困难而不必要的事情,但对这两种不同的创作原则和方法加以适当的分析还是必要的。有一种稍嫌简单的分法——浪漫派的创作格言是:生活应该是这样;现实主义的格言是:生活就是这样。

当你问巴尔扎克,为什么把生活描写得这么污秽?巴尔扎克会回答你:我不过是历史的书记官,现实生活就是这样。你若问青年雨果,巴黎真的有一个"乞丐王朝"吗?青年雨果会回答你:我认为应该有。

从欧洲文学发展的实际状况看,现实主义文学的产生,是对那种全然无视现实、一任情感流荡的浪漫主义文学的反拨。在现实主义作家叙述的故事里,浪漫主义的幻想和温情常常是主人公不幸的主观根源,而金钱和权力

则是构成不幸的社会根源。如最典型的现实主义作品《包法利夫人》中的爱玛是因为中了夏多布里昂和拉马丁作品的毒，为追求那种幽秘的爱情而跌入泥坑，死于债台高筑。但如果把现实主义文学说成"向社会举起的一面镜子"，那是不确切的。文学不是对现实消极的反映，而是对社会现实的反抗。那些追逐各种时髦思潮和表层热点的作家，不过是浅薄的鹦鹉，他们的学舌作品将随着潮流的东逝而消失得无影无踪。他们不是现实主义，而是伪现实主义。真正的艺术家必然不屈服于社会的庸俗的流行观念和被权威保护的现实，他们同这样的现实角力，而殚精竭虑地探索社会表层之下那些最隐蔽因而也是最强有力的因素。这种力量是相对稳定、模糊不清的，它一旦被作家、艺术家揭示出来，就能在人的内心唤醒一股如雄狮般的力量，引起社会性的"轰动效应"。这种力量，在人的内心深处、深不可测的渊底躁动着，当天才的闪电照亮深渊的时候，它就会欢腾起来，使读者（或观众）感到一种淋漓酣畅、如瀑布宣泄一样的快感。

现实主义文学在一个中心点上与浪漫派一脉相承，那就是它们所关注的依然是人的心灵自由的问题。现实主义文学比浪漫主义更重视人的心灵与外部世界的碰撞、和谐。现实主义作家像外科医生解剖人体那样，科学而细致地考察和剖析人的内心宇宙与外部环境、种族、历史、文化氛围的相互关系，理性、情感与意志的关系，个性、气质乃至深层意识的运行规律，其作品像人体解剖图那样描绘出完整而多样的内心世界体系。由于作家个人主体性格的影响，每个人所描绘出的体系各有千秋，表现手法也迥然有异，统观起来，则是一幅极其广阔、丰富、深邃的内心图画——金钱时代人类心灵的全景式、流动式的展开。

在这些自诩为"社会的镜子"的欧美作家中，我们极有兴味地窥视到他们内心世界的矛盾，这些矛盾决定了他们的叙事策略各有千秋。从宏观上看，他们大略有以下三种矛盾心态。

矛盾心态之一：对贵族社会的鞭挞与眷恋。现实主义作家大多是封建专制和官方教会的凶猛的敌人，但当面对着物欲横流的资本主义现实时，一种对于夕阳的留恋油然而生，逝去的一切几乎都被夕阳残照镶嵌上金色的边框。这种眷恋之情在起初还不强烈，随着资本主义现实中各种矛盾的激化、道德脓疮的溃烂，中世纪的田园诗般的关系就越发变得朦胧而美丽。这一点在巴尔扎克的作品中表现得最为突出，在狄更斯、萨克雷和哈代的作品中我们也可以感受到。西方的艺术家们从来只是抨击教会,只有很少的人宣布自己根本否定上帝的存在。面对物欲横流的世界,人们越发感到上帝之不可缺少。然而此时的"上帝"已不同于中世纪的上帝,它改变了自己的形象。在小说和诗歌中更多地表现为对于自然界的超自然崇拜(泛神论)和清教主义式的对勤勉、克己、助人等优良品格的提倡。这种现象在英国文学中表现得特别突出。俄国是一个封建农奴制与资本主义杂交的国家,从普希金到列夫·托尔斯泰、陀思妥耶夫斯基,也清晰地表现出这样一种宗教情结。

矛盾心态之二:对金钱的双重意识。那些富于启蒙精神的作家,从资本主义秩序建立的第一天起,就诅咒这个现实。这种情形有点像悲剧中的俄狄浦斯王,他们坚决地、义无反顾地缉拿制造罪恶现实的元凶,却不知冥冥中的命运之神正是假启蒙思想之火创造了这人间炼狱。他们大声疾呼:"不,这不是我所要的!"但在他们潜意识里又感受到自己内心的黑暗底层同丑恶现实的隐秘联系,因此他们对现实的贬斥,就像哈姆雷特训斥他那堕落的母亲,不管怎么说,他们是那个时代的儿子。当巴尔扎克创造出无与伦比的揭露金钱罪恶的史诗时,他本人正陷入金钱的诱惑而无力自拔。正是奢侈的享受使他债台高筑,而又是债台高筑迫使他像牛一般地拼命创作。F. 詹姆逊认为,巴尔扎克的工作状态,就是典型的实业家的工作状态。他的生命是在欲望的燃烧中消耗殆尽的。

矛盾心态之三:对被压迫者的圣母情结。当资产阶级宣布它的《人权宣言》时,就埋下了一个难以克服的矛盾,即同受它剥削的无产者之间的矛盾。现实主义作家们都有一颗圣母般的心灵,他们在追求个性解放的同时,认为整个人类都应该过人的生活,因此,下层人民的苦难就越来越多地进入了他们的视野。圣母情结的特征是怜悯与拯救,从巴尔扎克的《农民》到雨果的《悲惨世界》,从狄更斯的《艰难时世》到哈代的《德伯家的苔丝》,从普希金的《上尉的女儿》到托尔斯泰的《复活》,都表现出广阔的人道主义的心灵。他们把世界的苦难背负在自己身上,但却反对下层人民为解脱苦难而使用革命暴力。他们喜欢描绘恭顺、忠厚、勤劳的下层形象,唤起人们的同情,但又明确地反对任何形式的暴力,包括劳动人民为解放自身而发动的革命。革命是一种"恶",在这种恶面前,许多文学巨匠都变成了侏儒。

对于金钱社会的反抗,改变了传统的家庭小说的叙事模式,金钱成了或隐或现的主线，在不同的国家和民族那里还具有不同的风格。总的来说，充满热情、躁动不安和宁静高雅、温厚深沉这两条不同的情感河流是相激相荡的。在英国，拜伦死后，好像大海平静了，维多利亚女王时代的繁荣、强盛和清教主义的理性有形无形地控制或影响着作家们，从狄更斯笔下的城市到哈代作品中的威塞克斯乡村，都笼罩着仁慈对于邪恶的充满机智与讽刺性的谴责，在对下层穷人的深切同情中浸透着越来越多的对于幸福前景的绝望与感伤；从家庭小说的杰作《傲慢与偏见》到勃朗特的《简·爱》，都在告诉人们，追求幸福时，适当的节制是必不可少的，理性是欢乐的伴侣。萨克雷的《名利场》是少有的辛辣作品，其中"黑良心"的美丽女子蓓基富于青春活力，但作者对她的态度显然是贬抑，而他想赞美的人物爱米莉亚却显得苍白贫血。英国人的风雅、机智和文质彬彬的传统，直到20世纪初才被D. H. 劳伦斯所打破。只要想一想英国的传统精神，就不难理解《查泰莱夫人的情人》何以被禁达50年之久。在法国的情形就不同，高卢人的血液似乎永远在燃烧，法国的作家总是在寻找和表现那种躁动不安的激情：从司汤达、梅里美、巴尔扎克到福楼拜、左拉。国内的起义、动乱和对外战争的失败，给法国蒙上一层灰色，但染上灰色情绪的莫泊桑等人的作品也还渗透着各种情欲的渴望和波动。在20世纪初的罗曼·罗兰那里，我们看到为恢复理性统治所做的努力，但当时的时代气氛使他的努力已带有堂吉诃德的味道了。同英法两国相比，俄国文学步履沉重，像浑浊而宽阔的伏尔加河。封建的军事专制的农奴社会，加上资本主义咄咄逼人的发展，使俄国作家处于两难境地，心灵压上了沉甸甸的十字架。从普希金的叶甫盖尼·奥涅金开始，俄国的知识分子就意识到自己在灾难现实面前的软弱无力，"多余人"的主题以凝重而伟大的悲哀格调奏响了。从彼得大帝时代就崇尚法国古典主义的俄国，现在把法国式的浪漫的个人主义视为不值一哂的纨绔作风。因为俄国的苦难太深重了，许多有良心的作家都在反抗农奴专制的同时又力图避免俄国陷入资本主义泥潭。他们不能不为"谁之罪"和"怎么办"两大磁石所吸引。即使深受"西方派"影响的屠格涅夫也不能不为木木而感伤；果戈理的喜剧天才被浸在悲哀的泪水之中，"爱和受难相伴相随"成了俄罗斯文学的性格，列夫·托尔斯泰和陀思妥耶夫斯基把它推向了欧洲现实主义文学的勃朗峰。与俄罗斯性格完全形成鲜明对照的是美国。在那里，无论是深刻的文学还是肤浅的文学都流溢着强烈乐观的生命欲。爱伦·坡、康拉德、麦尔维尔显得奇诡梯突,但说不上悲观。杰克·伦敦的后期作品显示出暗灰色的阴郁,他终于自杀了。马克·吐温是这一时期最杰出的代表。而德莱塞却是最能体现 19 世纪美国人的文化心理的作家,他深知像美国这样一个没有传统文化的民族,就没有那么多道德上的悲哀。德莱塞作品中的人物不能理解金钱与人性发展之间的对立:"没有金钱便没有一切"是最明白不过的真理,除此之外还有什么呢?因此他们成了后现代派的先驱。

二

正像英国最早进行了资产阶级的"光荣革命"一样,英国最早出现了像《鲁滨孙漂流记》这样的现实主义文学作品。因此,我们对现实主义的描述也从英国说起。

在讲到英国的现实主义文学时,我们不能不提到威廉·梅克皮斯·萨克雷。他在 19 世纪中叶,以《名利场》为题写了一部妙语连珠的小说。在小说刊行第一版时,作者给它加的副题是"英国社会的钢笔和铅笔素描画"。这幅画是英国上层社会普遍拍卖良心的鲜活写照。良心、荣誉都被押到"名利市场"上变成了商品。为了得到金钱和幸福,可以毫不犹豫地作践他人。金钱使好人变成魔鬼,所谓"黑良心"的女子蓓基曾道出如下真理:"……如果我有 5000 镑收入的话,我想我是会成为好人的。"萨克雷评述说:"谁不知道利蓓加(按,即蓓基)的想法是对的——造成了她和一个诚实女子之间区别的不过是个钱财问题。"萨克雷在写给他母亲的一封信中说:"我想创造一群不相信世界上有上帝的人(那只是一句伪善的黑话),一群贪婪而装腔作势的人,他们多半十分自负,心安理得地自以为有高人一等的美德。"从《天路历程》到《名利场》相隔近 200 年,在这 200 年中,商业精神打败了基督精神,金钱取代了上帝。《名利场》产生的背景是 19 世纪有名的"维多利亚时代"(1837—1901),英国以"日不落"而自炫于世界。但这个时代的小说家却不屑于为它唱赞歌,只要读一读狄更斯、G. 艾略特、梅瑞狄斯和哈代的作品,你就会获得一幅与《名利场》相似的社会讽刺图画。

然而,这些作品在揭露讽刺上层社会的虚伪贪婪、表达自己对下层穷人的深切同情时,总掩饰不住对往昔那种贵族的田园情趣与温情的留恋。这种对于夕阳的留恋成为英国人反抗物化的主要诗情。如果有一位敢于蔑视世俗金钱的平民女子（如《傲慢与偏见》中的伊丽莎白），则必有一个同样蔑视世俗金钱的贵族（如《傲慢与偏见》中的达西）与她心心相印。《名利场》中破了产的善良姑娘爱米莉亚虽遭公公拒绝、丈夫背弃，但终有一个貌不出众的贵族都宾处处搭救，最后成为伉俪。被英国人视为与列夫·托尔斯泰的《战争与和平》相媲美的巨著《米德尔马契》，其女主人公多萝西娅，怀着一种献身的热情同比她大 30 岁的学者卡苏朋结婚。但卡苏朋实际上是个心胸狭小的庸人，临死前立下遗嘱，如果多萝西娅敢于同贫寒的青年威尔结婚就将丧失财产继承权。结果这份遗嘱从反面促成了多萝西娅与威尔的婚事。多萝西娅毅然放弃了财产，选择了爱情。作者在描写多萝西娅时，经常使用"崇高的品质""可爱的充满信任的庄严矜持"之类的词汇。当她真诚地帮助利德盖特医生时，利德盖特称她具有"圣母玛利亚的宽广胸怀"。

三

在这些超越金钱、反抗物化的英国人中间，有一个形象带有脱颖而出的新鲜气息，那就是《简·爱》的女主人公。

在英国文学史上，有许多经典名著将会永垂不朽，《简·爱》在其中排名不会靠前。但能够像《简·爱》这样深深地进入人们的灵魂，影响着人们的精神世界，甚至影响人的毕生命运的作品并不很多。

《简·爱》的作者是夏洛蒂·勃朗特（又译夏洛特·勃朗特）。她有四个姐妹、一个哥哥，家里有三位成了作家：夏洛蒂、艾米莉和安妮。夏洛蒂的《简·爱》和艾米莉的《呼啸山庄》，都已经成为世界文学史上的经典。在一个家庭里，三个姊妹同时成为作家，而且影响很大，在世界文学史上还找不到第二个例子。

夏洛蒂·勃朗特的父亲是一位牧师，他手里虽然也有一张剑桥大学的毕业证书，但是由于贫困，由于中年丧妻，也由于自身的性格，他没有成为一个很好的父亲。在这个贫穷的下等家庭里，夏洛蒂·勃朗特和她的姐妹们，过的是一种贫穷而且缺少家庭温暖的生活——很早母亲就去世了，父亲多病，性格乖戾，很少能够给她们温暖，对她们的教育也不够，夏洛蒂在很小的时候，连同她的两个妹妹一起被父亲送进了寄宿学校。看过《简·爱》的人,可以知道夏洛蒂和她的姐妹们在寄宿学校里过的是一种怎样的贫困、没有温暖、经常受到惩罚嘲弄甚至于打骂的生活。在寄宿学校里的这段生活和她们自幼染上的肺病,使她们都活得比较短,夏洛蒂只活了 39 岁,艾米莉死的时候比姐姐还要小得多。

夏洛蒂个子矮小,五官搭配得不是很好——眼睛很大,鼻子也很大,嘴稍微有一点弯曲,给人的整体印象是一个比较古板的女人。我们现在看到的她的画像,在某种程度上美化了她的容貌。作为一个女人,长得不美,构成了她灵魂深处的自卑。

她的妹妹艾米莉和夏洛蒂有很多相似之处,比如说,她们都不太相信有人会爱上自己,甚至于由此而推广到不太相信人类有那种所谓普遍的爱,她们从小就喜欢把自己全部的情感都倾注到小动物身上。

但是这姊妹俩的性格又不太相同,夏洛蒂·勃朗特显得更加温柔,更加清纯,更加喜欢追求一些圣洁的东西,追求一些美好的东西。她曾经非常热烈地爱恋过自己的老师赫格,给他写过一些热情的甚至可以说是求爱的信,但是老师给她回了一封信以后,就再也不理睬她了。对于夏洛蒂,这是很大的感情上的打击。但是她并没有因此停止对温暖和爱情的追求,尽管她常常觉得人们不会那样去爱她。也许就是这样一种灵魂深处的很深的自卑,反映在她的性格上就有一种非常敏感的自尊,以自尊作为她内心深处的自卑的补偿。她描写的简·爱,也是一个不美的、矮小的女人,但是她有着极其强烈的自尊心。她坚定不移地追求光明的、圣洁的、美好的生活。

艾米莉的生活景况和容貌大体上都和夏洛蒂差不多,但是她的性格和姐姐不一样。她也非常爱小动物,但有时候又会表现得很残忍。比如有一次,一只她很喜欢的小狗,不听她的话,几次非要跑到床上去,她就抓着小狗的脖子,把它揪到外面,狠命地打,几乎要把眼睛打瞎。周围的人看了之后都非常吃惊,一个这么矮小的女孩子竟然能这样残暴地打一只小动物。盖斯凯尔夫人写的《艾米莉传》中说,在艾米莉死后,这只小狗是所有的人和动物中最悲伤的一个:在它的主人死后,就从来没有快乐过。艾米莉内心残暴的这一面,也是对她自卑心理的补偿,只是是与夏洛蒂不同的另外一种形态的补偿。这种补偿反映在她的文学作品里,就是《呼啸山庄》中希斯克利夫那个残暴的复仇者的形象。当然复仇并没有带来快乐,而是带来更加深沉的痛。

在《简·爱》的开头，还是小孩子的简看到了一本英国禽鸟史的书，觉得很好玩，就一个人躲在窗帘后头看，非常入神。这时候，被她的表兄——就是她舅妈的孩子，一个肥胖的十四五岁、很有力气的野蛮的男孩子——发现了，他一把抢过她的书，说：

> 你没资格拿我们家的书。你是个靠人养活的，妈妈说过。你没钱，你父亲一文也没留给你。你本该去要饭，不该在这儿跟我们这样上等人的孩子一起过活，跟我们吃一样的饭，穿花妈妈的钱买来的衣服。……滚，站到门口去，别站在镜子和窗子跟前。①

这段话意味着什么呢？意味着那种没有钱就没有尊严可谈的观念，在当时的社会是多么普遍。就像约翰这样一个十四五岁的孩子，这种观念在他头脑里也是根深蒂固的。他觉得简跟他们不一样，还骂简是"耗子"，是偷吃别人东西的耗子。他之所以这样鄙视简，没有别的理由，就是因为简没有钱，她的父亲一分钱也没有留给她。他认为她应该去要饭，她没有资格过上等人的生活。

到了寄宿学校以后，这种观念就更现实了。因为寄宿学校里都是些没有钱的穷孩子或者孤儿，是社会上被鄙视的一群。老师鄙视他们，那些主教、学校的负责人更鄙视他们，随便地加以处罚。简只是由于不留神把一块写字的石板落到地下摔破了，老师就罚她站在一个高高的凳子上示众，还吩咐所有的学生不许和她说话，这对孩子的尊严是一种无情的践踏。"没有钱就谈不上尊严"，直到现在在西方依然是一种很流行的观念，在中国这种观念也在扩展。

如果很有钱，是不是就一定能够获得人们的尊敬，而拥有人所具有的尊严呢？小说里所写的庄园主罗切斯特是一个很有钱的人，他在法国巴黎认识了一个女演员的女儿塞莉纳，她是一个迷人的美女，他开始认为这个美女不会喜欢上他，因为罗切斯特自认为是一个丑八怪——他的皮肤很黑，脸上的线条显得过于僵硬。但是他有钱，这个美女就赞美他，说："你有体育家

---

① 夏洛蒂·勃朗特：《简·爱》，吴钧燮译，人民文学出版社 1990 年版，第 6 页。以下凡引《简·爱》皆出自此版本，不另注。

的身材和气度,所以我非常地爱你。"罗切斯特也相信了,给这个美女在高级酒店里租了房间,给她配了马车、仆役,买了许许多多的钻石和高级的衣服。他以为他得到了这个美女的爱,但是有一天他回来的时候,无意中听到了塞莉纳和另外一个男人在谈他:"你以为我会喜欢那个丑八怪吗?"这件事给罗切斯特很深的刺激,他原以为只要有钱,人家就会尊重他,但事实上并不是这样。像塞莉纳这样的人,为了要罗切斯特的钱,当他面说许多好话,但实际上根本就瞧不起他。

钱并不能买到一切。

尊严究竟怎么样才能够获得?尊严本身不是一个孤立的东西,它要靠在人和人的关系中获得别人的肯定才能拥有。马克思讲过大意如下的话:人首先是把自己反映在另一个人身上,一个名叫彼得的人所以会把自己当作一个人来看,只是因为他把一个名叫保罗的人看作自己的同种。也就是说,一个人只有在另外一个人身上才能获得对自己的肯定。

简在舅妈家里、在寄宿学校里,没有得到这种对于她自身尊严的肯定。虽然在寄宿学校里有一些老师(比如说坦波尔)对她很好,但是这种好只是一种怜爱,它没有对于人的自尊的肯定。简真正获得对于人的自尊的肯定,是到了罗切斯特的庄园后。在和罗切斯特的交往中,她才感到自己的尊严,并且逐步获得升华。

他们两个人的邂逅是非常有意思的。罗切斯特的马车出了事,他自己也受了伤,简帮了他的忙。两个人在山里有一段对话,这段对话对于简至关重要。当时两个人都还不太清楚对方是谁,但是简从罗切斯特坐的马车和他的装束完全可以看出他是一个贵族、一个有钱人。回到家,第一次召见简的时候,罗切斯特问简:"你觉得我漂亮吗?"简当时脱口而出:"不,先生。"这句话当时对罗切斯特的震动是很大的,罗切斯特就进一步追问她:"你觉得我什么地方不好看?"简意识到自己说的话有点不礼貌,所以她向罗切斯特道歉,并作了一番解释:

> 先生,我太直率了,请你原谅。我本来应当回答说,问到外貌的问题,是很不容易当场就随口作出回答的。应当说,各人有各人的审美观,说美并不重要,或者诸如此类的话。

简的这两个回答,对罗切斯特认识简很重要。罗切斯特心中有一道伤口,就是法国的美女塞莉纳当面吹捧他、赞美他，而背后骂他丑八怪。可今天他遇到的这个其貌不扬、平民模样的女孩子，当面说他不漂亮。这样的直率和真诚，一下子把简在罗切斯特心中的地位抬高了。因为在当时的英国，家庭教师不过是高级仆人，她和主人是两个阶层。罗切斯特通过当时的谈话，已经知道简就是家里新聘请的家庭教师。他知道他面对的不是一个普普通通的"下等人"，简身上有塞莉纳所没有的直率和真诚，而这种真诚又是他常常找不到的。简接下来的道歉又使罗切斯特感觉到，眼前这个女人不仅诚实，还有教养，能够善解人意，不愿意伤害人。两句对话，使罗切斯特把她看作一个可以和自己在精神上平等交谈的人。这是简获得尊严的第一步。

后来，罗切斯特的一段话，又使得简把罗切斯特看作和自己平等的人。罗切斯特非常坦白地向她讲述了自己私生活中的隐秘，特别是关于他和塞莉纳的那段生活。作为主人，一个"上等人"，他能够坦诚地把自己内心的隐秘告诉一个家庭教师——在当时的观念里是一个"下等人"，这使简在精神上不再把罗切斯特看作一个高于自己的"主人"。

这两段话使得他们两人处在平等的地位，相互尊重，相互理解，也就因此从对方那里取得了一种人的尊严感的满足，在这样的基础上，两个人产生了爱情。

但是，事情到这里并没有结束。人的平等的意识，不是很容易取得的，从理性上来讲，罗切斯特把简看作一个和自己平等的人，但是在内心深处，作为一个男人，他在某些方面仍然认为女人是男人的一个附属物：直到他向简求婚的时候，都没有告诉简，他是一个有妻室的人。这件事情在他们准备正式结婚的时候由律师揭出来了。简觉得自己必须离开，她这样想：

> 我自己在乎我自己。越孤单，越无亲无友，越无人依靠，我越是要尊重自己。我要遵从上帝颁发、世人认可的法律。我要坚守我在清醒时，而不是像现在这样疯狂时所接受的原则。法律和原则并不是为了用在没有诱惑的时候，它们正是要用在像现在这样肉体和灵魂都起来反对它们的严肃不苟的时刻。既然它们是毫不通融的，那它们就不容违反。……原定的想法，已下的决心，是我眼前惟一必须坚持的东西，我要牢牢守住这个立场。

这是简告诉罗切斯特她必须离开的理由，但是从内心讲，更深一层的东西是简意识到自己受到欺骗，她的自尊心受到戏弄。简在知道罗切斯特有妻子后，她回到房间，脱下了婚纱，说：

> 唉，它再也不能去求助于他了，因为忠诚已遭破坏，——信任已经丧失了！对我来说，罗切斯特先生已不再是过去的他，因为他原来不像我过去所想象的那样。我不想把他看成邪恶，我不愿说他欺骗了我，不过他在我心目中已失去了正直不欺的属性，因此我必须离开他，这一点我看得很清楚。

简在非常强大的爱情力量的包围之下，在美好、富裕生活的诱惑之下，依然要坚持自己作为人的尊严，这是简最具有精神魅力的地方。

小说写到此，作者对于人的尊严的探索已经结束了吗？没有。简在离开了罗切斯特以后，遇见了她的表兄圣约翰。作为忠诚的基督徒，他在简面前展示了一种新的关于人的尊严的境界。这种境界，简在寄宿学校的同学海伦那里已经感觉到了。这种尊严是超越了人的，是一种和神结合而产生的尊严感。这是在西方宗教中一种相当普遍的、为人们所追求的精神境界，人们抛弃了人间的一切享受，而在精神上同上帝结合，从而获得了道德上的满足，他们认为自己作为人，最高的境界就是如此——把一切都牺牲，把一切奉献给上帝。

圣约翰就是这样来劝说简，让她放弃一切，让她作为自己的妻子一起到印度去做传教士，在那里传布福音。但是，简拒绝了，她拒绝了这样一种神的尊严的境界，为什么呢？因为她觉得她是一个凡人，她还要享受人间的爱情，她和圣约翰之间有一种很亲密的友情，但是没有爱，她内心还是想着罗切斯特，对罗切斯特还是充满了热烈的爱情。圣约翰给她指的这样一个澄澈清明的境界同她对罗切斯特的爱之间产生了激烈的搏斗。作为19世纪青年女子的典型，简对人世间充满了乐观主义的情绪，所以简说她能够"摸索出一条出路，来冲出这团疑云，找到事态明确的万里晴空"。在她拒绝了圣约翰的要求后，小说设计了一个很光明的结尾：虽然罗切斯特的庄园被他的疯妻烧了，妻子葬身火海，他自己也双目失明，但我们看到，正是这种状况使简不再在尊严与爱之间徘徊，她同时获得了两种满足——在和罗切斯特结婚的时候，她既是有尊严的，同时也是有爱的。

小说告诉我们，人的最美好的生活是尊严加爱，小说的结局给女主人公安排的就是这样一种生活。小说设计了一个过于圆满的结局，这种圆满本身标志着肤浅，但是我们依然尊重作者对这种美好生活的理想，就是尊严加爱。只是需要补充一个作者未加以强调的因素，这就是金钱。如果简没有那笔飞来的遗产继承，这桩爱情不可能圆满，而且很可能没有结局——简和罗切斯特都会死于穷愁潦倒。喜剧结局是上帝的赐予，这个上帝就是金钱。因此，公式应该改写为美好生活 = 尊严 + 爱 + 金钱，尽管这个公式让作者扫兴。

<h1 style="text-align:center">四</h1>

《简·爱》在艺术上最突出的特点在于它的叙述方式。以第一人称叙述的小说在《简·爱》之前已有很多，但是这部小说的第一人称叙述，由于带有比较强的自传色彩，显得非常细腻而真实。作者对读者是非常真诚、非常坦白的，像一个亲密的朋友在向我们讲述她的心事，讲她的肺腑之言。正是这种真诚，构成了这部小说永久性的魅力。小说里对人的内心活动有很细致的描写，这种描写丰富了我们对于人类内心世界的认识，常常使我们感动不已。

例如，简和罗切斯特已经准备结婚了，简已经穿上婚纱，走进了教堂，在这种情况下，忽然律师站出来说罗切斯特没有权利结婚，并且提出了证人——他发疯妻子的弟弟。这个证人尽管畏畏缩缩，还是把实情说了出来。罗切斯特也坦白地承认了自己确实有妻子，并且带人们去看。

在小说写到这一过程的时候，没有写"我"——也就是简——自己内心的感受，这真实不真实呢？如果很粗略地考虑，也许会觉得不大真实。我们经常看到这样的电影：一个人要和另一个人结婚的时候，发现另外一个人背叛了她（他），不能结婚了，这时候她（他）有可能因为受到很强烈的打击就昏倒了，或者是当场痛哭流涕，从教堂里跑开，等等。《简·爱》里都没有这些情节。在这样一个过程中，简都是亲历者，但是她却像麻木了一样。我觉得这是非常真实的——恰恰是由于简对罗切斯特爱得非常深，而且对他非常相信，所以她在听着这些事情的时候，都觉得是在讲别的人，而不是讲她的未婚夫罗切斯特，她觉得是在讲一个和自己没有关系的故事。在这样强大的震撼面前,她的表现应该是麻木的。到什么时候她才开始清醒,开始感到痛苦了呢?是在她回到房间,脱下婚纱,穿上自己结婚之前的那件旧衣服时。她忽然觉得好像一个简消失了——那是一个梦幻中的穿着婚纱的简;现在自己又回到了现实——原来自己还是那个穿着旧衣服的普通的家庭教师。在这时候,小说描写她开始感到了痛楚,才有了我们刚才提到的那段她意识到的忠诚已经不存在了。这时候还只是一个感觉,到了下决心要走,和罗切斯特谈理由的时候,她又没有说这些话,而是说我们提到的那段关于法律、关于人生道德原则的话,那段话使我们觉得简是非常理性的。说完这段话,下决心走了以后,在田野的小路上,简内心的痛苦才达到无以复加的地步。她到了圣约翰那里,在他的指导下自己有了皈依基督的愿望。在日落的时候她站在小山上,想着自己将要走向一条皈依上帝的道路。小说写道:"当我内心里感到幸福时,我却发现我的眼睛里充满了泪水。"

俗语云,"痛定思痛",人在真正沉重的打击前是感觉不到痛的,而这种痛是在后来,随着时间的推移,才显示出它深入骨髓的特质。在这些章节中,小说的作者以一种女性的细腻,为我们揭示了人的内心世界中深刻的体验。这样的描写使得小说的价值超越了它的故事框架,它提供给我们的人的心理活动的体验,直到今天依然会引起很多读者,特别是女性读者的共鸣,这一点是不奇怪的。

思考题

1. 欧洲 19 世纪现实主义作家普遍生活于矛盾之中,你能否就自己阅读过的作品加以说明?

2. 谈谈《简·爱》女主人公的尊严观及其现实意义。

阅读书目

1. 狄更斯:《大卫·科波菲尔》,董秋斯译,人民文学出版社 1958 年版。

2. 夏洛蒂·勃朗特:《简·爱》,吴钧燮译,人民文学出版社 1990 年版。

3. 哈代:《德伯家的苔丝》,张谷若译,人民文学出版社 1957 年版。

第十一讲

司汤达与巴尔扎克

【摘要】 司汤达:拿破仑的崇拜者与追随者—《红与黑》在中国的命运—于连的自尊与自卑心理—于连:爱情就是征服—于连:世界就是一根竹竿,看谁能爬到顶端—巴尔扎克:文学实业家—《人间喜剧》:辉煌的现实主义大厦—《高老头》:金钱怎样取代门第—拉斯蒂涅的人生三课:最没有用的是温情和眼泪

一

上一节课给各位介绍了 19 世纪现实主义文学的概貌以及它在英国的一些成就。今天,我们把目光转向法国的现实主义文学。首先要介绍的是一位大家很熟悉的作家——司汤达。他最有名的作品就是《红与黑》。

这位作家原名亨利·贝尔,18 世纪末出生在一个律师家庭。当时在法国,律师并不很有地位,那还是一个唯贵族为贵的社会。但是在司汤达十几岁的时候,法国发生了巨大的变化:1789 年大革命之后,拿破仑上台执政。司汤达觉得社会给他开辟了一条辉煌的路,他可以凭着自己的聪明才智,跟随拿破仑去创一番事业。因此他在 16 岁时就参加了拿破仑的军队,两度追随拿破仑一起出去作战。他渴望像拿破仑一样建功立业。但到 1812 年,拿破仑在俄国遭到惨败,1814 年被囚禁在圣埃伦岛。司汤达说:"1814 年,我和拿破仑一块儿垮了台。"

遭受了重大挫折和打击的司汤达开始转向写作。他离开了法国,很长时间住在意大利,参与烧炭党人的革命活动。他是一个无神论者,极度仇恨基督教的教会和黑暗腐朽的政治势力。在法国的浪漫派同新古典主义作战时,司汤达写了一本很重要的著作,叫《拉辛与莎士比亚》。他抬高莎士比亚,贬低新古典主义的大师拉辛。这部理论著作很重要,但在当时并没有起到很大作用。后来他又写了几部小说,有各位所熟悉的《红与黑》,还有《吕

西安・娄万》(又叫《红与白》)、《帕玛修道院》、短篇小说集《意大利遗事》。司汤达的这些作品都可以在书店里找到中译本。特别是《红与黑》,有若干个中译本,可以互相参照着欣赏、研究。

《红与黑》这本书在我国是非常有名的,很多年轻人都读过。我上大学时,也就是在20世纪60年代,《红与黑》被认为是一部黄色小说,因为里面有若干关于爱情的描写。有些学生如果在生活上犯了一些过失,在做检查时常常归罪于"两红",即《红楼梦》与《红与黑》。经过"文化大革命",改革开放以后,我们重新来认识这部作品,发现这样的一种认识实在是太错误了。其实,从根本上说,《红与黑》是一部政治小说,它的副标题叫作"一八三〇年纪事"。1830年是波旁王朝复辟和反复辟斗争非常激烈的一年,可以说是阶级斗争白热化的一年。勃兰兑斯在《十九世纪文学主流》中说,在这一年里,如果一个人不谈论政治,他就不是一个法国人。所以我们在这部书里看到了很浓烈的政治斗争的气息和对当时政治斗争的描写,这是一点都不奇怪的。

小说写的是法国与瑞士相邻的边境上一个叫作维利耶尔的小城。这个小城风景非常美丽,有一条清澈的河流。河畔有一些工厂,其中最大的是安装了十几个大铁锤来制铁钉的工厂,它是属于德瑞纳市长的。这个工厂每天利用水的力量运作十几个铁锤,震得整个维利耶尔小城都不得安宁。因为是市长的企业,人们也不敢说三道四。这里也还有一些其他的工厂,比如老农民索黑尔开了一个木材加工厂,这个工厂比起市长的要小。但是老索黑尔作为一个老农民、一个新生的工厂主,敢于和德瑞纳市长较劲。有一次,市长要营建一个花园,其中有很小一块土地是属于老索黑尔的。老索黑尔明白,市长必须买下这块土地,因此他把价钱抬高了两倍。德瑞纳市长非常恨索黑尔,但他没办法,因为当时已经是法国大革命之后了,哪怕是波旁王朝复辟了,他也不可能非常随意地处置一个农民的土地,只好忍痛用很高的价钱买下了老索黑尔的这块地。这比较典型地反映了法国大革命以后,在波旁王朝复辟时期贵族和新兴工厂主之间的矛盾态势。

如果没有其他的事情,小城里的市长和索黑尔也就这样过着平常的生活。但是出现了一个年轻人,这个年轻人把两家的矛盾进一步推向了戏剧性的高潮。这个年轻人就是老索黑尔的儿子,叫于连・索黑尔。于连非常聪明,他能把《圣经》倒背如流,但他很瘦弱。老索黑尔很不喜欢这个儿子,而喜欢其他的儿子，因为其他的儿子能帮他干活，而于连不行。于连因此而经常挨打。小说里这样描写于连：

> 他的两腮红红的，两目低垂着。他是一个十八岁到十九岁间的少年，表面看来，文弱、清秀、面貌不同寻常。他的鼻子好像鹰嘴，两眼又大又黑。在宁静的时候，眼中射出火一般的光辉，又好像熟思和探寻的样子，但是在一转瞬间，他的眼睛又流露出可怕的仇恨的表情。①

在这里引起我们注意的是三点：第一，这个年轻人长得清秀。这一点对他以后的命运有很重要的作用。第二，他深思，喜欢探寻问题。他读过很多的书，但最喜欢的是两本，一本是我们前面讲到过的卢梭的《忏悔录》，他从卢梭那儿领悟到人应该是有尊严的；第二本书就是拿破仑的《圣埃伦岛回忆录》，该书记述拿破仑被囚禁在圣埃伦岛的生活与思想。于连就像这本小说的作者司汤达一样，狂热地崇拜拿破仑。作为一个没有贵族身份的小工厂主的儿子，他觉得拿破仑给他开辟了一条路，他可以凭着自己的聪明才智，像拿破仑那样打拼出一番事业。可是拿破仑垮台了，于连不得不放弃自己穿上拿破仑军队的红军装的理想，而改穿上教士的黑教袍。小说的名字《红与黑》的阐释之一就是：红指的是拿破仑的红军装，黑指的是教士的黑教袍。红军装与黑教袍象征着当时年轻人的两条路，就像我们现在，同学们喜欢讲红帽子、黄帽子、黑帽子是大学生的三条路一样。而于连自己，他向往拿破仑，对于做教士根本没兴趣，甚至于还有仇恨。可是他知道，波旁王朝复辟了，穿红军装的这条路已堵死，他只能走另一条路——穿上教士的黑教袍，挣的钱很多，而且受到很多人的尊重。他下决心走这条路，但内心又对这条路充满仇恨。第三，在某一转瞬间，他的目光里常常显出一种仇恨的表情。这种仇恨我们用"生不逢时"这样的话都难以描绘，他像一个行将爆炸的火药桶。但是在当时情况下，他必须掩饰住自己的仇恨，在表面上要表现出很虔诚地笃信基督的样子。这对年轻人来说是很痛苦的。有的人说，社会可以分成两种，一种是下棋的社会，一种是赌博的社会。所谓下棋的社会，就是每个人都有一个公平竞争的机会。如果你聪明，你就可以战胜你的

---

① 司汤达：《红与黑》，罗玉君译，上海文艺出版社 2007 年版，第 19—20 页。以下凡引《红与黑》皆出自此版本，不另注。

对手,就可以升到一个比较高的台阶上去。而赌博的社会就很难说了,首先你得有赌本才行,没有赌本,你根本就没有资格上赌台;然后你还要有运气,凭着你的狡猾和欺诈,取得胜利。在于连看来,在拿破仑时代,那是一个"下棋的社会",人可以凭着自己的本事爬上去。而现在波旁王朝一复辟,变成"赌博的社会",只好去赌自己的命。他就这样做了一个教士,把他的聪明全用来背《圣经》。许多人都知道他熟知教义,他的这点名气给他的生活带来一个转机:德瑞纳市长的夫人要给自己的孩子聘一个家庭教师,选中了于连。这件事情使得老索黑尔非常惊奇,因为他觉得所有儿子中最不争气的就是于连,结果没想到德瑞纳市长要聘他去做家庭教师。但是作为一个工厂主、一个新兴的资产阶级,老索黑尔关心的还是市长给他儿子多少薪水。他为了儿子能多挣一个法郎而和市长拼命地辩论,死不让步。他还关心他儿子去了以后市长管不管饭、他儿子穿的衣服由谁来负责这样一些细节,反映出一个新兴的工厂主所关心的是金钱。而于连所关心的是他和谁一起吃饭,是和主人一起吃饭还是和仆人一起吃饭。于连说如果让他和仆人一起吃饭,他宁可死掉。从这件事我们看到,作为老索黑尔的后代,于连已经和他的父亲不一样,他关心的首先是自己做人的尊严。但是,于连和卢梭也不完全一样,虽然他的思想来源于卢梭。卢梭想到的是把整个社会来个颠覆,他的《社会契约论》成了雅各宾党人在法国大革命中的"圣经"。但于连当时想的不是颠覆一个社会,而是在有钱人的宴席上给自己加一把椅子,也就是说如果和主人一起吃饭,他就可以去。他的这种自尊心背后掩盖着相当严重的自卑。由于自己出身比较低微,所以他的这种自卑表现得非常明显。我们在他的生活中看到这样一个心理活动的来复线,就是瞬间的自卑然后马上激起自尊的反抗,这种反抗如果得到了某种胜利的满足,这个来复线周期就完毕了;但接着他又会在另外一件事情上感到瞬间的自卑,又会激起一个自尊的反抗,而后再获得一种胜利的满足:瞬间的自卑——自尊的反抗——胜利的满足——瞬间的自卑……

我们在这部小说里看到于连这个年轻人就是沿着这样一个心理来复线在往前走。比如说,他第一天去做家庭教师时,夹着一个小布包,小布包里包着两件衣服,走到德瑞纳市长的住宅门前,看到那扇大铁门非常华丽,他一下子就感到自己非常渺小,以至于怯懦得不敢用手去摁那个门铃。恰好这时,德瑞纳市长的夫人走出来给他开了门。但是于连心里非常恨自己,觉得自己当时畏缩的样子让市长夫人看到了。他实在是恨自己恨得不得了，下决心要扭转自己在德瑞纳夫人心目中的可鄙形象，以至于他想：我是追求德瑞纳市长夫人呢，还是追求她的一个女伴（德维夫人）？他在作选择时，曾经有过这样的考虑：可能追求德维夫人好一点，因为她没有看到自己夹着一个小布包站在门口不敢按门铃的那副畏缩的样子。但是自尊又要求他：既然在德瑞纳夫人面前表现了自卑，就要在她面前表现出自尊，要能够征服她，让她崇拜自己。于是他就下了决心要征服德瑞纳夫人。德瑞纳夫人事实上这时候已经倾心于于连。作为一个贞洁的贵妇人，她自己也没有想到竟然一下子就喜欢上了这个年轻人。但是她发现这个年轻人非常难接近。有一次在花园里，德瑞纳夫人完全出于好心给了于连两件新衣服，于连把这看作夫人的一种施舍，感到受到了侮辱，正言厉色地对德瑞纳夫人说他不能够接受她的衣服，把德瑞纳夫人吓得够呛。其实当时德瑞纳夫人完全没有看不起他的意思，她那时已经爱上他了。有一次在花园喝茶的时候，傍晚天色有点黑了，于连不小心碰了一下德瑞纳夫人的手，德瑞纳夫人立刻就把手抽回去了。对于一个贵妇人，这是修养使然。但是于连马上产生一个念头：德瑞纳夫人瞧不起我，我的手一碰到她，她一下子就抽回去了。这样一种自卑的意识变成了自尊的反抗，他想：无论如何都要抓住她的手。经过很激烈的痛苦的思想斗争，他下了极大的决心，把德瑞纳夫人的手紧紧抓住了。由此开始了两个人的爱情。当天晚上德瑞纳夫人非常兴奋，她觉得自己的生活掀开了新的一页，甜美的爱情降临了。而于连只是感到一种胜利，感到一种胜利的满足，因为他的自尊心得到了满足，所以那天晚上他睡得很香，跟德瑞纳夫人完全不同。第二天，他来到野外，看到天上的鹰在飞翔的时候，有这样一种感觉：

> 于连站在最大的岩石上，双目仰视苍穹……他望着它们（按，老鹰）在天空中静悄悄地画了无数的大圆圈。于连的眼睛机械地随着鸷鹰转动。这猛禽飞翔起来，那种有力的安闲静谧的活动，在于连心里留下深刻的印象。他羡慕这种力量，他羡慕这种孤独。
>
> 这是拿破仑的命运。难道有一天，这也会是他自己的命运吗？

征服德瑞纳夫人对他来讲，最重要的意义不在于得到了爱情，而在于证明了自己的力量，使他重新建立那种拿破仑式的信心。

他的这样一种从自卑到自尊的反抗到胜利,又从自卑到自尊的反抗到胜利的心理来复线,在他和德拉木尔侯爵的女儿玛特尔的关系中表现得更突出。

他从德瑞纳夫人家里出来,经过了一段修道院的生活,然后被聘到德拉木尔侯爵家里,在那儿他遇见了玛特尔小姐。这位玛特尔小姐是个追求刺激的女人。四周的那些油头粉面的纨绔子弟已经不能满足她的要求,她对他们已经完全没有兴趣了。她渴望像法国历史上的玛嘉锐特王后一样,能够有一个情人,这个情人上了断头台,被处以绞刑后,她能够抱着他的头颅把他送往墓地。她觉得这是最刺激的生活,跟那些油头粉面的纨绔子弟周旋一点意思都没有。她这时候发现了于连,于连和那些纨绔子弟多少有点不同,一是他出身低微,二是他对玛特尔小姐很冷淡。这种冷淡对于连来讲,是由于地位上的悬殊而产生的自卑以及自尊的反抗。但是对玛特尔小姐来讲,和这样一个地位低微但很漂亮的年轻人搞一场恋爱,也许有一点新的味道。她主动地投书给于连,约于连到自己的小房间里来幽会。于连收到情书后,首先的反应就是玛特尔要戏耍自己,她不可能真诚地爱自己,那怎么办呢?在这个约会面前,如果自己表现沉默,就不是一个拿破仑式的斗士,必须勇敢地赴约,但是要准备着玛特尔设的是一个陷阱。他去赴约之前,把玛特尔的信交给自己一个最亲密的朋友。如果他落入陷阱,就公布玛特尔的信。安排好了,他就在深夜爬进玛特尔的窗户。玛特尔所表现出来的极度热情使于连受宠若惊,以为玛特尔爱上自己了。但是在热情过后,玛特尔马上又变得冷漠、没有兴趣了。于连感到自己受到了巨大的羞辱,下决心要报复。怎么办呢?友人告诉他,让他从各种书中抄录情书,然后把这些情书寄给玛特尔周围的那些将军的夫人、元帅的女儿。当时法国的风俗,一个贵妇人收到别人的情书,她是很得意的,就会给别人看。于是那些将军的夫人、元帅的女儿就把信拿来给玛特尔看,玛特尔几乎天天都看到她周围的女伴收到了于连给她们的情书,妒忌得发疯,最后她终于跪倒在于连的面前。于连当时的感觉是什么呢?是"自己又成功了"。他心里想:使她恐惧!因为她是一个魔鬼,所以必须降伏,我降伏了一个魔鬼。他就这样和玛特尔结了婚,得到了领地,得到了贵族的头衔,得到了作为一个青年贵族所应有的一切。他通往官场的路打开了。德拉木尔侯爵不得不接受这样的女婿,但是他和玛特尔小姐的婚姻是什么样的状态呢?作者打了一个比喻:这好比一个驯虎的人，他哪怕把一只老虎驯得非常听自己的话，也不会忘记在自己身边放一支手枪。

于连的自卑→自尊的反抗→胜利的心理路线，如果碰到了谁对他非常器重，而这个人的地位又是比较高的，那就会变成另外一条线：他刚来到德拉木尔家里时，看到富丽堂皇的客厅，马上感到自卑，心里想，有钱人真是快乐啊！这时候我们感觉到老索黑尔的影子，其实还寄寓在于连的身上。如果这时候有人看不起他，他马上就会激起自尊的反抗。但是没有想到，德拉木尔侯爵把他认错了，以为他是某一个老贵族的私生子。于连看到德拉木尔侯爵把自己看成了老贵族的私生子，不禁受宠若惊。私生子也是贵族血统啊！于连一下子就对德拉木尔侯爵有了好感。后来，他给德拉木尔侯爵充当复辟阴谋活动的鹰犬。他利用自己的聪明才华，接受德拉木尔侯爵的指示，到另外一个地方去传达反革命的密令。他不带一张纸，把全部要传达的内容统统记在自己脑子里，到了那个地方一字不差地把它传达出来。他这时候的聪明才智已经完全地服务于复辟了的波旁王朝。由此可以看出，于连虽很崇拜拿破仑，有拿破仑的野心，但是他没有拿破仑的政治理想。他想到的是怎样给自己开辟一条飞黄腾达的道路。谁如果器重他，给他开这条道路，他就觉得谁好。人们常常意想不到地走上一条歧路。革命与反革命只在方寸之间。其实，隐蔽的支配力量在于贪欲，人们很少能够战胜贪欲而掌握住自己的命运。

就在这个时候，德瑞纳夫人受到神父的诱逼，坦白了自己和于连之间的罪恶关系。这就给于连带来了极大的不利。于连恼羞成怒，跑到教堂里，对着自己心爱的情人连开三枪。德瑞纳夫人没有被打死，受了一些轻伤。而于连就把自己置于一个更不利的境地。德拉木尔侯爵对这个年轻人，虽然在利用，却从未相信过他，这时找到了一个口实正好置他于死地。于连下了狱以后，德瑞纳夫人跪在皇帝的面前请求赦免这个年轻人。玛特尔以妻子的身份四处奔走，希望能给于连找到一条赦免的出路。住在监狱里的于连，变成了一个让我们同情甚至敬佩的英雄。他拒绝了一切有可能赦免的机会，重新昂起了不屈的头颅。他说：你们没有资格审判我，你们实际上比我要肮脏得多。于连就这样勇敢地走上了断头台，玛特尔也有机会做了玛嘉锐特王后第二：在于连的头被斩下来之后，玛特尔用一块布把它包起来，坐在马车上，抱着自己丈夫的头颅把它送到了墓地。德瑞纳夫人虽然答应于连她不会自杀,但是在于连死后的第二天,她也死去了。

在这个故事里,我们看到了一个年轻人的悲剧,看到了这个社会的的确确像司汤达所说,它像一根竹竿,爬到上面的人绝对要把下面的人踢下去,而下面的人竭力要把上面的人给拽下来,社会就是如此。作为一个有才能的年轻人,于连没有能够爬上去,反而被德拉木尔侯爵、德瑞纳市长、哇列诺这样的吸血者联合绞杀了。在这一点上,《红与黑》相当典型地反映了19世纪30年代的法国社会,反映了这个社会的政治本质。而这本书最有特色的地方,在于它的心理分析,在于它对德瑞纳夫人、对玛特尔这些人物心理活动的很细致的揭示。司汤达很善于用一些简洁的语言,非常切中要害地揭示人物的心理状态。与其说司汤达是一个小说家,不如说他是一个杰出的心理学家。《红与黑》的故事很富于戏剧性。我们说它是一部现实主义的杰作,因为它相当杰出地反映了大革命后期的法国社会,反映了这个社会里各个阶层的人的生活情态。但是说它是一部现实主义的典型作品,可能还不是非常合适。在这部作品里像于连这样大起大落的生活命运在现实生活里终究还是比较少见的,它带有相当多的传奇、浪漫色彩。书中有一些细节,比如说我们刚才提到的,于连用28封从书上抄来的情书,最后把玛特尔降伏,让玛特尔跪在自己面前,这样的情节多少都带有一点浪漫性。如果你真的这样去做,可能收到的效果恰好相反。我们如果按照现实主义文学作品的标准来衡量这些地方,又会觉得这部书有不少的缺点。有些理论家把它归到浪漫派中,也是有道理的。

二

在法国,真正成为19世纪现实主义典范的是另外一个人,这个人叫让·巴尔扎克。

有的学者把巴尔扎克称为"法国现实主义文学之父"。普列汉诺夫赞赏这种说法,并且说,如果法国人不承认巴尔扎克是法国现实主义文学之父的话,那么只能说孩子不配有这样的父亲。

巴尔扎克1799年出生于法国一个由农民上升为资产者的家庭。父亲希望自己的儿子学业有成,将来能够成为一位大律师。巴尔扎克违背了父亲的心愿,他没有成为一位律师。他在年轻的时候就热衷于写作,开始写了很多浪漫的传奇故事，都失败了。他还开过印刷厂，搞得债台高筑。从1829年开始，他写作《朱安党人》这部书，开始了后来称为《人间喜剧》的这部文学大厦的构建。巴尔扎克在巴黎为了能过他习惯的那种奢侈生活，同时也由于他对社会生活的观察所引发的激情，不停地写作，每天工作14个小时以上。在极度疲劳的时候，不得不靠浓黑的咖啡来维持自己创作的精力。到了1850年，他像一头被刺中的西班牙公牛那样突然倒下，死去了。有一位传记作家说："巴尔扎克活在5万杯黑咖啡上，死在5万杯黑咖啡上。"他的生活可以说是相当单调的，很多时候，都是像牛一样在勤奋地写作。但是他讲：我的单调的生活，由于我的劳动的特殊性而变得非常丰富。这是一个精神创造者的生活特点：生活形式是单调的，但是内心的生活非常丰富。

他的主要作品都收集在《人间喜剧》里。所谓《人间喜剧》，包括90多部（篇）小说，有2400多个人物，分为《风俗研究》《哲理研究》和《分析研究》。在《风俗研究》中又分成《巴黎生活场景》《外省生活场景》《私人生活场景》《政治生活场景》《军事生活场景》《乡村生活场景》这样6个部分。每一个部分里都有一些代表性的作品。我们不能说90多部（篇）文学作品，每一种都是质量很高的，但是可以说相当一部分质量是很高的。他通过一些贯穿性的人物使得这部文学大厦的各部分之间有机地联系起来，构成了相对完整的图景。恩格斯这样评价《人间喜剧》："他在《人间喜剧》里给我们提供了一部法国'社会'，特别是巴黎'上流社会'的卓越的现实主义历史……"①这是一个经典性的评价。我们在勃兰兑斯写的《十九世纪文学主流》中还看到这样一段对巴尔扎克的描绘："巴尔扎克是个中等身材的人，体格魁梧，双肩开阔，晚年有点肥胖。他的颈脖健壮、厚实，白皙有如女性，是他值得骄傲的地方。头发又黑又粗，粗得象马的鬃毛；那双眼睛象一对黑宝石那样闪闪发光——那是驯狮者的眼睛，这种眼睛能透过房屋的墙壁看见里面发生的一切，能透过人的肌体，洞察人的肺腑，象阅读一本打开的书。他的整个仪表显示出一个劳苦不息的西西弗斯的形象。"②他的驯狮者的眼

---

① 《马克思恩格斯选集》第4卷，人民出版社1995年版，第683页。
② 勃兰兑斯：《十九世纪文学主流》第五分册，李宗杰译，人民文学出版社1982年版，第187页。

睛透过房屋四壁看到的主要一点,就是当时社会的一个惊人的变化:封建贵族社会已经日薄西山,气息奄奄,取而代之的是一个新兴的资产者占据统治地位的社会,金钱取代一切,成了人们的上帝。泰纳这样来概括巴尔扎克的《人间喜剧》:"金钱问题是他最得意的题目……他的系统化的能力和对人类丑处的明目张胆的偏爱创造了金钱和买卖的史诗。"①用这句话来概括《人间喜剧》的主题,我想大体上是可以的。

为了对《人间喜剧》有具体的了解,我们从中拿出一部——《高老头》来分析。《高老头》在《人间喜剧》里占有一个特殊的地位,它像是一个完整的戏剧的开头、序幕,因为在《人间喜剧》中出现的一些重要的人物都是在《高老头》中第一次出场,同时它也是《人间喜剧》最优秀的作品中的一部。

《高老头》的故事发生在巴黎圣·日内维新街的一个叫伏盖公寓的小旅店里。这个旅店什么样子呢?小说里有许多描绘,有一段描绘伏盖公寓里面客厅的气味:"这间屋子有股说不出的味道,应当叫做**公寓味道**。那是一种闭塞的,霉烂的,酸腐的气味,叫人发冷,吸在鼻子里潮腻腻的,直望衣服里钻;那是刚吃过饭的饭厅的气味,酒菜和碗盏的气味,救济院的气味。老老少少的房客特有的气味,跟他们伤风的气味合凑成的令人作呕的成分,倘能加以分析,也许这味道还能形容。话得说回来,这间客厅虽然叫你恶心,同隔壁的饭厅相比,你还觉得客室很体面,芬芳,好比女太太们的上房呢。"②作家通过对客厅的气味的描写,让我们感受到了很多东西。我读这段文字的时候,就常常联想起我在上大学时男同学宿舍里的气味,当然现在各位住的地方都改善多了。但是五六个人住在一个房间里,在卫生方面又不讲究的话,我们常常会闻到各种气味,而且这种气味就像小说里描写的那样——潮腻腻的,直往衣服里钻。

这样一个公寓里住着什么样的人呢?三六九等、三教九流。巴尔扎克一个一个去描绘他们,给每一个人物十几行文字,就描绘得非常生动逼真。其中有两个人特别值得我们注意,一个叫伏脱冷,这个人的形象是什么样呢?小说里是这样描写的:

---

① 转引自黄晋凯《巴尔扎克和〈人间喜剧〉》,北京出版社 1981 年版,第 85 页。

② 巴尔扎克:《欧也妮·葛朗台 高老头》,傅雷译,人民文学出版社 1980 年版,第 191页。以下凡引这两篇小说皆出自此版本,不另注。

人们看到他那种人都会喊一声**好家伙**！肩头很宽,胸部很发达,肌肉暴突,方方的手非常厚实,手指中节生着一簇簇茶红色的浓毛。没有到年纪就打皱的脸似乎是性格冷酷的标记;但是看他软和亲热的态度,又不象冷酷的人。……而且他什么都懂:帆船,海洋,法国,外国,买卖,人物,时事,法律,旅游,监狱。要是有人过于抱怨诉苦,他立刻凑上来帮忙。好几次他借钱给伏盖太太和某些房客;但受惠的人死也不敢赖他的债,因为他尽管外表随和,自有一道深沉而坚决的目光教人害怕。看那吐口水的功架,就可知道他头脑冷静的程度:要解决什么尴尬局面的话,一定是杀人不眨眼的。象严厉的法官一样,他的眼睛似乎能看透所有的问题,所有的心地,所有的感情。

这个人有如此丰富的阅历,而且又有一双冷酷得让人害怕的眼睛,还有他的那双长着茶红色浓毛的手,都让人感觉到这个人不同一般。后来我们知道他是个江洋大盗。

这个旅店里还有一个人非常吸引其他房客的注意,这个人就是作为书名来源的高老头。他刚住进这个小旅店的时候,显得很阔气,穿的衣服很讲究,戴着很多金银的饰物,房间里也有各种各样珍贵的摆设,像是这个旅店里最有钱的一个人。他住进来以后,时间不长,人们就看到一些衣着非常华丽、珠光宝气、让人眼花缭乱的女人来找他,三天两头不断,引起了众人很大的兴趣。随着这些女人来找,人们就看到高老头身上的金银饰物一件一件不见了,他房屋里那些珍贵的摆设也一样一样没有了,身上穿的衣物显得档次也越来越低。人们觉得这个高老头大概是非常好色的,他一定是养了好几个情妇,所以搞得自己每况愈下。小说里是这样描写的:

> 如今是毫无疑问了:高老头是一个老色鬼。要不是医生本领高强,他的眼睛早就保不住,因为治他那种病的药品是有副作用的。他的头发所以颜色那么丑恶,也是由于他纵欲无度,和服用那些使他继续纵欲的药物之故。可怜虫的精神与身体的情形,使那些无稽之谈显得凿凿有据。漂亮的被褥衣物用旧了,他买十四铜子一码的棉布来代替。金刚钻,金烟匣,金链条,饰物,一样一样的不见了。他脱下宝蓝大褂跟那些华丽的服装,不分冬夏,只穿一件栗色粗呢大褂,羊毛背心,灰色毛料长裤。他越来越瘦,腿肚子掉了下去;从前因心满意足而肥胖的脸,不

知打了多少皱裥；脑门上有了沟槽，牙床骨突了出来。他住到圣·日内维新街的第四年上，完全变了样。六十二岁时的面条商，看上去不满四十，又胖又肥的小财主，仿佛不久才荒唐过来，雄赳赳气昂昂，教路人看了也痛快，笑容也颇有青春气息；如今忽然象七十老翁，龙龙钟钟，摇摇晃晃，面如死灰。当初那么生气勃勃的蓝眼睛，变了黯淡的铁灰色，转成苍白，眼泪水也不淌了，殷红的眼眶好似在流血。有些人觉得他可憎，有些人觉得他可怜。

那么这个高老头是不是就是个老色鬼，养了好多情人，把自己搞到如此凄惨的地步呢？实际上不是，这个秘密被住在公寓里的一个穷大学生揭开了。

这个穷大学生叫拉斯蒂涅，他从外省到巴黎来上大学，学习法律。他的家也是一个庄园主，每年有 3000 法郎的收入，一家 7 口人过着平静的庄园生活。家里人为了让他来巴黎念书，光宗耀祖、出人头地，从 3000 法郎中拿出 1200 法郎给他，而剩下的 1800 法郎，家里 6 个人用来维持生活。拉斯蒂涅来到巴黎的时候，也是雄心勃勃的，想凭着自己的聪明才智，寒窗苦读，经过若干年后，成为一个大法官，然后用自己丰厚的收入来报答父母和妹妹。但是在巴黎，他看到了香榭丽舍大街奔流辐辏的马车，大戏院里那些珠光宝气、妖艳十足的女人，看到了巴黎到处都有的漂亮别墅，小说中写道，他还没学会欣赏，就已经眼红了。他迫不及待地想钻进上流社会过那种生活，怎么办呢？皇天不负苦心人，他的一个牙齿已掉光的老姑母居然给他找到了一条路，她给他写了一封信，让他去找八竿子打不着的一个亲戚。这个亲戚是巴黎贵族聚集区圣日耳曼地区的领袖，叫鲍塞昂夫人。她的家曾经君临法国，两度做过皇帝。鲍塞昂夫人非常大度地认了拉斯蒂涅做自己的表弟，并且请他来参加自己举办的舞会。在这个舞会上，拉斯蒂涅有幸观赏到巴黎最有身份的贵族夫人、小姐，并开始了狂热的追求。他认准了一个叫雷斯多伯爵夫人的女人，在她的扇子上写了三次名字，要和她跳舞。雷斯多伯爵夫人被巴黎的纨绔子弟称为"纯血统的牝马"，腰身滚圆而不肥胖，当她知道拉斯蒂涅是鲍塞昂夫人的表弟的时候，脸上露出了迷人的笑容，请拉斯蒂涅到自己家里来做客。拉斯蒂涅非常兴奋，觉得自己旗开得胜，一下子就结识了这么美丽的贵妇，而且被邀请到她家里去做客。第二天他就兴致勃勃地到雷斯多伯爵夫人家里去。在她家门口，他意外地看到了一个非常奇怪的场面,他惊呆了:雷斯多伯爵夫人在和那个穷酸的高老头吻别,他实在是感到很奇怪。当雷斯多伯爵夫人把他引进了家,和雷斯多伯爵一起招待他喝茶的时候,他无意中说他认识刚才门口的那位老先生。这话一说出来,雷斯多伯爵夫人和雷斯多伯爵的脸色一下子就改变了,变得冷若冰霜,本来是非常谦恭的、和蔼的甚至谄媚的微笑,现在一下子没有了。雷斯多伯爵非常委婉但又很坚决地把拉斯蒂涅赶出了门。拉斯蒂涅丈二和尚摸不着头脑,只好带着很多疑问,请自己的表姐鲍塞昂夫人指点迷津。鲍塞昂夫人告诉自己的表弟,那个高老头和雷斯多伯爵夫人的关系不像旅店里人说的是什么情人的关系,事实上高老头是雷斯多伯爵夫人的爸爸。作为一个面条商,他没有社会地位,但是他有钱,他用 70 万法郎的陪嫁,把自己的女儿嫁给了雷斯多伯爵,希望自己的女儿成为贵族,而自己就可以成为贵族家里的座上客。他觉得为这花 70 万法郎是值得的。但是结果并不像他所想的那样,雷斯多伯爵为了 70 万法郎娶了一个面条商的女儿,但他不愿意承认自己有一个面条商的岳父,只有在他还想跟高老头继续要钱的时候,才称他为岳父,对他露出笑容。平时,他根本不乐意接待这样一个丢脸的亲戚。谁如果说起雷斯多伯爵夫人的父亲是一个面条商,用中国人的一个比喻,就像提到了阿 Q 头上的疮疤一样。所以在贵族社会里,门第非常重要,像一根魔术棒,当拉斯蒂涅向雷斯多伯爵夫人介绍"我是鲍塞昂夫人的表弟"的时候,雷斯多伯爵的大门马上就打开了,因为他是鲍塞昂夫人的表弟;当他提到高老头的时候,雷斯多伯爵觉得非常没有面子,马上大门又关上了。门第在封建贵族社会具有举足轻重的地位,它是贵族社会的价值观的重要标记。"贾不假,白玉为堂金作马。阿房宫,三百里,住不下金陵一个史。东海缺少白玉床,龙王来找金陵王。丰年好大雪,珍珠如土金如铁。"《红楼梦》讲的四大家族——贾、史、王、薛,一荣俱荣,一损俱损。能够和这个门第攀上一点关系,就能鱼跃龙门,身价百倍;即使不能身价百倍,也能够得到莫大的好处,就像那个刘姥姥进大观园一样。阿 Q 在一次酒醉之后说了一句他也姓赵,是赵太爷的本家,就被赵太爷打了嘴巴,罚了款,而且被指责说:"你那里配姓赵!"所以我们说门第是封建贵族社会的一个重要的价值标记。

　　但是,就在拉斯蒂涅生活的那个年代,封建贵族的这个观念正在受到强有力的冲击,这个冲击就是金钱。当拉斯蒂涅来找鲍塞昂夫人讲这件事情的时候,鲍塞昂夫人正碰上一件让她感到没有面子的事情:自己的情人阿瞿达侯爵为了 20 万法郎的陪嫁要和一个暴发户的女儿结婚。鲍塞昂夫人是一个有身份的贵族夫人，做她的情人是非常荣耀的，阿瞿达侯爵竟然为了 20 万法郎准备把她抛弃，和另外一个没有贵族身份的暴发户女儿结婚，这件事说明什么呢？说明金钱已经具备了足够的力量向封建贵族门第挑战，在亮晃晃的金钱面前，门第开始显得苍白。鲍塞昂夫人在这种尴尬的情况下，听到表弟讲的情况，突然产生了一个邪恶的主意，她对他说：雷斯多伯爵夫人的大门永远关闭了，你也不要灰心，因为另一扇大门开着，那就是高老头的二女儿但斐纳。她嫁给了一个银行家纽沁根男爵，但是纽沁根的爵位是用钱买来的，我们这些老贵族瞧不起他们，我开舞会从不请他们。他们巴不得要进入我们的圈子里。如果我给但斐纳一个请柬，请她来参加我这里的一次聚会，你就是让她把她家门口到我家门口的灰尘用舌头舔干净，她也是乐意的。我给她发一封请柬，你很容易让她成为你的情人。鲍塞昂夫人为什么给自己的表弟出这样一个主意呢？这是一种不大不小的、非常有意思的报复：暴发户用 20 万法郎抢走了鲍塞昂夫人的情人，那么鲍塞昂夫人让其表弟凭借她的贵族头衔把暴发户的妻子勾引成他的情人。这是当时老贵族家庭和新兴贵族家庭之间不大不小的一场争夺战。

鲍塞昂夫人真的就请了但斐纳，但斐纳也真的很容易地投入了拉斯蒂涅的怀抱。拉斯蒂涅有了一个银行家妻子作为情人。拉斯蒂涅想，我靠枕边风控制但斐纳，但斐纳靠枕边风控制纽沁根，纽沁根控制着纽沁根银行，那我拉斯蒂涅也就控制了纽沁根银行，我不就有钱了吗？可是事情跟他想象的完全不同，但斐纳成了拉斯蒂涅的情人以后，纽沁根男爵对戴绿帽子并不在意，但他对他手里的每个法郎都抠得很紧，甚至但斐纳的零用钱他都要拿走。但斐纳本来也是有几十万的陪嫁给了纽沁根男爵，但纽沁根男爵把它转移到其他银行，让但斐纳一分钱也拿不到。这反映了一个银行家视钱如命的典型性格。但斐纳是个贵族夫人，花销是很大的，这些开销都要拉斯蒂涅来负担。而他是一个穷大学生，怎么承担得起呢？开始，他拿但斐纳给他的一点钱去赌，如果赌赢了，就给但斐纳还债，赌输了，就躲在伏盖公寓不敢出来。实在没有办法，他便写信回去向家里要钱。在外省庄园的父母听说儿子在巴黎遇到困难，急得不得了，把家里所有能凑的钱都凑起来了，把收藏的宝物卖掉，凑了 3000 法郎给拉斯蒂涅寄去。拉斯蒂涅拿到 3000 法郎，一下子感到自己有了生命的支点，重新又有了勇气。但是 3000 法郎能支撑多久呢？他很快又变得一贫如洗、狼狈不堪了。就在这个时候他的生活中出现了一个"指导者"，就是前面提到的伏脱冷，伏脱冷对他说：照你这样生活，即使做了巴黎最大的法官，年薪也只有 5000 法郎，根本不够你用。"你是个追求百万家财的猎人，得用陷阱，用鸟笛，用哨子去猎取。"他接着说：那么怎么办呢？怎么去猎取呢？伏脱冷说：我给你出个主意，咱们的旅店里住着一个女孩子叫泰伊番，她的父亲是一个百万富翁，但是重男轻女，准备把所有的财产都交给儿子，把女儿从家里赶出来，泰伊番过着非常清贫的生活。你现在去追求她——这个追求也非常简单，你请她去对面的饭店里吃顿包子，小剧场里看一场滑稽戏，她就会对你感激涕零，爱上你。在这个时候，我就把她的哥哥——她父亲的财产继承人——杀掉。这样，泰伊番就变成了她父亲的唯一的亲人，她父亲就会把财产交给女儿，而你，当然就成了百万财产的继承人。你成了百万富翁以后，给我百分之三十的财产，我拿这笔钱到南美洲买奴隶，过奴隶主的生活。拉斯蒂涅听到这个主意，全身发冷，断然拒绝。但是他也不知道为什么，在这之后，身不由己地开始追求泰伊番小姐。伏脱冷真的把泰伊番小姐的哥哥杀掉了。但是，事出意外，旅店里有两个贪财的人告发了伏脱冷，伏脱冷被抓进监狱，这个计划全部落空了。

就在这个时候，高老头已病入膏肓，奄奄一息。他非常想见自己的女儿，可是他的两个女儿觉得自己的父亲已是一块榨干的橘子皮，被扔在路边，谁也不去理他。高老头临死前觉悟了，知道自己犯了一个天大的错误，他说：

> 唉！倘若我有钱，倘若我留着家私，没有把财产给她们，她们就会来，会用她们的亲吻来舐我的脸！我可以住在一所公馆里，有漂亮的屋子，有我的仆人，生着火；她们都要哭做一团，还有她们的丈夫，她们的孩子。这一切我都可以到手。现在可什么都没有。钱能买到一切，买到女儿。啊！我的钱到哪儿去了？倘若我还有财产留下，她们会来伺候我，招呼我；我可以听到她们，看到她们。啊！欧也纳，亲爱的孩子，我唯一的孩子，我宁可给人家遗弃，宁可做个倒楣鬼！倒楣鬼有人爱，至少那是真正的爱！啊，不，我要有钱，那我可以看到她们了。唉，谁知道？她们两个的心都象石头一样。我把所有的爱在她们身上用尽了，

她们对我不能再有爱了。做父亲的应该永远有钱,应该拉紧儿女的缰绳,象对付狡猾的马一样。

高老头带着遗恨死去了。拉斯蒂涅和另外一个大学生发现,高老头留下的东西连给他安排一个体面的葬礼都不够。拉斯蒂涅去找雷斯多伯爵夫人,在门口请差役通报,结果仆役出来说夫人因为父亲刚刚去世,悲伤得不得了,不见客。他从雷斯多伯爵夫人那儿一分钱都没有拿到。他又去找但斐纳,在门口他写了一个字条:"请你卖掉一件首饰吧,使你父亲下葬的时候成个体统。"他把这个纸条让仆人送进去,恰好送到纽沁根男爵的手里。纽沁根男爵看了一眼,就把它投进了火炉。两个大学生只好尽自己所能,草草地安葬了这个可怜的老人。拉斯蒂涅埋葬了高老头,也埋葬了自己最后一滴温情的眼泪。他面对着巴黎的富人聚集区说:"现在咱们俩来拼一拼吧!"在这之后,拉斯蒂涅开始了自己新的奋斗旅程,这个奋斗的核心,我们用一句话概括就是:最无用的是温情和眼泪,英雄的性格应是冷酷和机敏。拉斯蒂涅成了一个无耻的政客,有了自己的贵族头衔,开始了自己的辉煌。

通过这部小说,我们可以看到当时社会的最大的变动,就是金钱取代了门第。对巴尔扎克小说里活动的各种各样的人物,泰纳有这样一段非常精彩的描绘:"在煊红的光亮下,无数扬眉怒目、狰狞可怕的人形被强烈地烘托出来,比真的面貌还要神气,有活力,有生气;在这人群里蠕动着一片肮脏的人形虫、爬行的土灰虫、丑恶的蜈蚣、有毒的蜘蛛,它们生长在腐败的物质里,到处爬、钻、咬、啃。在这些东西的上面,则是一片光怪陆离的幻景,由金钱、科学、艺术、光荣和权力所缔造成功的梦境,一场广阔无垠、惊心动魄的噩梦。"①我们还可以用《共产党宣言》中的一段话来把它作一个理论上的概括:"资产阶级在它已经取得了统治的地方把一切封建的、宗法的和田园诗般的关系都破坏了。……它使人和人之间除了赤裸裸的利害关系,除了冷酷无情的'现金交易',就再也没有任何别的联系了。它把宗教虔诚、骑士热忱、小市民伤感这些情感的神圣发作,淹没在利己主义打算的冰水之中。"②

① 转引自蒋承勇《现代文化视野中的西方文学》,上海社会科学院出版社 1998 年版,第87 页。

② 《马克思恩格斯选集》第 1 卷,人民出版社 1995 年版,第 274—275 页。

三

巴尔扎克的作品是现实主义作品的典范。他的最大的特点是善于在日常生活里,在我们每个人都经历的很平凡的生活中找到艺术所需要的戏剧。巴尔扎克研究专家达文曾经用这样一段话来概括巴尔扎克作品的魅力:"巴尔扎克的眼光只需不介意的一瞥,就能在律师的办公室,省城的深处或巴黎的一间内室的帷帐后面,找到全世界所要求的戏剧,这个戏剧,它的激情和它的典型,他在围坐在灶边的家庭里去找,他在平静而一致的外表去摸索,突然会挖掘一些特点,一些既复杂又自然的性格,以致使人们会惊奇,为什么这么如此熟悉和真实的事物会如此长时间没有被人发现。"(《巴尔扎克〈十九世纪风俗研究〉序言》)巴尔扎克的作品是极具魅力的,但我们读巴尔扎克作品的开头时,常常有种感觉,觉得比较拖沓,比较烦琐。就像《高老头》一开始,他先要描写巴黎的圣·日内维新街,然后讲伏盖公寓的外观,讲它里面的房子、饭厅,然后又讲它里面住的这个人、那个人,以及每个人的相貌和经历。讲这些事情的时候,我们常常觉得有点不耐烦,因为叙述缺乏动作性。有人作了这样一个形象的比喻:你在阅读巴尔扎克的作品时,会觉得像一个很笨拙的农妇在生火,她要把柴火点着,但是柴有些潮湿,老也点不着,弄得满屋子里到处是浓烟,呛得人想从这个房间里退出来。就在这时候,"砰"的一声,柴火点着了,火光映红了半个天际。

思考题

1. 试分析于连的性格,并且想一想你在生活中有没有遇到过与于连有某种相似的人。

2. 试分析《人间喜剧》的深刻性和局限性。作为现代人,你应该怎样看待金钱和它的社会作用?

阅读书目

1. 司汤达:《红与黑》,罗玉君译,上海文艺出版社 2007 年版。

2. 巴尔扎克:《欧也妮·葛朗台 高老头》,傅雷译,人民文学出版社 1980 年版。

第十二讲

19 世纪的俄罗斯文学

【摘要】 伍尔夫论俄国文学—我本人的感受—东正教与启蒙思想是俄国文学的两大源泉—俄国文学区别于西欧文学的四个特征—俄罗斯文学之父普希金—叶甫盖尼·奥涅金:给精神贵族一记耳光—果戈理:自然派与宗教思想的矛盾—灵魂的拷问者陀思妥耶夫斯基—"白银时代"的艺术奇观

截至现在,我们还没有讲到欧洲版图最大的国家——俄罗斯的文学。俄罗斯的版图并不全在欧洲,相当一部分在亚洲,它是一个横跨欧亚两大洲的领土面积最大的国家。因此,它不是一个典型的欧洲国家,它的文化受到欧洲和亚洲文化的夹击,形成的文化不同于英国、法国、德国,也不同于美国,有自己独特的风格。

英国著名的意识流小说大师伍尔夫在谈到俄国文学时讲过如下一段话:

> 单纯朴素的风格、流畅自如的文笔,假定在一个充满不幸的世界中对我们主要的呼吁就是要我们去理解我们受苦受难的同胞,而且"不要用头脑来同情——因为这还容易做到——而是要出自内心"——这就是笼罩在整个俄国文学之上的那片云雾,它的魅力吸引着我们,使我们离开自己黯然失色的处境和枯焦灼热的道路,到那片云雾的荫庇之下去舒展……①

俄罗斯文学带有一种很沉郁的气质,这是在英国、法国、德国文学中罕见的。各位在电影或者图片上看到过俄罗斯的母亲河——伏尔加河,它是那么宽阔,那么浑浊,流动起来那么缓慢而沉重,带有一种苦难的气质。如果我们

---

① 伍尔夫:《论小说与小说家》,瞿世镜译,上海译文出版社 2009 年版,第 240 页。

再听听《伏尔加船夫曲》，欣赏一下著名画家列宾的油画——《伏尔加河边的纤夫》，你的体会就更深。

我在 1998 年的夏天到过圣彼得堡。我强烈地感觉到这个国家和人民对于苦难的忍耐力惊人地强。各位知道，1998 年时，由于经济崩溃，卢布大幅度贬值，一个圣彼得堡大学的教授所拿的月薪只相当于人民币大约 700 块钱，还不如我这个中国教授。我去的那天正好赶上他们的学生毕业答辩，几乎所有的教师和学生都是西装革履，教授夹着大皮包，神态昂然。在圣彼得堡街头的小面包亭，哪怕有三个人买面包，也还是排着队的。在那样的一种困难的生活条件下，他们还能够保持着这样的秩序，我觉得这个民族很了不得。当然，一个忍耐力强的民族，超过了一定限度，爆发的时候又会非常野蛮、非常残忍的。

俄罗斯是一个用一句话说不清道不明的民族。它的文化、性格中的特别气质，和东正教有很大的关系。我到圣彼得堡那天正好是 6 月 23 日，这一天是圣彼得堡的"白夜"。当天主人招待我们到普希金歌舞剧院去看芭蕾舞剧，回来的时候是夜里十一点半，经过涅瓦河畔的时候，天空浮动着非常绚丽的彩霞，许多孩子在大人的带领下在河边玩耍，街头有很多啤酒摊子，年轻人坐在那儿喝酒聊天。回到住的地方，我躺在床上，仰视窗外的彩霞，一直到夜里一点半钟也睡不着觉。那种彩霞的颜色，是一种特别的红色，夹带着暗蓝，让你感觉到有一点神秘。我深感到宇宙的风云变幻不定。这个城市在 6 月 23 日以后有一段时间是没有黑夜的，而到了 12 月份又有一段时间白昼极短。这种环境孕育的文化和我们这样一个日出而作、日落而息的农耕民族的文化是绝对不一样的。他们感觉到天上风云的变幻是人所不能够测定，更不能够把握的。关于俄罗斯的宗教特别发达的原因，我们要从经济和政治的各方面去寻找，但是和它所处的地理环境也有着某些关系。

基督教大规模传入古代俄罗斯，是在 10 世纪左右。1054 年东西教会分裂以后，东正教就自认为是基督教的正统，而同天主教、新教对立。东正教的大本营就在俄罗斯。天主教、新教强调人的罪恶是天生的，无法自救，只能依赖上帝和他的儿子。东正教吸取古代希伯来人的天人合一思想成分，认为耶稣兼具神的品格和人的品格，对基督的重临（复活）寄予很大希望。东正教的基本宗旨就是：教徒通过神秘的宗教仪式和通过对上帝的信仰及修身、修心,去追求天国的永恒的快乐,或换取来世的终身幸福。① 东正教较之天主教,对于忏悔寄予更大的期待,认为人通过忏悔不仅可以救赎,而且可以接近上帝;东正教还特别推崇圣母玛利亚,从母爱的至高无上出发,认为圣母的地位高于耶稣。对于女性的"圣母式崇拜"导致俄罗斯文学中一系列优美女性形象的产生。东正教的这些特征构成了俄罗斯文学的重要文化源泉。只有了解东正教对俄罗斯的深厚影响,才能了解俄罗斯文学受难和爱的特殊气质。当然,美国学者亨廷顿把俄罗斯文化简单地归结为"东正教文化"也是不正确的。进入 19 世纪以后,欧洲启蒙文化的影响不可忽视。可以说,东正教文化和欧洲启蒙主义是 19 世纪俄罗斯文化的两大源泉。19 世纪末兴起的无产阶级文学则是马克思列宁主义同上述两种文化结合的产物。

俄国在很长的一段时间里,是一个封建的、军事的、农奴制的国家,非常野蛮、愚昧、落后。在欧洲文艺复兴时期,甚至当欧洲资产阶级在文化方面已经有了很大发展的时候,俄罗斯还在沉睡。除了《伊格尔王子远征记》以外,它在文学方面没有什么值得我们称道的。18 世纪最初的 25 年,是属于俄国历史上非常重要的一位皇帝的,这位皇帝就是彼得一世,或称为彼得大帝。俄罗斯从他那时候起,封建的、军事的、农奴制的专制制度开始有所改变。彼得大帝是一个性格很奇特、思想很开放的皇帝,他曾自己化装成一个木工到荷兰去学习造船;他把法国宫廷里的礼仪引入俄国,要求宫廷里的大臣们说法语、行法国礼节。当时引进来的是 18 世纪初期的法国文化,就是我们前面讲到的新古典主义文化,对于当时俄国文化的改造起了不小的冲击作用。各位如果有机会参观冬宫,可以领会彼得大帝和他的后继者们在文化上的开放。在这座辉煌的建筑中,收藏有各个国家的文化珍品,包括从中国掳去的巨大石雕。也是从彼得大帝时代开始,出现了一些俄罗斯自己的重要诗人,我们特别应该提到的,就是各位了解的那位化学家——罗蒙诺索夫,他同时是俄罗斯重要的诗人,对俄罗斯语言的建设起了很大的推动作用。当然,罗蒙诺索夫那时候的诗——他的《伊丽莎白女皇登基日颂》是最有名的——也是很典型的以称颂开明君主为主题的新古典主义的诗歌,他

---

① 参见爱德华·J. 贾吉《世界十大宗教》,刘鹏辉译,吉林文史出版社 1991 年版,第 307 页。

要彼得大帝的后代像彼得大帝那样去勤勉地工作和学习。

到了 18 世纪的后期,由于受到法国大革命的影响,在俄罗斯也开始出现了一些启蒙主义的文学,但是这些文学的艺术价值都不是很高。到了什么时候,俄罗斯文学开始大放光彩了呢?是 19 世纪初叶,被称为俄罗斯文学之父的普希金登上文坛。别林斯基讲,普希金使得整个俄国的文学从幼稚的小学生一跃成为精练圆熟的大师。普希金把整个俄国的文学提升到全欧的最高水平。尽管俄罗斯的历史风云变幻,普希金的"俄罗斯文学之父"的地位也没有被颠覆过。

整个 19 世纪的俄国文学有以下四个方面的显著特点,或者说使它不同于欧洲其他国家的特点:

第一,就是名家如林,名作如海,群星灿烂。没有哪一个国家——包括英国、法国、美国、德国——在 19 世纪出现了像俄国这么多的名家、像俄国这么多的名作。关于普希金,著名诗人丘特切夫写道:"就像铭记自己的初恋一样,俄罗斯怎能把你遗忘。"把这话延伸一下,就是说,普希金实际上表现了俄罗斯这个民族刚刚觉醒的初恋时代。丘特切夫本人也是初恋时期的歌者,较之普希金他带有宗教的神秘色彩,因而也就更俄罗斯化。各位知道普希金是在一次决斗中被杀死的,这场决斗的背景和沙皇有关。普希金被杀死后有一位年轻人写了一首诗——《诗人之死》,矛头直指沙皇,说沙皇是杀害诗人的刽子手。这位诗人由于这首诗被流放西伯利亚,他就是普希金的继承者莱蒙托夫——他在抒情诗方面是可以和普希金媲美的,最具有代表性的作品是中篇小说《当代英雄》。普希金和莱蒙托夫是批判现实主义方面的先驱,而它的奠基者是乌克兰作家果戈理,在俄国的历史上称他为自然派的奠基人。自然派就相当于我们现在讲到的批判现实主义文学流派。和果戈理同时在俄罗斯享有盛名的是屠格涅夫。如果我们说果戈理的作品是一种"分明的笑和不分明的泪结合"的格调,是一种在风趣的外衣下面有相当沉重的内涵的作品,那么屠格涅夫的作品就像一条清澈的河流。屠格涅夫也贬斥农奴制,也表现贵族生活中的腐败,也表现贵族青年的无能,他也写新人,写英雄。他不管写什么都是明快的、清澈的,在这一点上,他在俄罗斯的作家中显得有点不合群,但是他的作品的的确确是非常明丽、非常好看的。他最早的一部作品《猎人笔记》的主题是揭露、控诉当时在俄罗斯存在的农奴制,这部书是由一些短篇集合而成的。接着写了长篇小说

《罗亭》，这部小说写了一个语言的巨人、行动的矮子——充满了革命热情却怯于行动的知识青年，这类知识分子在当时的俄罗斯是非常有典型性的。在而后的《贵族之家》中他揭露了贵族生活当中的那些反人性的东西。被人们视为屠格涅夫代表作的是《父与子》。书中的主人公巴扎洛夫是一位虚无主义者，他的观念直接和贵族阶级相对立。屠格涅夫在这之后写出的长篇小说《前夜》塑造了一个叫作英沙罗夫的英雄形象，一个革命者的形象。在最后的两部长篇小说《烟》和《处女地》当中有一些沉郁的、苍凉的东西，但总体来说仍然不失其明快。屠格涅夫还有一些脍炙人口的中篇小说，比如《阿霞》《初恋》。这是小说方面，果戈理和屠格涅夫作出了很大贡献，两个人的风格又是那么不同。在戏剧方面，我们应该提到的是亚·尼·奥斯特洛夫斯基(不是那个写《钢铁是怎样炼成的》的奥斯特洛夫斯基)，他的代表作是《大雷雨》。剧中写了一个像棺材一样的小镇，镇上的一个有着微弱自由意识的女人卡特琳娜的不幸遭遇——她最后投河自杀了。著名的评论家杜勃罗留波夫指出：在这样一个棺材似的小镇上，在封建的桎梏下被窒息而死的卡特琳娜，她的投河显示了黑暗王国里的一线光明。在诗歌方面，我们应该知道的就是涅克拉索夫，他的代表作是著名长诗《在俄罗斯谁能快乐而自由》。在讽刺小说方面，最有名的是萨尔蒂科夫·谢德林，代表作是《戈洛夫廖夫老爷们》，他用极其幽默又很辛辣的笔法写了一个贵族家庭的灭亡。这个时期还有几位著名的文学理论家，他们作为新文学的保护者和提升者，起了极大的作用，这就是我们前面提到的别林斯基、杜勃罗留波夫；另外还有一位非常重要的，就是车尔尼雪夫斯基。车尔尼雪夫斯基本身就是一位革命家，坐了21年的监牢，又流放了8年，可以说一生中有用的时光都是在监狱和流放中度过的，但是他从来没有屈服过。他在年轻的时候就提出了一个著名的美学论点——美是生活，美是那种我们应该要过的生活，显示了他对生活的信心和勇气。他的两部重要的小说都是在失去自由的状态下写成的，在知识分子中间很难找到如此坚强乐观的人物。只要这个世界还有一天承认乌托邦的价值，人们就不会忘记这个戴夹鼻子眼镜的文弱书生。如果有一天人们不再幻想，不再追求美丽，那么车尔尼雪夫斯基也将毫不吝惜地抛弃这个世界。他是为理想而活的。《怎么办？》写了一种新人的理想，写了一种他理想中的人所应该过的生活。小说的主人公是一个女孩子，叫薇拉，小说写了她和洛普霍夫、基尔萨诺夫三个人的恋爱生活。

由于洛普霍夫曾经救过薇拉，他们非常和谐，两个人走到了一起，在一起过着男女平权的新式生活。但在生活的过程中薇拉意识到自己爱的不是洛普霍夫而是基尔萨诺夫。洛普霍夫发现了薇拉和基尔萨诺夫相爱之后，就在朋友的帮助下制造了一个自杀的假象，退出了三个人的角逐，显示了在处理感情关系上的高尚品质。到了19世纪下半叶，俄国的批判现实主义文学向着更深的心灵世界进发，对社会的批判也更加犀利和深刻。这时候出现了两位不仅在俄国，而且在整个欧洲都站在最高峰上的作家——列夫·托尔斯泰和陀思妥耶夫斯基。这两个作家我们下面都还要谈到。这个时期还有一位非常天才的短篇小说家契诃夫，他的作品在中国非常流行，几乎无一遗漏地翻译成了中文，他被视为19世纪"西方三大短篇圣手"之一（另外两位是法国的莫泊桑和美国的欧·亨利）。契诃夫青年时代的小说充满了幽默感，中年时写的小说显得比较深刻，晚年的作品有一些苍凉的意味，总体来说他的作品还是轻松好读的。此外还有一位重要的作家，大家应该知道，就是马克西姆·高尔基。他是一位从批判现实主义文学向第三种文学——社会主义现实主义文学过渡的具有里程碑意义的作家，他的批判现实主义作品是《童年》《在人间》《我的大学》自传体三部曲及一些短篇。这位无产阶级文学的"海燕"，他的创作活动广泛展开已经进入20世纪了，不是我们今天所要谈的内容。通过我们刚才的简略回顾——在回顾中还漏掉了很多重要的作家——大家已经感到了19世纪俄罗斯的批判现实主义文学的确是名家如林，名作如海，群星灿烂。

第二，这个时期俄罗斯文学是围绕着两大主题展开的。这两大主题我们可以用俄罗斯文学当中的两部作品的书名来标示，一部作品就是赫尔岑（这也是一位很重要的理论家和创作家）的《谁之罪》，另外一部就是刚才提到的车尔尼雪夫斯基的《怎么办？》。整个19世纪的俄罗斯批判现实主义文学都是围绕着这两大主题进行的：谁之罪和怎么办。当时的俄罗斯苦难极其深重，受到了西欧启蒙主义思想影响的作家们，面对俄罗斯这种逼人的社会现实，不能不问这个问题——谁之罪？所以对当时封建的、军事的、农奴制的俄国专制制度的批判就成了几乎所有重要作家的文学主题。在思索"谁之罪"的同时，就是在思索俄国应该"怎么办"。回答是各式各样的，从普希金开始，就提出了推翻沙皇专制的命题，后来有些作家主张改良，也有些作家处在一种矛盾的状态，而车尔尼雪夫斯基则唱出了当时的最高音——他提出了一个新人的理想。

第三，俄国文学具有强烈的自我反省和忏悔的意识。对于知识分子、作家本身的内心世界的反省和忏悔在西方文学中并不是没有传统的。比如说前面讲过的莎士比亚的《哈姆雷特》，那是一种相当深刻的对于贵族知识分子内心世界的反省和忏悔；还有前面我们提到过的卢梭的《忏悔录》。但是一个很奇怪的事情就是进入批判现实主义文学的时期以后，作家对自身的忏悔和反思在西欧作品中很少有直接的显露，他们都在批判社会，把所有的事情都归罪于社会。我们看英国的小说也好，法国的小说也好，很难找到作家对知识分子社会职责和自身欠缺的思考，几乎看不到对自身的忏悔。而在俄罗斯则大不一样，这是因为俄罗斯的东正教影响很深，知识分子本身具有一种忏悔的传统，而这种传统在启蒙思想的影响下，同逼人的社会问题结合起来，变成了对自己的社会责任感的思考，对知识分子是否尽到了社会责任的反思。许多作品反映了知识分子对自己未能尽到社会责任的忏悔，这些作品中的主人公形成了一个叫作"多余人"的画廊。其中包括普希金的《叶甫盖尼·奥涅金》、莱蒙托夫的《当代英雄》、屠格涅夫的《罗亭》中的主人公，也包括像陀思妥耶夫斯基或者托尔斯泰写的很多作品中对他们自己的反思。托尔斯泰几乎每一部作品——不管是长篇小说还是中篇小说——都包含对自身的忏悔，而且占着很重要的分量。作为"多余人"，他们大都觉得自己在这个社会上不满意当时封建贵族的生活，厌恶这个群体；但是当他们转向贫苦的农民，转向工人，转向受苦的市民的时候，又觉得和这些人格格不入。当社会矛盾的双方激烈的斗争爆发的时候，他们反而觉得自己无事可做，是一个多余的人。而这种"多余人"的位置是由自己来确定的——由自己的思想格局、心理气质、性格上的弱势造成。这方面的思考相当深刻。这里特别应该提到的是冈察洛夫写的《奥勃洛莫夫》。这个人也是一个地主，但是他很厌恶那些地主的经营，不知道自己该做什么，于是整天躺在床上。小说一开头就是奥勃洛莫夫躺在床上，看了二三十页以后他还在床上，他不想起床，因为起床以后不知道该做什么事情，他很怕改变现在的生活格局。有一个寡妇非常关心他，也可以说很爱他，他也很爱这个寡妇，他终于有了要结婚的欲望。但是当他想到如果结婚，自己的整个生活秩序都会被打乱，会变成另外一个样子，他就害怕了，拒绝了这桩婚事。这部作品非常生动地揭示了那种想脱离贵族又脱离不掉，想和贫苦的老百姓结合又结合不起来的矛盾、惶遽的状态，无所作为的状态，这种状态在《奥勃洛莫夫》这部小说里写到了淋漓尽致的程度。如果说前面那些"多余人"还在试图做一点事情却做不成的话，那么到了奥勃洛莫夫，他就已经是任何事情都不想做了，除了睡觉——甚至在睡觉做梦的时候也梦见睡觉。这就是俄罗斯文学的第三个特点——"多余人"的人物形象的画廊，这一点对于中国 20 世纪上半叶的文学影响很大。各位看看鲁迅、茅盾、巴金、丁玲、曹禺的作品，其中都带有一种作者本人的忏悔的痕迹以及对知识分子社会责任的思考、反思。

第四，俄罗斯文学不仅是一种社会批判现实主义，而且是一种"心灵现实主义"，它很重视关于人的灵魂的探索，并且在这方面有很杰出的艺术上的表现。关于这方面的情形，我们在下面介绍到托尔斯泰和陀思妥耶夫斯基的时候，还会进一步地向各位加以介绍。

为了能够帮助各位对上述四个特点有进一步的具体的了解，我们再着重介绍几位俄罗斯的重要作家。

第一位要介绍的就是普希金。

普希金在俄国的地位有点像莎士比亚在西欧——历史上不断出现的流派都要在他们身上试一试自己的刀锋，更多的是用他们为自己张目。苏维埃政权时代是如此，苏联解体后也是如此。最近，西方有些学者想颠覆俄苏文学史，他们把白银时代说成 20 世纪初的最高水平，而黄金时代则是普希金和丘特切夫，从黄金时代到白银时代构成俄罗斯文学的主线。这样，批判现实主义文学的位置就微乎其微了。为了把普希金描绘成浪漫主义和神秘主义的诗人，他们特别推崇他的一篇未完成的作品《埃及之夜》。这篇作品是写克丽奥佩特拉这位风流女后的故事，极具西方颓废派色彩，普希金没有把它写完。西方学者的这类研究，开拓了新的视野，有一定的价值；但以偏概全，抹杀普希金创作的现实主义本质则是一种误导。普希金活着的时候就有人攻击他"追求肉欲上的快感"[①]。20 世纪 90 年代又出了一本所谓《普希金的秘密日记》，其中诗人把自己描绘成一个好色之人。这本书迎合了人们的低级趣味，各种版本遍及多国，中国也有；但是，在俄罗斯本土，所

---

① 参见林精华主编《西方视野中的白银时代》，林精华、曹雷雨、赵桂莲、姜丽译，东方出版社 2001 年版，第 479 页。

有出版社都拒绝正式出版,认为是一本伪书。

　　普希金生于 1799 年,他的母亲是被称为"彼得大帝黑奴"的汉尼拔的孙女,所以普希金身上有非洲的血统,他的皮肤是很黑的。也许是由于远距离人种的交合,形成了普希金相当特别的性格。他惊人地聪明,少年时代念书的成绩并不是很好,但课外阅读的书很多,14 岁写的诗里面已经提到了很多重要的思想家、文学家的名字。他的中学时代是在一所皇家学校——皇村中学度过的。他从初级班升中级班的时候朗诵了一首诗叫《皇村回忆》。那一年他 16 岁,当时在场的有沙皇的老师杰尔查文,是一个当时享有盛誉的老诗人,他听了普希金的朗诵后,热泪盈眶,走上前去抱住普希金,对众人说:"这就是明天的杰尔查文。"这是杰尔查文对普希金真心的称赞,但是事实上他贬低了普希金,普希金的成就远远高于杰尔查文。普希金 18 岁从皇村中学毕业后,得到了一个低等文官的职位。那时候他就已经开始和俄国的一些贵族革命党人——十二月党人有了接触,结识了很多十二月党人中非常优秀的年轻人,其中有一个叫恰尔达耶夫。普希金在 19 岁的时候写了《致恰达耶夫》这首非常有名的诗,在诗里他说:

> 同志,相信吧:迷人的幸福的星辰
> 就要上升,射出光芒,
> 俄罗斯要从睡梦中苏醒,
> 并在专制暴政的废墟上,
> 将会写上我们姓名的字样。[①]

很明显,这是一首反沙皇的诗。在那一年,警察局曾经有一次对十二月党人的大搜捕,在逮捕的所有十二月党人的家里几乎都搜到了普希金的诗。这下可不得了! 警察局要对普希金进行严厉的惩处。这时候有两个人救了他,一个叫卡拉姆辛,一个叫儒科夫斯基,这两个人都是沙皇的老师,他们非常喜欢普希金,觉得他是一个难得的诗才。由于这两个人的努力奔走,取消了把普希金流放到西伯利亚的决定,而让他去南方。在那里,赖耶夫斯基将军收留了他,他就随着赖耶夫斯基到了高加索,在赖耶夫斯基的看管下生

---

　　① 罗果夫主编:《普希金文集》,戈宝权负责编辑,时代出版社 1954 年版,第 10 页。以下凡引普希金作品,除特别注明外均出自此版本,不另注。

活。从这时候起他开始创作他的里程碑式的作品《叶甫盖尼·奥涅金》。他还写了一些长诗如《青铜骑士》《波尔塔瓦》等。有一次，一个官僚派普希金去视察某一个地区的蝗灾，这完全是小官吏应做的事情，普希金觉得这对自己是一个莫大的侮辱。他很不高兴，到灾区走了一圈，写了一个"调查报告"，上面只有四句打油诗："蝗虫飞呀飞，飞来就落定，落定就吃光，吃光无踪影。"这下子把上级得罪了，又要对他严加处分。后来经过种种斡旋，把他转移到他的家族领地——米哈伊诺夫村，他在那儿过着一种平静的被软禁的生活。他和他的奶妈在一起，重新感受到很多童年时候的乐趣，于是就有了脍炙人口的童话诗《渔夫和金鱼的故事》——那是他奶妈讲给他的美好的童话。

我们这一代人，生活在一个被规范所拘囿的时代，幸亏有普希金，他补充了我们心灵所需要的甘泉。他的抒情诗给我们提供了初恋时期情感生活的全景式展开：强壮的、热烈的、朦胧的、憧憬式的。它包括：少年肉欲的朦胧觉醒（《给娜塔丽亚》）、一见钟情的闪电般感受（《致凯恩》）、对轻浮爱情的嘲讽（《给风骚女士》）、失恋的剧痛（《焚烧的情书》《诀别》），还有失恋式的感伤与宽容（《假如生活欺骗了你》）。例如，《致凯恩》（又名《我记得那美妙的一瞬》）的开头这样写道：

> 我记得那美妙的一瞬，
> 在我的眼前出现了你，
> 有如昙花一现的幻影，
> 有如纯洁之美的精灵。

诗接着写道，他的生活没有快乐，没有生命，更没有神性，但是由于女友的到来，所有的东西都有了——有了快乐，有了生命，有了神性。他和这个女友度过了一段很长的时间，但是在诗人看来，那只是美妙的一瞬，可见诗中的心理时间和物理时间是多么地不同。他不说"在这个晚会上我遇见了你"，而是说"在我的眼前出现了你"，好像是突如其来从天而降似的。由于情感处于极度兴奋的状态，他不可能细致地观察和描写他女友的美貌，她所给他的是一个完整的仙化了的印象，这个印象就像是一个"昙花一现的幻影""纯洁之美的精灵"。你们如果有一见钟情的感情体验，就会更深切地理解这首诗。这四句诗成了描绘一见钟情的很精彩的片段。

普希金的诗,同拜伦、雪莱等人的不同,由于东正教的影响,普希金的诗具有更加博大、宽容的气质。他有一首叫《三泉》的诗可以看作诗人对人生态度的自我表白:

> 在平静、凄凉而无边无涯的草原上,
> 神秘地涌流着三注泉:
> 一注是急速而狂烈的青春之泉,
> 它闪着银光,发出喧响,在沸腾和奔流着;
> 一注是诗歌之泉,它用灵感的波涛
> 饮了那些在平静的草原上的放逐者;
> 最后一注泉——就是冰凉的忘怀之泉;
> 它比一切都能更温柔地湿润心头的焦渴。

这里讲到的"忘怀"非常重要。我们通常把遗忘视为坏事,但生活中遗忘是必需的。《圣经》中有"忘川"。对待生活应该有一种辩证、宽容的态度,这种态度在拜伦等西欧诗人那里都是找不到的。

特别值得提到的是普希金的戏剧作品《鲍里斯·戈都诺夫》。在写这部戏之前,他下决心要突破那些古典主义法则。俄罗斯从彼得大帝起,就接受法国古典主义文化的熏陶,这方面的束缚也很厉害。普希金说,他要像莎士比亚那样自由地写作。写出《鲍里斯·戈都诺夫》草稿后,普希金高兴地说:"哎呀,狗崽子普希金啊,你居然能够写出这样的作品!"这部戏剧在俄罗斯的戏剧史上占有非常重要的地位。

在米哈伊诺夫村的这种平静的生活没有过很久,俄国的十二月党人发动了推翻沙皇的起义。这场起义很快失败了。五个主要的领袖被处以绞刑,一大批十二月党人被流放。而这些人都和普希金有着千丝万缕的密切联系。普希金很紧张,就在这时候,来了一个消息——沙皇要召见他。沙皇和他谈了很长时间,问他:"如果十二月党人起事的时候,你不在米哈伊诺夫村,而是在彼得堡,你会怎么样?"普希金非常坦白地说:"我也会参加这场起义的。"但是沙皇对他格外开恩,赦免了这位诗人。沙皇对普希金说:"你还可以继续写作。"普希金说:"我现在写作很难发表,审查系统太严密了。"沙皇说:"以后你写的东西送给我,我直接给你审查。"这说起来也是一种天恩,但是普希金很快就发现,这实在不是一件很好的事情——他写的任何东西都要送到沙皇那儿，而沙皇由于种种原因迟迟不能给他批复下来，反而成了一种更加严格的约束。就在这个时候，他的生活里发生了一件重大的事情：他迷上了一个在莫斯科非常有名的贵族女子，叫龚佳洛娃。在他第二次求婚的时候，被接受了。这场幸福的婚姻给普希金带来了一段时间的快乐，也带来了创作上的高产。关于龚佳洛娃，有很多不同的看法，比较早的文献把她描绘成一个生性轻浮的女人。但是前年我到俄罗斯的时候，有的俄罗斯教授对我说，龚佳洛娃不是那样的一个女人，她实际上非常贤惠，很多绯闻并不实在。不管怎样的说法，这场婚姻给普希金带来了很多快乐和幸福，同时给他带来了无穷的苦恼，甚至导致了他的死。大家知道，由于龚佳洛娃的美貌，普希金经常被牵扯到一些桃色纠纷之中，特别是沙皇垂涎龚佳洛娃的美貌，给了普希金一个官职，以便能经常把龚佳洛娃召进宫廷，并且在那里过夜。沙皇像一个下级的小军官那样下流，站在龚佳洛娃的窗外，看她怎样起床，怎样梳妆打扮。各种各样的流言开始传到普希金的耳朵里，给他冠上一些类似"乌龟大将军"的绰号，普希金怎么能够忍受呢？终于，一个法国的纨绔子弟的到来把矛盾激化了。这个人叫丹特士，是法国保皇党的党徒。他流亡到俄国，受到沙皇的青睐，住在宫廷中，无耻地追求龚佳洛娃。流言更加厉害地传布开来，普希金在忍无可忍的情况下向他提出了决斗。这场决斗导致了普希金的死亡，普希金的死在俄罗斯激起了强烈的冲击波。我在彼得堡参观了普希金的宅邸，看到了普希金被丹特士的子弹射穿了的、染着血的背心。普希金在弥留时刻，很多人挤在窗外关心着他的生命。在他死后，来吊唁的人川流不息。当时的俄国，农奴起义此起彼伏。沙皇唯恐普希金的死诱发出更大的乱子，在一个夜晚悄悄地把他的尸体运回到他的领地——米哈伊诺夫村。一个在路边的老太太看到了运送普希金尸体的情形，说："天哪，这个叫普希金的是一个什么人？！他就被装在一个雪橇上，这个雪橇飞快地跑，就像拖着一条死狗一样……"俄罗斯就这样埋葬了他最伟大的诗人。

普希金的肉体虽然死亡了，但他的灵魂不会死亡。这一点他在生前就预料到了，他写了一首诗叫作《纪念碑》：

> 我为自己建立了一座非人工的纪念碑，
>
> 在人们走向那儿的路径上，青草不再生长，

它抬起那颗不肯屈服的头颅，

　　高耸在亚历山大的纪念石柱之上。

不，我不会完全死亡——我的灵魂在圣洁的诗歌中，

将比我的灰烬活得更久长，和逃避了腐朽灭亡，——

我将永远光荣，即使还只有一个诗人

　　活在月光下的世界上。

普希金对自己的预言是完全正确的，历史证明了这一点。在普希金的作品中，除了一些优秀的短诗和我们提到的那些作品之外，还有不少的小说。短篇小说有《驿站长》《村姑小姐》《射击》《暴风雪》等；中篇小说有《杜布罗夫斯基》和《上尉的女儿》。《上尉的女儿》是一部重要的作品，在这部小说中，他描绘了俄国农民起义的英雄布加乔夫，这是一个在18世纪反抗沙皇的农民起义英雄。在官方的文件里，他是一个残暴、愚昧、杀人成性的恶魔；但是普希金作了认真的调查，在《上尉的女儿》里，他把布加乔夫描绘成一个和善的、普通的农民，一个知恩图报的农民，一个为了农民兄弟的解放，为了拯救苦难之中的农民而四处奔走、勇敢战斗的勇士，即使在上绞刑架时，也是面带微笑的。作为一个贵族，普希金在当时能够这样地去描写一个农民起义的领袖，反映了他思想上突破了贵族的局限，非常地了不起。普希金的长诗作品中，有一部叫《茨冈》，是很值得一读的。茨冈是吉卜赛人的一支，他们过着自由的、流浪的生活。有一个贵族青年叫阿乐哥，他厌烦了城市贵族的浮华生活，向往山民朴实、纯自然的生活方式。于是他离开城市，来到高加索，加入了一支茨冈人的队伍，跟着他们一起去流浪。他爱上了茨冈人的女儿珍妃儿，并且和她结了婚。但是珍妃儿是一个吉卜赛女孩子，喜欢的是一种自由的、放荡不羁的自然的生活，她忍受不了阿乐哥那种贵族青年的繁文缛节和莫名其妙的规矩。渐渐地，她不喜欢他了，而喜欢上了另外一个茨冈青年。当珍妃儿和那个青年约会的时候被阿乐哥发现了，阿乐哥竟然杀死了那个茨冈青年，这件事对于茨冈人来讲是不能接受的——为了自己的幸福和快乐去虐杀别人，茨冈人认为，不能与这样的人为伍，所以当一天早上阿乐哥醒来的时候，周围的茨冈人包括珍妃儿全都不见了。在这部诗作里，我们可以感受到普希金对于自然的崇尚和对贵族生活的厌恶，他那黑皮

肤的躯体里潜藏着一颗流浪者的自由灵魂。

对于普希金来讲，他最重要的、最具有代表性的作品是他的诗体小说《叶甫盖尼·奥涅金》。这部长达五六千行的诗体小说讲的故事同《茨冈》有一点相像：主人公叶甫盖尼·奥涅金也是一个城市的贵族青年，他阅读了卢梭的作品，觉得俄国的生活应该有一个翻天覆地的变化，但是又觉得自己无能为力，他不可能做成这件事。被颓唐的情绪所折磨，他整天花天酒地，过着一种堕落的生活。为了继承叔叔的遗产，他来到一个村庄里，在这儿他认识了一个热情善良的青年连斯基，和他成了好朋友。连斯基正在和一个叫奥尔加的女孩子热恋。奥涅金在参加他们的晚会时，认识了奥尔加的姐姐达吉雅娜。达吉雅娜对奥涅金一见钟情，觉得一个女人要争取自己的幸福就应该勇敢地表白，于是她就给奥涅金写了一封信，表示了自己对他的爱情。这封情书是情书中的经典。几乎每一位读了这封情书的青年都会爱上情书的作者，无论你是俄国人还是中国人。但是，奥涅金是一个城市的贵族青年，他过惯了花天酒地的生活，对一个女孩子给自己写的这封信并没有加以重视，他拒绝了达吉雅娜。在一次晚会上，出于郁积已久的苦闷和纨绔子弟的积习，他又同连斯基的恋人奥尔加调情，以至于激怒了连斯基。在决斗中奥涅金杀死了自己的好朋友连斯基。奥涅金返回了城市。达吉雅娜在没有得到奥涅金的爱情后，嫁给了一个年老的将军。经过了若干年之后，奥涅金在一个贵族的聚会上又见到了达吉雅娜。以宫廷贵妇人身份出现的达吉雅娜，使奥涅金感到她是那么光彩照人。他一下子意识到自己现在生活里的那个巨大的缺憾，是应该由达吉雅娜来弥补的。他给达吉雅娜写了一封激情洋溢的求爱信。将这封信同达吉雅娜的情书作一对比，好像是崇尚自然的农村和沉迷浮华的城市之间的对话。达吉雅娜拒绝了奥涅金。在这部诗体小说中，作者全面展示了 19 世纪的俄罗斯社会，特别是贵族社会。别林斯基称《叶甫盖尼·奥涅金》这部诗体小说是"19 世纪俄罗斯的百科全书"。

这部书是精神贵族的忏悔录，它给了自以为高贵的精神贵族们一记耳光。在第二章中诗人写道：

> 现在你们沉醉它，
> 这轻浮的生活吧，朋友们！
> 我了解它的空虚，

所以对它也很少眷恋。

对于种种的幻影我已经闭上了眼帘，

……①

小说对贵族生活的虚伪和平庸的揭露入木三分,酣畅淋漓。由此,奥涅金这个形象开创了"多余人"的画廊,成了"多余人"形象的第一人。而达吉雅娜是俄罗斯妇女中的一个自然女神式的纯美形象,是圣母玛利亚的化身。这部长达五六千行的诗体小说不仅在叙述上非常流畅,而且在叙述的过程中常常有作者现身说法,发表一些很机智的妙论,使整个叙述显得很活泼、跌宕有致。

陀思妥耶夫斯基对普希金有一段精彩的评价:"他(普希金)在俄罗斯的发展方面的意义是深而且大的。对于一切俄罗斯人,他是下列诸问题在丰富的艺术中的总的阐释:什么叫做俄罗斯精神,俄罗斯精神的全部力量努力趋向哪一方以及俄罗斯人的理想是什么。普希金的现象是一种证据,他证明文明的树已经成熟到产生果实,并且它的果实不是腐烂的,而是丰美的金果。"②

下面再介绍一位作家——"自然派"的奠基人果戈理。

果戈理在青年时代也是向往浪漫派的,他最初的作品叫《狄康卡近乡夜话》。这部作品描写了乌克兰迷人的风习、传说,特别是那些在月光照耀下的女水鬼,非常美丽动人。他在青年时代还写了《密尔格拉德》和《彼得堡的故事》这两部小说集。引起整个俄罗斯震动的是他的一部喜剧,叫《钦差大臣》,讲骗子赫列斯达可夫冒充钦差大臣,出现在一个小城市,市长和各个局长都惊恐万状,听说钦差大臣来视察,不辨真伪,全都迎上前去阿谀奉承,丑态百出。市长不仅送上了自己的女儿,而且送上了自己的夫人。就在这些市长和局长们争相向这位假钦差献媚求宠的时候,真的钦差到了,整个戏剧以所有人的哑口呆立而结束。在当时,看戏的大都是一些贵族男女,就在他们忘情地捧腹大笑时,戏剧中有一句台词说:"你们笑什么?！你们

---

① 普希金:《叶甫盖尼·奥涅金》,吕荧译,生活·读书·新知三联书店 2020 年版,第72 页。

② 转引自罗果夫主编《普希金文集》,戈宝权负责编辑,时代出版社 1954 年版,第308 页。

笑的是你们自己！"在场的那些男女像被电击一样，嘴巴张开定在那里，瞠目结舌。这部剧本的扉页有一句名言：脸丑莫怪镜子。这句话简练地揭示了批判现实主义作家们对自己的作品和社会的关系的看法，成了批判现实主义的一句警言。通过骗子揭露社会上层的丑恶，成为一种长盛不衰的模式。20世纪80年代，中国有一部话剧叫《假如我是真的》，就是《钦差大臣》的中国版。

《钦差大臣》引发了官方的愤怒，果戈理没法在俄国待下去了，他被迫流浪到意大利和一些其他国家。他在国外写了更重要的一部作品，就是小说《死魂灵》（第一卷）。这部小说的主人公叫作乞乞科夫，是一个暴发户，他善于用巧取豪夺的办法，在官场上厮混，一步一步地爬上去。有一天突然一个念头一闪，他想到了一条妙计，就是把那些地主手里已经死掉但是还没有注销的农奴的名字买来，把这些名字拿到救济局去抵押；他可以用几个卢布就买到一个名字，然后一个农奴可以抵押200卢布，如果买1000个死魂灵就是20万卢布。想出这样一个发财的妙计，他就开始到农村去收买"死魂灵"。果戈理通过对各式各样地主的入木三分的刻画，向我们描绘了俄罗斯农村衰微破败的情景。他写的每一个人都是非常可笑的，让你大笑不止，但是在笑中，又有不分明的泪。所以鲁迅说，《死魂灵》是用分明的笑和不分明的泪写出来的。

果戈理是一个富有宗教激情的作家。他惊骇于俄罗斯对博爱精神的贫乏，乞乞科夫就是撒旦①，而小说中的那些地主、官僚是真正的"死魂灵"，即失去了"兄弟之爱"的罪者，世界则是使所有活物都窒息的"洞穴"。但是，当他这样描绘世界的时候，按照东正教的逻辑，他应该写到"复活"。当有人问及乞乞科夫能不能再生时，他说："永生、未来复活的春风将会结束一切。"但是，忠实于现实的果戈理写不出俄罗斯的复活。为此，他感到极端痛苦，十分恐惧，甚至全身颤抖，连连追问，是不是有一种恶魔的力量一直控制着他的笔。在逝世前9天，他焚烧了《死魂灵》第二卷的手稿。死前的遗言说："你们要成为复活的灵魂，而不是死魂灵，除了耶稣基督指出的大门，没有别的大门。"第二卷只留下一些断简残片。《死魂灵》（第一卷）直到现在依然是不朽的作品。

---

① 参见小说中对于省府舞会上的乞乞科夫的描绘。

还有一位作家是陀思妥耶夫斯基。这位作家和前面两位作家有很大的不同——无论普希金也好，果戈理也好，他们都是出身于贵族，出身于上等人的家庭，而陀思妥耶夫斯基是真正从下层走出来的作家，所以他对下层的市民有很深刻的了解。他的成名作《穷人》，写了一个很穷的文化人，为了拯救一个妓女，自己尽可能地做出各种努力，没有奏效，这个妓女最终还是回到了侮辱她的地主身边。在这个过程中，作者揭示了一个有一些文化的下等人、穷人内心的尊严失落的独特心理状态。比如他没有钱买鞋，上街的时候光着脚走路，这对他来讲，首先痛苦的不是他光着脚走路有多么难受，而是感到很丢人。怎么办呢，他就开始想，希腊的哲学家都是不穿靴子的。想到这里，心里就比较愉快了，他可以光着脚坦然地在街上走，而且有理由去藐视那些穿着靴子的富人。这样的一种心态，我们听起来觉得很熟悉，因为鲁迅先生写的阿Q的精神胜利法就是这样的。这位叫作杰符什金的下等文官就是俄罗斯的阿Q，但比阿Q多一些文化和正义感，因而也就更令人感到可笑和辛酸。

　　陀思妥耶夫斯基年轻的时候曾参加过一些秘密组织，也参加过一些反抗沙皇的秘密结社活动，因此而被捕，甚至被宣布处以极刑；他也曾经被流放。他在受到这些刑罚的时候，没有屈服；但是在被流放之后，的确是变了一个人，强调忍让、顺从，希望靠善良和爱来拯救人自身。他最具有代表性的作品有三部——《罪与罚》《被侮辱与被损害的》和《卡拉马佐夫兄弟》；除此之外，他还有一些比较杰出的中篇小说，比如《死屋手记》和《白夜》。

　　《罪与罚》写的是一个大学生，叫拉斯柯尔尼科夫，他非常穷困，住在一个下等小店里，但是他认为自己不应该过这种生活。他认为人分为两等，一些人就像人身上的虱子一样，活该过一种下等的、卑贱的生活；而自己不应该成为这样的人，自己就应该成为一个"高等人"，一个"人类的恩主"。但是他当时又非常穷困，他觉得他应该把那个放高利贷来摧残人的老太婆杀掉，因为很多人都欠这个老太婆的钱。他可以说是非常理性的，出于要做人类的恩主的观念，经过非常精心的策划，拿着一把斧头把这个放高利贷的老太婆砍死了。砍死以后他看到老太婆的血浆从身体里面流出来，很奇怪的是他没有任何恐惧的感觉，甚至于还在那个作案的房间里磨蹭了一下，以至于差点被警察抓住。回到家之后他也很平静，不小心差点儿对看门人说出这件事来，只是那个看门人没在。大概过了一夜之后，他突然感到非常恐惧,以至于警察来调查这件事的时候,他晕了过去。更可怕的是他意识到了自己并不是想做什么人类的恩主,那都是一些表面的自己给自己找的理由,实际上自己内心就有一种杀人的渴望、一种恶的东西,想到这些的时候,他就觉得已经没有了任何可以支撑自己的理由,自己实际上和那个放高利贷的老太婆一样,是个恶人。后来是靠了一个非常善良的女人索尼亚,来拯救他的灵魂。在这部小说里,我们看到了鲁迅先生所说的陀思妥耶夫斯基的特点,鲁迅说,他善于对人的心灵进行拷问,在洁白的心灵下面,拷问出心灵的污秽,而又在心灵的污秽中拷问出那心灵的真正的洁白。鲁迅先生也说,这种对于灵魂的拷问,实际上也是对读者心灵的拷问,往往使人不堪忍受,不能够卒读。陀思妥耶夫斯基对人的心灵世界挖掘的深度,在 19 世纪只有列夫·托尔斯泰能和他相比。高尔基高度评价这两位作家,并且说陀思妥耶夫斯基是一个和莎士比亚一样伟大的天才。陀思妥耶夫斯基对人的心灵世界有很多研究,除了小说以外,他还写过一些很重要的论文来揭示人的心灵的秘密。他在揭露心灵世界方面的成就使他被推崇为现代派文学的鼻祖。

19 世纪末到 20 世纪 20 年代,在俄罗斯文学上有一个奇迹般的时期,现在被称为"白银时代"。由于西方现代主义思潮波及俄罗斯,同俄罗斯的东正教传统结合,产生了一批浪漫主义与神秘主义相结合的思想家和作家。思想家中有别尔嘉耶夫、梅烈日可夫斯基和吉皮乌斯;作家中最具代表性的是索罗维也夫、布尔加科夫、勃洛克、别雷、马雅可夫斯基、阿赫马托娃、古米廖夫、霍达谢维奇、叶赛宁等。其中较多的是诗人,索罗维也夫开创了俄国象征主义诗歌的先河,勃洛克的抒情诗和长诗《十二个》堪称经典,马雅可夫斯基开创了未来主义的诗歌流派和"楼梯式"诗歌模式;布尔加科夫的《大师和玛格丽特》、别雷的《彼得堡》是小说中的奇葩。这一时期的理论家大都是宗教自由主义者,其中别尔嘉耶夫的《俄罗斯思想》《自我认识》都是极富才思的直觉型思辨成果。它们显示了俄罗斯文化不仅造就文学硕果,而且可以结出灿烂的思想之花。但是,"白银时代"的文化人大多是俄罗斯没落贵族的后裔,一种傲视群伦的习气同悲观沮丧的人生观念融合在一起常常发出不可避免的霉味儿。只有少数人敢于扑向烈火,在革命的火焰中焚烧和升华自己,但得到的却是迫害。这个惨痛的教训至今还没有人说得清楚。

各位在书店里很容易找到各种"白银时代"作品的结集,只要稍微一翻就会发现,大家对"白银时代"的理解千差万别、大相径庭,被列入的作家也不太相同。例如,有的人把高尔基也列入其中,而高尔基同"白银时代"的许多作家在创作方法、创作原则上是尖锐对立、像仇人似的。俄国的文学史家一般倾向于肯定这一时期的文学成就,但不把它作为文学史上断代的依据。西方有一些学者,按"黄金时代""白银时代"来重新塑造俄国文学史,意在把同西方一致的现代主义提到最高位置,贬损俄国的现实主义文学成就。关于"白银时代"的文学目前还处在研究、探索阶段,对此有兴趣的同学可以自己找有关的书籍做进一步的研究。

思考题

1. 俄罗斯文学区别于西欧文学的主要特征是什么?

2. 谈谈你对普希金的了解。

3. 从果戈理的创作经历谈谈作家的勇气与怯懦。

4. 试述陀思妥耶夫斯基在心理描写方面的艺术成就。

阅读书目

1. 罗果夫主编:《普希金文集》,戈宝权负责编辑,时代出版社 1954 年版。

2. 普希金:《叶甫盖尼·奥涅金》,吕荧译,生活·读书·新知三联书店 2020 年版。

3. 卢永选编:《普希金文集》(1 抒情诗),王士燮等译,人民文学出版社 1995 年版。

4. 果戈理:《死魂灵》,鲁迅译,人民文学出版社 1977 年版。

5. 屠格涅夫:《前夜 父与子》,丽尼、巴金译,人民文学出版社 1979 年版。

6. 陀思妥耶夫斯基:《罪与罚》,岳麟译,上海译文出版社 1979 年版。

7. 周启超主编:《俄罗斯白银时代精品文库》,中国文联出版公司 1998 年版。

第十三讲

托尔斯泰与《安娜·卡列尼娜》

【摘要】 托尔斯泰的性格特征—托尔斯泰的罪感及忏悔意识—托尔斯泰"蝎子"式的追问与出走—中国传统中罪感的匮乏—《安娜·卡列尼娜》引发的争论—安娜与潘金莲—对《安娜·卡列尼娜》中几个细节的分析—托尔斯泰认为对人的分析应以瞬间为单位—托尔斯泰对小说叙事的革新

这一讲我准备介绍一位最重要的作家——代表整个欧洲 19 世纪现实主义文学最高峰的列夫·托尔斯泰。

一

我是在上初中的时候开始接触托尔斯泰的作品的,那是 20 世纪 50 年代。不记得在一份什么报纸上看到,说托尔斯泰是在全世界最受欢迎的作家。这个消息驱使我拿起了四大卷本的《战争与和平》。读了几十页,我便产生了一种让我自己都很惊讶甚至害怕的感觉——我在阅读到书中描写彼埃尔、鲍尔康斯基这些人物的段落时,惊讶地发现我心里一些最隐秘的念头。我那时候是一个上初中的孩子,但是已经萌发了一些关于人生的想法,而这些想法我是羞于启齿,感到不应该说的。但是,令我惊讶的是,这些完全属于我的隐秘念头居然被这样一个我完全不认识的、留着灰白胡子的俄国老头儿写在他的书里,写到他的那些人物心里面。我在彼埃尔身上发现了我自己,在鲍尔康斯基身上也发现了我自己,这种感觉特别奇特。这样一个我完全不认识、非常陌生、远隔万里的俄国老头儿,他怎么会了解我内心的那些隐秘呢? 在阅读他的作品时,我的心有时候会狂跳不止,我不禁要左右看一看,看看别人是否发现了我内心的恐慌。在此之前,我读过不少武侠小说、老舍的短篇,但从未有过这样神奇的体验。托尔斯泰使我第一次领略了什么叫文学,什么是文学对心灵的震撼力,我由此迷上了文学,迷上了托尔斯泰,一部一部地阅读他的作品。托尔斯泰的作品不仅使我增长了关于社会、关于人类的很多知识,而且我觉得它们很深刻地影响了我的思想,影响了我的内心,影响了我的性格,甚至影响了我整个一生的命运。对我来讲,这是一个很重要的作家,我相信对于各位来讲,这也是一个非常值得关注的作家。

托尔斯泰 1828 年生于俄国的亚斯那亚·波利亚纳。他的家庭是一个老牌的俄国贵族,俄国的很多评论家讲到托尔斯泰的时候,很习惯地尊称他"托尔斯泰伯爵"。他有一种天生的自我闭锁的性格,喜欢深思,怯于和别人交往,他为自己长了一双灰色的小眼睛感到自惭。开舞会的时候,别人在那儿跳舞,他就一个人躲在角落里,觉得没有一个女孩子会喜欢他;但是躲在角落里时间久了,他又为自己的自卑感感到恼怒,于是便在舞会上做出一点特别的、引起整个舞会震动的事情,使得大家都转过来看他,他就从舞会里逃出去,逃出去后又会为自己这些鲁莽的动作感到害羞。他就是这样一个多愁善感,而在理性方面并不是特别强的年轻人。

他的成名作是《童年·少年·青年》自传体三部曲。《童年》一发表,就在俄罗斯的文学界引起很强烈的震荡,吸引了当时已经出名的很多作家、批评家的注意。车尔尼雪夫斯基就《童年》发表评论说,托尔斯泰伯爵的艺术力量的真正所在是他对人类心灵知识的了解和对道德纯洁性的追求。在三部曲之后,他写了一些比较重要的中篇小说,比如《哥萨克》《一个地主的早晨》等等。他还写过一些剧本。但是他代表性的作品是三部长篇小说:一部是在 19 世纪 50 年代写的《战争与和平》,一部是六七十年代写作并发表的《安娜·卡列尼娜》,还有一部就是在八九十年代写作并发表的《复活》。

托尔斯泰在写完了《复活》以后,那个始终在折磨着他的问题——地主与农民之间的巨大的鸿沟——总也解决不了。到了 82 岁的时候,他下决心离家出走。一个 82 岁的老头,为了自己的信仰,为了不再过贵族地主的生活,离开了自己的家庭。后来他客死在一个小火车站上,这一年是 1910 年。

伍尔夫在谈到契诃夫、陀思妥耶夫斯基和托尔斯泰三位作家时说:"在那三位作家之中,正是托尔斯泰最强烈地吸引着我们,也最强烈地引起我们的反感。"为什么反感呢? 伍尔夫说,他迫使我们问自己:"为什么要生活?"

"在所有那些光华闪烁的花瓣儿的中心,总是蛰伏着这条蝎子:'为什么要生活?'"①人们忍受不了这样的"蝎子"式的追问。伍尔夫事实上也是被这种"蝎子"式的追问"迫害"以致投河自尽的,只是追问者未必是托尔斯泰。托尔斯泰自身也是在追问中走向死亡的。希望活得更明白些的想法常常把人逼向绝路,托尔斯泰是最为震撼人心的例子。

在19世纪俄罗斯知识分子中常见的一种观念是,在考察平民百姓的艰难困苦时,认为自己对这种困苦负有不容推卸的责任。他们面对社会的悲惨现实,发出"谁之罪"的质询时,其实也在叩询自己,认为自己也是"有罪"的一个。他们在啼饥号寒的平民百姓面前,没有中国传统知识分子那种悲天悯人的高姿态,相反,由于被"自己有罪"的念头所折磨而显出卑微与恐惧。

这种观念自然和东正教的传承有关。"原罪说"把远古以来就存在着的罪感意识绝对化、普遍化了。但是,俄罗斯文化人的罪感不纯然是宗教的,18世纪以降,东正教传统与其时传入俄国的西欧启蒙思想,特别是"人生而平等"的思想相结合,使纯然自省的涤罪观念转换为对俄罗斯普遍存在的专制压迫现象的社会反思,这种社会性反思反过来又加深了知识分子的罪感与忏悔意识。列夫·托尔斯泰在《童年·少年·青年》中非常诗意地写到他16岁的时候如何独自一个在拂晓时乘着马车到修道院去忏悔。书中对这次忏悔的内容语焉不详,但同仆人说的"老爷,我们和您不一样"所引发出来的对自己"生活奢侈"的想法应有关联。青年时代的托尔斯泰常为自己的好色与狂赌而忏悔。这种罪感并不仅仅是一种内在的对纯洁品质的追求,而是同意识到自己侵占了他人的生活权益的犯罪感相关:

> 想到这几年,我不能不感到可怕、厌恶和内心的痛苦。在打仗的时候我杀过人,为了置人于死地而挑起决斗。我赌博,挥霍,吞没农民的劳动果实,处罚他们,过着淫荡的生活,吹牛撒谎,欺骗偷盗、形形色色的通奸、酗酒、暴力、杀人……没有一种罪行我没有干过,为此我得到夸

① 伍尔夫:《论小说与小说家》,瞿世镜译,上海译文出版社2000年版,第251、250页。

奖,我的同辈过去和现在都认为我是一个道德比较高尚的人。①

在中国文化人的自叙中,难得看到这种浓重的罪感。俄罗斯知识分子献身于改造社会的事业,常常是被这种罪感所驱使。托尔斯泰在成年后经历过一次"阿尔扎马斯的恐怖":他梦见自己被农民给绞死了。这种恐怖成了他思考俄罗斯的苦难和实行农业改良的重要驱动力。俄罗斯知识分子不如中国知识分子那么"超俗"和"潇洒",他们献身社会的行为是同拯救自己相联系的。陶渊明躬耕陇亩时,有"采菊东篱下,悠然见南山"的闲情逸致,而托尔斯泰干农活却没有这种飘逸。画家列宾写过一篇回忆录,描述托尔斯泰从事农业劳动的情景:

> 一八九一年八月,我在雅斯纳雅·波良纳看见列夫·尼古拉耶维奇已经平民化了。
>
> 这表现在他的服装上:自制的黑色短衫,没有什么样式的黑裤子,戴得相当破旧的白色便帽。……
>
> ……………
>
> 整整六小时,他不停息地用犁翻耕黑土,一忽儿走向高岗,一忽儿沿着倾斜的坡地走到沟里。②

列宾曾试着扶犁耕地,但"连十步都走不了,真是寸步难行!"

后来有人说,托尔斯泰干农活只是一种"表演"。我想,能够"表演"六小时而不间断,恐怕不容易。没有艰苦的、长时期的劳动锻炼不可能扶着沉重的木犁熟练地行走于高岗与坡地之间。

"罪感"确乎很折磨人,竟然导致一个82岁的老人离家出走。在中国,也有知识分子"离家出走"——出家。这是中国的"士"看破红尘的一种超越,令人钦敬。寺庙生活虽然清苦,但也恬淡闲适。托尔斯泰想去过的"另一种生活"没有这等惬意。他的日记记载,他出走后,同贫苦农民一起坐在充满汗臭味的三等车厢里,"很愉快",但是,他的衰老的身躯已经不能满足他的天真的追求,在出走后不到10天,他就客死在一个小火车站上。

---

① 《列夫·托尔斯泰文集》第15卷,冯增义、宋大图等译,人民文学出版社2000年版,第8页。

② 倪蕊琴编选:《俄国作家批评家论列夫·托尔斯泰》,中国社会科学出版社1982年版,第368—371页。

有人说,托尔斯泰离家出走,是因为跟老婆吵架,无高尚可言。当过托尔斯泰两年秘书的古谢夫写了一本书叫《悲凉出走——托尔斯泰的最后岁月》,全书用托翁的日记、书信和有关文献缀连而成。从书中可以看出:同索菲娅的冲突是托尔斯泰出走的直接原因。但是,这种冲突并非两个性格古怪的男女之间的互相折磨,套用一句时髦的话,还是有"价值观念冲突"的。译者在译序中说:

> 丈夫这边为财富、为优越的享受感到羞耻,妻子那边请来护卫,保护庄园的一草一木。附近的贫苦农民正是看中托尔斯泰伯爵善良仁慈,才有胆潜入庄园。他们哪是登堂入室公然掠夺,不过是砍点柴禾、捡点破烂而已。结果被夫人的"卫队"逮了个正着。护卫从来是好大喜功的,过度的工作热情更经常演变为凶神恶煞的搜查,甚至拳脚交加。如此处罚农民,对一家之主、宽厚仁慈的男主人形成了极大的尴尬。

> …………

> 不知何时,托尔斯泰内心已潜藏着一股怒气冲天的暴躁力量,憎恨夫人对财富和奢侈生活的迷恋,点点滴滴都不可忍受。道德之痛远甚切肤之痛。[1]

显然,妻子对于丈夫对农民的"罪感"和他的"赎罪"行为是不理解的。出走那天,托尔斯泰留给妻子一封信,信中说:

> 撇开一切其它原因,我不能再继续生活在原有的奢侈环境中。

在他死前一年半的日记中载:

> 我感到痛苦的是这种疯狂的(比疯狂更痛苦的是,身旁就是农村的贫困)生活,我自己已不知道过这种生活如何活下去。

他1909年5月致切尔特科夫的信中说:他生活其间的"那个环境","尤其是用土地私有制来奴役人们的农村环境""越来越强烈地"折磨他。置身于私有制,"违背自己意愿地忍受着痛苦,可说是参与了私有制"。同年6月的日记又载:

---

① 古谢夫:《悲凉出走——托尔斯泰的最后岁月》,章海陵译,安徽文艺出版社1999年版,第8—9页。以下凡引此书皆出自此版本,不另注。

> 贫穷的痛苦感觉——不是贫穷，而是人民的屈辱与闭塞。革命者
> 的残忍与疯狂是可以谅解的……一边是法语和网球，一边是饥肠辘辘、
> 衣不遮体、累死累活的奴隶。我受不了了，想逃走。

再早些，2月的日记写道：

> 我二十多年以来一直憎恨我的产业，我不需要它，也不可能需要
> 它……

"不能再继续做掠夺者""不能再继续生活在原有的奢侈环境中"这个念头
折磨了托尔斯泰二十多年，并由此强化了他同妻子、家人原有的性格精神冲
突，最终迫使他走上绝路。

别尔嘉耶夫在《俄罗斯思想：十九世纪末至二十世纪初俄罗斯思想的
主要问题》中写道：

> 把约伯的痛苦和快要自杀的托尔斯泰的痛苦相比较是很有意思
> 的。约伯的喊叫是那种在生活中失去了一切，成为人们中最不幸者的
> 受苦人的喊叫。而托尔斯泰的呐喊则是那种处在幸福的环境中、拥有
> 一切，但却不能忍受自己的特权地位的受苦人的呐喊。人们追求荣誉、
> 钱财、显赫地位和家庭幸福，并把这一切看成是生活的幸福。托尔斯泰
> 拥有这一切却竭力放弃这一切他希望平民化并且和劳动人民融为一
> 体。在对于这个问题的痛苦中，他是个纯粹的俄罗斯人。[1]

别尔嘉耶夫这段话的最后一句值得注意。托尔斯泰的罪感不是个人现象，
他是俄罗斯民族的一个突出代表。只要想一想在俄罗斯文学中，从普希金
的叶甫盖尼·奥涅金开始的"忏悔的贵族""忏悔的知识分子"的系列形象，
就知道别尔嘉耶夫所言非虚。

原罪学说是同忍从联在一起的，在中世纪它曾使被压迫者变成驯服的
"羔羊"。但在19世纪的俄罗斯，逼人的社会问题使许多贵族知识分子从
隐忍顺从中爆裂出来，以上帝的名义预告"末日审判"将临。即便他们笔下
的主人公表现得极其谦卑、猥琐，读者仍然可以从中读出革命的激情。而且

---

① 尼·别尔嘉耶夫：《俄罗斯思想：十九世纪末至二十世纪初俄罗斯思想的主要问题》，
雷永生、邱守娟译，生活·读书·新知三联书店1995年版，第139页。

他们明白,"末日审判"中被审判者包括他们自己。勃洛克说:

> 在俄罗斯这种人很多……他们在追求火,想赤手空拳抓住它,因而自己化为灰烬。①

罪感,只是一种情感,对于改造社会现实而言,它的作用很有限。但对置身于不公正的现实中的知识分子来说,它意味着尚未泯灭的良知。在 19 世纪俄罗斯的条件下,艺术家们对于罪恶的自我忏悔促使他们的笔触突破表层而到达社会与人的心灵深处。对人的灵魂的深层表现,使俄罗斯文学超越英、法、德,成为 19 世纪欧洲现实主义文学的勃朗峰。没有这种"罪感"意识,就不会有《叶甫盖尼·奥涅金》《当代英雄》《战争与和平》《安娜·卡列尼娜》《罪与罚》《卡拉马佐夫兄弟》这样的力作。托尔斯泰晚年的《复活》有点儿像报告文学,但是,没有深沉的罪感意识,这样尖锐、有力的"报告文学"也是写不出的。

中华民族拥有众多的慷慨悲歌之士和卓有才华的诗人、作家,但是,却缺少足够深刻的社会批判型作品,原因何在?论者见仁见智,我总感到同中国文人的生活心态有关。中国历来讲"国家兴亡,匹夫有责",但是,当一个文化人未能尽社会批判之责时,我们的老祖宗却又设计了太多的精神安慰之法,使我们在未尽责时,也不会认为自己有"罪"。

二

为了能让各位对托尔斯泰的作品有一个具体而微的了解,我们花比较多的时间向各位介绍一下《安娜·卡列尼娜》。

《安娜·卡列尼娜》这本书给我心灵上的震撼比《战争与和平》要强烈,我简直是迷上了这本书。那个时候,一个月我妈妈给我的点心钱是一块五毛钱,一天五分钱,买这本书要花四块多钱,那就是我三个月的点心钱,但是我下决心和朋友一起买了这本书,直到现在还在读它,带着它上课。40 多年了,我不断地从这本书中获得启示,这本残破的书已经化为我生命的一部分。

小说主要的故事可以概括为"两段婚姻"。一段讲的是安娜在 17 岁的

---

① 亚·勃洛克:《知识分子与革命》,林精华等译,东方出版社 2000 年版,第 155 页。

时候由她的姑妈做主,嫁给了当时俄罗斯最年轻、最杰出的省长亚历山大·卡列宁,于是她就变成了安娜·卡列尼娜——卡列宁的夫人。两个人一起过了差不多10年(小说里有的地方写的是8年)相当平静也可以说相当和美的家庭生活,有了一个孩子,叫谢廖沙。就在这10年头上,安娜遇到了一个年轻军官,叫渥伦斯基,渥伦斯基一下子就爱上了安娜,而且穷追不舍,安娜也很快掉进了爱情的旋涡。在这种情况下,安娜和渥伦斯基就有了孩子,安娜希望卡列宁原谅她的罪过,容许他离婚,和渥伦斯基结合,但是卡列宁不同意,把安娜置于一个非常尴尬的境地——几乎整个的上流社会都拒绝她。渥伦斯基开始还是爱着安娜的,时间久了他也觉得顶不住了,渐渐地有点冷淡。安娜意识到她自己生活中最后的一根稻草也即将没有了。为了报复渥伦斯基,也为了报复当时整个的贵族社会,她投身在火车轮下,自杀了。这是小说中写的一段婚姻,是小说的主要部分。小说中还有一段婚姻是讲列文和吉提这一对青年男女。列文是一个生活在农村与城市之间的贵族弟子,这个人物身上有很多托尔斯泰自己的影子——他致力在农村实行改革,希望缓和地主与农民的矛盾,在地主和农民之间达成一种妥协,小说里描写了他在这方面的试验和试验的失败。他深深地爱恋着青梅竹马的好友——纯洁的少女吉提,吉提也喜欢列文,但是当她遇到渥伦斯基的时候,她的整个生活都改变了。渥伦斯基对她的殷勤,她理解为对她的追求,因此她拒绝了列文的求婚。就在她拒绝了列文的求婚的当天晚上,渥伦斯基却拜倒在刚刚出现在晚会上的安娜的裙下,把吉提给甩掉了。这对一个纯洁的少女来说是一个无法承受的打击。她生了一场大病,几乎要死掉了。病好以后她重新整理了自己的思想,意识到自己真正所爱的还是列文,接受了列文的第二次求婚,两个人在农村过着相当闭锁但很甜蜜的、充满了田园诗般情调的农家生活。小说在对这样两段婚姻的描写中,还交错着写了很多俄罗斯农村和上层社会中的重要事件,展现了俄国各阶层的人,特别是农民的思想、情绪。这两段婚姻的陈述衔接得很好,用托尔斯泰的话来讲,"像一个圆拱门一样"——两段婚姻是两根柱子,搭接之处天衣无缝。在这个圆拱门式的结构中,又展现了当时俄罗斯各阶层生活的图画、他们的思想和情绪。列宁讲,托尔斯泰的作品是"俄国革命的一面镜子",主要指的是《安娜·卡列尼娜》这部书。显然,托尔斯泰自己是不可能理解后来列宁所说的这句话的,他写这部作品的时候也不会想到这些,更不会有意识地去写革命情绪，但是作为一个现实主义作家，他达到了这样的深度——对于他所不理解的东西，由于忠实于现实，并对它进行忠实的描写，因而达到了其他人所未能达到的深度。

下面，主要讲讲这部书给人印象最强烈、引起争论最大的部分——关于俄国家庭、爱情的描写。

托尔斯泰在全书还没有写完的时候就先在俄国当时最重要的一个文学刊物上发表了一些章节，一发表就引起了当时俄国文学界和整个贵族社会的强烈关注，而且引起了争论。有些人觉得作者提出了俄罗斯社会生活很重要的一个问题——关于家庭的幸福问题；但是也有的作家反对这部书，比如说，著名作家屠格涅夫就认为这部书写得不好，它会导致伤风败俗的社会效果，因为它写了一个已婚的女子又去和别人恋爱。有人问：对于安娜的婚外情，作者是什么态度？是她的审判官呢，还是她的辩护律师？小说的扉页上引了一句《圣经·新约》中的话：申冤在我，我必报应。

上帝要为谁申冤呢？上帝要报应谁呢？也就是说上帝是怜悯、同情安娜，还是谴责安娜呢？有很激烈的争论。小说很快流传到欧洲一些国家，在英国、法国也引起了类似的争论。接着从欧洲传到美洲、亚洲，传到中国，从作品发表的19世纪下半叶一直到20世纪的下半叶，争论一直没有停止。我向各位讲一件有趣的事情，就是在1983年的时候，中央电视台播放连续剧《安娜·卡列尼娜》，大家看得极有兴趣。有一天晚上，在清华大学的一个大教室里，有200多人——主要是学生——聚在一起讨论这部电视剧，也就是讨论这部小说。有些同学非常同情安娜，说："我为她流了很多眼泪。"讲这话的女同学比较多。而另外一些同学却同情卡列宁，觉得安娜"很不仗义"，说这话的男同学比较多。恰好在这时候，《北京晚报》在发动读者讨论"第三者插足"的问题，所以会上也有人讲，这事儿也不怪卡列宁，也不怪安娜，就怪那第三者渥伦斯基，这家伙太坏了。也恰好在这时候，北京人民广播电台在播放评书《武松》，讲到武松杀潘金莲这一段，有的同学就说，这很显然，卡列宁就相当于武大郎，安娜就相当于潘金莲，渥伦斯基就是西门庆，你同情谁吧？争论得非常激烈。

作者到底是安娜的审判官还是她的辩护律师，托尔斯泰本人对这个问题没有作过解答。因为托尔斯泰也处在一种矛盾的、模糊的、自己也说不清的状态。从他的手稿看，一开始他准备要写《安娜·卡列尼娜》的时候，标题就叫作"两段婚姻",他说要写一个"轻浮但罪过不很大的女子"。从手稿上看,他开始描写的安娜的肖像也确实带有一点轻浮的痕迹。可是,随着小说写作的推进,他不断修改安娜的形象,使其越来越有光彩,越来越美丽,而轻浮这一点已经看不到了。小说里有一段讲列文,他在和吉提结婚以后,社会上就传安娜这个女人怎么样"不正经"。有一个机会,列文拜访安娜,他在一进门的时候见到了一幅安娜的画像,一下子就被这个女人的美丽吸引住了。吉提知道自己的丈夫见了安娜以后,就发现他的整个神态都不一样了,马上盘问列文,接着就大哭了起来。你们看,安娜这个女人对男人有多大魅力!列文在某种程度上可以代表作者,他是作者对于安娜这个形象的某种体认。我们常说,作者一旦塑造出他的人物,他便沦为人物的奴隶。安娜这个形象塑造出来以后,作者就没有办法再控制她,而是安娜按照自己的性格逻辑在发展,作者已经失去了自己的主动权。他是审判官,还是辩护律师呢?托尔斯泰自己也说不清。我们今天来研究这部书,也完全可以不用考虑作者对安娜到底是什么态度,因为作品写出来了,就构成了社会产品,它本身就具有了独立的社会品格。

小说一开始,就讲到"幸福的家庭都是相似的,不幸的家庭各有各的不幸。奥布隆斯基家里一切都混乱了"。为什么呢?因为奥布隆斯基是一个花花公子,喜欢到处拈花惹草,他说女人就是宴会上的小酒瓶,你喜欢就可以拿走。他和家里的女教师私通,被他的妻子杜丽发现,杜丽是吉提的姐姐,也算是一个贵族家庭的女孩子,发现了丈夫不忠,有什么办法呢?她跑回娘家不回来,以此作为抗议,但是抗议后她有什么辙呢?最后经过安娜的调解,她还是非常屈辱地回到了自己丈夫的家里。丈夫只要在形式上给她道个歉,因为她没有别的出路可以选择,她还有孩子,所以杜丽讲道:你们男人,自己可以随便到处去走动,看中了就去求婚,而我们只能等。如果你像杜丽那样,碰上了奥布隆斯基这样一个花花公子,那么你就很倒霉,可能你也没有办法,只有认命。

安娜比杜丽要幸运,她的丈夫卡列宁是俄国非常有才华、最年轻的一个省长,社会地位很高,而且不在外面拈花惹草。安娜所提出的要求他都满足,自己那么忙,每个礼拜还要抽出一天时间陪自己的妻子。这样的丈夫在当时的俄国上层社会就是一个模范丈夫,那安娜还有什么不满足呢?安娜自己也这样想。但是,我们看一看小说里的描写,就知道事情不这么简单。

三

　　就在安娜从莫斯科去她哥哥奥布隆斯基那里调解家庭问题回来后,她由于遇到了渥伦斯基,心情有一些纷乱,但是呢,快到彼得堡的时候,她就强迫自己忘掉渥伦斯基,对自己说,这不过是偶然的生活中短暂的插曲,"忘掉他"。然后她就开始想自己的丈夫,想自己的孩子。就在这时候火车到了彼得堡,从火车上下来,她就看到了自己的丈夫。分别了一段时间的夫妻在火车站见面会怎么样呢? 如果妻子和丈夫的感情比较好,那么按照西方式的,见面就会拥抱、亲吻,说一些很热情的话;如果按照中国式的,一对感情很好、分别一段时间的夫妇,在火车站见面后,大概不会去拥抱、接吻,但是,在一个眼神、一句话、一个细微的动作中,你都会感觉到丈夫对妻子的思念、妻子对丈夫的柔情。不管怎么说,如果夫妻感情确实很和谐,那么分手一段时间后再见面会感觉到更加地亲热。我们看安娜和卡列宁在火车站见面的情形是怎样呢:

　　　　到彼得堡,火车一停,她就下来,第一个引起她注意的面孔就是她丈夫的面孔。"啊哟! 他的耳朵怎么那种样子呢?"她想,望着他冷淡而威风凛凛的神采,特别是现在使她那么惊异的那对撑住他圆帽边缘的耳朵。一看见她,他就走上来迎接她。他的嘴唇挂着他素常那种讥讽的微笑,他那双疲倦的大眼睛瞪着她。当她遇到他那执拗而疲惫的眼光时,一种不愉快的感觉使她心情沉重起来,好像她期望看到的并不是这样一个人。特别使她惊异的就是她见到他的时候所体验到的那种对自己不满的情绪。那种情绪,在她和她丈夫的关系中是她经常体验到的,而且习惯了的,那就是一种好像觉得自己在作假的感觉;但是她从前一直没有注意过这点,现在她才清楚而痛苦地意识到了。

　　　　"哦,你看,你的温存的丈夫,还和新婚后第一年那样温存,望你眼睛都望穿了,"他用缓慢的尖细声音说,而且是用他经常用的那种声调对她说的,那是一种讥笑任何认真地说他这种话的人的声调。

　　　　"谢廖沙很好吗?"她问。

"这就是我的热情所得到的全部报酬吗?"他说,"他很好,很
好……"①

　　我们感到很奇怪:安娜一下车——她本来在火车上就想着自己的丈夫,想着
自己的孩子,拼命地要忘掉渥伦斯基——见到自己的丈夫,马上就想:"啊
哟! 他的耳朵怎么那种样子呢?"不是很奇怪吗? 她和他已经一起生活了
快10年,难道不知道丈夫的耳朵是什么样子吗? 怎么会到了火车站突然一
下子发现他的耳朵长得特别难看? 这是怎么回事? 我不知道各位有没有这
样的体验,比如说你的老师或者你的辅导员把你训斥了一顿,你心里非常反
感,但是你又没有办法反驳——他说的都是有道理的。听完了训斥之后你
出来了,碰到你的好朋友,他问你:"某某老师跟你说什么啦?"这时候你一
肚子怨气,但是你又不愿意跟你的好朋友说,因为没有什么道理好说。你就
跟他讲:"你有没有注意到,咱们这位老师一只眼睛大一只眼睛小?"这在心
理学上叫"情感移植",你对一个人不满,但是你又不能言说他,你觉得你对
他的不满是不对的,可你又不能抑制自己的不满,这时候你就会在他的生理
上、在他的容貌上找到一点觉得特别难看的东西,你用这样的办法把自己不
满的情绪发泄出来。所以安娜这时候对她的丈夫有了一种下意识的不
满——像小说里描写的那样。但是这种不满安娜觉得是不能说的,因为这
种不满,问题其实不在丈夫,而在自己。她总觉得丈夫是无可挑剔的,他各
方面都很优秀,整个上流社会都觉得自己的丈夫非常好,自己也没什么话好
说,但是内心里又对他有一种不满,甚至是一种反感。那么自己为什么对这
样一个优秀的丈夫反感呢? 是因为自己不好。所以她意识到既然是自己不
好,那么就应该对丈夫好。但想对丈夫好,内心里又不接受,所以她就觉得
自己对丈夫虚伪。可是,卡列宁一张嘴说话,我们就觉得这个男人确实是不
太可爱,他讲什么呢?"哦,你看,你的温存的丈夫,还和新婚后第一年那样
温存,望你眼睛都望穿了",这说起来是一句抒情的话,丈夫见到了别后的
妻子,说一句"我望你眼睛都望穿了",这不是在表达自己的爱意吗? 但是,
小说写道,"他用缓慢的尖细声音说",这个卡列宁的嗓音大概是不太好,有
点像金属相摩擦时发出的尖细的声音,很刺耳,当然让人听着就不舒服。但

---

　　① 《列夫·托尔斯泰文集》第9、10卷,周扬译,人民文学出版社2000年版,第135—136
页。以下凡引这部小说皆出自此版本,不另注。

是问题不在这儿,再看下面——"而且是用他经常用的那种声调对她说的,那是一种讥笑任何认真地说他这种话的人的声调"。他在说这样一些想念自己妻子的话的时候,是用了一种讥讽任何说这种话的人的腔调来说的。他觉得自己是一个省长,一个最优秀的男人,他在对自己妻子说话时也要用一种居高临下的态度,所以他在说一些亲热的话的时候,是用一种"讥讽"的语调来说的。那么,安娜会有什么感觉?安娜是一个渴望获得真情的女人,她不能忍受丈夫的这种傲然的亲切,就想赶快把话题转开,她不想再听丈夫讲这样刺心的话,往哪儿转呢?当然最好的转移点就是儿子,所以安娜赶快问:"谢廖沙很好吗?"但是卡列宁这个人,他的自我感觉非常好,他觉得他说这种话非常符合他的身份,又很机智,又很文雅,根本就没意识到安娜厌恶他这种腔调。所以他继续表演,说:"这就是我的热情所得到的全部报酬吗?"从这次见面我们就感觉到了,这对夫妇之间有些不和谐。我们经常说"谁和谁真是合适的一对儿",在说这样的话时,头脑里常常有一个不自觉的数学公式,比如对一个男人,他应该长得仪表堂堂,应该有一个比较好的职业,有一个比较高的学历;而对于一个女人来讲,她应该漂亮,应该很有风度,有一个比较好的家庭背景。我们把男人的比较好的条件和差的条件加总一下,然后再把女人的这些条件加总一下,如果这两个总和差不多是相等的,就说这两个人很般配。但是我们读了这段之后就知道,夫妻之间的事情远比这个要复杂得多。一对和谐的夫妻所需要的东西,远不止我们刚才讲的那个总和,其中涉及的因素是很多的,非常复杂,而且非常细微,往往看起来微不足道的事情,可以导致两个人的决裂。如果是朋友则完全没有关系,作为夫妻就不行。

四

随着小说的发展,我们就看到卡列宁身上的的确确有一些非常不让安娜喜欢,也不让我们喜欢的品质。这些品质说起来在官场上也是很平常的东西,但是我们作为普通的人,就觉得挺不习惯。比如说书中有一段描写他们在赛马场上看赛马的时候,安娜看到卡列宁的样子:

> 她看见他向亭子走来,看见他时而屈尊地回答着谄媚的鞠躬,时而

和他的同辈们交换着亲切而漫不经心的问候,时而殷勤地等待着权贵的青睐,并脱下他那压到耳边的大圆帽。

在这一段里,我们看到了卡列宁对三种不同的人的不同态度:第一种是谄媚者——他的下级,有求于他的,他很屈尊地回答着他们的鞠躬;第二种是他的同辈,就是同级别的同僚,交换的是一种"亲切而漫不经心的问候";第三种人是他的上司,比他的官还大的人,怎么办呢?一看人家老远过来了,马上摘下压在自己耳边的大圆帽,老早就弯腰在路边等待着权贵一盼,等待着这个比他高的官能够看他一眼。对三种人的这三种不同的态度,在官场上是很平常的事情。在封建社会,人的尊严的高低是按权力来分配的——权力大的尊严多,权力小的尊严少,没有权力的人就没有尊严可谈。在今天,社会权力在形式上有所转换,但尊严按权力分配仍多有表现。启蒙主义者宣扬的人与人的平等并没有实现。安娜是一个接受了西方启蒙学者的自由平等观念的女人,她很不习惯卡列宁的这一套:

> 她知道他的这一套。而且在她看来是很讨厌的。"只贪图功名,只想升官,这就是他灵魂里所有的东西,"她想;"至于高尚理想,文化爱好,宗教热忱,这些不过是飞黄腾达的敲门砖罢了。"

但是,存在着价值观念分歧的夫妻也不一定就生活不下去,因为家庭当中终归还有很多其他的东西。导致安娜家庭破裂的更深刻的原因是卡列宁的虚伪。这种虚伪可以说是一种深入骨髓的虚伪,我们举一个例子:在一次晚会上,卡列宁看到很多人都对在一起亲密交谈的安娜和渥伦斯基侧目而视,他感觉受到了侮辱,就走过去强硬地要求安娜和他一起回去。安娜拒绝了丈夫的要求,继续留在那儿和渥伦斯基在一起,卡列宁受到了巨大的刺激,在独自回去的路上,自己就想:一定要和安娜认真地谈一谈。作为一个丈夫,看到自己的妻子和另外一个男人如此亲热而且引起了周围人的注意,他当然是很不高兴,在这一点上我们很同情卡列宁,希望他能很好地和安娜推心置腹、开诚布公地谈一谈,表达一下自己内心的痛苦。因为这时候安娜的心情还是很矛盾的,她已经爱着渥伦斯基,但是她又觉得很对不起自己的丈夫,对不起自己的孩子,自己是有罪的。如果卡列宁能够很坦白地把自己内心的痛苦,甚至于自己的愤怒倾诉给安娜,安娜会感到惭愧、自责,婚姻也许可以挽回。就在准备谈话的时候,卡列宁就想:我为什么感到不痛快?他又问自己:我为什么很生气?我嫉妒了吗?其实就是嫉妒,这很正常,但是他断然否定了,他觉得他这样一个高尚的基督徒,不可能有嫉妒的感情。嫉妒在基督教看来是一个很卑下的感情,我们前面讲但丁《神曲》的时候说那是要进炼狱的,一个嫉妒的人要到炼狱去赎洗自己的过失。卡列宁就对自己说:我不可能嫉妒。明明是嫉妒他却说不可能是嫉妒。他这样想了之后,内心依然感到很不痛快,就又想:我究竟为什么不痛快呢?他要为自己的不痛快找一个理由,终于找到了:因为他是一个高尚的基督徒,现在看到了另外一个基督徒在堕落,所以他痛苦了。这样想了以后好像感到心里比较舒服了,然后就开始考虑她回来以后怎么跟她谈。想来想去,终于就像他准备一个工作报告一样,理出来以下四点:

> 第一,说明舆论和体面的重要;第二,说明结婚的宗教意义;第三,如果必要,暗示我们的儿子可能遭到的灾难;第四,暗示她自己可能遭到的不幸。

这四点就像他做的工作报告一样清晰,有条有理。但是这四点里缺了什么呢?就是缺了他自己,他断然不承认这件事对他自己造成的痛苦,而这是他想谈话的最主要原因。在安娜回来后,卡列宁说:"我有话要和你谈谈。"安娜意识到了丈夫今天可能要爆发,她开始躲避。她还是去睡的好。卡列宁还是坚持说了。首先第一句话就是:"由于不小心谨慎,你会使自己遭受到社会上的非议。今晚你和弗龙斯基(按,即渥伦斯基)伯爵过分热烈的谈话引起了大家的注意。"安娜心里马上就开始想:他关心的就是别人怎么议论这件事,而不是他自己。用今天的话来说,就是他关心的是自己的"公众形象"是否受损,而不是自己对安娜的真实感情。安娜听了感到非常失落,不想再谈,说:"实在该睡了。"说完就躺到了床上。但安娜依然在等待着,觉得事情不可能就这样完了。任何一个人,只要还有血性,都会爆发。我们读小说的都替卡列宁着急:你不用说那么多话,你就表现你的愤怒、你的痛苦,哪怕你大哭一场,安娜都会感动,都会自责,都会惭愧。但是安娜躺在床上等待着,等待着,等来的是什么呢?是卡列宁的鼾声,他打起呼噜睡着了。安娜用发光的眼睛注视着头顶上黑暗的天花板,心里说,"迟了,已经迟了"。就在这之后,安娜和渥伦斯基发生了肉体关系,一切都无可挽回了。卡列宁这个人的内心中已经找不到人的血肉感情,他把自己变成了一个徒有其表的空壳子。但是在这个空壳子里面又掩藏着一个自私的、怯懦的、残忍的灵魂。就在安娜和渥伦斯基两个人同居以后，安娜多次向卡列宁恳求离婚，她正式写了信给卡列宁。卡列宁这时候已经意识到这件事情无可挽回了，那么他应该怎么办呢？他首先想到：如果是俄国的名人，他们会怎样来处理这个问题呢？他开始在俄国的历史上寻找那些有名的人——因为他也是一个名人。怎么来处理这件事，他首先想到的是"达里亚洛夫决斗了"，这在当时的俄国算是一种很习惯的做法——如果我受到了侮辱，那么我可以提出决斗，不管决斗的结果怎么样，都可以挽回名誉，被社会所称道。这是一种俄罗斯的习俗。但小说里讲，卡列宁是最害怕决斗的。从小的时候起，他就害怕枪口对着自己，越害怕，就越喜欢在想象中把枪口对着自己，然后再想象自己是如何地英勇。所以他就开始想象自己像达里亚洛夫那样向渥伦斯基挑战，然后两个人去决斗，决斗的场景如何悲壮等等。他沉醉在这样一种想象中。他之所以如此，恰恰是因为他最害怕决斗。但是自己又怎么样解脱出来呢？事实上他是不敢去决斗的，但是他绝对不能承认自己胆怯。他开始给自己找其他理由，后来终于找到了。他想：哎呀，如果我向渥伦斯基提出决斗，马上就会有很多达官要人来劝阻我，说你应该从俄国的国家利益去考虑，国家不能没有你这样一个优秀的人物，怎么能够轻易地在决斗场上拿自己的生命开玩笑呢？想到这儿，他就很坦然，说：我不能去决斗，如果我明明知道人家会来劝我——为了俄罗斯的国家利益不要去决斗，那么我现在再提出决斗，让人家来阻止我，岂不是沽名钓誉了吗？这样他就很愉快地否定了决斗的方案。一个虚伪的人，不仅要向别人掩饰自己，而且还要向自己掩饰自己。这种掩饰是如此地自然，以至于自己都把虚伪当作真实。可以说，这种虚伪已经进入了无意识层面。

而后卡列宁又想到，某某人是采取了离婚诉讼的办法来解决，这个办法涉足于公庭，会弄得满城风雨，大家都会评论这件事，于己不利。这个想法还算老实，我们也可以理解。他又想：我和她离婚，让他们两个生活在一起，我就痛苦得不得了。这个想法我们也觉得是可以理解的。卡列宁一想起让渥伦斯基和安娜两个人堂堂正正地结婚，他就痛苦，这也很正常。但是，问题在于，他断然不承认是出于这一点而拒绝离婚，他在给安娜回信的时候说：我为什么不同意离婚呢？是因为我作为一个基督徒，不能眼看着另外一个基督徒堕落。如果我和你离婚，就表示我放弃了对你的挽救，出于一个基

督徒的高尚品格,我拒绝离婚。安娜接到了这封信以后意识到这一结局比任何其他结局都要可怕:

> "他是对的,他是对的!"她说。"自然,他总是对的;他是基督徒,他宽大得很!是的,卑鄙龌龊的东西!除了我谁也不了解这点,而且谁也不会了解,而我又不能明说出来。他们说他是一个宗教信仰非常虔诚、道德高尚、正直、聪明的人;但是他们没有看见我所看到的东西。他们不知道八年来他怎样摧残了我的生命,摧残了我身体内的一切生命力——他甚至一次都没有想过我是一个需要爱情的、活的女人。他们不知道他怎样动不动就伤害我,而自己却洋洋得意。我不是尽力,竭尽全力去寻找生活的意义吗?我不是努力爱他,当我实在不能爱我丈夫的时候就努力去爱我的儿子吗?但是时候到了,我知道我不能再自欺欺人了,我是活人,罪不在我,上帝生就我这么个人,我要爱情,我要生活。"

作者深刻揭示出,所谓完全按照自己所存在的那个社会的理性规范去生活,不仅使自我变得空洞无物,而且是一种深入骨髓的虚伪,一种如鱼得水式的虚伪,一种不意识到自己虚伪的虚伪。同种人生活在一起,如同把自己置身于生命的绞肉机里,他会把你的血肉和生命一点一点地绞碎。对此有切肤之痛的安娜含着眼泪喊道:"不论怎样,我都要冲破他想用来擒住我的虚伪的蛛网。随便什么都比虚伪和欺骗好。"

安娜以死抗争,用自己的血肉之躯向这面虚伪和欺骗的蛛网冲去。她虽然失败了,但一个完全失去了生命的空壳是终将被抛弃的。从卡列宁这个沙皇制度下"最优秀的人物"身上,我们看到了封建贵族的性格特征。令我们痛惜的是,卡列宁已死去百余年,但人类并没有多少进步,卡列宁式的虚伪依然存在,而且变得更精致了。

五

托尔斯泰在艺术上的贡献是多方面的。我以为,最突出的一点,是他确立了对人的"瞬间分析"的观念。他认为,对人的观察与描写仅以个体为单位是远远不足的,因为一个人在此瞬间和彼瞬间是并不相同的。而且,在某一个瞬间的人,其心灵世界也还是一个多层次的、立体的、流动的系统。例如,我们前面举出的安娜同卡列宁在火车站见面的描写,那就是一个"瞬间",在这个瞬间,包含着人类感情生活中永远会存在而且会不断重现的典型形态。托尔斯泰关于"瞬间分析"这一观念的形成,同基督教有关。基督教教义认为,人的本性是恶的,本性的恶往往在一闪念中流露出来;真正的基督徒应该正视一闪念中的恶。例如我们前面讲到过奥古斯丁在《忏悔录》中抓住偷梨一事所作的长篇忏悔。但托尔斯泰对人的理解比奥古斯丁丰富得多,也乐观得多。他认为,人在瞬间的善恶交错中能够接近上帝。在这一点上,也显示出他同陀思妥耶夫斯基的区别。

托尔斯泰在青年时代的第一部作品《童年》的一开篇就显示了这种过人的才能:尼考连卡睡得正甜,被家庭教师打苍蝇的声音吵醒了,死苍蝇恰好落在他的头上。这是多么不愉快啊!"就算我小吧,"尼考连卡不只因为甜梦被吵醒了,更重要的是他觉得卡尔故意欺侮他,因为他小,"他为什么不在沃洛佳的床边打苍蝇呢?"问题本身多少有点专横——卡尔在他床边打苍蝇是因为苍蝇落在了他的床边,然而一种内在的不愉快,使他感到自己的逻辑是强有力的,他为自己的逻辑所折服,愈加相信卡尔是故意折磨他,"他明明看见他把我弄醒了,吓了我一跳,却硬装作没有注意到的样子……"从10岁孩童心灵里刚刚萌发出来的自尊意识是多么倔强呵,于是一切表象都在他的眼睛里发出了变异:平常那么好的老头儿(卡尔)变得极其讨厌,连同他戴的压发帽、帽上的穗子"都讨厌死了!"卡尔呢? 当然不知道尼考连卡内心的神圣的愤怒,他用善良的声音呼喊尼考连卡起床,尼考连卡装睡不理他,于是卡尔勒开始搔他的脚后跟。尼考连卡内心依然很愤怒,但又禁不住要笑出声来,他满眼泪水,不知是哭出来的还是笑出来的。他竭力要维持住自己内心的"神圣的愤怒",但钻心的痒痒使他又在笑。"卡尔!"他神经几乎错乱了,眼泪汪汪地叫着。卡尔看着他的眼泪,诧异了,然而善良的老头怎么也没想到自己是"罪魁祸首"。他于是问他是不是做了什么噩梦。尼考连卡望着卡尔那"慈祥的德国人的面孔",听他竭力在猜测是什么噩梦的那些关切的话语,突然意识到,这个老头儿是多么善良呵! 甚至他的压发帽、帽上的穗子都变得好看多了。他想起对他的诅咒,心里不禁觉得难为情,于是眼泪流得更多了。为了不使卡尔难过,尼考连卡开始撒谎,说他梦见妈妈死了。卡尔是那么相信他,柔声细语安慰他,这样,尼考连卡流的泪更多了。"我觉得好象自己真地做了那场噩梦,我流泪是由于别的原因了。"①请看,这一段细节中有多少戏剧性的"转折":1. 从自尊受辱的感觉到被爱时的心境(自爱到爱人);2. 从讨厌卡尔勒连同他的帽子到喜欢卡尔勒连同他的帽子;3. 从编造梦境到相信真的做了梦(幻想与真实的混淆)。整个心理流动过程充满了偶然性,然而这些偶然性又是善良而敏感的童心的必然反映。它是富于个性的,又是极其真实的。

车尔尼雪夫斯基最早注意到托尔斯泰的这种才能。在青年托尔斯泰发表他的处女作《童年》时,车尔尼雪夫斯基就指出:作者具有洞察人类心灵隐秘进程的惊人的能力,"托尔斯泰伯爵最感兴趣的是心理过程本身,它的形式,它的规律,用特定的术语来说,就是心灵的辩证法","人类心灵的知识是他的才华的基本力量"。②

托尔斯泰不仅洞悉瞬间的内心世界流动的隐秘过程(就像微积分数学所表述的:dt 时间内走过的 ds),而且意识到这种流动的意识是多层次的。表情与内心、表层意识与内层意识、内层意识与深层意识之间交互作用,形成瞬间意识活动的四度空间。例如,列文第一次向基蒂求婚前后,基蒂内心活动的变化:

在饭后,一直到晚会开始,基蒂感觉着一种近乎一个少年将上战场的感觉。她的心脏猛烈地跳动,她的思路飘忽不定了。

她感觉到这两位男士初次会见的这个晚上将会是决定她一生的关键时刻。她心里一再地想象他们二人,有时将他们分开,有时两人一起。当她回忆往事的时候,她怀着快乐,怀着柔情回忆起她和列文的关系。幼年时代和列文同她亡兄的友情的回忆,给予她和列文的关系一种特殊的诗的魅力。她确信他爱她,这种爱情使她觉得荣幸和欢喜。她想起列文就感到愉快。在她关于弗龙斯基的回忆里,却始终搀杂着一些局促不安的成分,虽然他温文尔雅到了极点;好像总有点什么虚伪的地方——不是在弗龙斯基,他是非常单纯可爱的,而是在她自己;然而她和列文在一起却觉得自己十分单纯坦率。但是在另一方面,她一想到将来她和弗龙斯基在一起,灿烂的幸福远景就立刻展现在她眼前;和列文在一起,未来却似乎蒙上一层迷雾。

---

①　《托尔斯泰文集》第 1 卷,人民文学出版社 2000 年版,第 3—5 页。
②　倪蕊琴编选:《俄国作家批评家论列夫·托尔斯泰》,中国社会科学出版社 1982 年版,第 27、33 页。

当她走上楼去穿晚礼服,照着镜子的时候,她快乐地注意到这是她最得意的日子,而且她具有足够的力量来应付迫在眉睫的事情。她意识到她外表的平静和她动作的从容优雅。

七点半钟,她刚走下客厅,仆人就报道,"康斯坦丁·德米特里奇·列文。"公爵夫人还在她自己的房间里,公爵也还没有进来。"果然这样,"基蒂想,全身的血液似乎都涌到她心上来了。当她照镜子的时候,看到自己脸色苍白而惊骇了。

那一瞬间,她深信不疑他是故意早来的,趁她独自一人的时候向她求婚。到这时整个事情才第一次向她显现出来完全不同的新意。到这时她才觉察到问题不只是影响她——和谁她才会幸福,她爱谁——而且那一瞬间她还得伤害一个她所喜欢的男子,而且是残酷地伤害他……为什么呢?因为他,这可爱的人爱她,恋着她。但是没有法子,事情不得不那样,事情一定要那样。

"我的天!我真要亲口对他说吗?"她想。"我对他说什么呢?难道我能告诉他我不爱他吗?那是谎话。我对他说什么好呢?说我爱上别人吗?不,那是不行的!我要跑开,我要跑开。"

当她听见他的脚步声的时候,她已经到了门口。"不!这是不诚实的。我有什么好怕的?我并没有做错事。该怎样就怎样吧,我要说真话。而且和他,不会感到不安的。他来了!"她自言自语,看见了他强壮却羞怯的身姿和他那双紧盯着她的闪耀的眼睛。她直视着他的脸,像是在求他饶恕,她把手伸给他。

列文进来前后的这一段时间里,基蒂的瞬间心理活动可简列为下表(表13-1):

表13-1　基蒂的心理活动

		列文到来前	仆役通报	列文走进后
外　　表		从容、优雅、镇静	脸色刹时苍白	求列文饶恕的目光
内心	表层	喜悦	惊恐、想逃	镇静
	内层	对渥(前景灿烂) 对列文(迷雾感)	痛苦	决心拒绝 列文求婚
	深层	对列文的愉快感 对渥的局促感		

对这两个爱她的男子，基蒂在理性层面上（表层）分不清谁优谁劣，她觉得他们都是很好的；但在情感上总觉得渥伦斯基更富有男性的魅力，这种魅力使基蒂感到同渥伦斯基在一起生活会是幸福的、灿烂的，而同笨拙、羞怯的列文在一起却没有这种诱惑力。正是这种感觉支配基蒂拒绝了列文，而期待着与渥伦斯基的结合。但这少女的意识的深层隐约地还有一些自己也说不清的感觉：和列文在一起是宁静而愉快的，渥伦斯基却使她感到局促。前者使她在拒绝列文前一度从深层升到内层，因此她感到痛苦，但同渥伦斯基在一起的局促感始终隐遁在内心深渊里。直到渥伦斯基抛弃她以后，基蒂才弄明白这种局促感意味着什么：渥伦斯基对她的爱及她对他的爱都未达到灵犀相通的地步，他们之间还有隔膜，而她同列文的爱情却恰好相反。

六

作为 19 世纪现实主义文学的勃朗峰，列夫·托尔斯泰对人类心灵的艺术揭示起码有以下意义：

第一，推进了人类对于自身的认识。不仅是在家庭、爱情、友谊等日常生活的范畴，而且对祖国、人民、战争等方面的心理活动奥秘的揭示，托尔斯泰都有杰出的贡献。他揭示的许多心理活动的过程具有惊人的准确性和深刻性，至今仍是心理科学家们兴味盎然的研究课题。

第二，改变了小说的结构形式，即由闭锁式（有头有尾）变成开放式，风格上的散文化进一步扩大了小说表现生活的能力。

第三，开创了表现人物内心世界的多种艺术手法，如动态的肖像描写、环境描写、人物的瞬间心理揭示、独特的"内心独白"等等。

思考题

1. 怎样看待托尔斯泰充满罪感的生活和"蝎子"式的追问？

2. 怎样评价安娜的"婚外恋"？试对安娜和潘金莲两个人物进行比较。

3. 什么是托尔斯泰在艺术描写上的"心灵辩证法"？

阅读书目

1. 康·洛穆诺夫:《托尔斯泰传》,李梳译,天津人民出版社 1981 年版。
2.《列夫·托尔斯泰文集》,人民文学出版社 2000 年版。

第十四讲

现代主义与艾略特、卡夫卡、海明威

【摘要】 用象征阐释思想的可能性—现代主义的思想艺术特征—《荒原》与《神曲》的比较—卡夫卡：现代神话体系的创造者—《变形记》：现代审美情感的移入过程—海明威：强者的风度—语言反叛逻辑的奇观

一

当满天乌云、天空有如黑夜时，人们诅咒乌云，期待着太阳光耀大地；但是，当人们一旦发现，他们所期待的太阳不过是一堆高悬在空中的碎片时，会怎样？当你阅读现实主义的文学作品时，看到书中到处都在猛烈地抨击社会的浊流，但你感觉到，这种揭露黑暗的激情，恰恰来自对光明的向往和自信。而我们本章将要介绍的现代主义和后现代主义却产生于他们惊愕地发现太阳不过是一堆碎片以后。他们还会充满自信地去抨击黑暗吗？他们会不会感到恐惧、焦虑、绝望？在这种恐惧、焦虑和绝望的背后，是不是仍然期待着破碎的东西重新整合成为完整的太阳？当他们这样想的时候，又会嘲笑自己的幼稚，用幽默装点感伤和绝望。也许有一天，他们会想，破碎的太阳有什么不好？我们为什么不能习惯这种破碎的生活？说不定更好！让绝望、焦虑和感伤滚蛋！我们要欢笑，用欢笑来嘲弄一切！当他们处于前者的精神状态时，他们属于现代主义；当他们走出了这种阴影，努力使自己习惯于新的破碎的生活时，他们进入了后现代主义。

上述的比喻，也许被专家们视为不够准确，我却常常喜欢使用这类描述方法。对待理论可以有三种态度：一种是理性主义者。他们需要一大堆术语和反复的逻辑推演来把这三种思潮界定清楚。而一旦界定清楚之后，立即出现一批理论暴徒说"no"。这些暴徒是从来不建构，只解构。他们知道，一旦试图建构，就是他们的末日。他们对理论的贡献是逼着前一种人像推石上山的西西弗斯那样不息地劳作。这是第二种态度。还有第三种人，他们认为,思想是不能言说的,只能"像嗅到玫瑰花香那样去感知思想"。这句话曾被当作愚蠢的笑话来对待,其实有一定的道理。老子说,"道可道,非常道",即真正深刻的思想是不能言说的,一旦用逻辑的语言说出,语言就背叛了思想,只能用象征和直觉。现代物理学家薛定锷说:

> 我们这些现代知识分子不习惯于把一个形象化的比拟当做哲学洞见;我们坚持要有逻辑推演。但对这种要求,逻辑思维也许能够至少向我们揭示这么多:要通过逻辑思维来掌握现象的基础,很可能根本做不到,因为逻辑思维本身就是现象的一个部分,和现象完全牵连在一起。既然如此,我们也就不妨问,我们是否仅仅因为一个形象化的比拟不能被严格证明,就逼得不能够运用它呢?在相当多的情况下,逻辑思维引导我们达到某一点之后,就丢下我们,不管我们的死活了。所以,当我们面临的一个领域是这些思想路线直接打不进去,但又仿佛是它们所指引的方向时,我们就可以设法这样地充实这个领域,以使这些思想路线不是随便消失或中断,而是聚集到这一领域某一中心点上;这样做的结果无异于使我们有了一幅极其可贵的世界图景全貌,其价值是不能以我们开始时的那种严格的绝对不许含糊的标准来衡量的。科学运用这种程序的例子有几百种之多,而且长久以来就被认为这样做是正确的。①

物理学况且如此,遑论心灵世界乎?但理论界很少承认第三种人的贡献。极少数的例外之一是俄罗斯的宗教自由主义者别尔嘉耶夫的《俄罗斯思想:十九世纪末至二十世纪初俄罗斯思想的主要问题》。这部书的许多结论都是用鼻子"嗅"出来的。各位不要笑!"嗅"即感知。这是一部阐释 19 世纪俄罗斯思想的最优秀的著作,有惊人的准确性和深刻性。

当我向各位鼓吹"用象征来阐释思想"的时候,我本人就"沦为"现代主义者了。

任何文学思潮的递变都不是空穴来风。那些自以为全部灵感都来源于一颗聪明的脑袋的理论家,其实都是最愚蠢的。这种不自知,使他们常常沦为时髦思潮的俘虏。文学思潮的变化,其最隐蔽的动力,是社会的基本矛盾

---

① 转引自徐葆耕、齐家莹编《我们都是未解之谜》,光明日报出版社 1995 年版,第 111—112 页。

和社会心理需求。现代主义和后现代主义文学的源头可以追溯到文艺复兴末期,但真正成为洋洋大观的文学潮流,是与资本主义社会的矛盾及精神危机相伴相长的。法国在1848年革命以后的衰颓,使现代主义文学的鼻祖之一波德莱尔发现"整个社会不过是一具腐烂的尸体"。他说:

> 审视、分析所有自然的事物,以及纯自然人的所有行动与欲望,你能找到的只会是可怕的东西。所有美与高贵的事物都是理性与思想的产物。犯罪出自天生,人形动物在娘胎中就获得了对它的嗜好。相反,美德是人为的和超自然的……恶无需努力,它自然且必然地到来;善往往是艺术的产物。①

波德莱尔不过是说了《圣经》早已说过的话,但是,《圣经》告诉人们,上帝可以拯救一切,而波德莱尔却对此提出疑问。对社会与人的绝望构成了现代主义的重要特征。

这种绝望到20世纪初,由于资本主义矛盾的加剧而大大地膨胀了。第一次世界大战,这个肮脏的帝国主义瓜分殖民地的战争,把整个欧洲投入灾难之中,无数人被驱赶到前线,遭到屠杀,而后方的人忍饥挨饿。在法国,小麦涨价三倍,日用品涨价一倍,而薪水毫无增加。社会的严重危机使支撑整个19世纪文学大厦的那种乐观的理性支柱崩塌了。高度发展的理性如果遭逢危机,会使人跌入更深的绝望。当人们自以为登上极乐仙境之时,却猛然发现眼前出现的是悬崖和深渊,那种悲哀是可以令人发疯的。尼采宣布:"上帝死了!"一个又一个作家发疯或自杀:斯特林堡的《鬼魂奏鸣曲》写于疯癫状态;杰克·伦敦像他的主人公马丁·伊登那样自己结果了自己,只是采用了服毒自杀的方式;意识流巨匠伍尔夫投了河;海明威用枪打碎了自己的脑袋;奥地利的茨威格则使用了煤气;"苏维埃最有才华"的诗人马雅可夫斯基也用的是手枪;叶赛宁步其后尘……他们的心灵如脆弱的芦苇,没有风时还颤抖不停,待寒风骤起,便一个个结束了自己的生命,更多的作家陷入悲观主义的深渊。以柏格森为代表的非理性主义思潮其势滔滔,席卷思想文化界。法国诗人兰波面对人欲横流、道德沦丧的世界,无比怀念那个死

---

① 转引自马泰·卡林内斯库《现代性的五副面孔:现代主义、先锋派、颓废、媚俗艺术、后现代主义》,顾爱彬、李瑞华译,商务印书馆2002年版,第64页。

于鸦片的诗人波德莱尔,认为波德莱尔和美国作家爱伦·坡开辟了被称为"现代主义"的文学流派,并由此开始了对理性精神的讨伐。1886年9月,不是很出名的诗人让·莫雷亚斯在巴黎《费加罗报》上提出"象征主义"这个称谓,由此开始了现代主义的文学运动。象征诗派是现代主义文学中历史最长的一个流派,它突破理性精神的坚硬外壳向着人的内心深渊驶航,探索被理性桎梏着的非理性王国。沿着这条航线向前的还有象征主义在小说、戏剧领域中的表现——表现主义文学以及意识流文学等。

叔本华的悲观主义、柏格森的生命流动意识、尼采的哲学都大大地支持了现代主义文学的发展,然而,现代主义最为强大的精神支柱是弗洛伊德提出的"潜意识"学说。

人类认识自己的历史是一个由外向内、由抽象到具体的过程。人由认识外界进而认识自己,由认识自己的肌肤进而认识自己的心灵,由建构清醒的理性进而开始显露出对无意识和潜意识的兴趣。

对于无意识和潜意识的探索,文艺家要比心理学家早得多。莎士比亚在《哈姆雷特》中借人物之口谈论"无意识"时,心理学作为独立学科尚未诞生。然而,当19世纪末弗洛伊德提出他的精神分析学说时,在文艺界所引起的震撼依然是巨大的。可以说,有了弗洛伊德,才有了现代主义文学。

弗洛伊德的"人格结构"理论,把人的心灵视为一个多层次的、相互作用的系统:超我,实行道德原则;自我,实行唯实原则;本我,实行唯乐原则。

这是一个动力系统,能量多储于本我之中。就意识的层次而言,本我相当于潜意识,它的活动规律完全不遵守理性的逻辑的法则。弗洛伊德从对梦的分析中得出潜意识活动的三个法则,谓之"原本性思维"法则:第一,不受时间、空间之限制,任何事情都可能跳跃时空而发生联系。第二,思维方向在情感和欲望的支配下进行,不遵守逻辑法则。第三,常以"浓缩""转移""象征"等形态表示。

弗洛伊德还认为,人的潜意识区是一口黑暗的充满欲望骚动的沸腾的大锅,其中起重大作用的能量是性本能。人的任何被压制的欲望都是由泛性欲产生,包括艺术创作都是性本能的宣泄与升华。弗氏的泛性论具有明显的荒谬性。在后期他自己曾有所补充和修正,他的弟子荣格和阿德勒对他的泛性论也有严厉的批评。但无疑,弗洛伊德建立了一个关于人类心理结构的新模型。几乎任何一个现代主义流派都不能否认弗氏理论从根本上摧毁了"近代人"的模型，为他们开拓了一个新的心灵世界，甚至现实主义文学也不能不承认它对自身的影响。超现实主义流派的领袖布勒东公开宣布自己是弗洛伊德的崇拜者，要用解放性的"魔鬼—肉欲—潜意识"的概念对抗压制性的"上帝—灵修—意识"的概念；未来主义者则热衷于表现潜意识中那种强烈的破坏欲；意识流派小说家们笔下的人物几乎都失去了清醒的理智和道德荣辱观念，内心深处充满莫名的喧哗与骚动，一任模糊、黑暗、堕落的欲望支配。

尽管弗洛伊德本人不应该对"性解放"负责，但他的理论诱发了人们对性心理的强烈兴趣，推动了家庭的解体，这终究是事实。T. S.艾略特的《荒原》借用《金枝》的研究成果，认为"圣杯"喻女性，骑士的剑喻男性，骑士寻找圣杯暗喻男女媾合。全诗犹如那淹死腓尼基水手的欲海，人们只有皈依基督，才能获得拯救。用现实主义手法写现代心理小说的 D. H. 劳伦斯则是弗洛伊德泛性论最坚决的理论支持者和艺术实践者，他的主要作品都是以此为核心的。早在1913年出版的《儿子与情人》中，儿子保罗就是一个被"俄狄浦斯情结"所纠缠的病人，他同母亲之间那种类似异性恋爱的奇特关系完全同弗氏理论吻合。劳伦斯的《虹》和《恋爱的妇女》通过描述各种不同人物对性关系的实践探索，表现了作者的性爱观：人的欲望和本能并非罪恶，压抑这种欲望和本能才是罪恶，人有权利追求自然和谐的性关系，实现性的自我解放。后期作品《查泰莱夫人的情人》以丧失性能力的查泰莱爵士象征失去生命力的英国统治阶级，以查泰莱夫人的情人——工人梅勒及其生活于其中的生机盎然的森林象征英国生命力之所在；查泰莱夫人正是因与梅勒之间的性结合而重获新生。这部小说把尖锐的社会矛盾归结为"性"，并用性解放来解决社会矛盾。这种观念反映了西方社会文化上的贫困。书中以诗的语言多次描写性生活的过程，因此被英国当局查禁。在现代主义作品中性描写极为流行，遭到不少严肃作家的反对。例如表现主义大师卡夫卡就认为，靠性描写成不了大师。他和海明威都不在自己的作品中对性行为作细节描写。

对人的潜意识中的黑暗王国的揭示，标志着西方审美理想的沉落。从对内心世界的揭示上说，现代主义比现实主义更为真实。从审美的角度说，它开辟了新的视角，满足了新的审美需要，也是有重要贡献的。

从 19 世纪中后期的波德莱尔、爱伦·坡开始,西方艺术家对近代资产阶级理性精神的怀疑,历经 20 世纪初的后期象征主义、意象派、表现主义、达达主义、超现实主义和未来主义等流派的冲击,到第一次世界大战爆发时形成了一个高潮。战争的灾难无疑是对近代理性精神的致命一击,加速了"近代人"的衰亡。1922 年问世的长诗《荒原》,就是对战后欧洲社会图景的象征主义描绘,也是近代理性主义危机的集中表现。它在艺术上所达到的成就,使它成为现代主义诗歌的里程碑。艾略特因他的这部杰作而获诺贝尔文学奖。

二

艾略特是位学者型作家。他毕业于哈佛大学,和清华国学院的主任吴宓是同学,而且同宗一位导师,即新人文主义的倡导者欧文·白璧德。白璧德是 20 世纪初最有影响的文化保守主义的代表人物。艾略特在理念上也是鼓吹古典主义的,但是,他的诗歌却属于现代主义。这种看似矛盾的现象,其实是统一的。现代主义的先锋意识,有许多来自逝去的历史,是最为古老的、被近代理性抛弃的东西。吴宓在西南联大讲授英美浪漫主义诗歌课程时,总要讲到他的这位同学的《荒原》,但是,吴宓的诗歌主张与艾略特相差甚远。在文化人中间,这种复杂而充满矛盾的现象很多,不能简单化地理解。

把但丁的《神曲》和艾略特的《荒原》加以比较,是颇有意味的。两部作品都产生于历史发生转折和动荡的时期,都具有恢宏的史诗气度和神秘的宗教意识;作家都试图描绘出他们所处的时代的图景并为人们指出拯救自己的道路。但《神曲》给人们提供的世界图景是严整而明晰的——地狱(九圈)、炼狱(七层)、天堂(九重),每个人都可依据自身的行业在这个图景中找到自己的准确位置或拯救自己的方式。这种世界观念的严整性和明晰性,决定了它在艺术形式上的严整和明晰。全诗 100 曲,除序诗外,每篇 33 曲,全部用三行连环体写成。形式上的"三"是世界本原的"三位一体"(圣父、圣子、圣灵)的投射。内容和形式上的这种高度适应性,使这首史诗达到了几乎无法比拟的完美程度。而《荒原》的情形却相反:它所提供的世界图景是模糊而混乱的,人们从中无法探寻出世界的运行;这种模糊和混乱是近代理性在西方走向衰落的标记;全诗使用的晦涩、混乱的语言结构也恰好同这种世界图景相适应。《神曲》的字面意义是善有善报,恶有恶报,《荒原》却是恶欲横流,善良死灭;《神曲》表现出对"恶"的强力意识,《荒原》却是软弱无力;《神曲》引导人们走向"乐园"耶路撒冷,而《荒原》却让人的灵魂感到无家可归;《神曲》追求个人完美,《荒原》追求的是死亡意识。两者都以基督教为皈依,但《神曲》充满乐观精神,《荒原》却渲染浓厚的灰色意识。

请各位注意:当社会出现信仰上的"断裂带"时,往往会产生"荒原文学"。在西方历史上,最典型的荒原期是四五世纪古罗马行将灭亡时期和17世纪初所谓"巴洛克时期",还有就是19世纪末20世纪初——资本主义发展的"低谷"和第一次世界大战前后。精神上的"荒原"期未必是文学的衰颓,而常常是相反。荒原期的文学所揭示的心灵是破碎的,氛围是悲观的,思想是神秘的,结构是梯突的,语言是诡谲的,从总体上说带有精神病人的那种心理变态。

《荒原》同《神曲》一样,大量使用神话,但《神曲》多用古希腊荷马时代以后的材料,这些材料反映人类童年时代的个体意识觉醒和对宇宙规律的最初思考。这种思考本身就意味着人与自然的分离。而《荒原》引用的多属"神话时代"即蒙昧时期的神话。这一时期的人与自然尚属"脐带联系"时期,人和自然交混为一,个体意识有如胚胎,躁动于大自然的母腹之中,人和自然都显得更加混沌和无秩序。艾略特认为第一次世界大战造成的物质废墟和精神废墟促使人们返回了那个比希腊文明更早的神话时代。那个时代的世界图景在两本著作中得到了生动的描绘,这就是魏士登女士所著的《从祭仪到神话》和弗雷泽所著的《金枝》。在这两部著作中,作者大量记述了原始时代灾难流行导致山野荒芜、植物不再生长、动物几近灭绝、妇女神秘地失去生育能力的传说。按照原始初民们的理解,那一定是主繁殖的神(如渔王)患了病或被害了(耶稣也是主繁殖的神,《金枝》中有关于他被害的传说)。只有少年英雄出现,手执利剑去寻找"圣杯",才能治愈渔王的病,使荒原复苏。这里的"利剑"喻男性,"圣杯"喻女性(纸牌中的"黑桃"和"红桃"分别从剑和圣杯转化而来)。寻找"圣杯"的故事又源于人们对于宇宙间一切生命本源的最初觉悟,只是用神话的形式来表现。人类进入文明时代经常以"荒原"作为象征,比喻人类精神的被毁灭。《圣经》中《以西结书》有以色列人因崇拜异教偶像,上帝耶和华命令将其家园变为废墟的记载。古罗马灭亡前,罗马城五次遭焚,"神圣之都"化为废墟,是上帝对荒淫的罗马人的惩罚。"荒原"是人类犯罪结下的恶果。到了文艺复兴末期,莎士比亚在《哈姆雷特》中,把人世间比喻为"荒芜的花园,到处长满恶毒的莠草",使"荒野"成为邪恶势力的象征。在《李尔王》里,疯了的李尔流落于荒原之上,荒原具有了宇宙本体的意义。所以,20世纪初,艾略特以荒原喻死亡不算是发明,但他在极其广阔的历史跨度上展开"荒原"的精神内涵,使得"荒原"成为物质世界与精神世界毁灭的象征性符号。

这是一首需要用"智力"来阅读的诗,像但丁的《神曲》一样,充盈着各种典故,而且晦涩、朦胧、"混乱"。然而,一旦突破这些"障碍",一股强大的情感激流就会淹没你的身心。

全诗的"题词"就画龙点睛地提到"死亡"这个主题:

> 是的,我自己亲眼看见古米的西比儿(译注:女先知)吊在一个笼子里。孩子们在问她,"西比儿,你要什么"的时候,她回答说,"我要死。"①

第一节"死者葬仪"的最初几行表现了一种同近代理性精神绝不相容的情绪:

> 四月是最残忍的一个月,荒地上
> 长着丁香,把回忆和欲望
> 参合在一起,又让春雨
> 催促那些迟钝的根芽。

文艺复兴以来,春天(四月)历来是生命与希望的象征,莎士比亚的喜剧称之为"春天的戏剧""绿色的戏剧"。浪漫派雪莱的名句:"冬天到了,春天还会远吗?"其中的春天也是希望和胜利的象征。但在艾略特看来,春天是残忍的,其残忍就在于把"回忆"和"欲望"掺合在一起。回忆已经逝去,欲望又只能导致人们的犯罪和死亡("欲望"毁灭人)。它用春雨去催促那些迟钝的根芽生长,而生长的结局又将是痛苦的死亡。因此,还不如冬天:

---

① 艾略特:《荒原》,赵萝蕤译,见袁可嘉、董衡巽、郑克鲁选编《外国现代派作品选》第1册(上),上海文艺出版社1980年版,第88页。以下凡引此诗皆出自此版本,不另注。

> 冬天使我们温暖，大地
>
> 给助人遗忘的雪覆盖着，又叫
>
> 枯干的球根提供少许生命。

"冬天"的好处就在于不死不活，不知道死，也不知道活。冬雪成为蜗居的洞穴，它帮助人们忘掉一切。老话说"哀莫大于心死"，这里艾略特却说"乐莫大于心死"，心死了，就没有了欲望，也就没有了痛苦。

但实际上诗人饱含着痛苦。他回忆起那象征纯洁的"爱尔兰小孩"和象征春天的"风信子女郎"。但这女郎在走出风信子花园时头发湿漉漉的——她失掉了自己的贞洁。面对被玷污了的女郎，诗人说：

> ……我说不出
>
> 话，眼睛看不见，我既不是
>
> 活的，也未曾死，我什么都不知道，
>
> 望着光亮的中心看时，是一片寂静。
>
> 荒凉而空虚是那大海。

情欲吞没了纯洁，使精神世界变得一片荒凉。基督教的"先知"以西结突然奉神旨出现了：所有灾难都是信奉异教偶像的结果。上帝必将惩罚你们："在你们一切的住处，城邑要变为荒场，丘坛必然凄凉，使你们的祭坛荒废，将你们的偶像打碎，你们的日像被砍倒，你们的工作被毁灭。"[1]

古代以色列人由于改拜异教偶像所导致的灾难在 20 世纪初重新降临了。但这偶像不是希腊或罗马诸神，而是近代资产阶级精神。这种精神导致了人类的灾难，特别是第一次世界大战的灾难。这种灾难远过于古代的以色列人的苦难，它使得枯死的树没有遮阴，礁石间没有流水的声音，连《以赛亚书》中的"大石阴影下的歇乏之地"也没有了，只看见：

> 一堆破碎的偶像，忍受着太阳的鞭打

把太阳光线比喻为"鞭子"，可谓奇崛。往日的理想破碎了，依然还要承受鞭挞之苦。整个荒原没有了水，没有了生命。按照《从祭仪到神话》的说法，那是主繁殖的渔王患了重病，急需少年英雄出发去寻找圣杯，以便医治

---

① 《旧约·以西结书》第六章第六节。

渔王,使大地复苏。但是,现代的英雄在哪里?

> 并无实体的城,
> 在冬日破晓时的黄雾下,
> 一群人鱼贯地流过伦敦桥,人数是那么多,
> 我没想到死亡毁坏了这许多人。
> 叹息,短促而稀少,吐了出来,
> ⋯⋯⋯⋯⋯

人们浑浑噩噩地走向地狱,伦敦的教堂响着沉重的钟声,谈论着:

> 去年你种在你花园里的尸首,
> 它发芽了吗?今年会开花吗?

传说中的"狗熊星"使尼罗河两岸肥沃,但人们说:"叫这狗熊星走远吧!"因为"它是人们的朋友",它会用自己的爪子把死了的尸首重新挖掘出来。对于这些分不清生活与死亡,并且成串地向着死亡深渊走去的人,你能指望他们去寻找圣杯,以求大地复苏吗?诗人用波德莱尔在《恶之花》中的序诗结束了第一节:

> 你!虚伪的读者!——我的同类!——我的兄弟!

第二节以"对弈"为题,通过贵妇人的无聊生活与酒吧间庸俗小市民的对话,继续深化"虽生犹死"的主题。本节第一句就引用了莎士比亚的《安东尼与克丽奥佩特拉》的话:

> 她所坐的椅子,
> 象发亮的宝座

这使人想起那个色欲旺盛终致毁灭的埃及女花蛇。房间里陈设的描绘也带有浓重的情欲气息:

> 小瓶里,暗藏着她那些奇异的合成香料——
> 　膏状,粉状或液体的——使感觉
> 局促不安,迷惘,被淹没在香味里;受到
> 　⋯⋯⋯⋯⋯

"镶板的房顶"又令人联想到维吉尔在《伊尼德》中描绘的那个委身于伊尼

亚斯的女王狄多,她也为自己的情欲付出了生命的代价。

在情欲的大海之上飞翔着一只纯洁的夜莺,那是被狂暴的国王强奸并杀害了的翡绿眉拉(奥维德的《变形记》中有关于她的记述),她是纯洁而不幸的,整个世界参与了对她的迫害,而她的哀歌也只有唱给"脏耳朵听"。生活在这个污浊环境里的贵妇人百无聊赖,只有在用刷子梳理长发时,"散成了火星似的小点子/亮成词句,然后又转而为野蛮的沉寂"。无聊压迫着她,使她恐惧:

"今晚上我精神很坏。是的,坏。陪着我。

"跟我说话。为什么总不说话。说啊。

………"

她要用不停地说话来证实自己尚有一息,然而又无话可说:

"你在想什么? 想什么? 什么?

我从来不知道你在想什么。想。"

我想我们是在老鼠窝里,

在那里死人连自己的尸骨都丢得精光。

"这是什么声音?"

风在门下面。

"这又是什么声音? 风在做什么?"

没有,没有什么。

"你,

"你什么都不知道? 什么都没看见? 什么都

不记得?"

我记得

那些珍珠是他的眼睛。

…………

"我现在该做些什么? 我该做些什么?

…………

……我们明天该做些什么?

我们究竟该做些什么?"

"偶像"的破碎导致生活理想的失落,精神世界茫无所归,剩下的只是情欲,于是等待着情人的到来:"等着那一下敲门的声音。"

在下等酒吧里,几个庸俗女子在谈论色情。丽儿的丈夫退伍快回来了,可丽儿在丈夫入伍期间打了5次胎,刚满31岁就老了,有人劝她应该把牙拔了,换副好的,让丈夫看了痛快。可丽儿"有的是别人"。言谈之间插入店老板5次催促:"请快些,时间到了"。多次的反复使这句简单的言辞有了象征意义。结尾的"明儿见,明儿见""明天见,明天见"见于《哈姆雷特》中奥菲莉娅死亡前向世界告别的台词。因此"时间到了"就自然地同死亡联在了一起。

在第三节"火诫"中,失去理性支持的人们堕入情欲之海的情景在更广泛的天幕上展开了。那在夏夜泰晤士河畔野合的"仙女"及"老板们的后代"、野合处留下的香烟头和面包纸,以及老鼠黏湿的肚皮爬过的草地,同希腊神话中偷看裸体的月亮女神的阿格坦恩,同福迪能王子"在死水里垂钓""国王我那兄弟的沉舟"交混在一起。

"究由何而燃烧?

"为情欲之火,为愤恨之火,为色情之火;为投生,暮年,死亡,忧愁,哀伤,痛苦,懊闷,绝望而燃烧。"

第四节"水里的死亡"和第五节"雷霆的话",指出淹死在情欲大海中的"腓尼基水手"("珍珠是他的眼睛")们,只有皈依上帝才能从死亡中救赎自己。《神曲》中指出的救赎之路也是皈依上帝,但它具有强烈的追求个人完美的色彩;而《荒原》却实实在在地告诫近代人要砸碎一切偶像返回远古的神话时代。《神曲》是"进步"的,《荒原》是"倒退"的,这样评价似嫌过于简单化。在由机器和电气(乃至当今的计算机)所造就的科学时代,资本主义制度加上科学的无孔不入,造成物质主义盛行,人们匍匐于五光十色的物质商品面前,成了金钱这一商品等价物的奴隶。为了反抗这种物质主义,需要找回自己的超于物质经验的精神生活,没有这种精神生活人将堕落而为非人,而为禽兽。这种对于超验世界的寻找,就是走在你身边的"那一个"("that",即耶稣)。当代西方迫于物质世界的压迫,迫于陷入"网络"之中而成为"操作对象"的尴尬,出现一种"返回神话"的趋势,他们在重新寻找"上帝"。当然,这个"上帝"已不同于中世纪的上帝了。

三

《荒原》表现了尼采所说的"上帝已死"的心灵世界。马尔罗还宣布"人已死去",即人所追求的主体观念已化为泡影。"人已死去",使得人的异化无以复归。

关于异化的哲学理论,不是我们讨论的内容。就文学作品而言,从莎士比亚时代开始就关心"人变成非人"的问题(如《李尔王》),这在 17、18、19世纪的西方作品中有大量的、深刻的艺术揭示。但这种揭示往往是局部的、具体的,如《李尔王》揭露了"权力"怎样导致"父放逐女、女杀死父、兄弟仇杀、姐妹相残",而巴尔扎克杰出地表现了"金钱"导致人性的变异,等等。从总体上讲,自由资本主义时代的文学作品中对于异化的揭露远不如现代派那样全面、尖锐。在人与自然的关系上,现代派作品表现了物质世界对人的压迫和报复,在一些作品中,我们看到人怎样变成了动物,变成无生命的桌椅板凳。在人和社会的关系上,现代派从"个性自由"出发全面探讨社会结构(包括当代的"操作主义")对人性的压抑,以局外人、流亡者、精神贵族或刑事犯的身份向西方社会的一切价值观念,包括宗教信仰、伦理观念、自由主义教育、商业文明、审美观和性道德提出全面质询。在人与人的关系上,现代派认为"存在先于本质",把个人意识看作宇宙和人生的中心,因此人与人之间不可避免地发生碰撞、冲突。萨特说"他人即地狱",人永生无法从这地狱中解脱。在人和自我的关系上,他们崇尚本能和下意识,而这种本能和下意识又是神秘朦胧、不可捉摸的。现代派对"异化"的揭示,由于没有触及产生异化的经济动因,看不到消灭异化的现实道路,因此带有沉重的悲观色彩。他们寻找自我的努力进一步拓展开了人类心灵中那些没有开垦的处女地,为人们提供了一个广阔、深邃和充满各种神秘骚动的内心宇宙。所有这些,构成了 20 世纪上半叶西方"现代人"的心灵困惑。杰出地、全面地表现这种困惑的第一位大师级的作家便是奥地利人弗朗兹·卡夫卡。

英国诗人奥登说:如果要举出一个作家,他与我们时代的关系最近似但丁、莎士比亚、歌德与他们时代的关系,那么,卡夫卡是首先令人想到的名字。卡夫卡确乎堪称 20 世纪上半叶的精神代表,正是他最先表现了"现代人的困惑",并且在艺术上作出了令人瞠目的杰出创造。他的代表作品首推小说《变形记》。

关于《变形记》的评论文章已经连篇累牍,各位很容易在各种刊物、论文集中找到,我不想在这里重复。我只想从审美接受的角度探讨这部作品震撼心灵的内在秘密。

卡夫卡的《变形记》与古罗马的一部名著同名,即奥维德的《变形记》。这本身就意味着作者认为人类经过几千年的奋斗,并没有使自己从动物中升华出来,人们所创造的升华条件反过来变成束缚人自身的绳索。用《浮士德》中魔鬼的预言来说,是比畜生还要畜生。不同之处是,奥维德的《变形记》是双向的,人(神)可以变为动植物,动植物又可变为人(神)。统观全书虽有悲苦,但还有着人与自然浑然一体的自由感。卡夫卡的同名作品却是单向的:主人公格里高尔变成了虫,不可能再变为人,只有人的倒退而没有人的升华,因此显得更加绝望。近代西方对人的困境的揭示早已有之,但《变形记》为人们提供了一个具有高度概括性的形象符号,以惊人的荒诞框架和惊人的细节真实再现了人的异化主题。作者不像巴尔扎克那样鲜明地指出造成人类沦落的社会条件,而只是深入探索被异化的内心感受。而这些感受的普遍性和真实性诱导读者进入主人公的虫体世界,读后仿佛自己也变成虫了。

德国费肖尔父子认为审美过程是"移情"过程,并把这一过程解析为"前向情感""后随情感""移入情感"三级。①

依费氏父子的观点,我们试着对《变形记》作一下分析。

人居然变成了虫,这同人们的生活常识相悖谬,因此造成接受的困难。如果不克服这个困难,读者始终认为故事是虚假的,就不可能发生"移情"的审美过程。

一个平庸的作家如果要在自己的作品中写他的主人公变成了虫,必然先费很多笔墨渲染奇诡、神秘的环境(惊雷、浓雾、乌云密布、火光闪闪……),而后写他在变成虫的过程中种种奇异的感觉和变虫后的惊恐,以致晕厥……总之,写一个惊奇的事实,必需种种令人惊奇的因素和后果来加以烘托。而卡夫卡的《变形记》竟然开始得如此平淡:

①　转引自朱光潜《西方美学史》下卷,人民文学出版社版1979年,第603页。

> 一天早晨,格里高尔·萨姆沙从不安的睡梦中醒来,发现自己躺在床上变成了一只巨大的甲虫。①

这个开头平淡得就像在讲一件人们习以为常的事。作者这种平淡的语气,同人们的习惯性心理反应之间产生了距离。读者产生了疑惑,也就是作家的镇静态度使读者感到疑惑。这种疑惑构成"前向情感",引导读者跟着作者向前走。反之,如果依照前面平庸作家的写法,作品与读者的习惯性心理(也许来源于众多诸如此类的作品)之间没有距离,没有"陌生感",尽管你笔下吞云吐雾,读者只会觉得索然无味,甚至无法卒读。

按照习惯性逻辑,一个人发现自己变成了大甲虫,他该是何等惊恐? 他可能会大叫,会挣扎,会晕厥。如果照此写下去,读者依然会站在局外人的角度,冷眼旁观。而在卡夫卡的作品里,这些都没有发生。格里高尔发现自己变成虫时,他并没有惊恐,因为他怀疑这是个梦。作为一个终日辛劳的小职员,他多么需要睡眠啊。这样把意想不到、突然发生的事疑为梦境,是一般读者都易于接受的。此时,读者心态已从疑惑转入与格里高尔的心态暗合。这种暗合是移入情感的先导。想起床,起不来,以为只是太累了……读到此,读者的心境开始从疑惑转为萌发对这个小职员的怜悯和同情——一个没有意识到自己的不幸的不幸者往往会博得更多的同情。此时,虽然书中的格里高尔还未意识到自己真的变成虫,而读者的心境却先于他体味到这种情感。此时"前向情感"已转向"后随情感"。

快 7 点了,母亲催他起床去上班,他要回答母亲的呼喊,却发不出人的声音,只会吱吱叫。这个现象仍未引起格里高尔注意自己变虫的事实,因为他被一种可怕的焦虑淹没了:万一赶不上火车,耽误了老板的事,自己被革职怎么办? 年老的父母和年幼的妹妹何以为生? 这种心态对一个小职员来说,非常真实。此时,读者被震撼了:人在变成非人之后,不是为自身的不幸痛苦,而是焦虑他变成虫给其他亲人带来的后果。经理派秘书来催他去火车站而发现他已变成虫时,吓得从楼梯上滚下去了。这件事加深了格里高尔的焦虑:丢职似已无疑。而读者的情感开始同他产生"间离":主人公的心境是焦虑,读者的心境是悲哀。当读者产生如是感觉时,表明读者已经不

---

① 卡夫卡:《变形记》,李文俊译,见袁可嘉、董衡巽、郑克鲁选编《外国现代派作品选》第 1 册(下),上海文艺出版社 1980 年版,第 786 页。以下凡引此小说皆出自此版本,不另注。

自觉地接受了"人变成虫"这一荒诞的框架,并已开始为变虫的格里高尔而悲哀了。对于上述三阶段,可简单列表如下(表14-1):

表14-1 移情进程

	Ⅰ 前向情感	Ⅱ 后随情感	Ⅲ 移入情感
审美对象(作品)	镇静	→(疑为梦中)	焦虑
审美主体(读者)	疑惑	心理暗合	同情与悲哀

审美主体与对象之间的"三阶段"是间离——暗合——间离。但后一个间离与前一个不同,第一个间离表明审美主体的情感尚未移入,后一个间离是移入后在"合一(读者对主人公的同情)"的基础上的"间离"。如果只有间离——暗合,而没有第二个"间离",作者只能让读者的心境随同主人公的命运而沉浮,而不可能获得更多的东西;第二个"间离"是现代派作家特别重视的,审美过程既有"移入",又有"跳出"。

这种"移情"过程是反复发生、不断深入的。在格里高尔意识到自己已变成虫并因此而使家庭陷入窘境时,读者起初关心的是"怎么办",这是在同情基础上生发的一个疑问(前向情感),读到格里高尔悄悄爬到父母门边偷听他们谈论家里经济情况时,读者产生进一步的同情(后随情感)。他因为没有办法帮助家庭解脱困厄而陷入无法自拔的痛苦,在这种情况下,他只能苦中作乐:

> 在大白天,考虑到父母的脸面,他不愿趴在窗子上让人家看见,可是他在几平方米的地板上没什么好爬的,漫漫的长夜里他也不能始终安静地躺着不动,此外他很快就失去了对于食物的任何兴趣,因此,为了锻炼身体,他养成了在墙壁和天花板上纵横交错地爬来爬去的习惯。他特别喜欢倒挂在天花板上,这比躺在地板上强多了,呼吸起来也轻松多了,而且身体也可以轻轻地晃来晃去;倒悬的滋味使他乐而忘形,他忘乎所以地松了腿,直挺挺地掉在地板上。可是如今他对自己身体的控制能力比以前大有进步,所以即使摔得这么重,也没有受到损害。

这又是一段震撼心灵的描写。但同样有"间离":主人公苦中有乐,而读者心中酸辣苦咸都有,唯独没有乐。主人公的"乐"给读者的是更深沉的"悲"。

卡夫卡的作品如此荒诞，但又能使读者接受，其根本原因在于荒诞的框架中有惊人的真实。卢卡奇说，卡夫卡作品整体上的悖谬与荒诞是以细节描写的现实主义基础为前提的。这种真实性特别突出地表现在细节上。格里高尔父母和妹妹对他由最初的关切到终于厌弃的过程极其细致真切。一个为家庭生计奔波而变成虫的人最后被全家人所厌恶，这一过程是冷酷无情的，又是合情合理的（相形之下，巴尔扎克笔下的两个女儿对高老头的厌弃就未写出上述过程）。结尾写格里高尔自我消灭的愉快和家里人的轻松心情都真实可信。人的异化导致人的自我价值的失落，除了自我消灭，没有别的生路，因此死亡是愉快的。

四

卡夫卡的文学可以称为"弱"的文学。他的作品的主人公几乎无一例外是弱者，逆来顺受，对于异化的现实毫无反抗能力。而另外的一些作品可以称为"强"的文学，描写强者，他们反抗着，尽管他们的反抗包含着绝望。这方面最具有代表性的作家是美国的欧内斯特·海明威。他是现代荒原上的一名绝望而坚强的角斗士。

世界上还没有第二个作家用角斗、拳击、打球的习惯用语来谈论写作："我开始写作时并没有大叫大嚷，可是我超过了屠格涅夫先生。接着我严格训练自己，又超过了莫泊桑先生。我和斯汤达先生打了两回平局，我自己觉得在第二回里还是我占了上风。可是谁也没法拖我到拳击场上去和托尔斯泰先生比个高低，除非是我疯了，或是我的水平还在不断提高。"[①]"多数新作家，象詹姆斯·琼斯和欧文·肖，都只有一本好书。他们走不远，不过他们象俱乐部里拳击好手，会胜过你，打得你晕头转向，砰的一下揍你眼睛，叫你眼里冒花，看不清东西。他们能坚持，靠在绳上息一息，靠一本书的名声过他们以后的日子。"[②]他在同儿子谈话时冲着想象中的作家梅勒挥了一拳，然后说："又来了一个陀斯妥耶夫斯基跟我较量，跟陀斯妥耶夫斯基先

---

① 董衡巽编选:《海明威研究》,中国社会科学出版社1980年版,第32页。

② 董衡巽编选:《海明威研究》,中国社会科学出版社1980年版,第375页。

生干,谁也超不过三个回合。"①海明威喜爱看拳击、看角斗、打猎、钓鱼、喝酒,而他主要的拳击对象是语言。他时常写得很艰难、很慢,《战地春梦》的结尾修改了39遍,他就像一个被对方打得眼冒金星摇摇欲倒但终于战胜了对方的拳击家。他有时也写得很快,一天写3个短篇(《杀人者》《今天是礼拜五》《十个印第安人》),不吃不喝,让自己的脑子"疯疯癫癫地松开来",一天写掉7支铅笔。"一等你写完一本书,知道吗,你就死了,"他常常写得疲惫不堪,但还坚持这种搏斗,"小说家得打满九局,即使这样会送掉他的命"。②

正像人们所知道的那样,作为一个写字台旁的角斗士,他取得了辉煌的胜利:在他的晚年,人们以为他的才华已经枯竭之时,他打出了漂亮的一击——《老人与海》,获得了1954年的诺贝尔文学奖。得奖评语是:"由于他对小说艺术之精湛——这点在其近著《老人与海》中表露无遗;同时也由于他对当代文体之影响。"

然而海明威不仅是写字台旁的角斗士,他也是20世纪欧洲舞台上的一个出色的人生角斗士。面对世界的荒诞与邪恶,他不像卡夫卡那样一味做出顺应性反应,也不似萨特早期作品那样厌恶生活。他发现世界是由暴力与邪恶统治着,但却勇敢地生活。他明知自己在走向死亡,却能无畏地迎接死。他是20世纪的阿喀琉斯,只是剔除了孩子似的纯真;他是一位堂吉诃德式的勇士,但没有17世纪那种献身的精神。他曾在战斗中身中237片弹片,但本质上始终是一个个人主义者。他对世界的看法渗透着黑色的悲观,但绝不冷漠。他对一位密友说:他非常爱他的儿子,"爱上了三大洲,爱上了一些飞机与船,爱大海,爱他的姐妹,爱他前后的几个妻子,爱生也爱死,爱早晨、中午、黄昏和黑夜,爱荣誉、床笫、拳击、游泳、垒球、射击、钓鱼以及读书、写作,也爱所有的优秀影片"③。他绝不畏惧死亡,自幼喜欢冒险。在第一次世界大战期间,他在意大利战场上身负重伤,还在重机枪扫射的火网下把另一个重伤员背到包扎所;他是无畏的猎手和渔夫,经常出没于野兽成群的丛林和莽原;他还是拳击的爱好者、狂热的酒徒、身材魁梧的汉子;在第二次世界大战期间,他驾艇巡逻,时达两年。有一次汽车失事他身受重伤,

---

① 董衡巽编选:《海明威谈创作》,生活·读书·新知三联书店1985年版,第170页。
② 董衡巽编选:《海明威研究》,中国社会科学出版社1980年版,第25页。
③ 同上书,第22页。

头上缝了 57 针。这个长满胸毛的男性，一生受了十几次脑震荡，其中最严重的一次是在飞机上，由于机舱着火，门被夹住，海明威用头把门撞开，在内罗毕养伤时读到了关于自己的"讣告"。甚至连他的自杀也比其他一些作家带有更加令人惊骇的色彩：他不像伍尔夫那样去投河，也不像茨威格那样打开煤气，而是把镶银的猎枪枪口放在嘴里，两个扳机一齐扣动，打碎了大半个脑袋。如果用弗洛伊德的语言来评价，海明威的两种本能——力比多（Libido）与撒南多（Thanatos），即生命与死亡的本能，都非常强大。

绅士淑女们很难喜爱海明威的作品，这不仅因为他的文体——几乎斩伐了所有美丽动人的形容词，使语言简明得像不长树叶的枯枝，而且因为他描绘的世界过于冷酷，使神经不够坚强的人难以卒读。好莱坞在制作根据海明威作品改编的影片时，总要加入大量的柔情蜜意，就像中国观众近来看到的《乞力马扎罗的雪》，哈里的爱情几乎成了主题，而小说中却只有十几个字；小说中象征死亡的豹尸、秃鹫、鬣狗都没有去着意表现；在小说结尾处已经停止呼吸的哈里，在电影里却睁着一双炯炯放光的眼睛坐了起来。电影界公认，海明威的小说形式最接近电影，然而根据海明威作品改编的电影却离海明威甚远。从电影上了解海明威是容易受骗的。在西方，海明威电影比海明威小说的欣赏者要多几倍，这是因为人们希望欺骗自己。

我们讲巴尔扎克的《高老头》时，说他笔下的拉斯蒂涅埋葬了青年人的最后一滴眼泪，其实，作者是在呼唤人们的眼泪，呼唤被埋葬的温情。而从反法西斯战争的死人堆里爬出来的海明威确乎埋葬了他的眼泪。他有一个坚定不移的信念：世界不是为弱者准备的。在小说《弗朗西斯·麦康伯短促的幸福生活》中，他形象地、冷酷地表现了这一思想：当麦康伯在面对狮子的一刹那表现出怯懦时，他的妻子竟公然在夜晚走进一个下等人的帐篷——因为这个下等人在危急时刻果断地瞄准狮子并打碎了它的脑袋。在非洲的荒野上，等级和金钱的魅力像幽灵般消逝了，取代这一切的是勇气。勇气决定一切——这不是返回了斯巴达时代吗？然而这又不是斯巴达时代："他挺有钱，而且还会更有钱；他知道，她现在不会离开他了。这是他真正知道的几件事情中的一件。"而妻子呢，从来是同别人胡搞，因为知道他"宽宏大量"，作者诙谐地说：

> 他宽宏大量，如果说，这不是他的致命的弱点，那么，似乎就是他最

大的优点了。①

明确地说,在中世纪,"宽忍"是最大的优点,而在现代,它是致命的弱点,是怯懦的代名词,因为这是一个充满邪恶的时代。

正因为如此,当勇气回到麦康伯身上,他勇敢地杀死了野牛并为此感到幸福时,那女人意识到了自身的危险,果断地举起枪对准了自己的丈夫,结束了他那短促的幸福感。

当玛格丽特试图掩盖自己的罪恶时,猎人威尔逊看穿了这一切:

> "干得真漂亮,"他用平淡的声调说,"他早晚也要离开你的。"
>
> …………
>
> "……你干吗不下毒呢?在英国她们是这么干的。"②

在海明威看来,真正的英雄不是那些胜利在望时的勇敢者,而是明知前面是失败而依然挺起胸膛无畏地走向死亡的人,即西西弗斯式的英雄。这一思想到海明威晚年愈发获得辉煌的表现。

《老人与海》带有浓重的宿命色彩。茫茫莫辨的大海涌动着一种神秘的力量,它把老渔夫诱入远离陆地的海洋深处,让他捕到大鱼又失去大鱼,让大鱼在同老人搏斗时又让鲨鱼吃掉,让鲨鱼在吃掉大鱼的同时又被老人所杀死,这一切都是在冥冥之中注定了的。然而震撼心灵的力量却在于老人在强大的宿命力量的压力下所表现出来的风度。老人与大鱼的搏斗,展示了这样的思想:不在于谁弄死谁,而在于搏斗本身是庄严而美丽的。他终于抓到了一条最大的鱼,但拖回时,鲨鱼把大鱼几乎撕光了,他只带了光秃秃的鱼骨架回来,那补缀满面粉袋的帆像一面失败的旗帜,然而老人的全部行动证明了一个辉煌的真理:人可以被毁灭,却不能被战胜。

这种明知命运必然如此而又不甘如此的反抗精神,使我们想起了推石上山的"天神的无产者"(加缪语)——西西弗斯。西西弗斯明知把巨石推上山顶,它还将滚落下去,每一次劳苦都是为下一次劳动准备条件,然而他仍朝着不知尽头的痛苦,迈着均匀而沉重的脚步走下山去。加缪在《西西弗斯的神话》中所阐释的西西弗斯形象,包含着现代主义者对于未来的深

---

① 《海明威短篇小说选》,鹿金等译,上海译文出版社 1981 年版,第 245、246 页。
② 同上书,第 264 页。

刻的悲观心理,同时又洋溢着人类永不休歇的战斗精神。

五

现代主义文学家都是语言艺术的探险者,他们在语言运用方面做出了杰出的贡献。他们强调"把雄辩捉来,施以绞刑",打碎原有的逻辑结构。在建立新的语言结构方面,后期象征主义、意象派、超现实主义都有许多值得玩味的尝试。在小说方面,意识流派做出了更大的贡献。其中最具代表性的作家是马塞尔·普鲁斯特、詹姆斯·乔伊斯和之前提及的弗吉尼亚·伍尔夫。普鲁斯特是法国人,他于1913年出版的《追忆似水年华》第一部《在斯万家这边》标志着意识流小说的诞生。这部巨著直到1927年才全部完成,约300万字。乔伊斯是爱尔兰人,1882年生于都柏林,父亲是税吏,母亲生了15个孩子。乔伊斯一生颠沛流离,经济拮据。他的心血之作《尤利西斯》和《芬尼根的守灵夜》都因内容和表现手法的"另类"而在出版上受挫。现代心理分析大师荣格在读完《尤利西斯》后,写了一封既像赞扬又像揶揄的信。信中说,作品的最后一章"真是心理学的精华。我想只有魔鬼的祖母才会把一个女人的心理捉摸得那么透"[①]。

如果我们把意识流小说出现以前的小说的语言结构称为线性结构,则意识流的语言结构恰好是一种"场结构"。

在内宇宙和外宇宙的关系上,传统语言遵循心理学中的"反射弧"原理,即外部冲突通过感觉器官(视、听、味、嗅、触等)传至神经中枢,神经中枢经过加工整理,而后通过各种器官(包括说话)做出反应性动作。反应性动作和外部环境碰撞,产生新的外部冲突,再通过感觉器官传至神经中枢,如此循环往复。本书前面所叙述过的那些大师,如莎士比亚、巴尔扎克、列夫·托尔斯泰的作品中,语言结构大体上都呈上述线性因果关系。但意识流派则不同,在他们的作品中,外部宇宙是无关紧要的,意识的流动源自生命意识的内部,而不是客观世界的反映。他们有时也写到外部动因,但却不存在上述的线性因果关系,如伍尔夫的短篇《墙上的斑点》:小说中人物的

---

① 詹姆斯·乔伊斯:《尤利西斯》,萧乾、文洁若译,文化艺术出版社2002年版,中译本序第12页。

思想流动是由于墙上的"斑点"引起的,一旦引发,便与"斑点"脱离关系,间或再回到"斑点"上也是无意识的,其中并不存在逻辑的必然性。

在内宇宙描写上,传统语言结构也是线性的(列夫·托尔斯泰例外),即有清晰的前因后果,一浪推动一浪。例如《红与黑》中于连参加暴发户哇列诺家的宴会时的一段内心独白:

> 啊!污秽的财富啊,你将会得到的!只能在这样的境况下和这样的伴侣里,你才能享受它!也许你将来会获得两万法郎的位置,可是当你大吃大嚼的时候,你须阻止可怜的囚徒歌唱;你从那些可怜的口粮里,剥削来的金钱,用来宴饮宾客……拿破仑啊!在你的时代里,是怎样的善良。人们从战场的危险里才能取得富贵,而不从贫贱人的痛苦里卑污地去从事掠夺!

这段内心独白的逻辑结构如下:命题:波旁王朝时的贫民寄养所所长的财富是污秽的。正证:因为他是从囚徒的口粮中刮来的,宴饮宾客时还禁止囚徒歌唱。反证:拿破仑时代只从战场上用生命换取,而不从事卑污的掠夺。结论是不言自明的:应该推翻波旁王朝,重建拿破仑时代。

我们再看意识流派小说,则不存在这种线性逻辑。例如《尤利西斯》中写毛莱睡意蒙眬时的意识流动:①一刻钟以后在这个早得很的时刻②中国人该起身梳理他们的发辫了③ a修女们又该打起早祷的钟声来了 b她们倒不会有人打扰她们的睡眠 c除了一两个晚间还做祷告的古怪牧师以外④a隔壁那个闹钟鸡一叫就会大闹起来 b试试看我还睡得着睡不着 c一二三四五⑤ a他们创造出来的星星一样的花朵 b龙巴街上的糊墙纸要好看得多 c他给我的裙子是那个样儿的。这段意识流的结构如下图(图14-1):

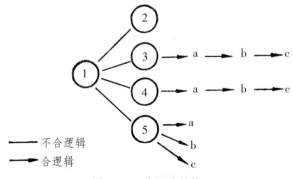

—— 不合逻辑
→ 合逻辑

图 14-1 意识流结构

整个意识流动过程从"钟声"这个起点出发呈发散型结构。其中有线性逻辑，也有无逻辑，综合构成一个平面场。

在时间和空间的关系上，传统语言结构完全遵循牛顿的时间与空间概念，倒叙部分都有清楚的时间交代。而意识流派的语言结构遵循的是柏格森的"心理时间"，牛顿时间完全被打成碎片，按心理活动予以重新组合，时空混杂成为意识流小说或创作手法的主要特征。这种手法，对现代小说的叙事影响至深。但是，意识流往往流于艰涩与繁复，令人莫知所云。商品时代是一个非常无情而肤浅的时代，意识流作品即使是最好的，也只在精英中间保有一片栖息之地，至于二流货、三流货，就是赠送也无人问津。

思考题

1. 试谈现代主义与现实主义的联系与区别。

2. 试比较《神曲》与《荒原》的文化理想。

3. 从《变形记》看现代神话作品的特征。

4. 你认为《老人与海》中老渔人的奋斗有无价值？怎样看待现代登山运动中的牺牲？

阅读书目

1. 《外国现代派作品选》第 1 册（上、下），上海文艺出版社 1980 年版。

2. 《海明威短篇小说选》，鹿金等译，上海译文出版社 1981 年版。

3. 詹姆斯·乔伊斯：《尤利西斯》，萧乾、文洁若译，文化艺术出版社 2002 年版。

第十五讲

后现代主义文学及其他

【摘要】 后现代主义文学的主要特征—垮掉的一代:用嚎叫踩碎痛苦—荒诞的发现和荒诞剧—新小说派:心灵的迷宫—绞刑架下的幽默—索尔·贝娄:寻找新的上帝—杜拉斯:西方女人的东方情人—心灵的炼狱是漫长的,但总要找出些许微光

一

历史走到 20 世纪 60 年代,西方精英界出现一个新的修辞令人激动不已,这个词就是"post-":"恶魔现代性已寿终正寝,它的葬礼乃狂野欢庆的时刻。几乎在一夜之间,小小的前缀'后'成了解放行话中备享荣宠的修饰语。仅仅是'后于……而来'就是一种激动人心的特权,它一视同仁地顺应任何对它提出要求的人;一切都值得以'后'开头——后现代,后历史,后人,等等。"①本节要介绍的"后现代主义文学"也就是在那个时候分外红火起来。

那么,冠以"后现代主义"的文学是什么呢?说法太多了。我想介绍一种说法,就是上面引用的这本书中的一个界定:"后现代主义是现代性的一副面孔。它显现出与现代主义的某些惊人相似(它的名称中仍然带有'现代主义'),特别是在它对权威原则的反抗中,如今这种反抗既及于乌托邦理性,也及于为某些现代主义者所推崇的乌托邦非理性。在此世纪将近之时,后现代主义精致的折中主义,它对于统一性的质疑,以及它的重部分而反整体,都使得它仍然是十九世纪八十年代盛行的'颓废欣快症'中的一种。然而后现代主义公然使用的通俗编码,使得它非常近似于媚俗艺术和

---

① 马泰·卡林内斯库:《现代性的五副面孔:现代主义、先锋派、颓废、媚俗艺术、后现代主义》,顾爱彬、李瑞华译,商务印书馆 2002 年版,第 287 页。

坎普,它的反对者们也有意将它与后二者等同起来。后现代主义偶尔与先锋派有着孪生子般的相似性,尤其类似于先锋派的非极简主义形式(从德·席里柯的形而上学派到超现实主义者)。我们把这些不同面目看作是相互关联的,因为它们都与一种较广泛的现代性及其精神有着联系。如果不是有这种更广泛的现代性,这些面目之间的部分相似和表情差异将消失净尽,意义全无。因此我们可以推断,只要我们还在比较和对比这些不同面目,现代性就依然存在,至少它会作为一种文化上的家族相似性的名称而存在;好也罢,歹也罢,我们会继续在这种相似性中认识自己。"①这段话有一点难懂,有一些不熟悉的名词,大体上可以从以下几方面理解:

第一,后现代主义是现代主义的延伸和"转型",但是它又反对现代主义的"乌托邦非理性",把世界如实地视为破碎的,并且努力适应这种破碎的现实。

第二,它是颓废派的延伸,但属于"颓废欣快症",即用游戏的心态对待绝望和痛苦。

第三,它不像现代主义那样,对通俗文化不屑一顾,而是借鉴某些通俗文化的语言和形式,表现现代主义的哲理。

下面,我再从较为直观的视角作些解释。

在托尔斯泰写的《安娜·卡列尼娜》中,有个领口开得很低的风流女人叫培脱西,她劝告安娜说,同一件事情可以从悲剧方面去看而变为一种痛苦,也可以单纯地甚至快活地去看,认为安娜也许太偏于从悲剧的方面去看事情了。这段很有点相对主义哲学味道的议论可以帮助我们区别现代主义和后现代主义。当我们读《荒原》时,题词中西比儿(先知)就说:我要死。从波德莱尔、斯特林堡一直到战前的萨特、加缪、海明威,几乎都是以严肃的态度对待世界的荒诞。他们一股劲儿地挖掘世界的荒诞,带着绝望的神情把它显示给读者(观众)。战后的现代派(后现代)面对的几乎仍是战前所表现过的主题,但他们转换了一个视角,用荒诞派剧作家尤奈斯库的话说就是,人生是荒诞的,认真严肃地对待它显得荒谬可笑。

据说有这样一个科学试验:一群金鱼在水池里乱游,将其中的两条鱼的

---

① 马泰·卡林内斯库:《现代性的五副面孔:现代主义、先锋派、颓废、媚俗艺术、后现代主义》,顾爱彬、李瑞华译,商务印书馆 2002 年版,第 334—335 页。

神经中枢切除,再放入水池,这两条鱼变得出奇勇敢,无所畏惧,因而成为群鱼的首领。

贝克特在 20 世纪 50 年代写成的荒诞派名剧《等待戈多》中说:"最可怕的是有了思想。"①又说他们说了半个世纪的废话。这是对前现代主义的否定。现代主义是有思想的人追求对人类深层意识的探索。这种对深层意识的追求有四种思维模式对现代派影响最大:黑格尔或马克思的辩证法(现象—本质),弗洛伊德的潜意识理论,存在主义,索绪尔的语言学(所指—能指)。现代主义对人的内心世界的开掘着重于"恶"。精神分析学说提醒我们,有一种无意识活动谓之"反应生成",即一个人对某事物爱之甚烈就可能以憎恨它的形态表现出来,现代主义对"恶"的展现乃至赞美,其内心深处却是对"善"的绝望的热爱。当尼采狂呼"上帝已死"时,他的内心不是欢乐而是痛苦,这种痛苦蕴含着对上帝的热爱。因此,现代主义顽强地向着人类心灵深处的污浊掘进时,内心却在呼喊善良。

20 世纪五六十年代以后,情况发生了变化。不仅"上帝已死",而且马尔罗说,"人已死"。也就是说,启蒙时代人所以为人的骄傲是他有理性,能掌握这个世界。但是,到了 60 年代,人们已经丧失了这种信心和观念,堕入一种无可奈何的沮丧状态。这种变化典型地体现在阿瑟·米勒在《英雄》中的一句话,大意是:人人都有苦恼,不同的是我试着把苦恼带回家中,教它唱歌。鲁迅的绝望是带有现代气质的,而阿 Q 的沮丧是"后现代"的。

西方的精神分析学说中,对于这种反应也有个说法,叫"理智化",即一个很容易感情冲动的人,面临一种更大的刺激时,有时反而表现得无所谓、冷漠或嘲讽。这种情况不同于中国的"以理化情",而是无可奈何。由于情感的频繁发作,有时会突然感到疲惫、软弱而准备屈从于现实,在这一前提之下,他(她)会用嘲讽、冷漠、自慰来宽慰自己求得解脱,用一种愉快的姿态接受本来很厌恶的东西。由于在这种形式解脱背后有无能、焦灼,所以人的心态形成多重复杂结构。

反映战后西方这一心态变化的典型事例是关于性的观念。现代人通常把"性解放"运动归罪于弗洛伊德,这不是很公正。弗洛伊德认为人的潜意

---

① 袁可嘉、董衡巽、郑克鲁选编:《外国现代派作品选》第 3 册(上),上海文艺出版社 1984 年版,第 70 页。

识能量集中于性(后期还提出"死亡意识"),并认为现代文明造成了对这种原欲本能的压抑,导致精神病。但弗洛伊德同时认为,放纵性本能是罪恶的。"俄狄浦斯情结"的提法本身就带有原罪色彩,因此他认为对性欲予以适当的压抑和疏导是必要的。他并没有笼统地否定理性、道德的必要性,现代主义作品中的乱伦者、同性恋者,都带有某种绝望的负罪色彩。

但20世纪五六十年代的情况大不相同。斯金纳提出的新行为主义彻底反对传统的人文主义关于人应自我控制的理想。艾尔弗瑞德·金西的两部统计性著作《人类男性的性行为》(1948)和《人类女性的性行为》(1953),完全从生物学的观点把"性"作为"行为"——不是作为感情,仅是一种肉体的活动——加以精密的统计和考察。他调查了1.8万个男人,提出9类性发泄根源。尽管报告声称它只是告诉读者"人们在做什么,而不回答应该做什么",事实上它表明:性的乐趣是一种自然的好事,一种不损害别人的享乐形式,使人们在这方面徒增苦恼的是传统的道德和宗教观念,也包括弗洛伊德理论中渗透的负罪意识。当人们不再把性看作某些受意识(思想)制约的行为,而只看作一种健康的、肉体的自然需要时,人们就不会有那么多苦恼了。那些年代,"性解放"的旋风就是在这种新观念影响下风靡欧美的。戴维·里斯曼认为,这种观念变化标志着社会发展的一个转折。他认为,人类行为的支配因素经历如下变化:"传统引导""内心引导"和"他人引导"。资本主义的充分发展,结束了中世纪那种按照某种统一的权威性传统生活的历史(那个时代的人认为,如果行为违背了传统,就是一种羞耻和犯罪),开始"内心引导"的阶段。现代主义者是反传统的,但他们的内心依然有各自的信仰、理想,他们依照这种"内心"的航标行事。20世纪五六十年代以后,这种"内心引导"也开始崩溃了。人们倾向于反对"深刻的思想",反对T. S. 艾略特式的"晦涩",反对前面提到的那些"深层模式",企图"消解"它,追求一种肤浅的、更逼近自然人的"粗俗"的艺术。

二

最敏感的是年轻人。在20世纪40年代末50年代初,欧美先后出现了"愤怒的一代"(英国)、"回归的一代"(法国)和"垮掉的一代"(美国)。他们的共同特点是对现实世界的绝望,其中影响最深的是"垮掉的一代"。

谈"垮掉的一代"应该追溯到第一次世界大战后的"迷惘的一代"。作为青年一代的情绪的代表者,它们之间有着清晰的承袭关系:都出色地表达了理想与追求全部死亡时的绝望和疯狂,但又有很大的不同。"迷惘的一代"(如海明威《太阳照常升起》中的青年巴恩斯、勃莱特)也疯狂,但掩不住深沉的痛苦和悲伤,就像巴恩斯那样坚强的男子汉,在极度享乐之后回到房里还独自掩面痛哭,更何况勃莱特。这种痛苦和悲伤是对永远不能追回的美好生命的渴念,它是神圣的。而"垮掉的一代"却是彻底地、毫不留情地嘲弄这种痛苦和悲伤,用疯狂的、兴奋的嚎叫把这种痛苦踩得粉碎。当这种痛苦企图泛起时,他们就吸毒、酗酒和沉入性疯狂,用极度的放荡赶走痛苦,然后他们就大声嚎叫道:"我们活得多开心啊!"

"垮掉的一代"是面对一个充满压抑和混乱的时代而自己又深感无能为力的颓废的疯狂。它产生于战争创伤尚未平复、美国国内充满经济混乱的20世纪50年代初,活跃于麦卡锡反共主义大肆镇压民主人士的美国。那是美国在侵朝战争中被反击得狼狈不堪,手中挥舞着原子弹又不敢投放的时代,这一时代后来被历史学家称为美国历史上"耻辱的十年"。一群年轻人聚集在旧金山的一家书店里,经常朗诵自己的作品。他们中间有小说家杰克·凯鲁亚克、诗人艾伦·金斯堡等。他们自称是"彻底垮掉而又充满信心的流浪汉和无业游民"。金斯堡的长诗《嚎叫》为这些人画了像:

> 我看到这一代精英毁于疯狂,
>
> 他们饥饿、歇斯底里、赤裸着身子,
>
> 在黎明时拖着沉重的身躯,
>
> 穿过黑人区街巷,寻找疯狂地吸毒机会。
>
> …………
>
> 他们在低级旅馆内吞火,
>
> 或在天堂巷饮松节油,死;
>
> 或者夜夜让躯壳经受炼狱火烧,
>
> 都为的是追求梦幻,毒品,醒着的恶梦,
>
> 酒精,性,无穷的寻欢作乐。①

---

① 袁可嘉、董衡巽、郑克鲁选编:《外国现代派作品选》第3册(下),上海文艺出版社1984年版,第529—530页。

凯鲁亚克的小说《在路上》是"垮掉的一代"的代表作。书中的主要人物是一批年轻的流浪汉。他们没有工作，因为他们不愿意为这个社会工作，不愿意过那种"上学、找工作、建立家庭"的循规蹈矩式的生活。他们有才华，精力横溢，但全部消耗在开着一辆破汽车在公路上狂奔上面。他们嘲弄警察，把一个褴褛的骗子称为"基督"，亵渎社会上的一切，在酗酒和吸毒中寻找麻醉，在男女混杂的性生活中追求快乐。书中的"我"想和路西尔结婚，但又禁不住玛丽莎的诱惑同她搂搂抱抱，于是路西尔就跟着另一个男人狄恩到汽车里调情去了。喝醉酒以后，"我"又和一个叫玛娜的姑娘睡在一起。他们的口头禅是"及时行乐"。从社会文明的角度看，他们是"彻底垮掉"了的，已经堕落到无可救药的地步。但是，他们却认为：

> 咱们大家都必须承认一切东西都很美好，在这个世界上什么事都不用操心，事实上咱们也应该知道，咱们都是能心中有数，理解自己确确实实对什么都不操心，这对我说来又有多么重大的意义。①

《在路上》不仅描绘了一种消极反抗美国社会的生活方式，而且宣扬了一种新的价值观念，尼采的"酒神精神"成为他们的上帝。

然而他们的内心依然是痛苦的、空虚的。旅行到达终点时，"我"猛然感到一眼可以看到一切的空虚无聊而显得颇为可悲了。一个真正快乐的人无须宣布"我是快乐的"。一个人口头上不断宣称自己"快乐"，并唯恐别人不相信而喋喋不休时，实际上，他的内心是痛苦至深的。

三

文学革命往往是思想在先，文体革命在后。18世纪启蒙主义先把自己装在古典主义艺术形式的壳子里（如伏尔泰），直到19世纪初，才对古典主义艺术的形式发动攻击。20世纪的例子则是存在主义：在萨特、加缪的多数作品中，存在主义作为一种现代思潮，把自己装在传统的文学形式里，用高度清晰、逻辑严谨的说理去表达人与世界的荒诞。卡夫卡是为西方世界

① 袁可嘉、董衡巽、郑克鲁选编：《外国现代派作品选》第3册（下），上海文艺出版社1984年版，第553页。

本体的荒诞性寻找合适艺术外衣的第一人。第二次世界大战后的"荒诞文学"（特别是荒诞派戏剧），为荒诞的世界创造了一整套完全不同于传统戏剧的模式，因此，它成为战后最有影响的文学流派之一。

　　1950年，巴黎上演了尤金·尤内斯库的《秃头歌女》，戏剧界大哗。它的荒谬性在于：第一，文不对题。剧名叫"秃头歌女"，全剧根本没有这么个人物，也没有谈到她的事，只是消防队长下场时突兀地问了一句："倒忘了，那秃头歌女呢?"第二，时空倒错。舞台上的钟，一会儿敲七下，一会儿敲三下，一会儿半下也不敲。第三，夫妻不识。一对老年人互不相识，攀谈中发现他们坐同一趟火车，住同一条街、同一幢楼，同室而居，同床而卧，还生有一个女儿——原来他们是夫妻，但仆人进来说，马丁先生的孩子左眼是红的，而马丁夫人的孩子右眼是红的——他们不是夫妻。第四，视听混乱。听见门铃响，开门却无人。第五，人兽结婚。消防队长给大家讲一个牛犊吞下玻璃碴又生了个母牛，而后又同人结了婚。第六，语言断裂。场上人讲话无逻辑、不连贯，人们相互间对话常失去内在联系。第七，情节散乱。无传统戏剧中的那种戏剧冲突，更无"展开""高潮""解决"的传统形式，找不出情节的发展序列。第八，历史循环。戏剧结尾时，马丁夫妇一成不变地念另一对夫妇在本戏开场时的台词，戏仿佛又回到了开场处。这出戏对以莎士比亚、莫里哀、易卜生为代表的传统戏剧模式进行全面的反叛，成为"荒诞派戏剧"的开端。

　　1951年，尤内斯库又创作了被称为典型"悲闹剧"的《椅子》。这出戏在艺术构思上同21世纪初未来派的《椅子》有某些相似之处，但未来派的《椅子》着重渲染"物压迫人"的恐慌，而尤内斯库的《椅子》不同。它描写一对生活在四面环水的住宅中的老年夫妇，老头儿打算向世人宣布他在一生中所发现的人生奥秘。为此，他不停地搬来许多椅子迎接各种客人的到来，摆一把椅子表示到了一个客人。老夫妇分别与一个"美女"和一个"照相师"调情。戏剧过半时，椅子摆满了舞台。老头儿特别邀请的代他宣布人生奥秘的演说家到来后，夫妇双双高喊"皇帝万岁"，跳水自杀。谁也没想到，这位演说家偏偏是个哑巴，当他改用书面方式表达奥秘时，涂写出来的又是一堆乱七八糟、语言不清的文字。作者说，这出戏的主题不是老人的奥秘，不是人生的挫折，不是两个老人道德的混乱，而是椅子本身。也就是说，缺少了人，缺少了上帝，缺少了物质，说的是世界的非现实性、形而上学的空洞无物。作品的主题是虚无。

尤内斯库1959年的作品《犀牛》，是一个人变动物的故事。它同卡夫卡的《变形记》异曲同工，都是表现异化主题。两部戏的主人公都是小公务员。《变形记》具体而微地揭示了一个人如何变成甲虫的过程，以及变为甲虫后生活在人的包围之中的悲哀，《犀牛》却是整个世界几乎所有的人都变成了动物（犀牛），作为主人公，贝兰吉为生活于牛群之中而自己依然保持人形感到痛苦和焦急；《变形记》使你大体上可以捕捉到人变虫的某些原因，而《犀牛》则只声称是一种"传染病"，显得更加带有形而上的色彩；《变形记》的基调是悲伤、压抑，而《犀牛》却是闹剧，闹中有悲，闹中有焦虑。

爱尔兰作家塞缪尔·贝克特是荒诞派中成就最高的作家。他的作品比尤内斯库"闹"的成分要少，"悲"的意味更深。那个身子已入土半截犹在寻找首饰、精心化妆的老妇（《哦，美好的日子》），那个徘徊在枯树下，等待"戈多"的老人（《等待戈多》），都使人感到凄凉。弗拉季米尔和爱斯特拉冈（《等待戈多》中的人物）自称"咱们就是全人类"。在这荒凉世界上仅存的两个老人的灵魂也是不相通的，一个处在形而下（总是想把脚从靴子里解放出来），一个处在形而上（念《圣经》，思考人生），相互说话时总是"打岔"，得不到对方的回应，就像对方不存在。为了证实对方和自身的存在，他们不能不说话，但又苦于无话可说，于是对骂，苦于无事可做，于是"上吊玩玩"，当波卓锁着"幸运儿"上来时，四个人抢骨头，像四堆活动的垃圾在台上爬。所有这些细节和剧中的对话都具有深刻的象征意味。尤内斯库擅长于从总体构思上勾勒人生的荒诞，但未免失之粗疏，贝克特却能在细处落墨，他对西方世界的荒诞感、灾难感、孤独感的展示显得深入骨髓。由于《等待戈多》等作品，贝克特于1969年获诺贝尔文学奖。

贝克特在他的《结局》中让主人公从垃圾里伸出头来说："没有什么比不幸更可笑了。"

从传统观念看，"不幸"与"可笑"是两个截然不同的范畴，与"不幸"相联系的是"痛苦""怜悯""憎恨""哀伤"等语词系列；与"可笑"相联系的则是"滑稽""嘲讽""愉快"等语词系列。前者用悲剧、正剧的艺术形式予以表现，后者则属于喜剧、闹剧的内容。

"悲剧"在于一种历史力量行将被毁灭而主观上仍认为自己具有合理性；喜剧则是一种历史力量已不相信自己具有存在的合理性，但求助于另一种假象(伪善、诡辩)来掩盖自己。西方文学中的"悲剧""喜剧"就其本质来说也是如此。悲剧的主人公引起的审美效果往往是怜悯和崇仰；喜剧主人公引起的感受则是鄙视、嘲笑。但古希腊"喜剧之父"阿里斯托芬的作品就带有悲喜剧交融的特点。文艺复兴后期问世的《堂吉诃德》又一次打破了悲喜剧的界限，塑造了一个既荒诞可笑又令人崇仰的人物。20世纪初的现代派大师卡夫卡杰出地把悲喜剧交融在一起。不过塞万提斯作品中那种令人崇拜的精神在卡夫卡的作品中已经不见了，取而代之的是一种绝望的痛苦。这种极端的痛苦、恐怖和极端的可笑、滑稽交融在一起，构成卡夫卡的特殊风格。这种风格在第二次世界大战后被大大地发展了。作为一种复杂的美学结构，它几乎成为二战后的现代主义(或曰"后现代主义")的一个共有的特色。

四

从20世纪60年代起，后现代主义愈加红火，原因是西方社会这个"躺在手术台上的病人"(T. S. 艾略特语)仿佛被注入了强心剂。这种现象的出现，固有赖于资本主义在体制方面的调整，更起作用的是第三次科学技术革命。这剂强心针使西方似乎重新变得生气勃勃。从前属于科学幻想小说题材的东西一个个变成现实。特别是宇航事业的奇迹，使人们又惊喜又迷惑，生命科学中关于脱氧核糖核酸的发现开拓了人工合成人的可能性，新的能源(核能、太阳能)的发现和利用与计算机技术的巨大发展，迅速地改变着人们的物质生活环境，改变着时间和空间的观念，人们再一次兴奋地获得了文艺复兴时代的体验：人是无所不能的，人应该在时空的新程序中重新考虑对人类、地球和宇宙的认识。

在西方世界，在科学技术不断给人们创造丰裕空间的同时，更为严重的问题也明显地出现了。这不仅表现为现代化武器的致命威胁和对环境的污染，更重要的是"人"可能被技术所吞噬。资本主义的雇佣关系和现代化科学的固有特性把整个西方世界联成一个巨大无比的网络系统，人不再是单个的人，而是整个网络中的一个因子，一个和"机器人"在智慧方面相差无几的"小零件"。因而，人成了巨大网络系统中的一个操作对象。

"他人引导"的观念在今天的发达国家里几乎无所不在。每一个人，从总统到普通工作人员,都有"雇员"意识,都要在某种程度上接受"他人引导",以得知自己做什么事和怎么做事,媒体及其操纵势力侵入你的家庭,支配你穿什么服装、喝什么饮料和到哪里去旅游。超越于这个网络的思想是无用的,徒然引起人们的痛苦。当你试图反抗这个"他人引导"的巨大网络时,就会感到自己是多么软弱无力和微不足道。西方马克思主义的著名学者马尔库塞在《单向度的人》中,揭示了人在资本主义条件下被科学技术所异化的惊人事实,但人们安于此或无力变更它。人们更深切地意识到科学技术带来种种福利时自己付出了何等代价。举例说,远古时代,人们面对一棵树,"如实"地认为这棵树同他们自己一样具有灵魂,它会思考,有爱心,人置身于森林之间时而感到森林要吞噬自己,时而又觉得处于温暖的爱抚之中,"物我一体"使他们逃避孤独,没有现代人的"荒原"感。进入科学主宰的时代以后,科学帮助人们认识到,树木是没有灵魂的,它是属××科的植物,它的干可用来盖屋,它的果实中含有多种维生素,它的叶具有光合作用,它在总体上具有什么什么美可供观赏……总之,树变成了有用之物,变成了我们可以利用的对象。马丁·布伯在他的名著《我与你》中,把人生的二重性归结为两种"关系":"我—它",指那些把一切存在者视为"我"体验和利用的对象,是"我"满足我之利益、需要和欲求的工具;另一种关系是"我—你",指那些非功利的(包括个人高尚功利,如爱的需要)的关系,即"物我一体"的境界。在西方世界中,科学技术的进步把人与自然、人与他人的关系都变成"我—它"关系,即功利关系,凡是被科学技术牢牢地占领的地方,人们再也找不到"物我一体"的"我—你"体验,而陷入孤独、无聊和恐惧。解脱之法,在中国依赖天然的"亲子之爱",在西方则是上帝。而无论东方或西方,寻求"我—你"关系还有一条途径就是艺术。在优秀的艺术中,人和自然的关系重新变成物我一体。当你置身于变幻不定的灯光下,在激动人心的乐鼓声中,完完全全沉湎于狂热的迪斯科舞步当中时,你会感到,你同周围一切的关系都改变了:摇曳不定的靠背椅,像眼睛般闪着神秘光辉的饮料杯,还有那一明一灭的整个空间,都变成了生命,随着你在飞速地旋转。你重新体验了对整个物质世界的超越,进入了另外的一个境界。后现代艺术不再追求深刻,而是追求肤浅,追求使他们逃离沦为"操作对象"的艺术,这种艺术的使命是帮助人们制造令人兴奋的幻境和神秘主义的快感。

操作主义对人的威胁首先被法国的一些小说家意识到了。他们自称"新小说派",并认为,传统小说以"人"为中心,掩盖了世界的本来面貌,客观世界是"物的世界",应该用对物的描写取代对人的描写。因此,在新小说派的作品中,除娜塔丽·萨洛特致力于精微的内心下意识描写外,其他人大多强调对外界物与人的语言、动作情景作客观记录。在他们的作品中,物象的描写具有精细性,甚至流于烦琐,而人物丧失了一切权利,仅仅是一个视觉影像,带有浓重的模糊性和恍惚性。例如新小说派的代表作家阿兰·罗伯-格里耶的处女作《橡皮》,写掌握重要秘密的杜邦教授被杀,内政部长派密探瓦拉斯去现场侦破。按照一般侦探故事的写法,当然应该描写瓦拉斯如何细心调查、周密布置,并同暗杀集团展开搏斗……但读者在《橡皮》中全然看不到这些,只看到瓦拉斯在不断地问路、与行人闲扯、去商店买东西、到餐馆吃饭,待他潜入杜邦书房,准备缉拿再来窃取文件的恐怖分子时,却误杀了回来取文件的杜邦——原来杜邦上次受刺未死,这次反而被杀了。罗伯-格里耶的另一部小说《在迷宫里》的主人公,也带有这种精神恍惚的特性:小说主人公是一个士兵,他在大雪纷飞的城市里迷了路,小说写他经过的街道、房屋、咖啡店,却不写他的思想活动,读者觉得他只是个毫无思想、不可理解的梦游者,后来他偶然被机枪击中,死了。

这种对心灵世界"迷宫"般的恍惚性的揭示,是新小说派的重要贡献。传统小说只描写清晰的内心活动,意识流派则企图把潜意识通过艺术描写清晰地揭示给读者,新小说派用自己的作品告诉读者:对人的内心世界的清晰揭示是不可能的,也是不必要的。这种观念使我们联想到当代数学、物理学的革命,即由概率论、相对论和"测不准"理论所勾勒出来的新的世界图景,偶然性和机会重新引人注目。新技术革命的迅猛发展,使新小说派对人持悲观态度。他们认为人正在被新技术所淹没,变得一钱不值,人不可能主宰这个世界,不可能有作为,反而被一系列的"偶然"和"机会"主宰着自身的命运。这种应该否定的悲观主义中所包含的真理因素则是对心灵世界的"不确定性"的确认,这种确认是现代物理成果在心灵领域的折射,它加深了人们对自身的认识:人在某一时刻,既是自己又不是自己。人只在"不是什么"上有确定性,而在"是什么"的问题上,是不确定的。

在威尼斯电影节上获大奖的影片《去年在马里安巴》,是根据罗伯-格里耶的小说改编拍摄的,具有浓重的不确定性。当男人 M 果断地向女主人公 A 说"去年我们曾在此幽会，并且你曾答应今年此时跟我走"时，女主人公 A 认为 M 是疯了，她断然否定有此事，但随着 M 出示的证据（照片）和对幽会细节的回叙，她开始变得恍惚，断然否定的事像一个焦点很"虚"的镜头逐渐调整得清晰起来，最后她竟然准备离开她的丈夫 X，在一个夜里和 M 私奔，但她带着整理好的手提箱站在大厅里的时候似乎又在等待她的丈夫，M 西装整齐也不像出远门的样子……整个影片按传统眼光来看疑点很多：M 与 A 去年是否在马里温泉幽会？他们有无一年后私奔的约言？影片中出现的两人幽会的照片是真的还是 A 的幻觉？她爱不爱男人 M？她是想同他私奔还是等她丈夫？M 为何而来？他是否真想约 A 私奔？……所有这些都是无答案的。照作者看来，有了答案即是作品的失败。他的意图就在于这种不确定性。观众撇开这些问题才能够感受到影片所提供的那种性爱情感的模糊性。这种情感在特定条件下常把幻觉变为真实，把真实变为幻觉，还没有别的影片如此充分地显示了性爱生活中这种朦胧的特色。格式塔美学中的一个原理提示我们：传统小说都试图把人的内心描绘得明确，包括意识流小说也试图把潜意识用语言描绘清楚，这种做法犹如画三角形时，把三个边都画出来，如图 A；而新小说派则只画出一部分，如图 B。

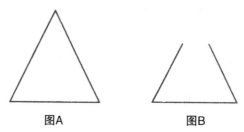

图A   图B

如果这种短缺恰到好处，读者就会用自己的想象力使之完整：

这种不确定性给读者（观众）带来的审美享受是多样的。新小说派由于过分模糊，在十几年内就走向衰落了，但小说描写上的这种"恍惚性"却被后来的艺术家广泛采用，他们在确定的框架中增添不确定的细节，为人们带来乐趣。

五

如果说新小说派揭示了人的存在的不确定性,那么,20世纪六七十年代崛起的"黑色幽默"则进一步探讨了在巨大的操作系统中人与人的纽带关系。

"黑色幽默"可视为荒诞剧的继续,又称"荒诞小说""绝望的喜剧""绞刑架下的幽默"。美国学者奥尔德曼说,"黑色幽默"是一种把痛苦与欢乐、异想天开的事实与平静得不相称的反应、残忍与柔情并列在一起的喜剧。它要求同它认识到的绝望保持一定的距离;它似乎能以丑角的冷漠对待意外、倒退和暴行。但"黑色幽默"又与荒诞派戏剧不同,它是后工业社会的产物,热衷于表现科学技术在现实生活中的作用,特别是人在"科学技术"这个上帝统治下所受的精神压迫。

早在20世纪40年代,萨特就有"他人即地狱"的名言。黑色幽默派作家更侧重于这种"互为地狱"关系中的相互依赖、相互控制,这种关系恰是一个巨大的计算机操作系统中每个元件之间的关系。威廉·巴勒斯在《毒品贩子》中把嗜毒者与毒品推销者的关系视为一切社会关系的模式,认为毒品不是一种刺激,而是一种生活方式。受制者(嗜毒者)和控制者(毒品推销者)相辅相成。而人体成为权力赌博的场所,这种赌博又在海洛因造成的平静感中求得解决。在《简单的午餐》里,巴勒斯把吸海洛因的"瘾"政治化为一切瘾癖的模型——政府对于权力的"瘾",人对于残酷行为的"瘾",以及人对异性的"瘾"。"海洛因"成为"在生活中死亡,在死亡中生活"的象征。

性关系也成为社会网络关系的象征。如前所述,20世纪60年代以来,那种田园浪漫式的爱情已遭到极大贬弃。在黑色幽默派作家看来,就连人的性本能也物质化了。托马斯·品钦所作的《V》中,V本人是女性宁静的化身。一个男人狂喜地梦见她变成了一架年轻的机器,虽然76岁了,但皮肤仍像某些新型塑料表面一样闪闪发光。那双玻璃做的双眼现在则包含用银电极将其连到视神经上的光电管……这个女人绝不多愁善感,依靠性的魅力,她吸引了所有男性的推进力。回报这些力量的方式是:作为母亲,她抛弃婴儿;作为女保护人,她腐蚀她的托庇者;作为情妇,她谋害亲夫;作为女扮男装的牧师,她不是祝福而是诅咒别人。在品钦的小说里,男女双方都随时把对方作为自己的性欲的工具,彼此之间既不需要温柔,也不需要爱情。男女双方都醉心于自我保护。他们寻求的是盔甲而不是亲昵合一。性欲在巴勒斯的小说里被描绘为魔鬼细菌,即病毒之神,它用"约翰尼·燕"引诱搞同性恋的陌生男子。约翰尼·燕是一个中性的神,来自金星的最后一段下水道,主管不成功的性。巴勒斯小说里的蹂躏者甚至不是人,而是人的变异体。这种性关系不是性爱,而是性仇恨。它不再是生命的表征,而是走向死亡的象征。《万有引力之虹》中,一个美国军官的情欲同现代科学技术成果 V-2 火箭之间发生了神秘的联系,性欲成了死亡的原因,死亡成了情欲的影子。"在生活中死亡,在死亡中生活"的主题在这部书中再次获得出色的表现。

现实主义作品《飞越杜鹃巢》(改编成影片的中译名为《飞越疯人院》)把美国社会喻为"疯人院",但"酋长"仍可飞越、远遁他乡。而在黑色幽默作家看来,这个社会是无可逃遁的。在约瑟夫·海勒写的《第二十二条军规》中,空军投弹手尤索夫厌恶战争企图退役,因此装疯。"第二十二条军规"规定:"一切精神失常的人都可以不完成规定的任务,立即遣送回国。"但"第二十二条军规"同时又规定:"任何人只要提出自己的精神不正常,就证明他的精神正常,仍然不准回国。"尤索夫无论走到何处,都被捆绑在"第二十二条军规"的怪圈之内。"第二十二条军规"成为一种象征,即操纵着整个西方巨大的社会网络背后那只无形的神秘的手。后现代社会的"上帝"不是科学技术,而是这双"无所不在的手",是它使人失去了自己的主体性和个性自由。

六

为了摆脱这双"无所不在的手",使被挤压的心灵获得自由,人们重新开始寻找上帝。

这种重新寻找上帝的努力,构成 20 世纪 50 年代以来西方文化的重要特色。第一部具有象征意味的作品就是上节中提到的《等待戈多》。剧作揭示了人类生存的一个基本状态,就是"等待"——对某种不存在的东西的希冀。身处困境的人类(弗拉季米尔与爱斯特拉冈)每天在枯树下等待的

"戈多"是谁？作者说"不知道"。观众合理地把"戈多"视为人类的希望,一个新的上帝。弗拉季米尔说,他们的一切都寄托在戈多身上,没有他,他们就完了。全剧终了时,小孩报告说,戈多不来了。有人据此称该剧为"黑色悲观主义",但我们如果将它与尼采"上帝死了"的断言相比,应该说《等待戈多》还给人们留下一线微茫的希望,起码它没有宣布"戈多死了",只是尚未到来而已。这一线希望,有如复活节的钟声,带有某种鼓舞人心的性质。所以在该剧上演的一段时间里,人们常在街头上听到如下的对话——甲:你在干什么?乙:我在等待戈多。

美国作家塞林格的《麦田里的守望者》(1951)被视为与"垮掉的一代"相近的作品。主人公是个16岁的中学生,他第四次被学校开除后,来到纽约,寻找他所信赖的一位教师和一个理想中的少女。然而,他绝望地发现,他仰慕的教师是个同性恋者,少女也可能同其他男人有不正当关系。他的幻想破灭了,精神垮掉了,于是他酗酒、逛夜总会、找妓女,但他堕落的原因是不能容忍现实存在的丑恶,不能接受没有爱的生活。他并没有完全陷入绝望,他希望当一个"麦田里的守望者",以便救护那些随时可能从悬崖边上摔下去的孩子们。从这个意义上说,这个少年(霍尔登)是人类的基督。作者寄希望于污浊世界中对纯洁的追求,从本质上看,是盼望上帝重临。

被称为美国当代文学发言人的诺贝尔文学奖得主、犹太人索尔·贝娄是一位最富于善良人性的作家。从他早期的作品中,我们就看到他对丰裕社会中精神贫困现象的关注。《雨王汉德森》(1959)的主人公是位百万富翁,但却不知"我是谁":

> 我,我究竟是谁呢?拥有百万家私的流浪汉和漂泊者;被迫到世界上去瞎闯的横蛮无理的粗坯;背井离乡、抛弃了祖先家业的人;内心里不断地呼喊着"我要,我要!"的人;在绝望中拉奏小提琴、寻求天使佳音的人;必须在精神上猛醒、否则将不堪设想的人。[①]

在他追求第二个妻子的时候,心里喊着"我要";可是当同她结婚后,并未觉

---

① 索尔·贝娄:《雨王汉德森》,诸曼译,上海译文出版社1986年版,第85页。以下凡引此小说皆出自此版本,不另注。

得满足,心里仍然喊着"我要"。他拥有 300 万家产,还是不可抑制地喊"我要",无论是使蛮力干活还是拉小提琴,都难以平复"我要"的呼声。他开始养猪,把华丽的客厅改建成猪圈,穿戴猪皮帽子、猪皮靴子、猪皮手套,慢慢地他的身体也有了猪的特征:

> 我暗自检查一下自己,摸摸自己的颧骨。这两块颧骨象从树干上长出来的蘑菇般撅出来,而且如果你把这些蘑菇掰开,里面肯定白得象猪油一样。我的手指在遮阳盔帽下面慢慢地摸到了自己的眼睫毛。猪的眼睫毛只长在上眼皮上。我的下眼皮上也有一些,不过很稀,又短又粗。……现在,我摸摸我的下颚,我的大鼻子;我不敢往下看我自己变成了什么样儿。火腿。内脏,可以煮一大锅。身体是一个肥圆桶。我似乎觉得连呼吸的时候也免不了象猪那样哼叫。

"猪毁了我。"汉德森意识到这一点,逃离家庭奔赴非洲。为了给非洲居民清除蛙害,他采取了炸碉堡的方式,用炸药炸死了青蛙,也炸塌了水池,带来一场水灾。但汉德森并未就此停止自己的探索:

> 有些人满足于"存在"……有些人则热衷于求"变化"。求存在的人都称心如意。求变化的人则厄运当头,始终惶惶不安。求变化的人老是不得不为求存在的人作解释,或找根据,而求存在的人却又不断要求进一步说明。我恳切地认为,大家应该理解关于我的这一点。……要是我思想确实足够敏捷的话,那我就得承认,"变化"已开始在我耳朵里脱颖而出。够啦!够啦!该是完成"变化"的时候啦!是"存在"的时候啦!打破心灵的沉睡。醒来吧,美国!

"求变化"和贯穿全书的十三个"我要",反映了身处丰裕社会的西方知识分子的无餍追求,这是浮士德精神在 20 世纪下半叶的复归。

正像浮士德一样,汉德森在探索中体验到"我要"的实质是"他要",即他人的需要、社会的需要:

> 我心中有个声音在说:我要!我要?我?它应该对我说,她要,他要,他们要。再说,是爱才使现实成为现实的。反之亦然。

"爱才使现实成为现实"这一思想贯穿于索尔·贝娄的其他作品。《赛姆勒先生的行星》(1970)揭露了人道主义在美国的危机,但全书渗透着对善良人性的深切怀念。在他看来,世界虽然险恶,但人和人依然应该编织起爱的纽带。1975 年出版的《洪堡的礼物》,通过两个诗人的遭遇,进一步揭示了丰裕社会的精神危机。它在充满金钱、舒适、生意经、性感、纷乱的事件和变幻急促的背景下,描写了成功的诗人西特林如何在挥金如土、骄奢淫逸的生活中使精神陷入昏睡,再也写不出新的作品。他体味到,物质上成功的美国,在文学上是不可能成功的。与此同时,几乎所有同他有关的人都企图把手伸进他的钱包:年轻的情妇需要享受,离婚的前妻索取巨额赡养费,受雇的律师希望捞取尽可能多的佣金,地痞流氓和文化骗子也抓住他不放,法官则准备对他施以惩罚。西特林终于失去了名声给他带来的一切,失去了情妇,失去了钱财,流落于西班牙。此时,他才充分理解到诗人洪堡何以疯狂致死。纯洁而富于人道精神的洪堡曾渴望用柏拉图的美的观念改造"实用主义"的美国,但他遭到惨败,在穷愁潦倒中疯狂致死。洪堡之死象征着"善良与爱"在物质主义重压下的死亡。但西特林在最困难时,意外地获得了洪堡留给他的礼物——电影剧本提纲。它象征着"善良与爱"没有随着洪堡之死而消泯,洪堡的精神在生前和死后都温暖、荫庇着这个世界。"洪堡的精神"与其说是美国的现实,不如说是作者的愿望。这种愿望中包含着对金钱社会的否定和对一个更为美好的社会的模糊召唤。1976 年授予索尔·贝娄诺贝尔文学奖时,对他的评语是"对当代文化富于人性的理解和精妙的分析"。

七

战后世界的一个重要变化是殖民体系的瓦解和第三世界的形成。以美国为首的帝国主义扩张政策不断遭到第三世界的沉重打击,反思美国的殖民政策成为文学的重要主题。早在文艺复兴时期,西方人发现在东方有一个遥远而神秘的世界之后,"东方"就成了西方魂牵梦系的情人。东方新娘的面纱、旗袍和小脚都足以激起宙斯后代们的无边欲望。这种欲望中还混合着对土地和财富的占有欲,这是许多艺术家所不了解的。进入 20 世纪 60 年代,法国和美国在越南的相继失败,阿拉伯独立势力的崛起,加上非洲轰轰烈烈的反殖民运动,导致"第三世界"的形成。在文学艺术中,出现了东方男人对西方女人的占有。

出生在越南西贡的法国女人玛格丽特·杜拉斯,其本人的境遇具有政治上的象征意味:在她出生的年代,每一个法国人都是越南人的"皇帝",但她的父亲仅是一介教师,职责是讲授数学。杜拉斯 7 岁时,父亲去世,家庭几乎沦为赤贫。她的第一个情人是中国富商的儿子。作为一个生活无着的白种女人,杜拉斯的母亲不能不半闭起眼睛,允许 15 岁的女儿同中国男子交往,并且让她像妓女那样向自己的情人索取性交的报偿。但出于种族上的骄傲,她断然拒绝承认他们的合法关系。面对东方时,西方人的高傲和霸气是根深蒂固的。杜拉斯不可能像对西方男子那样表现自己对东方情人的崇拜,而中国富商的儿子也带着近百年屈辱历史所形成的种族自卑和保守,认为这个法国女孩不可能真正爱他,她的家庭也不可能接受自己,因此,在做爱时也夹带着愤怒、仇恨和哭泣。杜拉斯的家人既觊觎中国富商的钱财,又对其充满鄙视:

> 我的两个哥哥根本不和他说话。在他们眼中,他就好像是看不见的,好像他这个人密度不够,他们看不见,看不清,也听不出。这是因为他有求于我,在原则上,我不应该爱他,我和他在一起是为了他的钱,我也不可能爱他,那是不可能的,他或许可能承担我的一切,但这种爱情不会有结果。因为他是一个中国人,不是白人。①

在杜拉斯的《广岛之恋》中,我们同样看到这种对东方人的矛盾心态。在这部由阿伦·雷乃导演的经典影片中,女主人公在广岛邂逅日本建筑师并与其肉体交欢时,一段旧情顽强地闯入:尽管德国人践踏着自己的国土,法兰西女郎依然如火如荼地爱上了一个年轻的德国士兵。同这段旧情相比,广岛之恋更像一次短暂的性欲喷发。她在与日本情人分手时说:"我会忘掉你的,我已经忘掉你。"

无论中国情人还是日本情人,都不会开花结果,但"忘掉"又很难。

在杜拉斯同她的中国情人沉湎于情欲的交欢前不久,刚从欧洲游历归来的大学者梁启超先生乐观地呼吁,中国的男人应该迎娶"泰西新娘",通过中西文化的"结婚",孕育新世纪的"宁馨儿"。《情人》中的故事似乎是对

---

① 玛格丽特·杜拉斯:《情人 乌发碧眼》,王道乾、南山译,上海译文出版社 2007 年版,第 54 页。

梁启超童话式预言的戏谑式回应。它的象征意义在于：文化上的交流是不可避免的，而"百年好合"式的婚姻却不可能。

作家的卓越才能在于对生活细节的发现和书写，并从中开掘出形而上的意味。杜拉斯的最好的小说大都以 20 世纪的重大政治事件作为背景，但她关注的却是"细节"，正是在这些细节的描写与开掘中显露出她的才华的光芒。在《情人》中，她写到 15 岁半的法国女孩所戴的那顶平檐男帽：

> 买这样一顶帽子，怎么解释呢？在那个时期，在殖民地，女人、少女都不戴这种男式呢帽。这种呢帽，本地女人也不戴。事情大概是这样的，为了好玩，我拿它戴上试了一试，就这样，我还在商人那面镜子里照了一照，我发现，在男人戴的帽子下，形体上那种讨厌的纤弱柔细、童年时期带来的缺陷，就换了一个模样。那种来自本性的原形，命中注定的资质也退去不见了。正好相反，它变成这样一个女人有拂人意的选择，一种很有个性的选择。①

服饰，永远是一个时代的情感表征。一个穿着纱裙的女人却选择了一顶男式平檐帽。这不仅标志着对当时贵族优雅文化的反叛，而且显露出对男性粗野、奔放性格的垂涎，其中涌动着性的渴望。

放纵与酗酒摧毁了杜拉斯年轻姣好的面容，但她在不停地写作中留住了自己的青春。在 70 岁的时候，她因小说《情人》获龚古尔奖。

八

瞬息万变的时代正在动摇人们习以为常的价值观念，把人抛入无所适从的境地。就像托夫勒所说，当人们习惯于扔掉一次性商品的时候，也就意味着他们可以扔掉固有的价值、固有的生活方式以及人与人的稳定关系。②但是这并不可怕。我们已经堕入"迷宫"，就一定要努力走出这个迷宫。著名的意大利作家卡尔维诺说，尽管我们生活在地狱里，但我们仍然在寻找亮

---

① 玛格丽特·杜拉斯：《情人　乌发碧眼》，王道乾、南山译，上海译文出版社 2007 年版，第 15 页。

② 参见罗钢选编《后现代主义文学作品选》，高等教育出版社 2002 年版，前言第 5 页。

光,努力扩大非地狱的因素。雨王汉德森为了革掉自己身上的猪气,曾不惜冒生命危险与狮子同穴,他从非洲带回的幼狮象征着一种在任何可怕的现实面前毫不退缩、勇往直前的精神。

符号学的创立者之一卡西尔认为,人与动物的区别在于动物只能被动地接受直接给予的"现实",而人却能发展、运用各种"符号"创造理想世界。人的根本特征在于不断地创造。内心中轰鸣着"我要,我要"的人注定要在地狱中寻觅、摸索,注定要走许多弯路,忍受许多痛苦和折磨。然而,他们是西方社会中的"狮子";满足于社会现状的人,则是舒适的猪。

心灵的炼狱是漫长而痛苦的。走出炼狱的门在哪里?对于现代派和后现代派的艺术家来说,这尚是一个不解之谜。

思考题

1. 谈谈你对后现代主义主要特征的理解。

2. 通过《在路上》认识"垮掉的一代"怎样对待痛苦。

3. 怎样认识西方的"荒诞"?

4. 谈谈黑色幽默的审美价值。

阅读书目

1. 马泰·卡林内斯库:《现代性的五副面孔:现代主义、先锋派、颓废、媚俗艺术、后现代主义》,顾爱彬、李瑞华译,商务印书馆 2002 年版。

2. 袁可嘉、董衡巽、郑克鲁选编:《外国现代派作品选》第 3 册(上、下),上海文艺出版社 1984 年版。

3. 索尔·贝娄:《雨王汉德森》,诸曼译,上海译文出版社 1986 年版。

4. 玛格丽特·杜拉斯:《情人　乌发碧眼》,王道乾、南山译,上海译文出版社 2007 年版。

附录一

属下能说话吗？
——底层文学与肖洛霍夫

我一报出这一讲的题目，就会有同学站起来说："老师！您盗用了斯皮瓦克的文章标题。"不错。斯皮瓦克的文章《属下能说话吗》在后现代文学研究界几乎是尽人皆知的。但我想说明的是，我虽然用了她的题目，但观点和结论都不太相同。另外，"属下"（subaltern）一词并非斯皮瓦克的发明。最早使用它的是意大利的马克思主义者葛兰西，他用这个词指称处于边缘位置的社会集团，特别是那些被压迫、被剥削而又没有"阶级意识"的所谓"贱民集团"。斯皮瓦克的文章论述的重点是性别歧视，与葛兰西的指称又有所不同。我在本讲中使用这个词，同葛兰西的意思接近，我希望讲到既参与了文学创造却又经常被剥夺了话语权的社会集团。各位知道，文学的产生，一个重要的源泉就是处于社会下层的、没有文化的平民。无论是荷马史诗还是中世纪的英雄史诗、市井文学都是下层平民参与创造的结果。胡适先生最早考证了文学经典《水浒》的形成过程，描述出一般市民参与创造的过程。但在文学史上没有他们的位置。文化人的后期加工常常是一个剥夺属下话语权的过程。

18 世纪以降，开启了普通民众争取话语权力的斗争。许多作家受到启蒙意识的熏陶开始考虑平民的社会位置，以同情甚至尊重的态度为"属下"说话，其中以俄国的贵族作家如列夫·托尔斯泰等为最。但是，托尔斯泰所描写的农民依然是他自己，而不是真正的俄国农奴。雨果在《巴黎圣母院》中描写了乞丐王朝攻打巴黎圣母院的故事，可谓惊心动魄。但是，那也是雨果自身的一部分，而不是巴黎的贱民。在小说发表后 40 年，巴黎爆发了工人起义，这就是赫赫有名的"巴黎公社"运动。"贱民"们第一次用血和火表现了自己的"阶级意识"。按照葛兰西的定义，具有了阶级意识的贱民就不再属于"属下"的范围，但我的叙述却要从这里开始——"贱民集团"为争取自身的权力，包括话语权的社会性斗争。由于概念的内涵不同，许多结论也就同葛兰西、斯皮瓦克没有什么关系了。

过去,中国学者写的"外国文学史"常常有专章论述所谓"第三种文学",即无产阶级文学。近十几年,这种提法已不多见,也有的文学史将其淘汰出局。从 19 世纪末到现在,处于生活底层的平民多次发生大规模的社会性斗争,其中包括俄国的十月革命、中国的民主革命斗争以及第三世界此起彼伏的社会运动。这些斗争中都包含着争取话语权的斗争。这种斗争所造就的底层文学独具特色,在文学史上不占有一定的位置是不公正的。但是,在许多国家里,随着中产阶级的增长,"贱民"日益边缘化。眼下走红的所谓的大众文化并不是真正的底层文化,它只是表明,底层平民也正在被城市中小资产阶级所腐蚀,把流行文化当作自己的精神食粮。美国在全世界日益猖狂地推行大国霸权主义,力图消灭第三世界的话语权,在好莱坞,第三世界被描绘成野蛮、愚昧和恐怖主义的发源地。这项工作极为成功,相反,美国的炸弹和机枪造成的第三世界的灾难被描写成对这些地区的拯救。第三世界的话语权日益式微。作为一种文学类型,"底层文学"正在变成遗落在历史尘埃中的珍珠。

下面,我想着重谈谈十月革命前后苏联的一批来自底层的作家,特别是肖洛霍夫。

一 粗鄙的闯入者及其意义

记得在 1960 年年初,我和几个同学一起看电影《静静的顿河》。走出影院时,心中充满一种奇特的感觉:仿佛被人把衣服剥光了,讪讪地,互相不敢对视。

吉皮乌斯讥笑高尔基是一个"戴着礼帽的赤身裸体的野蛮人",而肖洛霍夫的《静静的顿河》展示的是连礼帽也未戴的"赤身裸体的野蛮人"。我们这些只读过普希金、屠格涅夫、托尔斯泰作品的人第一次看到了人的原生态:没有被"文明"异化的人类的本初面貌。

萨特曾讲过如下的话:

并不很久以前,地球上有二十亿人居住:

其中五亿是人，十五亿是土著。前者拥有字词；其余的仅是使用它……①

在俄罗斯文学的历史长河中，拥有"字词"的是谁呢？

普希金	贵族	皇村中学
果戈理	地主	涅仁高级科学中学
屠格涅夫	贵族	莫斯科大学
陀思妥耶夫斯基	医生	彼得堡军事工程学院
奥斯特洛夫斯基	官吏	莫斯科大学
车尔尼雪夫斯基	神父	彼得堡大学
列夫·托尔斯泰	贵族	克山大学
阿·托尔斯泰	贵族	德雷斯登大学

但是到了 20 世纪初，贵族的高雅的文学殿堂有了一批新的"闯入者"，他们出身低下，几乎没有受过正规教育，例如：

高尔基　木匠　小学二年级　11 岁成孤儿流浪　当过洗碗工、学徒、装修工组长

叶赛宁　农民　师范学校二年级　当过工人、店员

肖洛霍夫　雇工、商店职员　农村中学四年级　当过小工、泥水匠、会计

这些人如萨特研究的"土著"，闯入文学殿堂，不能不说同俄国 1905 年以来的革命以及苏维埃政权的建立有关。

这些"闯入者"对于文学有什么意义？

俄罗斯文学与西欧其他国家的文学有一个显著不同，西欧作家以悲悯之心注视着生活在底层的苦难人群，并把他们描写得善良、高尚。俄罗斯文学中的一些代表性作家如普希金、屠格涅夫、列夫·托尔斯泰等都出身贵族，但他们都不同程度地厌恶自己的出身，而用善良的、诗意的笔触描绘农奴和其他的受苦人；然而，鸿沟依然存在，无论用多么细致的笔触，他们所描摹的依然是他们自身、他们的社会理想与文化理想。

---

① 转引自《六十年代》，王逢振等编译，天津社会科学院出版社 2000 年版，第 6 页。

　　而"闯入者"高尔基、叶赛宁、肖洛霍夫虽然深受贵族文学传统的影响，但也为文学增加了前所未有的东西。他们带进文学殿堂的是另一套话语体系、另外的"字词"。

　　列夫·托尔斯泰曾撰有长篇小说《哥萨克》，描写厌倦了贵族生活的青年奥列宁来到哥萨克居住的山村。作者为我们展示了一群没有经过近代文化熏陶的山村村民生活的诗情画意：这里的生活粗犷而自由，这里的人民善良而淳朴，相比之下，贵族奥列宁却显得狭隘、卑怯、自私和残忍。我们不能说托尔斯泰笔下的"哥萨克"不真实。用"真实"与否来作判断在这里没有多少意义。但可以肯定的是，作者是选择"哥萨克"作为躯体，寄寓"忏悔式贵族"崇尚自然、回归原始的理想。书中看起来是描摹"下层人"的生活，其实还是贵族文化的另一种形态。

　　而我们在高尔基、叶赛宁或肖洛霍夫的作品里看到的却不是这种文化形态，而是一种"另类"的文化。

　　肖洛霍夫的《静静的顿河》是反映哥萨克人生活的史诗。作者是顿河的儿子，生于斯，长于斯，老于斯。我们说《静静的顿河》展示的哥萨克生活比列夫·托尔斯泰的《哥萨克》更真实，这是没有错的。但这并不是问题的本质。本质在于肖洛霍夫在"哥萨克"躯体中寄寓的文化理想与审美情趣都是迥异于列夫·托尔斯泰的。请看《静静的顿河》的卷首诗：

> 我们光荣的土地不是用犁来翻耕……
> 我们的土地用马蹄来翻耕，
> 光荣的土地上种的是哥萨克的头颅，
> 静静的顿河到处装点着年轻的寡妇，
> 我们的父亲，静静的顿河上到处是孤儿，
> 静静的顿河的滚滚的波涛是爹娘的眼泪。①

就像托尔斯泰的《战争与和平》一样，《静静的顿河》也可以分解成两部分："战争"生活与"和平"生活。这两部史诗的字数相当，就中译本而言，都是四册。"战争"与"和平"各自占的比重也相差不多：《战争与和平》

---

　　① 肖洛霍夫：《静静的顿河》，金人译，人民文学出版社 1988 年版，第 1 页。以下凡引此小说皆出自此版本，不另注。

中，"战争"部分约占五分之二，"和平"部分五分之三；《静静的顿河》中，"战争"(含暴力事件)部分约占二分之一，"和平"部分二分之一。但在内在的勾连上，两部书完全不同：《战争与和平》中，战争生活与和平生活是一脉相通的，就主人公彼埃尔、安德烈、娜塔莎而言，都是他们的灵魂从迷惘走向清明的台阶，战争是和平的继续，和平生活是战争生活的继续，主人公们在苦难与诱惑的洗礼中升华自己。而《静静的顿河》中战争意味着灾难，和平意味着幸福。作为主人公的葛利高里和阿克西妮亚几乎是完全不由自主地在莫名的情欲与外界暴力的浪潮中升降浮沉。每经历一次战争(暴力)，主人公便受到伤害(肉体的、精神的)。他们在和平生活中舐着自己的伤口，尚未痊愈之时，一个新的暴力的浪潮又拍击过来。尽管作者也告诉我们有"革命的暴力"和"反革命的暴力"，但于书中的主人公而言，它们却都是灾难。只有土地和茅屋是温暖的，在经历了多次战争与和平的转换后，主人公葛利高里将原始的激情消磨殆尽，也没有找到精神的归宿，而阿克西妮亚则被红军的子弹送进了坟墓。肖洛霍夫为我们展示的农民的悲剧性世界，是在托尔斯泰等经典作家的作品中看不到的，他为我们提供的是另一套话语体系。

二 顿河:鱼和寒泉的隐喻

> 噢嘻，静静的顿河，我们的父亲！
> 噢嘻，静静的顿河，你的流水为什么这样浑？
> 哎呀！我静静的顿河的流水怎么能不浑！
> 寒泉从我静静的顿河的河底向外奔流，
> 银白色的鱼儿把我静静的顿河搅浑。

　　世界上的民族可以大略地分为滨海民族与内陆民族，两类民族由于地理环境和生产方式不同，构成两种不同的神话话语体系，体现着两类不同的艺术想象和艺术风格。滨海民族具有大海般的宏阔、粗放，有如云彩般变幻多姿，而内陆民族具有田野般的朴素、敦厚，有如大山般沉稳、厚重。滨海民族喜欢抒写大海，内陆民族喜欢赞美河流，但是山区人民和平原人民又有所不同：山区喜欢抒写飞瀑、湍流，有父亲般的阳刚气质；而生活在草原上的人又喜欢把养育他们的河流写得广阔而平缓，有如母亲的乳汁，叫作"母亲河"。顿河流过的大部分地区是辽阔的草原，骑在马上的哥萨克民族是"用马蹄来耕耘"的、具有草原的粗犷和田野的柔情、同俄罗斯或汉民族迥然有异的族类。尽管作者的卷首诗中称顿河为"我的父亲"，实际上，《静静的顿河》中描写的顿河兼具"父亲"与"母亲"两种气质，"тихий"既是安静的，又可译为"雄伟的"。譬如：

> 顿河从风平浪静的深潭慢慢地变成了浅滩。水流像乱头发一样在浅滩上盘旋。顿河摇摇晃晃地往前流去，河水静静地、不慌不忙地往外泛滥着。……

> 但是在河床狭窄、河水不能自由奔腾的地方，顿河就把河底冲成深沟，发出喘不过气来的吼叫声，像万马奔腾一样，追逐着冒着白色泡沫的波浪。在突出的山崖后面，水流在深坑地方变成了漩涡。那里的水转着可怕的、使人晕眩的圈子：叫人看也不敢看。

《静静的顿河》全书总是把哥萨克人（特别是主人公葛利高里）的遭遇、命运、心情同对顿河及其两岸的描写水乳交融地结合在一起。作品中的"顿河"实际上是哥萨克人的性格与命运的艺术表征。

在上引的卷首诗中，有两个意象特别值得注意，即"银白色的鱼儿"和河底的"寒泉"。作者认为顿河所以"混浊"，是因为"鱼儿"和"寒泉"。

闻一多有一篇学术论文《说鱼》，指出民间神话传说中的"鱼"是"性"的表征。《静静的顿河》的"卷首诗"是"哥萨克的古老民歌"，它也不能不是一个"性"的隐喻。

主人公葛利高里在小说中一出场（见第一卷第二章）就是同他的爸爸潘苔莱一起去钓鱼。在这段 3000 多字的钓鱼、送鱼的陈述中，有一个细节特别值得注意：当他们钓到一条大的赤红色的鲤鱼后，潘苔莱说："收兵啦！"然后望着山脚下的村子，迟疑地说："我看出来，不论怎样，你跟婀克西妮亚·阿司塔霍娃……"话锋转得很突兀，似乎衔接不上。潘苔莱从"钓鱼"怎么突然说到葛利高里对阿克西妮亚的恋情呢？也许潘苔莱邀儿子出来钓鱼，"醉翁之意不在酒"，是为了警告儿子不要再同阿克西妮亚来往，但如果从潜意识层面上来解释，则是赤红色的鲤鱼令潘苔莱联想到葛利高里与阿克西妮亚的关系。

如果说这段"钓鱼"同"性"的联系还是深藏在潜意识层面的话,第四章关于在暴风雨中拉网捕鱼的描写则是赤裸裸的性的写实:

> 黄昏以前,雷雨交加。褐色的乌云笼罩在村庄的上空。被风吹皱了的顿河,把起伏不定的、连续不断的波浪送到岸边。在围绕着场院的树林子的外面,一道干燥的闪光划破天空,稀疏的雷鸣声压迫着大地。一只鹰大张着翅膀,在云彩下面盘旋着,一群乌鸦呱呱叫着追逐它。从西南涌上来的黑云喷散着冷气,顺着顿河飘动。河边草地后面的天空黑得使人害怕,草原好像在等待着什么似的沉默着。

等待什么呢? 在整个捕鱼过程中,葛利高里置身于惊涛骇浪中间,整个心思系在阿克西妮亚身上:

> 葛利高里在前面走。一种莫名其妙的愉快使他的情绪很高涨。

巨涛把葛利高里冲向深处时,他挣扎着,口中却喊:

> "婀克西妮亚,你还活着吗?"

当在急流中站不稳脚跟,阿克西妮亚尖叫起来时,葛利高里吃了一惊,朝着呼叫声凫过去:

> "婀克西妮亚!"葛利高里吓得浑身发着冷,喊叫道。

父亲的叫声,葛利高里全然听不见。

> "葛列沙,你在哪儿? ……"婀克西妮亚的声调像哭一样。
>
> "为什么你不答应一声? ……"葛利高里怒气冲冲地喊叫着。
>
> …………
>
> "波浪把我向岸上直冲,"她喘着气讲述,"简直掉了魂啦! 吓死我啦! 我以为你淹死了呢。"
>
> 他们俩的胳膊互相碰在一起了。婀克西妮亚试探着把自己的一只手伸进他的上衣袖子去。

就在这个网鱼的暴雨之夜:

> 葛利高里冻得打着哆嗦,倒在旁边。从婀克西妮亚的潮湿的头发上流泄出了温柔的动人的气息。她仰起脑袋躺了下去,用半张开的嘴

平匀地呼吸着。

"你头发上的气味真叫人心醉。你知道吗，就像那种白色的小花……"葛利高里悄悄地说着，俯下身去。

她没有作声。她的眼睛望着下弦的月亮，目光显得昏暗而若有所思。

这个捕鱼的夜晚，决定了葛利高里和阿克西妮亚以后的一切。

第一部中还有一段"钓鱼"：米琪喀借"送鱼"到了伊丽莎白家，两人相约去钓鱼。清晨，他们划着小船到了一个小岛上，米琪喀在半强迫半自愿的状态下奸污了伊丽莎白。葛利高里和阿克西妮亚、米琪喀与伊丽莎白在约会终结时都有一个关于"鱼"的细节：阿克西妮亚把装着胜利品（捕到的鱼）的口袋扛到肩上，几乎是顺着沙滩跑起来了。而米琪喀送伊丽莎白回家时，"他的脚下躺着一条小鲤鱼和一条鳊鱼，这条鱼的嘴像临死的时候抽筋一样紧紧闭住，大瞪着一只镶着黄圈的眼睛"①。

作者认为这是两种不同的奸情，前者是充满生命力的丰满的爱，而后者则是卑微的肉欲。

书中对葛利高里与阿克西妮亚的爱情描写是火热的，有如岩浆喷发，一涌而出：

> 婀克西妮亚如疯似狂地沉溺在自己的晚熟的苦恋中。葛利高里并不顾父亲的恐吓，夜间偷偷地到她那里去，清晨再回来。
>
> 两个星期的工夫他已经弄得疲惫不堪了，像一匹马跑了一次不能胜任的长途似的。
>
> 因为夜间的失眠，他的颧骨高耸的脸上的棕色皮肤发了青，两只干枯的黑眼睛从深陷进去的眼眶里疲倦地向外望着。
>
> 婀克西妮亚走路的时候也不用头巾裹着脸了，眼睛下面的深坑阴森地发着黑；她的两片肿胀的和贪婪的嘴唇露出了不安的和挑衅的笑容。
>
> 他们的疯狂的恋爱关系简直是非常奇怪，而且又明目张胆，他们俩都被同样的、毫不觉得羞耻的火焰疯狂地燃烧着，他们既不怕人，也不瞒人，邻居们眼看着他们的脸瘦削下去，而且发出了青色，现在每当人

---

① 肖洛霍夫：《静静的顿河》，金人译，人民文学出版社 1982 年版。

们遇到他们的时候,不知道为什么这些人都觉得很不好意思看他们。

这样的爱情描写,我们在列夫·托尔斯泰、普希金或屠格涅夫的作品中是找不到的,它过于粗野和裸露。生命的热力穿透纸背,让读者的脸红到耳根,心狂跳不止。特别是当葛利高里的父亲以长辈身份谴责阿克西妮亚时,阿克西妮亚的反骂多少让人感到厚颜无耻:"你为什么教训我?去教训你自己的大屁股娘们儿吧!……我不愿意看见这个瘸鬼!""滚,打哪儿来的还滚到哪儿去!至于你的葛利希加——我想把他连骨头都吃下去,我一点也不负什么责任!"但阿克西妮亚不像《战争与和平》中的爱伦,她不是一条居心叵测的"蛇",她不是"勾引"葛利高里,而是将自己"奉献"出去。她明明知道,她从这场爱情中所能得到的只是丈夫的残酷殴打与邻人们幸灾乐祸的目光,但她依然毫不犹豫地投身到爱的烈火中去。"你们杀死我也不怕!是我的葛利希加!是我的人!"她骄傲地向潘苔莱老头宣布。即使在葛利高里被迫与娜塔莉娅结婚后,她依然无悔,热诚地爱着自己心目中的鹰。阿克西妮亚为爱情而无畏地迎接苦难,使她成为俄罗斯文学殿堂中一颗灿然放光的明珠,她的爱情比安娜·卡列尼娜的更加伟大。

在阿克西妮亚的丈夫司契潘回来后,阿克西妮亚几乎每天被痛殴,但她依然想念着葛利高里,期待着见到他。有一次到河边打水,真的见到了自己的所爱。这时,作者又写到鱼,用鱼来隐喻阿克西妮亚的欣喜之情:

> 一条小鱼在水面上溅起了银色的雨点。河对岸的白色沙滩后面,可以看到几棵被风吹动着的老杨树的灰色树顶威风地和严肃地高耸着。婀克西妮亚用水桶去打水,用左手撩起裙子,掀到膝盖以上。河水触得被袜带勒肿的腿肚子痒酥酥的,自从司契潘回家以后,婀克西妮亚这是头一次轻轻地和迟疑地笑出来了。

葛利高里屈服于父亲的压力,同娜塔莉娅结婚了。这对于处在司契潘鞭影下的阿克西妮亚来说,不啻致命的打击,但是,爱情比死更坚强:

> 她一面咬住头巾的尖头,一面走着,哭叫的声音眼看就要冲出喉咙来了。她走进门洞,倒在地板上,流着眼泪,痛苦得喘不过气来,脑袋里是一片黑暗的空虚……后来这些都过去了。只有在心的深处,好像有一种尖利的东西扎着她,折磨着她。

被牲口踩倒的粮食又立起来了。露水一浸,太阳一晒,踩倒在地上的粮食茎就又直立起来;起初很像一个被不能胜任的重压压着的人弯着身子,后来就挺直身子,抬起头来,白画又照样照耀着它,风又照样吹得它摇摇摆摆了……

每天夜里,婀克西妮亚一面和丈夫亲热,一面想着另外一个人,憎恨和伟大的爱情在心里交织成一片。新仇旧恨一起涌到这个妇人的心头上来了:她决心把葛利希加从既没经历过痛苦,又没经历过爱情的欢乐的、幸福的娜塔莉娅·珂尔叔诺娃手里夺回来。每天夜里她想出一堆主意,在黑暗里眨着干枯的眼睛。……只有一个问题是牢牢决定了:把葛利希加从一切人的手里夺回来,像从前一样,用爱情把他浸起来,占有他。

被情欲燃烧得过分痛苦的阿克西妮亚曾求助于女巫。女巫把她领到顿河边作法时说:

"从河底冒出来的寒泉……热情的肉欲……心里变成野兽……相思的恶魔……用圣十字架……最纯洁的、最神圣的圣母……把上帝的奴隶葛利高里……"

在作法时,女巫为何提到"河底的寒泉"？"寒泉"是搅浑顿河的浊流,抑或浇灭"热欲"的拯救物？书中语焉不详。

但是,葛利高里确实遭遇了"寒泉":这就是新娶的妻子娜塔莉娅。婚礼上"葛利高里向妻子的湿润的、没有滋味的嘴唇上亲了三次"。而书中描写的阿克西妮亚的嘴唇是怎样的呢？她有这样两片放荡、贪婪而又肥厚的嘴唇。婚后,葛利希加按照丈夫的责任,和自己的妻子亲热的时候,从妻子方面得到的仅仅是冷淡和窘急的顺从。娜塔莉娅对于丈夫的亲热回应得很勉强,因为她自己从娘胎里一生下来,就是属于性格冷淡和行动迂缓的血统的,所以葛利高里一想到阿克西妮亚的疯狂的爱的时候,就叹了一口气说道:

娜塔莉娅,你老子一定是在冰山上把你种出来的……你太冷啦。

真正的"寒泉"、足以搅拌顿河水流的是战争。战争,搅浑了哥萨克人的平静生活,改变了主人公们的命运。

三 关于土地与茅屋的神话

在托尔斯泰的《战争与和平》中，作者对战争持乐观态度。1812 年抗击拿破仑的战争不仅是保卫神圣俄罗斯民族所必需，而且是参与者的灵魂洗涤剂，无论彼埃尔，还是安德烈，都是接受了战争的洗礼而走向精神上的升华的。但是，《静静的顿河》的作者对战争(含革命战争)的看法是悲观的。

整个一部哥萨克人的历史就是用频繁的战争与杀戮写成的。因此，卷首诗说，顿河两岸播种的是"哥萨克的头颅"，浇灌的是寡妇的眼泪。过去，在战争中建立功勋并为此牺牲生命是"哥萨克的光荣"。战争成了男人的嗜好，乔治勋章是男人额顶上的珍珠。但是，在进入 20 世纪以后，战争便成了一个用哥萨克人的简单头脑无法理喻的"谜"。书中描写的第一场战争就是 1914 年的欧战，布尔什维克关于"使本国政府失败"的号召让葛利高里百思不得其解，打仗只能求取胜利，怎么变成求取失败？但是当他用马刀劈死一个带有孩子气面孔的奥地利士兵时，他跳下马，注视他的尸体，突然涌出一种惶惑：

> 葛利高里看了看军官的落满尘土的白色帽徽，一溜歪斜地往马跟前走去。他的脚步又乱又沉，就像肩上扛着一种不能胜任的重负似的；憎恶和疑惑的心情揉碎了他的灵魂。他把马镫抓在手里，半天也抬不起那只沉重的脚。

葛利高里因作战勇敢、负伤获得乔治勋章，他返回村里时，受到了全村人的欢迎，家里人以他为骄傲。但令他料想不到的打击是他的心上人阿克西妮亚却被"东家"、军官李斯特尼茨基上尉占有了。如果没有战争，葛利高里不会上战场，这一切都不会发生。葛利高里似乎感觉到"战争"对于"东家"和"穷人"是不同的："东家"可以从战争中得到许多好处，而"穷人"则完全不同。

作为一个农民，葛利高里无法把这个巨大的精神课题思索清楚，他又回到了前线。作者写道：

> (葛利高里)从心眼里不能跟这场荒谬的战争妥协，但又忠实地维护着哥萨克的光荣。

葛利高里牢牢地保持着哥萨克的光荣，一有机会就表现出忘我的勇敢、疯狂的冒险，他乔装跑到奥地利人的后方，不用流血就消灭掉敌人的岗哨。哥萨克人大大地显了身手。他觉得在战争初期所感觉到的那种对人类的痛惜心情，已经一去不复返了。

书中用了不少篇幅描写布尔什维克党人的反战宣传。本来就对战争中的屠戮产生惰厌的葛利高里转向反战，并且成了红军的一员。但是，在红军里，他眼睁睁地看到一场对白军俘虏的残杀：

> 波乔尔科夫撞到装有机枪的马车上以后，转过身子，对押送的士兵，声嘶力竭地喊道：
> "砍死他们……这些该死的东西！全都砍死！……不留俘虏……往出血的地方，往心口上砍！……"
> 顿时枪声大作。

葛利高里怒不可遏：

> 葛利高里从波乔尔科夫开始砍切尔涅佐夫的一刹那，就离开装着机枪的马车，——他泪水模糊，直盯着波乔尔科夫，一瘸一拐地迅速地朝他走去。米纳耶夫吃力地从后面拦腰抱住葛利高里，拼命扭回他的胳膊，夺下手枪，用黯淡无光的眼睛直盯着葛利高里，气喘吁吁地问：
> "你以为——会怎么对待他们？"

肖洛霍夫是一位人道主义者，但同时他又是一位伟大的现实主义者。他用了很多篇幅描写十月革命的必要性和正义性。但是，作为一个普通的哥萨克人，葛利高里始终没有理解这场革命，他看到的只是杀戮，他渴望安宁、土地、家庭和劳动。

葛利高里离开红军，返回家乡。小说第四卷第十三章用迷人的语言描绘了家庭生活的温暖。葛利高里像一条遍体鳞伤的狗，返回自己的窝里，在这里舐干伤口，恢复元气。但是，"寒泉"仍在涌流不止，并且浸入葛利高里的茅屋。苏维埃政权开列出需要镇压乃至枪毙的名单，其中包括葛利高里和他的父亲。葛利高里越来越认为眼下不是"财主与穷人"的矛盾，而是"俄罗斯与哥萨克"的冲突，即俄罗斯人要报"1905年的仇"，要消灭哥萨克人。过去的评论常把这一点看作葛利高里的思想迷失，但事实上，苏联国内战争的情况要复杂得多。哥萨克人的叛乱是多种冲突包括民族冲突的综合结果。这一点，几乎只有在肖洛霍夫的作品中获得了真实的展示。作品在写到葛利高里决定投奔"佛明匪帮"时，有如下的一段内心独白：

> 从前他想的是什么呢？为什么心灵上就像一只被围捕的受惊的狼一样，要往来奔窜，寻求出路，希望解决矛盾呢？生活本来是很可笑的、很简单的。现在他觉得生活上根本没有这样一种可以使一切人都能在它的复盖之下感到温暖的真理，他怒火冲天地想着：每一个人都有自己的一条真理，都有自己的道路。只要太阳还照耀着人类，人类的血管里还流着热血的时候，就要继续斗争下去。要和那些想夺去他的生命和生存权利的人进行搏斗。人类就总是为了一块面包，为了一块土地，为了生活的权利而进行斗争，而且还要继续斗争下去。应该和那些打算霸占生活和把持生活权利的人们进行斗争；要坚决地斗争，不能动摇，——就像是被夹住似的，——使仇恨心强烈起来，使斗争心坚定。只要不使感情受到压迫就好，要使感情像疯狂一样奔腾，——这就是一切。
>
> 哥萨克的道路和失去土地的庄稼佬的俄罗斯的道路，和工厂工人的道路是互相冲突的。要和他们斗争！把用哥萨克的血浇灌过的、顿河沿岸的肥沃土地拼命从他们脚底下夺回来。把他们像赶鞑靼人一样，赶出州界以外去！叫莫斯科吓得发抖吧，叫它缔结耻辱的和平！狭路相逢是不能让路的，——不管谁把谁打倒，——一定要打倒一个。已经试验过啦……试验的结果怎样呢？但是现在——拿起刀来吧！

这个无法避免的然而终究是错误的决定，几乎毁掉了葛利高里的一切：他的家庭、他的女儿、他生命所系的阿克西妮亚。他把步枪和子弹投入刚刚解冻的顿河，并不意味着战争的终结，而是一个英勇的民族——"光荣的哥萨克"——的死亡。儿子成了他同这个世界的唯一的联系，成了他生活中唯一残留的东西。

如果我们设想回村的葛利高里没有被枪毙，他一定会成为一个沉默的、温顺的农民。他也许会再娶一房妻子，终年守着茅草屋。但是，第二次世界大战又爆发了，葛利高里不得不再次应征入伍，这次他将再次失去家庭，包括唯一的亲生儿子。战争结束时，他孤身一人，身边站着一个孩子——不是他的孩子，而是一个失去了父母的孤儿。

　　这就是肖洛霍夫的小说《一个人的遭遇》（1965）给我们留下的画面。从这个意义上，我们可以将《一个人的遭遇》视为《静静的顿河》的续篇。尽管他们的主人公没有血缘关系，但他们的命运是一脉相承的，战争这个"寒泉"所给予他们的东西是一样的。

　　从《静静的顿河》问世到现在，历史发生了沧桑巨变。但是，战争依然伴随着渴望和平的人类。而葛利高里不得其解的"滥杀无辜"，依然是战争中的"常规"。即使是高举正义旗帜的战争也不免如此。和平主义者常以此为口实反对一切战争，但成熟的政治家都会在心里嘲笑他们的幼稚，嘴巴上却不说，因为必要时他们也要装扮成悲天悯人的和平主义者。人道主义往往成为苍白、没有力量的字眼，因为截至现在，人们可能还是更多用暴力解决利益上的冲突。

　　《静静的顿河》趋近结尾处，当阿克西妮亚死去时，葛利高里看到头顶上的太阳是黑色的：

> 　　在旱风的蒙蒙雾气中，太阳升到断崖的上空来了。太阳的光芒照得葛利高里的没戴帽子的头上的密密的白发闪着银光，从苍白色的、因为一动不动而显得很可怕的脸上滑过。他好像是从一场恶梦中醒了过来，抬起脑袋，看见自己头顶上是一片黑色的天空和一轮耀眼的黑色太阳。

附录二

保尔:新圣徒的理念与激情

> 一个人只有在信仰中才会幸福。
>
> ——马丁·路德

在世界文学史上,一部文学作品的主人公被人们当作偶像来崇拜,并且在几千年的时间里,主宰着千万人的心灵,深刻地影响他们的思想、气质和命运,这样的例子似乎仅见于《圣经》等很少的几部作品。宗教不仅给人们提供了一批神,而且塑造了一批肉身成圣的圣者或圣徒。他们既是凡人,又接近神,具有某种先知先觉、道德高尚和坚毅苦行的品质。随着科学主义的发展、无神论的盛行,文学作品几乎不再生产神和圣徒(者);但是,在那些英雄主义的文学形象身上,我们依然可以窥到圣徒的某些素质。

恩格斯说过,基督教就其起源而言,是穷人的宗教。宗教的产生同世界上贫富悬殊、阶级冲突的白热化密不可分。一般而言,圣徒们大都具有捐弃世俗享乐、为穷苦百姓造福的品质和行为。人在本质上是一种追求享乐的动物,因此对于把本来属于自己的享受转给穷人,或像穷人一样受苦,为穷人的利益牺牲的人总是保持一份尊敬。由于世界上至今存在着贫富两极分化,相当一部分人生活在水深火热之中,因此,尽管圣徒们的思想和主张已经被批评得体无完肤,但是,他们的行止依然令人心神向往,击节感叹。马克思说过,他反对宗教迷信,但尊重宗教情感。

在 20 世纪,发生在苏联的十月社会主义革命运动,是一次为穷人争取翻身解放的伟大尝试。试图在物质极为匮乏的基础上建设共产主义天堂,却具有脱离现实的理想性。穷人求生存的紧迫性、正义性和运动的理想性相结合,极大地激发了俄罗斯这个宗教国度的"创世记"热情,以圣徒式的自我牺牲为主要特征的革命者大批涌现。他们表现出令人叹为观止的英雄主义和献身精神。这种精神不是靠说教,而是用一系列凡人不能够达到的行止来显现的。因此,他们成了 20 世纪的新圣徒。

在以塑造新型革命者形象而著称的文学作品中，《钢铁是怎样炼成的》毫无疑问地位居榜首。这部由小学三年级文化程度的工人创作的作品，不仅在苏联成为几代人的"福音书"，而且，保尔的形象从一诞生就越出了国界，成为不少国家青年们心向往之的偶像。这部书是 1933 年完成的，中国在 1937 年就有了译本。在中国，很少有这样的文学作品，能够在相当长的时间内，深刻地影响几代中国青年的思想、精神、气质和命运。

我是在 1950 年，上初中二年级时，经由老师推荐，阅读这部作品的。在这部作品和其他一些因素的影响下，在当时如火如荼的抗美援朝、参军参干运动中，我自愿报名参加中国人民志愿军，渴望投身保家卫国的浴血战斗。那一年我 14 岁。令我十分惊喜的是，志愿军文工团经过考试居然录取了我。主考官告诉我，到安东（今丹东）受训两星期即开赴朝鲜前线。他的最后一个问题是："怕不怕死？"我理直气壮地答："不怕！"走出考场，心里充满了激动和悲壮之情，感到我的"保尔·柯察金式的道路开始了"。后来，由于父母的坚决反对和学校领导的干预，没有去成。我曾经为此大哭，认为是自己走上英雄道路的第一个挫折。当时，我最大的渴望就是在炮火硝烟中化成一张带黑框的大照片，悬挂在教室里，接受别人的瞻仰。长大以后，我在向人们谈起这段少年的经历时，总是说，自己当时是多么幼稚可笑。但是，如果听我讲述的人真的嘲笑我当时的行为，我就会跟他急。我认为，在当时的幼稚可笑之中蕴含着某种神圣的东西，这种情愫是不可亵渎的。

《钢铁是怎样炼成的》是一部具有高度政治性和意识形态性的作品，对于党、阶级、人民、祖国和社会主义、共产主义等的崇拜和赞美，洋溢在字里行间。在那个特殊的时期里，上述符号在很大的程度上取代了俄罗斯人对于国教东正教的信仰。这种新的信仰是以批判有神论和高举科学思维的旗帜相号召的，但就像 18 世纪欧洲的启蒙思想没有走出基督教的框架一样（参见卡尔·贝克尔《18 世纪哲学家的天城》），列宁领导的布尔什维克的理论也在事实上带有浓厚的理想主义色彩。然而，不容否认的是那个时代残酷的真实：正是野蛮、残暴的沙皇制度和它的帮凶教会，造成了占人口绝大多数的农奴和贫苦百姓无法生存；从上到下的官僚机构腐败丛生；从城市到乡村弥漫着浓重的灰色和死亡的气息。一切都预示着《圣经》所指称的"末日"的到来。人们渴望着耶稣领导贫苦人民进行这场血与火的"末日审判"。而布尔什维克领导的十月革命和国内战争就是扫荡一切魑魅魍魉的审判。"党""阶级"和"人民"成了这场新的审判中取代上帝和耶稣的新的神圣符号。保尔作为党的一员,认为自己是一个执行人,责无旁贷地应该把那些恶贯满盈的家伙送上火刑架。这一切都像是《圣经》中预言的"末日审判"和"创世记"的现代实践版。当然,站在21世纪回头看,这不过是一场由真实的社会矛盾演化出来的悲剧。

人的生命价值在很大的程度上取决于历史。如果没有十月革命及以后的斗争,保尔将作为乌克兰一个小火车站的勤杂工默默地终其一生,就像镇上小河中的一个泡沫一样。伟大的革命,哪怕是有不少错误的革命,都可以引爆人的生命潜能,使一个平凡的生命焕发出令人难以置信的光彩。人们常常会认为,对于党性、阶级性和人民性的强调,会导致个性的丧失;但是,保尔的经历恰恰相反:正是这些符号,使保尔获得了神圣的使命感,在革命的激流里展开了自己的风帆,在艰苦得难以想象的境遇里,磨炼和提升了自己的坚毅和果敢。革命像一把锋利无比的雕刻刀,雕塑了保尔多姿多彩、极具个体魅力的英雄性格。

富于魅力的英雄性格总是同时兼具两种美,即崇高与优美,而又以崇高为主。欧洲18世纪的哲学家伯克和康德都对崇高与优美这两个美学范畴进行过专门研究。他们认为,崇高感的产生是由于我们对某种强大的力量感到惊愕,继而我们意识到它对于我们并没有危险,于是这种惊愕之感转化为一种愉悦之情。我国近代的美学家王国维先生把这两个美学范畴称为"优美"与"壮美":

> 美之中又有优美与壮美之别。今有一物,令人忘利害之关系,而玩之不厌者,谓之曰优美之感情;若其物不利于吾人之意志,而意志为之破裂,唯由知识冥想其理念者,谓之曰壮美之感情。①

也就是说,通常能够引起我们的崇高美感的是一种远比我们自己的力量强大得多的一种东西,它的作为往往使我们震惊,但于我们自身无害;我们需要借助于理念的思考而意识到它的强大,因而产生感动和敬畏之情。这便是我们通常所说的崇高感。

在《钢铁是怎样炼成的》一书中,主人公保尔一出场就是对社会流行的

---

① 刘刚强编:《王国维美论文选》,湖南人民出版社1987年版,第14页。

神圣的"亵渎"——他往"上帝代言人"神父的面包里塞了烟丝；接着，他又把两个不可一世、盛气凌人的富家子弟丢进了河里。作为一个卑微、衣衫褴褛的厨娘的孩子竟然做出如此大胆的行为，不禁令读者为之震惊。它颠覆了人们习以为常的等级观念，使人们预感到这个小家伙可能要掀起一场颠覆旧世界的风暴。这种预感使我们对于书中的小主人公油然而生一种敬佩之情。

一般而言，"崇高感"只有同"优美感"配合起来，才会完美。因此，下面作者展开了一段"优美"之情的书写，即保尔和冬妮娅的初恋。这是全书的"华彩唱段"。无论任何时代、任何人阅读这部英雄主义的著作时，都会在这段优美的恋爱故事中流连忘返：冬妮娅正是被保尔对于富家子弟的蔑视与傲然反抗所震撼，而对这个与自己完全不同出身的男孩产生了爱情。"壮美"催生了"优美"，"优美"提升了"壮美"。对于优美的单纯迷恋往往会陷入低级趣味，使故事变得可爱而不可敬。尔后，在铁路工地，两人再次邂逅时，保尔毅然同"图曼诺娃同志（冬妮娅）"决裂，使得人们又一次获得震惊之感，从迷醉中走出来，"优美"又一次转为"崇高"。

在《钢铁是怎样炼成的》中，保尔共遭遇了至少十个"敌人"，每一次遭遇都给保尔机会展示他出人意料的令人敬畏的作为；这十个"敌人"及保尔的有关行止是：1. 因提出地球问题受到神父殴打而向神父的面包里塞了烟丝；2. 在钓鱼时向保尔挑衅的富家子弟维克多和苏哈里科被忍无可忍的他丢进了河里；3. 在同彼得留拉匪帮的争斗中只身救出水兵朱赫来；4. 第一次坐牢，拒绝赫里斯季娜献身的要求；5. 在同波兰白军战斗中负重伤，失去知觉又奇迹般地复活；6. 与丽达的爱情；7. 修建铁路时的饥饿和伤寒病导致终身残疾；8. 残废后的轻生念头转化为加紧工作的坚强毅力；9. 同贪污腐化分子的斗争；10. 双目失明后坚持写作。

在每一个"崇高"的行为之后，都有关于"优美"的情节与之配合。例如，保尔在受伤残废而终于遏止了轻生念头之后，悲观颓伤的情绪一变而为狂烈的抓紧工作的念头：人应该抓紧每一分钟，去过最充实的日子，因为意外的疾病或悲惨的事故随时都可能突然地夺取他的生命。这种对于残废之躯的近乎自虐的做法，使人震惊。读者深感革命信念所激发出来的坚毅是何等伟烈，但同时也感到一种不近人情的残酷。这时，作者适时地插入保尔母亲对于"孩子只有受伤之时才会回家看看"的感伤。母亲的悲伤柔化了保尔钢铁般的意志所引起的可敬而不可亲的距离感,使得故事带上了温柔的人性化色彩。《钢铁是怎样炼成的》全书的主调是高昂的、钢铁般的;但同时贯穿全书的还有一个复调:它也是温柔而感伤的。这部作品改编成电影时,非常恰当地使用了下列主题曲:

> 在乌克兰辽阔的原野上
> 在那清清的小河旁,
> 长着两棵美丽的白杨,
> 这是我们亲爱的故乡……

这首由保尔用手风琴伴奏的乌克兰乡村歌曲,带有一种难以言传的感伤和抒情韵味。每次想到保尔,我头脑里便回响起这动人心弦的温柔旋律……

保尔的英雄主义带有20世纪新思想的特征,但是,它同时又是历史上英雄主义和俄罗斯优良传统的某种积淀。保尔曾明确地向丽达表示,他钦佩伏尼契小说《牛虻》中的主人公;他在事业与爱情的矛盾中所以采取决绝的办法而与所爱之人失之交臂,就是因为深受牛虻的影响。在莫斯科的奥斯特洛夫斯基纪念馆里,陈列着作者经常阅读的书籍,其中许多都是描写英雄的以及俄罗斯的经典文学作品。这些作品令我们想到培育了保尔性格的那些精神源泉。对保尔的新圣徒精神的绝然否定会导致对于人类英雄主义传统的伤害。

阿格诺索夫主编的《20世纪俄罗斯文学》是20世纪90年代以来在俄罗斯最为流行的一本教科书,发行量突破100万册,它代表着俄罗斯社会的主流观念。书中写道:

> 人们对革命中和革命后变革生活中人的心理变化,产生了很大的兴趣。这使教育小说这种体裁趋向活跃。H.奥斯特洛夫斯基著名的《钢铁是怎样炼成的》一书,就属于这一体裁。它成为(当然不无官方的支持)几代苏联青年的新约书。这看上去是讲保尔·柯察金成长过程的并不复杂的作品,其中却可以看出经过独特折射的俄国文学传统,不仅有高尔基,而且还有陀斯妥耶夫斯基的传统。痛苦与对人的强烈爱心使保尔的性格变得如"整块金属铸成的",钢铁般的,表达他生活目的的几句话,不久前还是几代人的道德法典:"人的一生应该这样度过,要不为虚度年华而悔恨,……这样,临死前他就可以说:'整个生命

和全部力量都献给了世界上最美好的事业——为人类的解放而斗争。'"①

韩少功在《暗示》中曾指出，保尔上述这段脍炙人口的名言同富兰克林的一段话相同：

> 苏联著名革命小说《钢铁是怎样炼成的》里一段男主人公在朋友墓前的独白，曾经是理想主义的经典格言："……当我死去的时候，不会因为虚度年华而悔恨，不会因为内心空虚而烦恼。我可以自豪地说，我已把毕生献给了人类最高尚的事业。"就是这段独白，出现在一本革命小说里，后来便被很多人视为社会主义、甚至是斯大林主义的红色专利，一旦革命出现退潮，鄙薄和声讨之声不绝。但这些批评家也许不知道，苏联士兵说出的这段豪言壮语，其实是抄自美国人富兰克林的《自传》，属于一个美国早期政治家、作家以及资本家。德国思想家韦伯在《新教伦理与资本主义精神》中特别分析到富兰克林的人生观，指出这种"放弃世俗享受以全心全意投入事业"的宗教情怀，代表了当时的新教伦理与资本主义精神文化，而"资本主义精神的发展完全可以理解为理性主义整体发展的一部分"。也就是说，富兰克林人生观一开始并不是什么社会主义观念，是正统的资本主义观念。
>
> 我在这里想说的是：实际上，它甚至也不是什么资本主义观念，而是人类一切求道者的共有精神留影，是人类社会中某种集体性格。难道在富兰克林之前，世界上就没有这种以身殉道的执着？就不可能有对高尚事业的渴求？为什么我们这些后世的读书人一定要固守自己的文字癖和观念癖，一定要给这段格言注册上社会主义或资本主义的专利？②

如果说保尔和富兰克林有什么不同的话，那就是富兰克林是一位有产者的优秀分子，而保尔是"贱民"。在"贱民"中成批地涌现出如此具有革命理想和献身精神的人，是"革命"在改造人方面的贡献之一。正是"革命"使不觉

---

① 符·维·阿格诺索夫主编：《20世纪俄罗斯文学》，凌建侯等译，中国人民大学出版社2001年版，第397—398页。
② 韩少功：《暗示》，人民文学出版社2019年版，第166—167页。

悟的一般百姓成长为视野开阔的政治参与者。

事实上,保尔这段格言的基本精神同中国远古以来就有的为实现理想的"大同世界"而奋斗、献身的精神也有某种契合。正是这种契合,使得中国人很容易理解、接受保尔精神,并把它同实现中华民族的现代社会理想结合起来。

当然,在革命中张扬开来的英雄主义精神不可避免地被错误的政治路线所污染。阿格索诺夫说,作者对此也有所感:

> 奥斯特洛夫斯基这本书被编辑们删去了浪漫主义者柯察金遭遇孤独的悲剧那一段。尽管如此,在发表的版本中,仍可以看出作家的痛心,他发现已掌权的旧日积极分子中许多人在道德上蜕化了,为此而感到忧虑。①

革命难免泥沙俱下,革命中的错误不能清洗污浊,反而给污浊提供了机会。在革命之后,许多贪污腐化、投机取巧的家伙不知怎么爬上了高位,保尔不能不重复自己在沙皇时代常用的拳头来帮助那些被欺凌的弱者。读者也会若有所感:像保尔这样优秀、杰出的人物在革命后并没有被提升为领导骨干,窃据要职的许多人都远不如他。作者似乎并不以为意,但是读者会留下一丝迷惑与阴影。

1998年我访问圣彼得堡大学时,同他们谈起中国还在上演关于保尔·柯察金的戏剧,有关《钢铁是怎样炼成的》的电视连续剧也在加紧拍摄。他们颇感愕然,说:"在我们这里,这已经成为历史。"遭遇了过多苦难的俄罗斯人急于从自己的记忆中抹去一切让他们联想到苦难的过去,但是,历史又总是在人们意想不到的时候复活。

我们进入了一个享乐主义的时代,英雄不再时髦。但是,话说回来,今天的社会并没有进入天堂,负面的事情时有发生,总需要人去解决,甚至为此献出自己。遇到抢劫犯和强奸犯,被侵犯者处在生死关头都希望有人搭救,而且是像保尔这样奋不顾身地和罪犯肉搏;中国的西部比较落后,需要人去开拓,开拓者自然要多吃些风沙,少吃些麦当劳。谁去做?最好有一些

---

① 符·维·阿格索诺夫主编:《20世纪俄罗斯文学》,凌建侯等译,中国人民大学出版社2001年版,第398页。

如保尔一般"傻"的人去修青藏铁路、架桥梁、盖歌厅。环境搞好了,文人才可以去旅游作诗,记者才有好的宾馆下榻。搞"两弹一星"的人都"傻"得可以,他们中间有些科学家如果不跑到大沙漠中去干这件"傻事",至少在美国谋个年薪几十万的职位是没有问题的。如果面临侵犯,而我们不想当顺民,那么就需要从古今中外的历史与文学中诸如保尔这样的"贱民"形象中借些胆量和牺牲精神。到了那时候,姨太太、七少爷之类的文学形象恐怕都派不上用场。

有一次打开电视,非常偶然地看到为数众多的老年人(多数是老太太)聚集在以前的苏联展览馆、现在的北京展览馆前的广场上放声歌唱苏联歌曲,唱完一首又一首,真情洋溢,激情澎湃。其中有一首叫《丰收之歌》,是20世纪50年代流行的电影《幸福生活》的插曲。《幸福生活》被认为是典型的粉饰生活的肤浅之作,但在场的一位老太太说,她当年功课很好,原打算进北大或清华,但在看了《幸福生活》之后,改变了主意,想为中国的农业机械化献身,让中国的农村也像电影中描绘的库班草原一样,因此选择了北京农业机械化学院。由此我又联想起我之所以进清华首选水利系,也同一部"肤浅之作"——《金星英雄》有密切关系。"接受理论"告诉我们,任何读者都有权利按照自己的方式和观念去解释自己的阅读对象,并决定对它的接受,这同作品在文学史上的地位无关,同它们所表现的时代无关。这是不能互相取代的两件事。《钢铁是怎样炼成的》所影响的不是几个人,而是几代人。我们应该尊重一部作品在历史上已经产生的影响。作为一种生活选择,保尔的形象将超越历史的局限而永存。至于那些被评论家封为"深刻的作品",有些则尚需时日的考验,以证明自身的价值。

附录三

人类最早的史诗出在东方
——谈谈《吉尔迦美什》

一说起神话与英雄史诗，我们就会想到古希腊的《伊里亚特》和《奥德赛》，或者是古印度的《罗摩衍那》和《摩诃婆罗多》。其实，最古老的史诗是出自古代美索不达米亚的《吉尔迦美什》。它是人类的第一部史诗。所谓的"美索不达米亚"又叫"两河流域"，也就是幼发拉底河和底格里斯河之间的土地。照现在而言，大体上就是伊拉克所属的地区。这里是人类最早的四大文明发源地之一。

美索不达米亚和《吉尔迦美什》

在不可考证的年代里，一批人从东方迁徙到两河流域。他们身材不高，窄肩、圆脸、黑发、直鼻。他们的语言和语法同汉语接近。这一点让我们产生一种莫名的兴奋，但是没有人对此做出结论。看他们写在泥简上的楔形文字，同中国的甲骨文相去甚远。但是，该地区亚述王朝时代的一座玉雕，即爱神印南娜（后称依什塔尔）的形象却很像是中国北方农村的一个普通漂亮女孩；但是，那黝黑的皮肤和略显突出的大眼睛、直鼻子，又让我们觉得陌生。

在公元前 8700 年左右，两河流域的人们开始驯养羊群。稍晚一点，即公元前 8000 年，他们学会了种植和收获谷物。公元前 6000 年，学会了制作和使用陶器。公元前 3200 年，这里至少已经有了五座城市，并且有了前面提到的楔形文字。人类从美索不达米亚开始了有文字记载的历史，由此标志着人类的一只脚进入了文明社会，史称"苏美尔时代"。

英国学者威尔·杜兰说："人类之有国家，始于苏美尔；人类之有灌溉，始于苏美尔；人类之有文字，始于苏美尔；人类之有法典，始于苏美尔；人类之有学校、图书馆，始于苏美尔；人类之有宫室庙宇，始于苏美尔。另外，人类以金银为交易之中准，人类以文字写成诗文，人类以金银珠宝作装饰，人类建立信用制度，人类发明圆柱、穹隆和拱门，人类从事塑像及浮雕，人类传述创世纪及洪水灾祸，也都始于苏美尔。"①

苏美尔时代，还包括了阿卡德人统治的时期。此后，巴比伦王朝崛起，征服了苏美尔人和阿卡德人的国家，于公元前1792年汉谟拉比王时代达到鼎盛。到了公元纪年以后，美索不达米亚的城镇由于频繁的战争的摧毁和洪水的多次泛滥，几乎片瓦无存，辉煌一时的美索不达米亚文明也就沉湮地下，无人知晓了。到了19世纪末和20世纪，经欧洲的考古学家(也有伊拉克学者参与)重新发掘，才得以重见天日。在柏林博物馆，人们可以看到五千年前苏美尔人创造的建筑奇迹。这段以爱神"依什塔尔"命名的城垣可以让我们想象到人类那遥远而模糊的辉煌。

苏美尔到巴比伦时代，人们在泥简板上书写。这无疑是人类文明史上的一大发明。公元前2700多年苏美尔已经有了很大的图书馆，在泰罗丘(Telloh)一个图书馆发掘出3万多块泥简。人们常常谈论中国古代为什么没有"史诗"，这个问题可以从多方面解释。原因之一就是缺少像泥简板这样简单便宜、易于书写的文字载体。人们不可能在昂贵稀缺的甲骨上写作长达万言的作品，竹简也要比泥简难求得多。一块竹简只能刻写10—20个字，而泥简板可以刻数百乃至千字。这就决定了上古时代的中国文献的简约，而不可能像两河流域那样出现长达3000余行的史诗型叙述。

两河地区的神话多彩多姿，它的最高文学成就是神话与英雄史诗《吉尔迦美什》。这是人类最古老的史诗。据考证，最早的写定本是在古巴比伦第一王朝，即公元前1800年以前。全诗3000余行(现保留2000余行)，书写在泥土制作的简板上。它比人们熟知的古希腊神话《荷马史诗》早不止千年，比印度的《摩诃婆罗多》等史诗早约2000年。史家大都承认《吉尔迦美什》中关于洪水的神话是《圣经》中的洪水神话的滥觞。

---

① 威尔·杜兰:《世界文明史1:东方的遗产》,幼狮文化译,东方出版社1998年版,第159页。

五千年前的警言：砍伐森林者必死

人们在研究这部史诗时，往往过多地关注吉尔迦美什这个英雄，认为他是史诗的主角，而忽略了另一个极其重要的人物，就是作为吉尔迦美什战友和仆从的恩奇都。史诗中最重要的和最感人的情节都是围绕恩奇都展开的，书中塑造得最成功的角色是恩奇都，而不是吉尔迦美什。而恩奇都的悲剧则是由砍伐杉树林引起的。这部史诗的重要主题之一就是关于人与森林的关系问题。

恩奇都从一出生就是一个悲剧性人物：因为吉尔迦美什在自己的领地上为祸作乱，众神开会时决定让大神阿鲁鲁制造一个同吉尔迦美什具有同样膂力的人以求制衡。阿鲁鲁通常造人时用神的血，但他在制作恩奇都时只用了泥土，因此，恩奇都虽然具有吉尔迦美什的力量，但外貌截然不同；吉尔迦美什"三分之二像神，三分之一像人"，英俊潇洒，令爱神依什塔尔都为其着迷，而恩奇都却丑陋无比。由于神的命令，这位自然之子同吉尔迦美什一起，走上了讨伐芬巴巴的不归路。

芬巴巴是何许人？一般学者都认为它是"妖"，是史诗英雄吉尔迦美什和恩奇都的讨伐对象。《吉尔迦美什》明确指出：芬巴巴是"森林守护神"。事实上，吉尔迦美什到达森林后，第一个动作就是砍倒杉树，而他同芬巴巴的冲突也就在"保护"与"砍伐"之间展开。

由于神的帮助，吉尔迦美什和恩奇都取得了胜利。

我们前面说到，芬巴巴本是天神授予的树木保护神，天神为什么又支使吉尔迦美什去诛杀芬巴巴呢？这一悖谬反映了原始蒙昧状态的美索不达米亚人的内在矛盾：他们相信"万物有灵"，森林同人一样也是有"灵魂"的，对于树神的崇拜相当流行。像吉尔迦美什和恩奇都这样对森林大开杀戒就是杀死"树神"，必不可免地要遭到树神的报复。但是，人对燃料和建筑材料的需求又驱使他们去砍伐。远古时代，处理这个矛盾的办法就是在大规模地砍伐森林之后，找一个"替罪羊"或家禽，将其斩杀，献祭于树神之前，以平息树之灵的愤怒。这种"替罪羊"仪式，在那个时代的西亚和埃及非常普遍。

在这场消灭芬巴巴的战争中，恩奇都成了神的御用工具、森林的叛徒。

当战争结束,众神取得他们所需的树木之后,他们又决定把恩奇都当作"替罪羊"。

在吉尔迦美什和恩奇都完成了神的旨意之后,众神开了一个会议:

> 恩利尔对阿努说了话:
> "因为他们杀了天牛,还杀了芬巴巴,
> 〔他们当中〕必须死〔一个〕。"阿努说:
> "践踏'杉树山'者〔该受死的惩罚〕。"
> 但是,恩利尔说:"恩奇都该死,
> 吉尔迦美什可以留下。"①

在这场砍伐杉树林的罪恶中,主谋是众神,主要的责任者是吉尔迦美什。但是,为此受罚的却是恩奇都。

众神对恩奇都的死亡裁决,令吉尔迦美什恐惧。他预感到自己的生命也不会久长,到处寻找长生不老之药,但找到的仙草又被蛇偷吃掉了。史诗在一片黯淡的气氛中结束。

森林保护神芬巴巴之死和第一个森林的砍伐者进入地狱,这两件看似矛盾的事实,导致的是一个结果,即对于森林的砍伐更加疯狂。砍伐的结果是两河流域森林大面积损毁,两河的泛滥和改道更加频繁,终于导致了人类本身的灾难。今天,人们已经意识到了保护自然环境的极端重要性,但是,破坏自然植被的罪行有加无已。我们不能不重温这部古老史诗中的箴言:"砍伐杉树林者必死。"

---

① 《世界第一部史诗〈吉尔迦美什〉》,赵乐甡译著,辽宁人民出版社1981年版,第60—61页。

后　记

　　本书是依据讲课录像带加工整理而成的,忠实于口语化的表述方式。大体上每一讲一万字左右,个别章节有所超出。作为一册通识性课本,本书对于西方文学历史上比较重要的思潮、作家、作品大体上已涉猎到,无非有繁有简。只是通常应该讲的"第三种文学"或称"无产阶级文学"或"社会主义现实主义文学"没有讲到。而这一部分对于我们这代人的影响至深且巨,它的地位至今也不应忽视。本书正文中没有讲述,不仅是因为篇幅的问题,还涉及对这段文学史如何重新认识的问题。苏联解体后,俄罗斯文学界对此讨论甚多,西方一些学者掺乎其间,见解纷繁。我不想按老的模式讲,也不想接受新的套路。在教学中,我只是从后殖民主义文化理论的视角,讲过"属下能说话吗?——底层文学与肖洛霍夫"的专题,现附于此,算是弥补万一。

　　这门课已在清华大学讲了 20 年,其中的部分内容还在其他大学或电视台讲过多次。我曾收到过 30 余封信,给我以鼓励和支持。特别是每次讲课面对的青年同学,他们的期待的目光和专注的神情是督促我不断改善课程、精益求精的动力。他们已经成为我的生命中不可分割、最富活力的部分。为了这本书的出版,好几位同学和不相识的同志帮我整理录音;首版责任编辑严胜男老师多次垂示,受益良多。感谢的话语无法表达我内心的衷情。我渴望在本书出版后,能够结识更多的青年朋友,并从他们那里获得教益及更好地生活和工作的力量。

徐葆耕

2002 年 11 月 2 日于清华园

　　党的"二十大"报告倡导"尊重世界文明多样性,以文明交流超越文明隔阂、文明互鉴超越文明冲突、文明共存超越文明优越","坚持交流互鉴,推动建设一个开放包容的世界"。互鉴的前提是了解,互相汲取优秀成果。这本《西方文学十五讲》引领我们畅游西方文学之河,其中那些优秀的作品,展现了远比宇宙更为广阔、深邃、神秘的精神世界,而这属于全人类,从中我们可以照见自身。

此次修订，纠正了旧版的错误，对一些表述作了润色，并在原附录《属下能说话吗？——底层文学与肖洛霍夫》之外，增附《保尔：新圣徒的理念与激情》及《人类最早的史诗出在东方——谈谈〈吉尔迦美什〉》两篇文章，补充了作者对《钢铁是怎样炼成的》这一"社会主义现实主义文学"文本、对《吉尔迦美什》这"世界第一部史诗"的读解，部分呈现了作者对苏联文学、东方文学的独到体认，以飨读者。

本书系编委会

2023 年 12 月